传承中华文化精髓

建构国人精神家园

唐宋八大家散文

[唐] 韩愈 等/著

天地出版社 | TIANDI PRESS

图书在版编目（CIP）数据

唐宋八大家散文 /（唐）韩愈等著. —成都: 天地出版社，
2022.2
（中华优秀传统文化经典随身读）
ISBN 978-7-5455-6305-4

Ⅰ.①唐… Ⅱ.①韩… Ⅲ.① 唐宋八大家 – 古典散文 – 散文
集 Ⅳ.①I264.2

中国版本图书馆CIP数据核字（2021）第046357号

TANG-SONG BADAJIA SANWEN

唐宋八大家散文

出 品 人　杨　政
作　　者　[唐]韩　愈 等
责任编辑　陈文龙
装帧设计　挺有文化
责任印制　王学锋

出版发行　天地出版社
　　　　　（成都市槐树街2号 邮政编码：610014）
　　　　　（北京市方庄芳群园3区3号 邮政编码：100078）
网　　址　http://www.tiandiph.com
电子邮箱　tianditg@163.com
经　　销　新华文轩出版传媒股份有限公司

印　　刷　河北鹏润印刷有限公司
版　　次　2022年2月第1版
印　　次　2022年2月第1次印刷
开　　本　830mm×1110mm 1/32
印　　张　14.75
字　　数　404千字
定　　价　45.80元
书　　号　ISBN 978-7-5455-6305-4

中华民族历史悠久，源远流长。五千年的中华文明光辉灿烂，硕果累累，对后世产生了积极而深远的影响。作为华夏儿女，这是值得我们每一个人骄傲和自豪的。

中华优秀传统文化，是中华民族语言习惯、文化传统、思想观念、情感认同的集中体现，凝聚着中华民族普遍认同和广泛接受的道德规范、思想品格和价值取向，具有极为丰富的思想内涵。

习近平总书记指出，"中华优秀传统文化是我们最深厚的文化软实力，也是中国特色社会主义植根的文化沃土"。中华优秀传统文化，滋养了中华民族的民族精神，赋予了中华民族伟大的生命力和凝聚力，是中华文明成果的创造力源泉。继承和发展中华优秀传统文化，学习、掌握其中的各种思想精华，不仅对我们树立正确的世界观、人生观、价值观大有裨益，而且对我们处理各种社会事务也能提供有益的启发和指导。

为弘扬中华优秀传统文化，满足广大青少年读者对优秀传统文化的阅读需求，我们编选了这套"中华优秀传统文化经典随身读"丛书。本丛书以《教育部基础教育课程教材发展中心中小学生阅读指导目录（2020年版）》为指导，汇集经典的中华优秀传统文化名著，涵盖了学生群体必读的中华优秀传统文化经典。本丛书分"家国情怀""修身处世""诗文英华"三个系列，每个系列精选代表性的书目若干，基本涵盖了传统文化的各个类别。

　　为便于广大青少年读者对传统经典的学习和吸收，我们在编选过程中对古文原文采取了注释和翻译等处理方式，以消除阅读中的障碍。希望通过这套丛书，能让广大的青少年读者对中华优秀传统文化有更好的认识和理解，在传承和发扬中华优秀传统文化的同时，获得启迪和教益。

　　唐宋八大家是指唐朝和北宋两代八位著名的散文作家，他们分别是韩愈、柳宗元、欧阳修、苏洵、曾巩、王安石、苏轼和苏辙。明朝散文家茅坤曾编选《唐宋八大家文钞》，"唐宋八大家"的名称便从此流传于世，其文章成为后世散文创作的典范。

　　韩愈是唐代古文运动的倡导者和领导者，主张文章要开孔孟之道，以此来反对当时单纯讲求形式的骈文。他的思想渊源于儒家，重视作家的道德修养，提出养气论，提倡学习先秦两汉古文，主张学古要在继承的基础上创新，坚持"词必己出""陈言务去"。其散文内容丰富，形式多样，语言简练，鲜明生动，为古文运动树立了典范。

　　韩文分论说、杂文、传记、抒情四类，其风格雄健奔放，气势充沛，纵横捭阖，奇偶交错，巧譬善喻；或诡谲，或严正，艺术特色多样；扫荡了六朝以来柔靡骈俪的文风。

　　柳宗元的散文风格自然流畅，幽深明净。他一生创作丰富，议论文、传记、寓言、游记都有佳作。议论文笔锋犀利、逻辑严密，以《封建论》最有代表性；寓言多用来讽刺时弊，想象丰富，寓意深刻，言语尖锐，《三戒》是他著名的讽刺寓言；传记散文多以真人真事为基础，略带夸张虚构，《捕蛇者说》《童区寄传》等是这类作品的代表作。

柳文中的山水游记最为脍炙人口，并发展成为一种独立的文学体裁，柳宗元也因而被称为"游记之祖"。柳宗元山水游记的著名代表作是"永州八记"。这"八记"并非单纯的景物描摹，而往往是在景物中抒写胸中种种不平，寓意深远，使得山水也带有了人的性格。

柳宗元的散文语言简练生动。他常运用虚实结合、夹叙夹议的创作手法谋篇布局，使得文章意趣横生。此外，柳文多用短句，节奏明快而富于变化，这是他汲取骈文之长所致。

欧阳修一生写了五百余篇散文，各体兼备，有政论文、史论文、记事文、抒情文和笔记文等。他的散文大都内容充实，气势旺盛，具有平易自然、流畅婉转、含蓄委婉的艺术风格。叙事既得委婉之妙，又简约有法；议论既纡徐有致，又富有内在的逻辑力量；章法结构既能曲折变化而又十分严密；语句圆润轻快而无窘迫滞涩之感。欧阳修的政论散文，如《与高司谏书》《朋党论》《新五代史·伶官传序》不仅富于现实意义，而且语言婉转流畅，是"古文"中的名篇。

最能体现他散文成就的是记事兼抒情的作品。他的这类散文，无论状物写景，还是叙事怀人，都显得楚楚动人，如他最著名的《醉翁亭记》，写滁州山间四时的景色和早晚的变化以及人们游玩山间的情景，层次分明、语言流畅，抒发了一种摆脱束缚后，从容怡然而又怅惘若失的情怀。

苏洵的散文论点鲜明，论据有力，语言锋利，纵横恣肆，具有极强的说服力。艺术风格以雄奇为主，而又富于变化；一部分文章又以曲折多变、纡徐婉转见长。

苏洵论文见解亦多精辟。他反对浮艳怪涩的时文，提倡学习古文；强调文章要"得乎吾心"，写"胸中之言"；主张文章应"有为而作""言必中当世之过"。他还探讨了不同文体的共同要求和不同写法。他特别擅长从比较中品评各家散文的风格和艺术特色，例如《上欧阳内翰第一书》中对孟子、韩愈和欧阳修文章的评论就很精当。

苏洵的抒情散文不多，但也不乏优秀的篇章。在《送石昌言使北引》中，他希望出使契丹的友人石昌言不畏强暴，藐视敌人，写得很有气势。《张益州画像记》记叙张方平治理益州的事迹，塑造了一个宽政爱民的封建官吏形象。《木假山记》借物抒怀，赞美一种巍然自立、刚直不阿的精神。

曾巩的散文创作成就很高，他师承司马迁、韩愈和欧阳修，主张"文以明道"，把欧阳修的"事信、言文"观点推广到史传文学和碑铭文字上。他在《南齐书目录序》中说："古之所谓良史者，其明必足以周万事之理，其道必足以适天下之用，其智必足以通难知之意，其文必足以发难显之情，然后其任可得而称也。"他强调只有"蓄道德能文章者"，才足以发难显之情，写"明道"之文。他的散文大都是"明道"之作，文风以"古雅、平正、冲和"见称。《宋史》说他"立言于欧阳修、王安石间，纡徐而不烦，简奥而不晦，卓然自成一家"。他的议论性散文，剖析微言，阐明疑义，卓然自立，分析辩难，不露锋芒。

《唐论》就是其中的代表作，援古事以证辩，论得失而重理，语言婉曲流畅，节奏舒缓不迫，可与欧阳修的《朋党论》媲美。他的记叙性散文，记事翔实而有情致，论理切题而又生动。著名的《寄欧阳舍人书》，叙事委婉深沉，语言简洁凝练，历来被誉为书简范文。《战国策目录序》论辩入理，气势磅礴，极为时人所推崇。当"西昆体"盛行时，他和欧阳修等人的散文，一改雕琢堆砌之风，专趋平易自然。王安石曾赞叹说："曾子文章众无有，水之江汉星之斗。"（《赠曾子固》）苏轼也说："醉翁门下士，杂沓难为贤；曾子独超轶，孤芳陋群妍。"

王安石的散文雄健简练，奇崛峭拔，大都是书、表、记、序等体式的论说文，阐述政治见解与主张，为变法革新服务。这些文章针对时政或社会问题，观点鲜明，分析深刻，长篇则横铺而不力单，短篇则纡折而不味薄。《答司马谏议书》，以数百字的篇幅，针对司马光指责新法为侵官、生事、征利、拒谏四事，严加剖驳，短小精悍，言简意赅，措辞得体，体现了作者刚毅果断和坚持原则的政治家风度。王安石的政论文，不论长篇还是短制，结构都很谨严，主意超卓，说理透彻，语言朴素精练，"只用一二语，便可扫却他人数大段"（刘熙载《艺概·文概》），具有较强的概括性与逻辑力量。这对推动变法和巩固北宋诗文革新运动的成果起了积极的作用。王安石的一些小品文脍炙人口，《读〈孟尝君传〉》《伤仲永》等，评价人物笔力劲健，文风峭刻，富有感情色彩，给人以显豁的新鲜感。他还有一部分山水游记散文，简洁明快而省力，酷似柳宗元。如《游褒禅山记》，亦记游，亦说理，二者结合得紧密自然，既使抽象的道理生动、形象，又使具体的记事增加思想深度，显得布局灵活又曲折多变。

苏轼的散文以雄健恣肆见长。他在《自评文》中说："吾文如万斛泉源，不择地皆可出。在平地，滔滔汩汩，虽一日千里无难。及其与山石曲折，随物赋形，而不可知也。"这段话概括简短，准确地说明了其散文艺术风格的主要特点。他的政论文，立论范围广泛而主旨分明，往往纵横捭阖，挥洒自如，气势恢宏；他的记叙性散文，叙议相长，铺张扬厉，汪洋恣肆。即便是随笔、序跋、书札一类的杂文，或谈艺论道，或抒写襟怀，或描景状物，或记人叙事，也莫不如行云流水，波澜迭出，变幻莫测。如他所言："意之所到，则笔力曲折无不尽意。"沈德潜说他的风格是"天马脱羁，飞仙游戏，穷极变幻，而适如意中所欲出"。

　　苏轼的散文，首先以其政治论文大露峥嵘。在《策略》《策别》《策断》等篇章里，作者满怀儒家的政治理想，凭借大量的历史事实加以周密的论证，字里行间颇有贾谊、陆贽的气势神韵；文脉晓畅，文采飞扬，受《战国策》的影响明显可见。苏轼的历史论文，如《留侯论》《晁错论》等，是其政治论文的另一种表现形式，借描画和评述历史人物、事件、典故，阐释政治见解。这些文章尽管在内容上无特别可取之处，但写法上善于随机生发，仍有不少可借鉴之处。

　　苏辙生平学问深受其父兄影响，以儒学为主，最倾慕孟子而又遍观百家。他擅长政论和史论，在政论中纵谈天下大事，如《六国论》评论齐、楚、燕、赵四国不能支援前方的韩、魏，团结抗秦，暗喻北宋王朝前方受敌而后方安乐腐败的现实。《三国论》将刘备与刘邦相比，评论刘备"智短而勇不足"，又"不知因其所不足以求胜"，也有以古鉴今的寓意。

苏辙在古文写作上也有自己的主张。在《上枢密韩太尉书》中说："文者气之所形，然文不可以学而能，气可以养而致。"认为"养气"既在于内心的修养，更重要的是依靠广博的生活阅历。因此赞扬司马迁"行天下，周览四海名山大川，与燕、赵间豪俊交游，故其文疏荡，颇有奇气"。他的文章风格汪洋淡泊，也有秀杰深醇之气。例如《黄州快哉亭记》，融写景、叙事、抒情、议论于一炉，于汪洋淡泊之中贯注着不平之气，鲜明地体现了作者散文的这种风格。

唐宋八大家散文在我国文学发展史上占有重要地位，继承了先秦两汉散文的优良传统，反对六朝以来的骈俪文风，发展并完善了古代散文的各种文体，影响了元、明、清各代散文创作，对当代散文创作也有重要借鉴意义。

本书收录了唐宋八大家散文共一百余篇。每篇文章分为题解、原文、注释、译文四部分。题解点明散文的主题，语言简洁明了；注释与译文是对难以理解的字词、短语等进行解释，对全文进行白话翻译，文通语顺，便于阅读、赏析。通过以上几个类项，读者可以从宏观到微观赏析古文，从而得到更多的收获。书中还有唐宋八大家简介，具有资料价值。阅读本书，有助于提高读者的古文阅读能力和欣赏水平。由于所选多为名篇，部分已收入中学教材，对学生的理解、阅读、练习也多有裨益。

目　录

韩　愈

柳宗元

欧阳修

苏　洵

曾　巩

王安石

苏　轼

苏　辙

《韩　愈》

韩愈（768—824），唐代著名散文家、诗人。字退之，河阳（今河南孟州）人。三岁而孤，养于兄韩会家。幼年即刻苦用心于儒学，及长，尽通六经百家之说。唐德宗贞元八年（792），登进士第。十二年，为宣武军节度使董晋观察推官。晋卒，为宁武军节度使张封建推官。调四门博士，转监察御史。因上书请求减免赋税徭役，贬为连州阳山令。改江陵法曹参军。宪宗时，召为国子博士。宰相裴度平淮西藩镇，以为行军司马，以功授刑部侍郎。因谏宪宗迎佛骨，贬为潮州刺史。穆宗时为国子监祭酒。历任京兆尹、兵部侍郎、吏部侍郎等职。一生尊崇儒学，主张文以载道，倡导古文运动，使数百年来萎靡浮华的文风为之一变。文章如长江大河，浑浩流转。对后世影响巨大，被誉为"文起八代之衰"。诗格宏伟奇崛，"以文为诗"。郡望昌黎，集名《韩昌黎集》。

原　道

【题解】

　　《原道》是韩愈"复古尊儒，排斥佛老"的代表作。全文观点鲜明，"破立"结合，引证古今，从历史发展、社会生活等方面层层剖析，驳斥佛老之缺点，论述儒学之优点，最后归结到恢复古道、尊崇儒学的宗旨，是唐代古文的杰出作品。

【原文】

　　博爱之谓仁，行而宜之之谓义，由是而之焉之谓道，足乎己无待于外之谓德。仁与义为定名，道与德为虚位。故道有君子小人，而德有凶有吉。老子之小仁义，非毁之也，其见者小也。坐井而观天，曰天小者，非天小也。彼以煦煦为仁，孑孑为义，其小之也则宜。其所谓道，道其所道，非吾所谓道也；其所谓德，德其所德，非吾所谓德也。凡吾所谓道德云者，合仁与义言之也，天下之公言也；老子之所谓道德云者，去仁与义言之也，一人之私言也。

周道衰，孔子没，火于秦[1]，黄、老于汉[2]，佛于晋、魏、梁、隋之间[3]。其言道德仁义者，不入于杨[4]，则入于墨[5]；不入于老，则入于佛。入于彼，必出于此。入者主之，出者奴之；入者附之，出者污之。噫！后之人虽欲闻仁义道德之说，孰从而听之？老者曰："孔子，吾师之弟子也。"佛者曰："孔子，吾师之弟子也。"为孔子者，习闻其说，乐其诞而自小也，亦曰"吾师亦尝师之"云尔。不惟举之于其口，而又笔之于其书。噫！后之人虽欲闻仁义道德之说，其孰从而求之？甚矣，人之好怪也！不求其端，不讯其末，惟怪之欲闻。

古之为民者四，今之为民者六；古之教者处其一，今之教者处其三。农之家一，而食粟之家六；工之家一，而用器之家六；贾之家一，而资焉之家六，奈之何民不穷且盗也！

古之时，人之害多矣。有圣人者立，然后教之以相生相养之道，为之君，为之师，驱其虫蛇禽兽而处之中土。寒然后为之衣，饥然后为之食。木处而颠，土处而病也，然后为之宫室。为之工，以赡其器用；为之贾，以通其有无；为之医药，以济其夭死；为之葬埋祭祀，以长其恩爱；为之礼，以次其先后；为之乐，以宣其湮郁；为之政，以率其怠倦；为之刑，以锄其强梗[6]。相欺也，为之符玺、斗斛、权衡以信之[7]；相夺也，为之城郭、甲兵以守之。害至而为之备，患生而为之防。今其言曰："圣人不死，大盗不止。剖斗折衡，而民不争。"呜呼！其亦不思而已矣！如古之无圣人，人之类灭久矣。何也？无羽毛鳞介以居寒热也，无爪牙以争食也。

是故君者，出令者也；臣者，行君之令而致之民者也；民者，出粟米麻丝，作器皿，通货财，以事其上者也。君不出令，则失其所以为君；臣不行君之令而致之民，则失其所以为臣；民不出粟米麻丝，作器皿，通货财，以事其上，则诛。今其法曰："必弃而君臣，去而父子，禁而相生相养之道，以求其所谓清净寂灭者。"呜呼！其亦幸而出于三代之后[8]，不见黜于禹、汤、文、武、周公、孔子也[9]；其亦不幸而不出于三代之前，不见正于禹、汤、文、武、周公、孔子也。

帝之与王，其号虽殊，其所以为圣一也。夏葛而冬裘，渴饮而饥食，其事虽殊，其所以为智一也。今其言曰："曷不为太古之无事[10]？"是亦责冬之裘者曰："曷不为葛之之易也？"责饥之食者曰："曷不为饮之之易也？"《传》曰[11]："古之欲明明德于天下者，先治其国；欲治其国者，先齐其家；欲齐其家者，先修其身；欲修其身者，先正其心；欲正其心者，先诚其意。"然则古之所谓正心而诚意者，将以有为也。今也欲治其心，而外天下国家，灭其天常。子焉而不父其父，臣焉而不君其君，民焉而不事其事。孔子之作《春秋》也，诸侯用夷礼则夷之[12]，进于中国则中国之[13]。经曰："夷狄之有君，不如诸夏之亡也[14]。"《诗》曰："戎狄是膺，荆舒是惩[15]。"今也，举夷狄之法，而加之先王之教之上，几何其不胥而为夷也？

夫所谓先王之教者，何也？博爱之谓仁，行而宜之之谓义，由是而之焉之谓道，足乎己，无待于外之谓德。其文《诗》《书》《易》《春秋》，其法礼、乐、刑、政，其民士、农、工、贾，其位君臣、父子、师友、宾主、昆弟、夫妇，其服麻丝，其居宫

孔子

室，其食粟米、果蔬、鱼肉。其为道易明，而其为教易行也。是故以之为己，则顺而祥；以之为人，则爱而公；以之为心，则和而平；以之为天下国家，无所处而不当。是故生则得其情，死则尽其常；郊焉而天神假[16]，庙焉而人鬼飨[17]。曰："斯道也，何道也？"曰："斯吾所谓道也，非向所谓老与佛之道也。"尧以是传之舜，舜以是传之禹，禹以是传之汤，汤以是传之文、武、周公，文、武、周公传之孔子，孔子传之孟轲；轲之死，不得其传焉。荀与扬也[18]，择焉而不精，语焉而不详。由周公而上，上而为君，故其事行；由周公而下，下而为臣，故其说长。

然则如之何而可也？曰："不塞不流，不止不行。人其人，火其书，庐其居，明先王之道以道之。鳏、寡、孤、独、废、疾者有养也[19]。其亦庶乎其可也！"

【注释】

〔1〕火于秦：指秦始皇采纳宰相李斯的主张，焚烧《诗》《书》和诸子百家的书。

〔2〕黄、老于汉：黄帝和老子的学说传至西汉初期，又兼采各家学说，比较重视法治，主张守成无为。汉文帝时，曹参推荐盖公讲黄老法术，文帝很信仰，自此道家兴盛发达。

〔3〕佛于晋、魏、梁、隋之间：传说东汉时，明帝夜梦一个金色的人在殿前飞行。傅毅奏说这个人便是佛。明帝派人去天竺国求来佛经和释迦牟尼像。从此佛教传入中国，至晋、魏、梁、隋各朝都有许多人信佛。

〔4〕杨：杨朱，字子居，战国时思想家，主张"为我"。

〔5〕墨：墨翟，战国时思想家，主张"兼爱""非攻"。

〔6〕强梗：强暴不法之徒。

〔7〕符：古代的凭证牌，双方各执一半，用时相合为证。

玺：印章。秦汉后多指皇帝用的印章。斗斛：量粮的两种器具。
权衡：秤。权，秤锤。衡，秤杆。

〔8〕三代：指夏、商、周三个朝代。

〔9〕禹、汤、文、武：指夏禹王、商汤王、周文王和周武
王。周公：姓姬，名旦，周文王的儿子，助周武王灭殷建周，制
礼作乐，被儒家尊为"圣人"。

〔10〕曷不：何不，为什么不。

〔11〕传：此指《礼记》。

〔12〕夷礼：夷狄的风俗礼仪。

〔13〕中国：指中原地区的诸侯国。

〔14〕经：此指《论语》。夷狄：古代对外族的通称。诸
夏：指中原各诸侯国。

〔15〕戎：指古代西部地区的少数民族。荆舒：泛指古代
南部地区的民族。

〔16〕郊：祭天的礼。假：通"格"，到来、降临的意
思。

〔17〕庙：宗庙，这里指祭祖。人鬼：人间的鬼，指祖
先。飨：通"享"。

〔18〕荀：荀况，战国时期的思想家、教育家。著有《荀
子》。扬：扬雄，字子云，西汉哲学家、文学家、语言学家。著
有《法言》《太玄》《方言》。

〔19〕鳏、寡、孤、独：《孟子·梁惠王下》说："老而
无妻曰鳏，老而无夫曰寡，老而无子曰独，幼而无父曰孤。"

【译文】

广泛的爱叫作仁，联系实际去实行仁就是义，顺着仁义之
道上进便是道，内心充满仁义而无欲于外人就叫德。仁与义是有
确切含义的名称，道与德是没有实际内容的名称。因此道有君子
之道与小人之道，而德有吉德与凶德。老子轻视仁义，并非诽谤

仁义，而是他目光短浅。如坐井观天说天小一样，其实天并不小啊！他把待人温顺看作仁，小恩小惠看作义，那么，他小看仁义是必然的了。他说的道，讲了他的道，并不是我说的道。他说的德，讲了他的德，并不是我说的德。凡是我阐述的道德，是与仁义一致的理论，是天下的公论。老子阐述的道德，是背离仁义而讲的，是他个人的见解。

周朝的礼制衰落，孔子死后，儒家书籍被秦始皇烧毁，黄、老之学盛行汉代，佛教盛行于晋、魏、梁、隋之间。这期间那些讲道德仁义的人，不是加入杨朱学派，就是加入墨翟学派；不加入道教，便加入佛教。加入那一派，必须排斥这一派。被信奉的尊为主宰，被排斥的贱作奴仆；尊奉的就附和它，排斥的就诋毁它。唉！后代的人要想了解仁义道德的学说，应该听从哪一派的学说呢？道家信徒讲："孔子，是我们祖师的徒弟。"佛教信徒讲："孔子，是我们祖师的弟子。"信奉孔子学说的人，听惯了这些话，乐于听信他们的荒唐话而自轻自贱，也说"我们的祖师也曾经以老、佛为师"这样的话。不仅口讲，而且还把这些话写进书里。唉！后代的人虽然想了解仁义道德的学说，可向谁去求教呢？人们喜欢奇谈怪论的风气太严重了！不找它的本源，不问它的结果，只愿听怪诞的说法。

古时候百姓分为士、农、工、商四种，现在又加上僧、道成为六种；古时候施行教化任务的只占其中之一，如今占其中之三。务农的有一家，而吃粮的却有六家；做工匠的只有一家，而使用器皿的却有六家；经商的有一家，而花钱的却有六家。老百姓又怎么能不贫困而沦为盗贼呢！

远古时候，人民的灾难多极了。有圣人出现，教给他们互相依附、共同生存的本领，做他们的君主，做他们的导师，统领他们驱逐虫、蛇、禽、兽而让他们定居中原。冷了教他们做衣服，饿了教他们种庄稼。看到他们住在树上常常掉下来，住在野地容易生病，就教他们造了房屋。教他们做工匠，以使他们有器具用；教他们经商，使他们能互通有无；教他们问医求药，帮助他们不至于早亡；教他们葬埋死者、祭祀先人，以增进他们之间的感情；给他们制定礼仪，使他们懂得贵贱、老幼的秩序；为他们创造音乐，来抒发他们心中的忧郁之情；给他们制定政令，来约束他们的懒散；给他们设立刑法，来除去他们之中的强暴不法之徒。有欺骗行为，就给他们制定符印、斗斛、权衡来使他们行为处事时有所凭信；有争夺现象，就给他们设城郭、军队来保卫他们。灾害来了使他们早有准备，祸患发生了使他们进行预防。现今道家说："圣人不死，盗贼就不会终止。破了斗，折了秤，百姓就不会互相争夺了。"唉！这不过是没有经过审慎思考说出的话罢了！假如古代没有圣人，人类早已灭亡了。为什么这样说呢？因为人类没有羽毛、鳞甲来适应寒冷与炎热的环境，没有尖爪利牙来猎取食物啊！

所以，君王是发布命令的，臣僚是执行并向百姓传达命令的；百姓是生产粮食、麻丝织物，制作器皿，交流财物，来供养君主和百官的。君王不发令，则丧失了君王的权力和职责；臣僚不将君王的命令推行给百姓，则丧失了做臣僚的资格；百姓不生产粮、麻、丝，制作器皿，交流财物，以供奉君主百官，就要受到惩罚。如今佛、道二教的法则说："必须抛弃你们的君臣，远离你们的父子，停止你们相互依存的办法，来求得所谓的清净无欲的境界。"唉！这些佛、道之徒也幸亏生在夏、商、周三代之后，没有被禹、汤、文王、武王、周公、孔子等圣人所贬斥。他们没有出生在三代以前也是他们的不幸，未能受到圣人的指正。

上古时期的五帝与三王，名称虽不同，但他们在圣明这一点上是一样的。夏天穿葛布衣裳，冬天穿毛皮衣服，渴了喝水，饿了吃饭，虽然行为方式不一，却都是人类智慧的表现。现在道家却说：“为什么不学习上古的无为而治？”这就像责备冬天穿皮衣的人说：“为什么不穿轻便的葛布衣服呢？”责备饿了吃饭的人说：“为什么不光喝水，那多简单呢？”《礼记·大学》说："古代想要把光明正大的品德发扬于天下的人，就要先治理好自己的国家；想要治理好国家，就要先整顿自己的家族；想要整顿好自己的家族，就要先进行自身修养；想要进行自身修养，就要先端正自己的内心；想要端正自己的内心，就要先使自己确立诚实而坚定的意念。"那么，古代所讲的端正思想而又确定真诚意念的人，目的是要有所作为。现在那些想要修身养性的人，却不顾天下、国家和家庭，毁弃了伦理纲常。儿子不孝顺父亲，臣僚不忠于君主，百姓不做其该做的事。孔子作《春秋》，诸侯中有用夷狄风俗礼仪的就把他们当作夷狄记载，有效法中原风俗礼仪的就把他们当作中原的国家看待。《论语》说："夷狄有君主，还不如中原各诸侯国没有君主。"《诗经》说："夷狄应当抵御，荆国和舒国应当惩罚。"现在来抬举尊崇夷狄之法，把它置于古代先王的政教之上，那我们岂不是全都变为夷狄了吗？

所谓先王的政教，到底是什么呢？广泛的爱叫作仁，联系实际实行仁叫作义，顺着仁义之路上进便是道，自己心里充满仁

周文王 周武王

义而无欲于外人，就叫德。记载先王教导的著作有《诗》《书》《易》《春秋》；体现先王政法的有制礼、作乐、定刑、施政；先王治理的百姓是士人、农民、工匠、商贾；先王确立的人伦位次为君臣、父子、师友、宾主、兄弟、夫妇；先王教百姓穿麻布、丝绸衣服，住房屋，吃粟米、果蔬、鱼和肉。他们传布的道理简单明了，用它教化天下容易施行。因此，用它修养自身，则顺利而吉祥；用它对待别人，就博爱而公正；用它陶冶心灵，就平和而端正；用它治理天下国家，就没有不适当的地方。因此，人活着情满意足，死时得以善终；祭祀天神而天神降临，祭祖宗而祖宗享供。若有人问："这种道，是什么道呢？"我说："这是我说的道，不是前面说的道家之道和佛家之道。"尧将此道传给舜，舜将此道传给禹，禹将此道传给汤，汤将此道传给文王、武王和周公，文王、武王和周公又传给孔子，孔子传给孟轲；孟轲死后，没有再传了。荀况与扬雄，从中选取得不精确，论述得不周详。从周公向上追溯，继承道的都身居上位为君主，所以他们的政事能顺利推行；周公以后，传承道的都身处下位为臣子，所以他们的学说能长久流传。

既然如此，怎么去做才可以呢？我认为："不堵塞佛、道邪说，圣人之道便不能畅流；不禁止佛、道邪说，先王之教便不能通行。应让和尚、道士还俗，烧毁佛、道书籍，改庵观寺院为民房，昌明先王之道来教导他们。使鳏夫、寡妇、孤儿、老人、残疾人和病人都得到照顾和扶养。这样做就差不多可以了吧！"

原　毁

【题解】

　　原毁的意思是探求毁谤产生的根源。作者以儒家的道德观点为依据，比较了"古之君子"和"今之君子"待人待己的两种迥然不同的态度，分析了"事修而谤兴，德高而毁来"的思想根源在于懒惰和嫉妒，高度赞扬了严以律己、宽以待人的"古之君子"，有力地抨击了惯于"怠"与"忌"、好说别人坏话的"今之君子"，呼吁社会改变这种妒贤嫉能的恶劣风气。作者写本文既是对社会风气的谴责，又是为自己受压抑鸣不平。本文较多地运用了对比的手法，古今、人己、毁誉，十分鲜明。

【原文】

　　古之君子，其责己也重以周，其待人也轻以约。重以周，故不怠；轻以约，故人乐为善。闻古之人有舜者，其为人也，仁义人也。求其所以为舜者，责于己曰："彼，人也；予，人也。彼能是，而我乃不能是！"早夜以思，去其不如舜者，就其如舜者。闻古之人有周公者，其为人也，多才与艺人也。求其所以为周公者，责于己曰："彼，人也；予，人也。彼能是，而我乃不能是！"早夜以思，去其不如周公者，就其如周公者。舜，大圣人也，后世无及焉；周公，大圣人也，后世无及焉。是人也，乃曰："不如舜，不如周公，吾之病也。"是不亦责于身者重以周乎？其于人也，曰："彼人也，能有是，是足为良人矣；能善是，是足为艺人矣。"取其一，不责其二；即其新，不究其旧。恐恐然惟惧其人之不得为善之利。一善易修也，一艺易能也。其于人也，乃曰："能有是，是亦足矣。"曰："能善是，是亦足矣。"不亦待于人者轻以约乎？

今之君子则不然。其责人也详，其待己也廉。详，故人难于为善；廉，故自取也少。己未有善，曰："我善是，是亦足矣。"己未有能，曰："我能是，是亦足矣。"外以欺于人，内以欺于心，未少有得而止矣，不亦待其身者已廉乎？其于人也，曰："彼虽能是，其人不足称也；彼虽善是，其用不足称也。"举其一，不计其十；究其旧，不图其新。恐恐然惟惧其人之有闻也[1]。是不亦责于人者已详乎？夫是之谓不以众人待其身，而以圣人望于人，吾未见其尊己也。

虽然，为是者有本有原，怠与忌之谓也。怠者不能修，而忌者畏人修。吾尝试之矣，尝试语于众曰："某良士，某良士。"其应者，必其人之与也；不然，则其所疏远不与同其利者也；不然，则其畏也。不若是，强者必怒于言，懦者必怒于色矣。又尝语于众曰："某非良士，某非良士。"其不应者，必其人之与也；不然，则其所疏远不与同其利者也；不然，则其畏也。不若是，强者必说于言，懦者必说于色矣。是故事修而谤兴，德高而毁来。呜呼！士之处此世，而望名誉之光，道德之行，难已！

将有作于上者，得吾说而存之，其国家可几而理欤[2]！

【注释】

〔1〕闻（wén）：名誉，好名声。

〔2〕几：庶几，大概。

【译文】

从前的君子，他们要求自己严格而全面，他们对待别人宽容而简约。严格而全面，所以自己不懒惰；宽容而简约，所以别人乐于做好事。听说古时有一位叫舜的人，他的为人，是大仁大义的。君子探求舜之所以成为舜的原因，责问自己说："他是个人，我也是个人。他能这样，而我却不能这样！"日夜思虑，克服自己不如舜的缺点，发扬与舜一样的长处。听说古时有一位叫周公的人，他的为人，是多才多艺的。君子探求周公之所以成为周公的原因，责问自己说："他是个人，我也是个人。他能这样，而我却不能这样！"日夜思虑，克服自己不如周公的缺点，发扬与周公一样的长处。舜是一位大圣人，后代没有人能赶上他；周公是一位大圣人，后代没有人能赶上他。这些君子却说："不如舜，不如周公，是我的严重缺点。"这不正是要求自己严格而全面的体现吗？他们对别人总是说："那个人能有如此品德，足可以称为贤良之人了；能擅长这样的技艺，足可以称为有才能的人了。"肯定别人某一方面的长处，而不去苛求他

早夜以思，去其不如舜者

其他方面的短处；看重他现在的优点和成绩，而不追究他以往的缺点和错误。惶恐地担心他人得不到做善事的好处。一件善事易做，一种技艺易学。这些君子对别人说："能做这样的善事，也就足够了。"又说："能有这样的技艺，也就足够了。"这不正是对别人宽容而简约的体现吗？

现今的君子却截然不同了。他们对别人求全责备，对自己却要求很低。求全责备，所以别人难以做善事；对自己要求很低，所以自己收益就少。自己没有什么长处，居然说："我这方面很好，也就足够了。"自己没有什么技能，竟然说："我做到这样，也就足够了。"对外以此欺骗别人，对内以此欺骗自己，还没有取得一点成绩就停止不前了，这不正是对自己的要求太低了吗？他对别人，却说："他虽能够这样，他的为人却是不值得称赞的；他虽擅长这种技艺，但这种技艺的作用却是不足挂齿的。"列举人家一个缺点，而不计人家的许多优点；追究人家过去的不足，不考虑人家新的进步。惶恐地害怕他人获得好名声，这不正是对别人要求得太周全了吗？这就叫作不以大家的标准来要求自己，而以圣人的标准来要求别人，我看不出他这是在尊重自己啊！

尽管如此，如此做法的人是有其缘由的，这缘由就是懒惰与妒忌。懒惰的人是不求上进的，而妒忌的人又害怕别人上进。我曾试过，试着对众人说："某人是贤良之士，某人是贤良之士。"那些赞同的人，一定是这人的好朋友；否则，就是跟他关系疏远、同他没有利害关系的人；再不然，就是害怕他的人。如果不是这样，强硬的人必然愤怒地用言语来反驳，懦弱的人也会表现出生气的脸色。我还曾经对人说："某人不是贤良之士，某人不是贤良之士。"那些不赞同的人，一定是他的朋友；否则，就是跟他关系疏远、同他没有利害关系的人；再不然，就是害怕他的人。如果不是这样，强硬的人必然用言语来表达自己的喜悦，懦弱的人也会在脸上表露出高兴的神色。因为这样，事情做好了，诽谤也就跟着产生了；品德修养提高了，诋毁也兴起了。唉！读书人处于这种时代，期望名誉能够光大，道德能够得到推行，太难了！

居高位而想要有所作为的人，如果听到我的话而能够采纳，大概国家就可以治理好了吧！

获麟解

【题解】

本文是一篇托物寓意的文章。文中通过对麒麟的述说，委婉地表达了对封建社会里人才不被赏识和理解的感慨，以及对"圣明之主"的幻想。

【原文】

麟之为灵[1]，昭昭也。咏于《诗》[2]，书于《春秋》[3]，杂出于传记百家之书。虽妇人小子，皆知其为祥也。

然麟之为物，不畜于家，不恒有于天下。其为形也不类，非若马、牛、犬、豕、豺、狼、麋、鹿然。然则虽有麟，不可知其为麟也。角者，吾知其为牛；鬣者[4]，吾知其为马；犬、豕、豺、狼、麋、鹿，吾知其为犬、豕、豺、狼、麋、鹿。惟麟也不可知。不可知，则其谓之不祥也亦宜。虽然，麟之出，必有圣人在乎位，麟为圣人出也。圣人者，必知麟，麟之果不为不祥也。

又曰：麟之所以为麟者，以德不以形。若麟之出不待圣人，则谓之不祥也亦宜。

【注释】

〔1〕麟：麒麟。古代传说中的一种动物，其性柔和，是吉祥的象征。

〔2〕咏于《诗》：《诗经》有《麟之趾》篇。

〔3〕书于《春秋》：《春秋·鲁哀公十四年》有"西狩获麟"的记载。

〔4〕鬣（liè）：鬃毛，马颈上的硬长毛。

【译文】

麒麟作为一种灵异动物，大家都是十分清楚的。《诗经》中歌咏过，《春秋》中记载过，散见于历史传记及诸子百家的书中。即使是妇女儿童，也知道它是一种吉祥的动物。

然而麒麟作为动物，不养在家里，天下也不常有。它的形貌不伦不类，不像马、牛、狗、猪、豺、狼、麋、鹿那样。因而即使有麒麟，人们也不认得它就是麒麟。长角的我们认得它是牛，长鬃毛的我们认得它是马，狗、猪、豺、狼、麋、鹿，我们认得它们是狗、猪、豺、狼、麋、鹿，只有麒麟不能辨认出来。既然认不出，人们说它是不祥之物也是自然的了。虽然这样，但麒麟的出现，一定有圣人临朝掌权，因为麒麟是为圣人才出现的。圣人是必定认得麒麟的，所以麒麟果真不是不祥之物啊！

　　我又认为：麒麟之所以为麒麟，是因为它的德行而不是因为它的形貌。假如麒麟没有等待圣人登上帝位就贸然出现，那么说它是不祥之物也是应该的。

杂说一

【题解】

　　《韩昌黎集》中共有杂说四篇，这是其中的第一篇，又称为《龙说》。杂说是一种随感性的议论文，内容、形式都较为活泼。本文以云龙做比喻，寓意深刻。清人李光地认为"此篇取类

至深，寄托至广”。其主旨大概是借龙能创造出自己所凭借依赖的东西，勉励有志之士要努力为自己创造出可以施展抱负才能的良好条件。

【原文】

龙嘘气成云，云固弗灵于龙也。然龙乘是气，茫洋穷乎玄间，薄日月，伏光景，感震电，神变化，水下土，汩陵谷，云亦灵怪矣哉！

云，龙之所能使为灵也。若龙之灵，则非云之所能使为灵也。然龙弗得云，无以神其灵矣。失其所凭依，信不可欤？异哉！其所凭依，乃其所自为也。

《易》曰："云从龙[1]。"既曰龙，云从之矣。

【注释】

　[1]《易》：《易经》，中国古代一部占筮用的书。云从龙：语出《易经·乾卦》。

【译文】

龙吐气成云，云本来比不上龙神灵。可是龙乘着这云气，飞游于浩茫无极的太空，逼近日月，遮蔽光芒，触撼雷电，变化神奇，雨注大地，水漫山谷，云也算得上灵异了啊！

云，是龙使它变成有灵之物的。像龙那样的神灵，就不是云能使它变成有灵之物的了。然而龙得不到云，就没法显示它的神灵了。失去它所依靠的，真的不行吗？奇怪啊！它所依靠的，正是它自己生成的。

《易经》中说："云跟随着龙。"既然是龙，云必然跟着它了。

杂说四

本文系《杂说》的第四篇，后人亦题为《马说》。这是一篇托物寓意之作，作者借千里马不被人所识来比喻奇才异能之士沉沦下僚，慨叹封建统治者不能加以识别和任用。同时，也抒发自己怀才不遇、受到压抑和委屈、郁郁不得志的思想感情。

【原文】

世有伯乐[1]，然后有千里马。千里马常有，而伯乐不常有；故虽有名马，祗辱于奴隶人之手，骈死于槽枥之间[2]，不以千里称也。

马之千里者，一食或尽粟一石，食马者不知其能千里而食也。是马也，虽有千里之能，食不饱，力不足，才美不外见，且欲与常马等不可得，安求其能千里也？

策之不以其道，食之不能尽其材，鸣之而不能通其意。执策而临之曰："天下无马。"呜呼！其真无马邪？其真不知马也！

【注释】

〔1〕伯乐：姓孙，名阳，春秋秦穆公时人，以善相马著称。事见《庄子·马蹄》和《列子·说符》。

〔2〕骈（pián）死：谓和普通马一起老死。骈，并列、一同。槽枥：马厩。

【译文】

世上有了伯乐，然后才有千里马。千里马常有，而善相马的伯乐却不常有。所以虽然有好马，也不过是在马夫手里受屈辱，和普通的马一起老死在马厩里，而不能以日行千里著称于世。

有日行千里之马，一顿有时要吃一石米，喂马的人不了解它能日行千里而像喂普通马一样喂养它。这样的马，虽有日行千里的能力，可吃不饱，力量不足，特长不能表现出来，想和平常的马一样表现尚且做不到，怎么可以要求它日行千里呢？

驾驭使用它又不依据它的特性，喂养它又不能让它吃饱，吆喝驱赶它又不懂得它的心思。拿着马鞭对它叹息："天下无好马。"唉！难道真的没有好马吗？恐怕真的不认识好马吧！

伯乐相马

师　说

【题解】

这是阐述从师之道的一篇文章，主要论点是"学者必有师""道之所存，师之所存"，强调老师的作用和从师的重要性。韩愈提出师道在于"传道受业解惑"，主张不拘年龄、地位，向比自己有专长的人学习。他又说"巫医药师百工之人，不耻相师""师不必贤于弟子"，要求士大夫都能这样。这种看法表明了他不同于世俗的态度，在当时是进步的，对后代也有启发和借鉴作用。当然，他也表现出对"巫医药师百工之人"的轻视。

【原文】

古之学者必有师。师者，所以传道受业解惑也。人非生而知之者，孰能无惑？惑而不从师，其为惑也，终不解矣。生乎吾前，其闻道也固先乎吾，吾从而师之；生乎吾后，其闻道也亦先乎吾，吾从而师之。吾师道也，夫庸知其年之先后生于吾乎[1]？是故无贵无贱，无长无少，道之所存，师之所存也。

嗟乎！师道之不传也久矣[2]，欲人之无惑也难矣！古之圣人，其出人也远矣，犹且从师而问焉；今之众人，其下圣人也亦远矣，而耻学于师。是故圣益圣，愚益愚。圣人之所以为圣，愚人之所以为愚，其皆出于此乎？

爱其子，择师而教之；于其身也，则耻师焉，惑矣！彼童子之师，授之书而习其句读者，非吾所谓传其道解其惑者也。句读之不知，惑之不解，或师焉，或不焉，小学而大遗，吾未见其明也。

巫医乐师百工之人，不耻相师[3]。士大夫之族，曰师曰弟子云者，则群聚而笑之。问之，则曰："彼与彼年相若也，道相似也。位卑则足羞，官盛则近谀。"呜呼！师道之不复，可知矣。巫医乐师百工之人，君子不齿。今其智乃反不能及，其可怪也欤！

圣人无常师[4]。孔子师郯子、苌弘、师襄、老聃[5]。郯子之徒，其贤不及孔子。孔子曰："三人行，则必有我师。"是故弟子不必不如师，师不必贤于弟子，闻道有先后，术业有专攻，如是而已。

李氏子蟠，年十七，好古文，六艺经传皆通习之[6]，不拘于时，学于余。余嘉其能行古道，作《师说》以贻之。

【注释】

[1] 庸知：不需知，哪里管。

[2] 师道：从师求学的风尚。

[3] 相师：相互为师，互相学习。

[4] 常师：固定的老师。

[5] 郯（tán）子：春秋时郯国（今山东郯城一带）的国

君。孔子曾向他请教过少皞（hào）氏时代的官职名称。事见《左传·昭公十七年》。苌弘：春秋时周敬王的大夫。孔子至周，曾向他学习弹琴。事见《孔子家语·观周》。师襄：周太师（乐官）。孔子曾向他学习弹琴。事见《史记·孔子世家》。老聃（dān）：姓李，名耳，字聃，即老子。春秋时楚国人，曾做过周守藏室的史官。孔子至周，曾向他请教周礼。事见《孔子家语·观周》。

〔6〕六艺经传：六艺的经文和传文。六艺，也称六经，指《诗》《书》《礼》《乐》《易》《春秋》六种经书。传，释经的著作。

【译文】

古时候求学问的人一定要有老师。老师，是用来传授道理、教授学业、解释疑难问题的人。人不是生下来就懂得道理和知识的，谁能没有疑惑呢？既然有疑惑却不跟老师学，那些成为疑惑问题的，就始终得不到解决了。生在我前面的人，他懂得道理本来比我早，我就虚心向他学习，拜他为师；生在我后面的人，如果他懂得道理也比我早，我也虚心向他学习，拜他为师。我是为了学得知识啊，哪管他生的年代在我的前面还是后面呢？

师者，所以传道受业解惑也

因此，无论他地位高低，无论他年岁大小，道理和知识存在的地方，就是老师在的地方。

唉！从师求学的风尚已经很久不流传了！当然想要人没有疑惑也就很难了！古代的圣人，他们的水平远远超过一般人，尚且跟着老师虚心求教；现在的一般人，他们的水平远远低于那些圣人，却以从师求学为耻。因此，圣人就更加圣明，愚人就更加愚昧。圣人之所以成为圣人，愚人之所以成为愚人，大概都是出于这种原因吧。

有人爱他的孩子，就选择一个好老师去教他；但对他自己呢，却以从师求学为羞耻，这真糊涂啊！那些教孩子的老师，教他们读书并帮他们学习其中的字句知识的，还不是我前面所说的给人传授道理、解除疑惑的老师。一个是不懂得句读，一个是不能解决疑惑，前者向老师请教，后者却不向老师请教；小的方面学习而大的方面却丢弃不学，我看不出他明白其中的道理。

巫医、乐师、各种工匠，他们并不以互相学习为耻。而士大夫之类，一听到称别人"老师"称自己"弟子"等等的话，就凑在一块儿议论耻笑人家。问他们为什么要这样，就说什么："某人和某人年龄差不多，学问知识也很相近嘛。以地位低的人为老师，就实在羞耻；以官职高的人为老师，就近乎巴结。"唉！从师求学的风尚不容易恢复，从这就可想而知了。那些巫医、乐师、各种工匠，本是上流人物所瞧不起的，可现在"君子"的智慧竟反而不如他们，这真是很奇怪的现象啊！

那些圣人都没有固定的老师。例如孔子就曾经向郯子、苌弘、师襄、老聃请教过。像郯子这些人，他们的品德才智都不如孔子。孔子说过："三人同行，其中就一定有可以当我老师的人。"所以说，学生不一定不如老师，老师也不一定样样都比学生强，这是因为掌握知识有早有晚，学术技能各有各的专门研究，就是这个道理罢了。

李家的孩子叫蟠，十七岁，喜欢古文，六艺的经文和传文都普遍地学习过，而且不受时俗的限制，跟着我求学。我赞许他能实行古人从师的正道，写下这篇《师说》来赠送给他。

进学解

【题解】

《进学解》是对增进学业问题的辨析。韩愈自以"才高"几次遭受贬斥，就在宪宗元和七年（812）再度降为国子博士后，模仿汉代东方朔《答客难》、扬雄《解嘲》一类的文章，假设师生对话，借学生的口为自己鸣不平。这样，不仅表达了对自己不得重用的不满，也表达了朝廷应该"拔去凶邪，登崇俊良"的一贯主张。文章曲折地揭露了唐代统治阶级不以才德取人的错误，也反映了作者在当时统治阶级内部斗争中所处的困境。作者提出的"业精于勤，荒于嬉；行成于思，毁于随"的

意见，是值得重视的。

本文属于辞赋一类，骈偶句多，用韵也多，但文章布局还是有散文的长处。

【原文】

国子先生晨入太学，招诸生立馆下，诲之曰："业精于勤，荒于嬉；行成于思，毁于随。方今圣贤相逢，治具毕张[1]，拔去凶邪，登崇俊良。占小善者率以录，名一艺者无不庸。爬罗剔抉，刮垢磨光。盖有幸而获选，孰云多而不扬？诸生业患不能精，无患有司之不明；行患不能成，无患有司之不公[2]。"

言未既，有笑于列者曰："先生欺余哉！弟子事先生，于兹有年矣。先生口不绝吟于六艺之文，手不停披于百家之编，记事者必提其要，纂言者必钩其玄。贪多务得，细大不捐。焚膏油以继晷，恒兀兀以穷年[3]。先生之业，可谓勤矣。抵排异端，攘斥佛老。补苴罅漏，张皇幽眇，寻坠绪之茫茫，独旁搜而远绍。障百川而东之，回狂澜于既倒。先生之于儒，可谓有劳矣。沉浸醲郁，含英咀华，作为文章，其书满家。上规姚姒[4]，浑浑无涯；周《诰》殷《盘》[5]，佶屈聱牙；《春秋》谨严[6]，《左氏》浮夸[7]，《易》奇而法[8]，《诗》正而葩[9]；下逮《庄》《骚》[10]，太史所录[11]，子云相如[12]，同工异曲。先生之于文，可谓闳其中而肆其外矣。少始知学，勇于敢为；长通于方，左右具宜。先生之为人，可谓成矣。然而公不见信于人，私不见助于友。跋前踬后[13]，动辄得咎。暂为御史，遂窜南夷。三年博士，冗不见治。命与仇谋，取败几时。冬暖而儿号寒，年丰而妻啼饥。头童齿豁[14]，竟死何裨？不知虑此，反教人为？"

先生曰："吁，子来前！夫大木为杗[15]，细木为桷[16]，橶枅、侏儒[17]，椳、闑、扂、楔[18]，各得其宜，施以成室者，匠氏之工也。玉札、丹砂、赤箭、青芝[19]，牛溲、马勃、败鼓之皮[20]，俱收并蓄，待用无遗者，医师之良也。登明选公，杂进巧拙，纡余为妍，卓荦为杰，校短量长，惟器是适者，宰相之方也。昔者孟轲好辩，孔道以明，辙环天下，卒老于行。荀卿守正，大论是弘，逃谗于楚，废死兰陵。是二儒者，吐辞为经，举足为法，绝类离伦，优入圣域，其遇于世何如也？今先生学虽勤而不由其统，言虽多而不要其中，文虽奇而不济于用，行虽修而不显于众。犹且月费俸钱，岁靡廪粟。子不知耕，妇不知织。乘马从徒，安坐而食。踵常途之役役，窥陈编以盗窃。然而圣主不加诛，宰臣不见斥，兹非其幸欤？动而得谤，名亦随之。投闲置散，乃分之宜。若夫商财贿之有亡，计班资之崇庳，忘己量之所称，指前人之瑕疵，是所谓诘匠氏之不以杙为楹[21]，而訾医师以昌阳引年[22]，欲进其豨苓也[23]。"

【注释】

[1]治具毕张：法令健全完备。

[2]有司：主管官员或官府。

[3]兀兀：劳苦的样子。

[4]规：作为典范。姚姒：指《尚书》中的《虞书》和《夏书》。姚，虞舜的姓。姒，夏禹的姓。

[5]周《诰》：指《尚书》中《周书》的《大诰》《康诰》《酒诰》《召诰》《洛诰》等。殷《盘》：指《尚书》中《商书》的《盘庚》上、中、下三篇。

[6]《春秋》：春秋时期鲁国的编年体史书，相传孔子曾修订过。

[7]《左氏》：指《左传》，相传是鲁国史官左丘明根据《春秋》写成的一部史书。

〔8〕《易》：《易经》。相传为周人所作，通过八卦的形式推演阴阳变化。

〔9〕《诗》：《诗经》。

〔10〕《庄》：《庄子》。战国时思想家庄周作。《骚》：《离骚》。战国时伟大诗人屈原所作的抒情诗。

〔11〕太史所录：指汉太史令司马迁所作的《史记》。

〔12〕子云：西汉时的辞赋家扬雄，字子云。相如：西汉时的辞赋家司马相如。

〔13〕跋前踬（zhì）后：老狼前进就踩到脖子下垂着的肉，后退就被尾巴绊倒。比喻进退两难。

〔14〕头童齿豁：谓头发掉尽，牙齿脱落。

〔15〕亲（máng）：房屋的正梁。

〔16〕桷（jué）：椽子。

〔17〕欂栌（bólú）：柱上的短方木，即斗拱。侏儒：指梁上的短柱。

〔18〕椳（wēi）：门枢臼。闑（niè）：古代门中央所树短木。扂（diàn）：门闩等。楔（xiē）：门两旁的长木柱。

〔19〕玉札：地榆。丹砂：朱砂。赤箭：天麻。青芝：又名龙芝。以上都属贵重药物。

〔20〕牛溲：车前草。马勃：又名马屁菌。败鼓之皮：破鼓上面的皮。以上属于粗贱药物。

〔21〕杙（yì）：小木桩。楹：柱。

〔22〕訾（zǐ）：指责。昌阳：菖蒲，据说是一种久服可以延年益寿的药物。

〔23〕豨苓（xīlíng）：猪苓，可作利尿逐水剂的药物，无延年益寿之功能。

【译文】

国子先生早上来到太学，召集学生站在学舍之前，教导他们说："学业的精通是靠勤奋，而它的荒废则是由于游荡玩乐；德行的养成源于不断的思考，而它的败坏则是由于因循苟且。现在圣君有贤臣辅助，法令健全完备，除掉了凶恶奸邪之人，提拔了才智贤良之人。有一点优点的人都被录用，有一技之长的人无不任用。悉心搜罗人才犹如沙里淘金，精心造就人才犹如打磨宝器。大概会有平庸之人侥幸被选上的，谁能因此说博学多才的人不被举用呢？你们只需担心自己学业不够精湛，不必担心主管官员选才不明；只需担心自己德行未成，不必担心主管官员处事不公。"

话未说完，有人在队列里笑着说："先生骗我们呢！我们就学于先生，到现在已经好几年了。先生口不停地吟诵六经的文章，手不停地翻阅百家书籍。阅读记事的史传一定列出提要，研究论理的文章一定搜索其中的深奥宗旨。贪恋博杂的学识，务求有所得，大小都不舍弃。点上灯烛夜以继日，勤学苦读而终年不止。先生治学，真可以说勤奋了。抵制异端邪说，驳斥佛教与道教。补正儒学的缺漏，阐发圣道的精微。寻找那茫无头绪的失传的正道，独自广泛地搜求，远接那先贤的遗教。拦堵百川使东归大海，挽住那狂涛巨澜使它复归故道。先生对于弘扬儒学，可真算得上辛苦了。沉浸于意味浓郁的典籍中，体味那书中的精

业精于勤，荒于嬉

华。写起文章，书稿摆满了屋子。向上学习《虞》《夏》之书，深奥无边；周《诰》《盘庚》艰涩难读；《春秋》文辞严谨；《左传》记事夸张；《周易》变化奇妙却有定则；《诗经》端正而华美；往下一直到《庄子》《离骚》《史记》及扬雄和司马相如的同工异曲之辞赋。先生的文章，可以说内容博大而文采狂放雄奇了。少年时知道学习，就勇于实践；成年后通明大义，处事为人无不合宜。先生的为人，可以说老练周全了。然而在为官方面不被人信任，为私方面得不到朋友的帮助。进退两难，稍一动就惹祸。刚任御史，就获罪被贬于边远的阳山。做了三年国子博士，闲散而没能显示出政绩。命中注定要与仇敌打交道，败兴倒霉的事随时出现。在暖和的冬天，儿女衣单都喊冷；在丰收的年份，妻子还啼哭挨饿。您头秃齿落，直到老死，难有什么补益改善的。您不知考虑这些，反而却以此去教导别人吗？"

　　先生说："吁，你到前面来！就如同建房子以大木料做梁，细小的木料做椽，做那梁上的斗拱、短柱，做那门枢、门框、门闩及门前的竖木等，各自得到恰当的使用，用来建成整个房子，这是工匠的高明技巧。贵重的地榆、朱砂、天麻、青芝，粗贱的车前草、马屁菌、破鼓皮，都收存了，以备用时没有遗缺，这正是医生的精明。选才贤明，用人公正，巧拙之人，各都选用，为人处事周备而有涵养乃是佳士，旷达刚直是俊杰，比较长短，各样人才做出恰当安排，这是宰相应具备的用人原则。从前孟轲能言善辩，儒学因此得以阐明，他周游列国，车辙遍布天下，在奔波中度过了一生。荀况信守儒学正道，把儒学发扬光大，他逃避谗言到了楚国，丢了官职，老死在兰陵。这两位大儒士，言论成为经典，行为成为楷模，他们超越了一般儒士，升达圣人的境界。可是他们在世上的遭遇又怎样？现今我学业虽然勤奋，却不能一切都遵循儒家的道统；言论虽多却不得要领；文章虽奇巧华丽，

却不切实用；品行虽有一定修养，却未超凡出众。尚且每月领取俸钱，年年耗费禄米。儿子不会种田，妻子不会织布。骑着马带了随从，安坐家中，不劳而食。拘谨地走着寻常之路，翻阅古书模仿古人的文辞而无创见。然而圣明的君主不加责罚，宰相不予斥逐，这不是我的幸运吗？稍有行动就遭到诽谤，名声随之败坏，安置在闲散的位子上，是理所应当的。至于考虑利禄的有无，计较官职的高低，忘掉了自己的能力和地位相称，喜欢挑出高于自己者的毛病，这就是所谓指责工匠不用小木桩去做屋柱，指责医师用菖蒲作长寿药，却想推荐他用猪苓呀！"

圬者王承福传

　　王承福是长安的一个泥瓦匠。他原来有过功勋，却放弃俸禄回来做了个自食其力的泥瓦匠。本文用传记的形式，借王承福的口，提出"各致其能以相生"的主张；文章末尾作者进行了评论，表明了自己的看法。文章肯定了自食其力的人，用以对比当时社会上的"富贵之家",认为王承福的事可以"自鉴"。但韩愈从维护封建制度出发,说"用力者使于人,用心者使人",却是一种错误的认识。

【原文】

坛之为技,贱且劳者也。有业之,其色若自得者。听其言,约而尽。问之,王其姓,承福其名,世为京兆长安农夫[1]。天宝之乱[2],发人为兵,持弓矢十三年,有官勋,弃之来归。丧其土田,手镘衣食[3]。余三十年,舍于市之主人,而归其屋食之当焉。视时屋食之贵贱,而上下其坛之佣以偿之。有余,则以与道路之废疾饿者焉。

又曰:"粟,稼而生者也;若布与帛,必蚕绩而后成者也;其他所以养生之具,皆待人力而后完也,吾皆赖之。然人不可遍为,宜乎各致其能以相生也[4]。故君者,理我所以生者也;而百官者,承君之化者也。任有大小,惟其所能,若器皿焉。食焉而怠其事,必有天殃。故吾不敢一日舍镘以嬉。夫镘易能,可力焉,又诚有功,取其直,虽劳无愧,吾心安焉。夫力,易强而有功也;心,难强而有智也。用力者使于人,用心者使人,亦其宜也。吾特择其易为而无愧者取焉。

"嘻!吾操镘以入富贵之家有年矣。有一至者焉,又往过之,则为墟矣;有再至三至者焉,而往过之,则为墟矣。问之其邻,或曰:'噫!刑戮也。'或曰:'身既死,而其子孙不能有也。'或曰:'死而归之官也。'吾以是观之,非所谓食焉怠其事而得天殃者邪?非强心以智而不足,不择其才之称否而冒之者邪?非多行可愧,知其不可而强为之者邪?将富贵难守,薄功而厚飨之者邪?抑丰悴有时,一去一来而不可常者邪?吾之心悯焉,是故择其力之可能者行焉。乐富贵而悲贫贱,我岂异于人哉?"

又曰:"功大者,其所以自奉也博。妻与子皆养于我者也，吾能薄而功小，不有之可也。又吾所谓劳力者，若立吾家而力不足，则心又劳也。一身而二任焉，虽圣者不可为也。"

愈始闻而惑之，又从而思之，盖贤者也，盖所谓独善其身者也。然吾有讥焉，谓其自为也过多，其为人也过少。其学杨朱之道者邪[5]？杨之道，不肯拔我一毛而利天下。而夫人以有家为劳心，不肯一动其心以畜其妻子，其肯劳其心以为人乎哉？虽然，其贤于世之患不得之而患失之者，以济其生之欲，贪邪而亡道以丧其身者，其亦远矣。又其言有可以警余者，故余为之传，而自鉴焉。

【注释】

〔1〕京兆：唐时府名，治所在长安（今陕西西安）。

〔2〕天宝之乱：又称"安史之乱"。指唐玄宗天宝十四年（755），平卢、范阳、河东三镇节度使安禄山和其部将史思明，以诛杨国忠为名，在范阳（今北京）起兵叛乱，攻陷洛阳，进入长安等地，玄宗逃往四川成都。此乱历时7年多，才被平定。

〔3〕手镘（màn）衣食：手操瓦刀谋得衣食费用。镘，瓦刀。

〔4〕相生：相互依存。

〔5〕杨朱：战国时期思想家，魏国人。主张"重生贵己"，宣扬"为我"，不肯拔一毛以利天下。

【译文】

泥瓦匠作为一种职业，是低贱而劳苦的。有个人干这种职业，神色安然，好像很满足。听他讲话，扼要而透彻。问他，他说姓王，名承福，他家世代是京城长安的农民。天宝之乱时，朝廷招兵，他手持弓矢十三年，立功受勋，他却放弃官勋，回到家乡。家里的田地已经丧失，就拿起瓦刀谋得衣食费用。三十多年来，他住在雇用他干活的主人那里，付给主人房租与饭钱。房租饭价有涨有降，他的工钱也有增减，用来偿付房租饭钱。剩余的钱，送给路上那些病残饥饿的人。

他又说："谷米，是经过耕种才生长的；至于麻布与丝绸，一定得养蚕纺织才能得到；其他用来维持生活的物品，都要经过劳动才能制成。我依赖这一切而生活。但一个人不可能什么都做，应各尽其能以便相互依存。所以，君主的责任是治理我们，使我们得以生存；而各级官吏，是辅佐君主施行教化的。责任有大小，根据各人的能力而定，就像各种器皿作用不同一样。饱食终日而又懒于做事，一定会天降大灾！所以我一天也不敢放下泥瓦刀去闲游。抹灰刷墙是容易掌握的技能，只要出力就行，又确实能取得成效，获得报酬，虽劳累却心里无愧，我的心是安然的。体力活儿是容易通过强化劳动来取得成效的，而心就难以强行使它有才智了。用力的受人支配，用心的支配别人，也是应该的。我不过是选择那种容易做而又问心无愧的事来取得报酬。

"唉！我手拿瓦刀进出富贵人家干活已有多年了。有去过一次的，再一次去那里，已变成废墟了。有去过两次三次的，后来经过那里，也已变成废墟了。问他们的邻居，有的说：'唉！坐牢杀头了！'有的说：'主人死后，子孙们不能保住家业了。'有的说：'主人死后家产充公了。'我从这些情况看到：这不就是那种光享受俸禄却怠忽职事而遭了天灾的事例吗？不就是勉强自己去干才智达不到的事，不选择使自己才能与职务相称的工作去做的结果吗？不就是老干那于心有愧的事，明知不应该做而硬要去做的下场吗？还是由于富贵本来难以守住，而享受富贵的人功劳小而俸禄厚的缘故呢？或者是兴旺与衰败有一定时限，一去一来难以长久的原因呢？我心里怜惜他们，因此就选择力所能及的事来做。为富贵高兴，为贫贱忧愁，我哪里与别人不一样呢？"

又说："功劳大的，他供养自己的物资就多。妻子儿女都要靠我来养活，我能力弱而功劳小，没有妻子儿女也是可以的。再说我是劳力之人，如果成了家而力量不够，那么心就又要操劳了。一个人身负劳力与劳心两种责任，即使是圣人也难以做到。"

我开始听到这话不明白，接着根据他的言行再思量，他可能是一个贤人，大概是人们所说的"独善其身"的人。然而我要批评他，认为他为自己考虑得太多，为他人考虑太少。他莫非是位信奉杨朱学说的人？杨朱学说，不愿拔自己一根毫毛以利于天下。而此人认为有家是劳神费心，不愿花费一点心思来养活妻儿，难道还肯劳心去为别人服务吗？虽然这样，他比世上那些唯恐得不到富贵，得到又怕失去的人，比那些为了满足个人生活中的欲望，贪图不义之财而不走正道并丧命的人，要强出许多。另外，他的话有许多可以警戒我的地方，因此我为他立传，自己从中借鉴。

讳　辩

【题解】

李贺是唐代杰出的诗人，很有才华，二十一岁时被推选去考进士。他的父亲名晋肃，晋肃的"晋"与进士的"进"同音，嫉妒他的人扬言李贺考进士犯了他父亲的名讳，即没有避讳父亲的名字，因而他不宜参加进士的考试。为此，韩愈特地写作本文替李贺辩护。本文先引律，后引经，再引国家之典，指出李贺举

进士既不犯二名律，也不犯嫌名律。辩驳非常有力，语调也很幽默。但后来李贺仍未能破除社会的偏见，还是被迫放弃了进士考试。

【原文】

愈与李贺书，劝贺举进士。贺举进士有名，与贺争名者毁之，曰："贺父名晋肃，贺不举进士为是，劝之举者为非。"听者不察也，和而唱之，同然一辞。皇甫湜曰[1]："若不明白，子与贺且得罪。"愈曰："然。"

律曰[2]："二名不偏讳[3]。"释之者曰[4]："谓若言'徵'不称'在'，言'在'不称'徵'是也[5]。"律曰："不讳嫌名[6]。"释之者曰："谓若'禹'与'雨'，'丘'与'蓲'之类是也。"今贺父名晋肃，贺举进士，为犯二名律乎？为犯嫌名律乎？父名晋肃，子不得举进士；若父名"仁"，子不得为人乎？

夫讳始于何时？作法制以教天下者，非周公、孔子欤？周公作诗不讳，孔子不偏讳二名，《春秋》不讥不讳嫌名。康王钊之孙，实为昭王[7]。曾参之父名晳，曾子不讳"昔"[8]。周之时有骐期，汉之时有杜度[9]，此其子宜如何讳？将讳其嫌，遂讳其姓乎？将不讳其嫌者乎？汉讳武帝名"彻"为"通"，不闻又讳车辙之"辙"为某字也。讳吕后名"雉"为"野鸡"，不闻又讳治天下之"治"为某字也。今上章及诏，不闻讳"浒""势""秉""机"也〔10〕。惟宦官宫妾，乃不敢言"谕"及"机"〔11〕，以为触犯。士君子立言行事，宜何所法守也？今考之于经，质之于律，稽之以国家之典，贺举进士为可邪，为不可邪？

凡事父母，得如曾参，可以无讥矣。作人得如周公、孔子，亦可以止矣。今世之士；不务行曾参、周公、孔子之行，而讳亲之名，则务胜于曾参、周公、孔子，亦见其惑也。夫周公、孔子、曾参，卒不可胜。胜周公、孔子、曾参，乃比于宦者宫妾。则是宦者宫妾之孝于其亲，贤于周公、孔子、曾参者邪？

【注释】

〔1〕皇甫湜（shí）：字持正。唐宪宗元和年间进士，曾从韩愈学古文，与李翱、张籍齐名。

〔2〕律：指《唐律》，以下所引条文，皆出于《礼记》。

〔3〕二名不偏讳：两个字的名字不避讳其中的一个字。

〔4〕释之者：指解释《唐律》的人，这里引的皆是为《礼记》做注释的汉代郑玄的话。

〔5〕言"微"不称"在"，言"在"不称"微"：谓孔子母亲名微在，孔子不讳单称。如《论语·八佾》："夏礼吾能言之，杞不足徵也。"又《卫灵公》："某在斯，某在斯。"

〔6〕不讳嫌名：谓臣避君主的名讳时，不避讳声音相近的字。

〔7〕"康王钊之孙"二句：周康王，姓姬，名钊。其子周昭王，名瑕。"昭"和"钊"同音，周人不讳。原文"孙"应为"子"。

〔8〕"曾参之父名皙"二句：曾参，即曾子，春秋时鲁国人，孔子的学生。他事亲极孝。他父亲名点，字皙，也是孔子的学生。《论语·泰伯》记曾子的话："昔者吾友，尝从事于斯矣。""昔"和"皙"同音，曾参不讳。原文"名"应为"字"。

〔9〕"周之时"二句：骐期，春秋时楚国人。杜度，汉章帝时齐国的相。两人的姓与名皆同音。

〔10〕"浒""势""秉""机"：唐太祖名虎，太宗名世民，世祖名昞，玄宗名隆基，其浒、势、秉、机四字分别与虎、世、昞、基四字同音。

〔11〕谕：唐代宗名豫。"谕"与"豫"同音。

【译文】

我写信给李贺，劝他参加进士考试。李贺已有点名气，准备考进士，与他争名的人攻击他，说："李贺的父亲名叫晋肃，李贺不参加进士考试是对的，劝他应试的人是不对的。"听了这话的人也不加分析考虑，随声附和，异口同声。皇甫湜对我说："如果不把这件事说清楚，您与李贺将蒙受罪名。"我回答："是这样。"

律令规定："两个字的名字不必对两个字都避讳。"解释律令的人说："孔子的母亲名'徵在'，讲到'徵'字时不说'在'字，讲到'在'字时不说'徵'字。"律令又说："不避讳同音字。"解释的人说："是指例如'禹'字与'雨'字，'丘'字与'蓲'字这一类。"

李贺

如今李贺的父亲名晋肃，李贺去参加进士考试，是犯了"二名律"呢，还是犯了"嫌名律"呢？父亲名叫晋肃，儿子就不能考进士；如果父亲名字叫"仁"，儿子就不能做人了吗？

避讳是从什么时候开始的呢？创立礼法制度来教化天下的人，不就是周公、孔子吗？周公作诗不避讳父兄之名，孔子对母亲名字中的两个字并不同时避讳，《春秋》中对人名相近不避讳的情况也不加以讥讽。周康王姬钊的儿子，谥号为昭王。曾参的父亲名叫晳，曾参也不讳"昔"字。周朝有个人叫骐期，汉朝有个人叫杜度，像这种情况他们的儿子应如何去避讳？是避讳同音，连姓都改了呢，还是不避讳与名字同音的字呢？汉朝为避讳武帝刘彻的名字"彻"，就将"彻"改为"通"，但没听说他们将车辙的"辙"改成别的字。为了避讳吕后的名字"雉"而把它改称"野鸡"，但没听说再将治理天下的"治"字改成别的字。现在的奏章和诏书，没有听到避讳"浒""势""秉""机"这几个字。只有宦官宫女们才不敢说"谕"字和"机"字，认为说了就是触犯了代宗与玄宗的名讳。君子谈话做事，应遵守什么礼法呢？现经过对经书的考查，对律令的质询，对国家典章的稽考，李贺去考进士是可以呢，还是不可以呢？

凡是侍奉父母能如曾参那样的，就无可指责了。做人能够像周公、孔子，也算是到顶点了。现今的读书人，不努力学习曾参、周公、孔子的品行，却在避讳父母名字这一点上要超过曾参、周公、孔子，足见他们的糊涂了。那周公、孔子、曾参，终究是超越不了的。要在避讳上超越周公、孔子、曾参，就是在与宦官宫女攀比了。那么，这些宦官宫女对他们亲人的孝顺，还能胜过周公、孔子、曾参吗？

争臣论

【题解】

本文从忠于封建帝王，维护封建统治出发，针对德宗时谏议大夫阳城不认真履行自己的职责，采取敷衍应付态度的不良表现，用四问四答的形式，对阳城其人其事进行直截了当的批评，指出人们应当认真对待自己的官职，忠于职守，不能敷衍塞责，得过且过。文章有的放矢，的确也使阳城改变了自己的作风，这是后话。

文题又作《诤臣论》。诤臣，指能以直言规劝帝王的臣子。

【原文】

或问谏议大夫阳城于愈[1]："可以为有道之士乎哉？学广而闻多，不求闻于人也。行古人之道，居于晋之鄙，晋之鄙人，薰其德而善良者几千人。大臣闻而荐之，天子以为谏议大夫。人皆以为华，阳子不色喜。居于位五年矣，视其德如在野，彼岂以富贵移易其心哉？"

愈应之曰："是《易》所谓'恒其德贞'而'夫子凶'者也[2]。恶得为有道之士乎哉[3]？在《易·蛊》之上九云：'不事王侯，高尚其事[4]'。《蹇》之六二则曰：'王臣蹇蹇，匪躬之故[5]。'夫亦以所居之时不一，而所蹈之德不同也。若《蛊》之上九，居无用之地，而致匪躬之节；以《蹇》之六二，在王臣之位，而高不事之心：则冒进之患生，旷官之刺兴。志不可则，而尤不终无也。今阳子在位，不为不久矣，闻天下之得失，不为不熟矣，天子待之，不为不加矣，而未尝一言及于政。视政之得失，若越人视秦人之肥瘠，忽焉不加喜戚于其心。问其官，则曰：'谏议也。'问其禄，则曰：'下大夫之秩也。'问其政，则曰：'我不知也。'有道之士，固如是乎哉？且吾闻之：有官守者，不得其职则去；有言责者，不得其言则去。今阳子以为得其言乎哉？得其言而不言，与不得其言而不去，无一可者也。阳子将为禄仕乎？古之人有云：'仕不为贫，而有时乎为贫。'谓禄仕者也。宜乎辞尊而居卑，辞富而居贫，若抱关击柝者可也。盖孔子尝为委吏矣，尝为乘田矣，亦不敢旷其职，必曰：'会计当而已矣。'必曰：'牛羊遂而已矣。'若阳子之秩禄，不为卑且贫，章章明矣，而如此，其可乎哉？"

或曰："否，非若此也。夫阳子恶讪上者，恶为人臣招其君之过而以为名者。故虽谏且议，使人不得而知焉。《书》曰：'尔有嘉谟嘉猷，则入告尔后于内，尔乃顺之于外，曰："斯谟斯猷，惟我后之德[6]。"'夫阳子之用心，亦若此者。"

愈应之曰："若阳子之用心如此，滋所谓惑者矣。入则谏其君，出不使人知者，大臣宰相之事，非阳子之所宜行也。夫阳子，本以布衣隐于蓬蒿之下，主上嘉其行谊，擢在此位，官以谏为名，诚宜有以奉其职，使四方后代，知朝廷有直言骨鲠之臣，天子有不僭赏、从谏如流之美。庶岩穴之士[7]，闻而慕之，束带结发，愿进于阙下，而伸其辞说，致吾君于尧舜，熙鸿号于无穷也。若《书》所谓，则大臣宰相之事，非阳子之所宜行也。且阳子之心，将使君人者恶闻其过乎？是启之也。"

或曰："阳子之不求闻而人闻之，不求用而君用之，不得已而起，守其道而不变，何子过之深也？"

愈曰："自古圣人贤士，皆非有求于闻用也。闵其时之不平[8]，人之不乂[9]，得其道，不敢独善其身，而必以兼济天下也。孜孜矻矻，死而后已。故禹过家门不入[10]，孔席不暇暖，而墨突不得黔[11]。彼二圣一贤者，岂不知自安佚之为乐哉？诚畏天命而悲人穷也。夫天授人以贤圣才能，岂使自有余而已？诚欲以补其不足者也。耳目之于身也，耳司闻而目司见，听其是非，视其险易，然后身得安焉。圣贤者，时人之耳目；时人者，圣贤之身也。且阳子之不贤，则将役于贤以奉其上矣；若果贤，则固畏天命而闵人穷也。恶得以自暇逸乎哉？"

或曰："吾闻君子不欲加诸人，而恶讦以为直者。若吾子之论，直则直矣，无乃伤于德而费于辞乎？好尽言以招人过，国武子之所以见杀于齐也[12]，吾子其亦闻乎？"

愈曰："君子居其位，则思死其官；未得位，则思修其辞以明其道。我将以明道也，非以为直而加人也。且国武子不能得善人，而好尽言于乱国，是以见杀。《传》曰：'惟善人能受尽言[13]。'谓其闻而能改之也。子告我曰：'阳子可以为有道之士也。'今虽不能及已，阳子将不得为善人乎哉？"

【注释】

[1] 谏议大夫：官名。唐时隶属门下省。常侍从规谏。阳

城：字亢宗，唐定州北平（今河北顺平东南）人。家贫好学，为集贤院写书吏，唐德宗时中进士。曾隐居中条山，由李泌推荐，召为谏议大夫。任谏官五年，每日饮酒，未尝言事，韩愈为此写下了这篇《争臣论》。

〔2〕恒其德贞、夫子凶：见《易经·恒卦》。意思是，在"恒其德"的原则下，有所占问，妇人则吉，丈夫则凶。

〔3〕恶（wū）：怎么，哪里。

〔4〕不事王侯，高尚其事：是《易经·蛊卦》中"上九"爻辞。前一个"事"为动词，谓侍奉；后一个"事"为名词，指行为、节操。

〔5〕王臣蹇蹇，匪躬之故：《易经·蹇卦》中"六二"爻辞。意思是王臣屡屡直谏，并非为自己，而是为君为国。

〔6〕《书》：《尚书》。本段话出自《尚书·君陈》。

〔7〕岩穴之士：指隐居山林的知识分子。

〔8〕闵：通"悯"，忧虑。

〔9〕乂（yì）：安定。

〔10〕禹：夏禹。他治理洪水非常勤劳，十三年里三过家门而不入。

〔11〕"孔席不暇暖，而墨突不得黔"二句：出自汉班固《答宾戏》。大意是说孔子和墨子热心世事，周游列国，整天奔忙不休，座席还未坐暖，灶上烟囱还未烧黑，又离家出行了。

〔12〕国武子：名佐，春秋时齐国的大夫。《国语》："柯陵之会，单襄公见国武子，其言尽。襄公曰：'立于淫乱之间，而好尽言以招人过，怨之本也。'鲁成公十八年，齐人杀武子。"

〔13〕"《传》曰"句：《传》，指《国语》。《国语》又称《春秋外传》。引文见《国语·周语下》。

【译文】

有人向我问起谏议大夫阳城，说："此人可以算作有道德的人吗？他博学广识，见闻甚多，却不求出名。继承古人遗风，隐居在晋地边远乡野，那里的人，受他的道德熏陶而心性善良的已有几千人。有的大臣听说后就推荐他，天子任命他为谏议大夫。人们都认为这是很荣耀的，而阳城脸无喜色。他任职五年了，看他的品德如同隐居时一样，难道他会因为富贵而改变自己的心志吗？"

我回答说："这就是《易经》所说的'长久地保持一种美德'，'对男子来说却是坏事'。阳城哪能算得上是有道德的人呢？《易经·蛊》上九的爻辞说：'不去侍奉王侯，使自己的行为高尚。'《易经·蹇》六二的爻辞却说：'王臣不断直言进谏，并不是为了他自身的利益。'这就是因为所处的时代不一样，而所遵循的道德标准也不相同。如果像《易经·蛊》上九的爻辞所说，处于闲职无用的位子上，却要表现出公而忘私的节操；照《易经·蹇》六二的爻辞所说，处在大臣的地位，却以不侍奉君主的志向为高尚：那么，贸然求仕带来的灾患就会产生，旷废职守造成的责难就会兴起。这种志向不能去效法，而他的过失最终是不可避免的。如今阳子在谏官位子上的时间不能说不长，他对天下利弊得失的了解，不能算不熟悉，天子对待他不能说不重视，他却没说一句有关朝政的话。看朝政的得失，就像越国人看待秦国人的胖瘦一样，毫不在意，无动于衷。问他官位，他就说：'谏议大夫。'问他的俸禄，他就说：'与下大夫一样。'问他朝政，他却说：'我不知道。'有道德的人，就是这个样吗？而且我听说：有官职的人，不称职则应辞去；有进言责任的人，不向君王提出规劝就要辞职。如今阳子认为自己尽了向君王进言的职责了吗？应该进言而不进言，与不进言而又不辞职，没有一种是对的。恐怕阳子是为俸禄做官的吧。古人说过：'做官不是因为贫穷，但有时是因为贫穷。'指的就是为俸禄做官的人。他应该辞掉高位而担任卑职，放弃富贵而甘居贫贱，做做守门、打更一类的差事足够了。孔子曾当过仓库小吏，曾当过管畜牧的小吏，也不敢玩忽职守，一定说：'财物账目一定要核对准确才行。'一定说：'使牛羊顺利成长才可以。'像阳子的官级俸禄，不算官小而钱少，这很明显了，而他这样做事，难道这样合适吗？"

有人说："不，不是这样。阳子厌恶诽谤君主的人，厌恶做臣僚的去公开指责君主的过失而因此出名。因此他虽然规劝和评议，却不让人知道。《尚书》说：'你有好计良策，就进宫告诉你的君王，而在外面却附和着说："这个好计良策，都是由于我主的贤德圣明，才做出的。"'大概阳子的用心，正是如此。"

我回答说："如果阳子的用心真是如此，那就更加让人迷惑了。进宫规劝君王，出来却不让人知道，这是大臣宰相们的事，不是阳子应该干的。阳子本是隐居于乡野的平民，君主赏识他的德行，把他选拔在这个职位上。官职既以谏议为名，实在应当有所作为以履行自己的职责，让天下人和后代子孙知道朝廷有直言刚正的臣子，天子有不滥加赏赐而又能从谏如流的美名。这样，就可使山野隐士听到后羡慕，系了衣带，盘住头发，自愿到朝廷陈述自己的意见和建议，使我们的君主成为尧舜那样的圣君，传美名于千秋万代。如果像《尚书》所说的那样，那是大臣宰相们的事，不是阳子应该做的。而且阳子的用心，是要让君临天下的圣上厌恶听到自己的过失吗？这是对君王不好的启发和诱导！"

有人说："阳子不求出名而人们都知道他，不求任用而君王用了他，是不得已才做官的。他保持他的德行不变，为什么您那样苛刻地指责他呢？"

我说："自古以来的圣人贤士，都不是追求出名与当官的。他们忧虑时势不太平，百姓不安定，具有道德学问，不敢独善其身，一定要为天下人谋利益，勤奋劳苦，到死方休。所以大禹治水三过家门而不入；孔子周游列国，席位都坐不暖；墨子奔走四方，家里烟囱都来不及烧黑。这两位圣人、一位贤人，难道不知道安闲自在是快乐的吗？实在是敬畏天命而又同情百姓的贫苦啊！上天授予人以智慧和才能，难道只是让他自己优裕有余？实在是想让他来补救天下的不足。耳目对于身体，耳管听，目管看，听清是非，看明安危，然后身体才能得以安康。圣贤，好像当时人的耳目；当时人，恰似圣贤的身体。如果阳子不是贤人，就应被贤者役使来侍奉上级；如果是贤人，那么就应该敬畏天命而同情人们的穷困，怎么能只贪图自己的安闲自在呢？"

有人说："我听说君子不想强加于人，厌恶那种攻讦别人以显示自己正直的人。像您这种说法，直率是够直率的了，不是有损于德且又浪费口舌？喜欢直言不讳来揭露人家的过失，这就是国武子在齐国被杀的原因，您大概也知道吧？"

我回答说："君子担任职务，就要想到献身于这个职位；而若未当官，就要想到修练文辞以阐明自己的主张。我要阐明的道理，不是为了显示正直而强加于人。国武子没有遇到善良的人，却喜欢在乱国中直言不讳，因此被杀。《国语》说：'只有善人能接受直言规劝。'这是说他们听到规劝或批评的意见后能改正过失。你告诉我说：'阳子可以算作一个有道德的人了。'阳子虽然现在还算不上有道德的人，难道他将来就不能成为善人了吗？"

后十九日复上（宰相）书

【题解】

　　韩愈在唐德宗贞元八年（792）中进士，以后又参加了吏部的博学宏词科的考试，但一直没有得到官职。贞元十一年年初，韩愈连续三次给宰相上书求仕，都毫无结果。本文是第二封书信，因距写第一封信的时间为十九天，故题为《后十九日复上宰相书》。

　　文章首先陈述自己的窘迫之状，然后设喻取譬，用一般人在他人情势危急之时尚且不顾个人安危救人于水火，说明身居高位之人应动仁爱怜惜之心，解救穷困危难中的士子。接着借驳他人之言，说明是否提拔后进之士并不因时而异，人才任用的时机是身处高位的人提供的。全文紧扣"势""时"二字着笔，步步深入；又善于设事立言，语言婉曲而深沉。本文在客观上表现了当时统治集团不能举贤授能的社会现实，但同时也表

现出封建文人为求官禄而企求上层统治者垂怜的无奈。

【原文】

二月十六日，前乡贡进士韩愈[1]，谨再拜言相公阁下：

向上书及所著文后，待命凡十有九日，不得命。恐惧不敢逃遁，不知所为。乃复敢自纳于不测之诛[2]，以求毕其说，而请命于左右。

愈闻之，蹈水火者之求免于人也，不惟其父兄子弟之慈爱，然后呼而望之也。将有介于其侧者，虽其所憎怨，苟不至乎欲其死者，则将大其声，疾呼而望其仁之也。彼介于其侧者，闻其声而见其事，不惟其父兄子弟之慈爱，然后往而全之也。虽有所憎怨，苟不至乎欲其死者，则将狂奔尽气，濡手足，焦毛发，救之而不辞也。若是者何哉？其势诚急，而其情诚可悲也。

愈之强学力行有年矣。愚不惟道之险夷，行且不息，以蹈于穷饿之水火，其既危且亟矣，大其声而疾呼矣，阁下其亦闻而见之矣。其将往而全之欤？抑将安而不救欤？有来言于阁下者曰："有观溺于水而爇于火者，有可救之道而终莫之救也。"阁下且以为仁人乎哉？不然，若愈者，亦君子之所宜动心者也。

或谓愈："子言则然矣，宰相则知子矣，如时不可何？"愈窃谓之不知言者，诚其材能不足当吾贤相之举耳。若所谓时者，固在上位者之为耳，非天之所为也。前五六年时，宰相荐闻，尚有自布衣蒙抽擢者，与今岂异时哉？且今节度、观察使及防御、营田诸小使等，尚得自举判官，无间于已仕未仕者。况在宰相，吾君所尊敬者，而曰不可乎？古之进人者，或取于盗[3]，或举于管库[4]；今布衣虽贱，犹足以方于此。情隘辞蹙，不知所裁，亦惟少垂怜焉。

愈再拜。

【注释】

〔1〕乡贡：唐时士人由州县举选而不经过学馆举选的叫"乡贡"。进士：唐时士人参加礼部考试的叫作"进士"；进士得第，叫作"前进士"。

〔2〕诛：责备，责罚，惩处。

〔3〕取于盗：在盗贼中选取人才（事见《礼记·杂记》）。

〔4〕举于管库：在管理仓库的人中选拔人才（事见《礼记·檀弓下》）。

【译文】

二月十六日，前科乡贡进士韩愈，恭敬地再次拜伏进言于相公阁下：

前些日子曾向您呈上书信和所做的文章，等了十九天，还没等到您的赐复。我心中惶恐不安却不敢逃避，不知该怎么办。便再次甘冒不可预料的责备，以求得能充分陈述我的意见，而恳请阁下指教。

我听说，陷于水火之灾的人向人呼救时，不只是因为别人和自己有父母、兄弟、子女般的慈爱之情，才呼唤并盼望他们来救助。如果有人就在旁边，哪怕是自己憎恶和怨恨的人，只要这人还不至于希望自己死去，就会向他大声疾呼，希望那人发善心来救援。那个在他旁边不远处的人，听见这声音，看见这情况，也并不考虑他是否和自己有父母、兄弟、子女般的慈爱之情，然后才前去救他。即使这人对呼救的人心存憎恶和怨恨，只要还不至于希望他死去，就会一口气飞奔过去，哪怕湿了手足，烧焦毛发，也救出他来而不会推辞。这样做是为什么呢？那是因为呼救的人的处境实在危急，他的情况实在可怜啊！

我勤奋好学、身体力行已经多年了。我没有考虑道路的艰险和平坦，一直前进不息，以至于陷于穷愁饥饿的水深火热之中，处境既危险又急迫，只好大声疾呼，您也许听到和看到了。您是前来救助我呢，还是坐视不救呢？有人对您说："有人看到别人被水淹或被火烧，他有救的办法却最终不去救。"您认为这人是仁人君子吗？如果认为不是，那么，像我这种情况，仁人君子也该动心了吧。

有人对我说："你的话是对的，宰相是了解你的，只是时机不成熟，有什么办法呢？"我认为那些说不被宰相所了解和赏识的人，是他的才能不值得我们贤相的荐举罢了。至于所谓时机，本来就是身处高位的人提供的，不是上天造成的。五六年前，因为宰相的荐举，尚且有从平民百姓中提拔的人，那时与现今难道有什么不同吗？况且现在的节度使、观察使乃至防御使、营田使等各种小使，尚可自选判官，不论是做过官还是没做过官的都同等对待，何况是宰相，我们君主所尊敬的人，怎么能说不行呢？古代推荐人才，有的从盗贼中选取，有的从库管员中选拔，现在我这个平民虽然身份低微，还是足以与这些人相比的。我心情郁塞，言辞急切，不知写些什么好，只是祈求您稍加怜惜垂顾罢了。

韩愈再拜。

后廿九日复上（宰相）书

【题解】

此书是韩愈三上宰相书的第三封。与前封书信比，虽然同是出自求荐的动机，但文辞内容与表现手法多有不同。前者自诉穷困以求"垂怜"，重在以情动人；此信则引典析理以求"垂察"，重在以理服人。立意的角度从作者个人的利益得失转变为朝廷用人的得与失，把宰相对待他上书的态度提到是否重视人才的高度。信的第一段赞颂周公"吐哺握发"、求贤若渴这一正面典范；第二段将今之宰相与古之周公的两种用心对比，以显示出宰相的错误态度；第三段从当时情况与古代情况、自己的行为与隐士的作风的两相比较中，说明自己反复上书是缘于"忧天下之心"。

【原文】

三月十六日，前乡贡进士韩愈，谨再拜言相公阁下：

愈闻周公之为辅相，其急于见贤也，方一食三吐其哺，方一沐三握其发。当是时，天下之贤才，皆已举用；奸邪谗佞欺负之徒，皆已除去；四海皆已无虞；九夷八蛮之在荒服之外者，皆已宾贡；天灾时变，昆虫草木之妖，皆已销息；天下之所谓礼、乐、刑、政教化之具，皆已修理；风俗皆已敦厚；动植之物，风雨霜露之所沾被者，皆已得宜；休征嘉瑞[1]，麟凤龟龙之属[2]，皆已备至。而周公以圣人之才，凭叔父之亲，其所辅理承化之功，又尽章章如是。其所求进见之士，岂复有贤于周公者哉？不惟不贤于周公而已，岂复有贤于时百执事者哉[3]？岂复有所计议、能补于周公之化者哉？然而周公求之如此其急，惟恐耳目有所不闻见，思虑有所未及，以负成王托周公之意，不得于天下之心。如周公之心，设使其时辅理承化之功，未尽章章如是，而非圣人之才，而无叔父之亲，则将不暇食与沐矣，岂特吐哺握发为勤而止哉？维其如是，故于今颂成王之德，而称周公之功不衰。

今阁下为辅相亦近耳。天下之贤才，岂尽举用？奸邪谗佞欺负之徒，岂尽除去？四海岂尽无虞？九夷八蛮之在荒服之外者，岂尽宾贡？天灾时变、昆虫草木之妖，岂尽销息？天下之所谓礼、乐、刑、政教化之具，岂尽修理？风俗岂尽敦厚？动植之物、风雨霜露之所沾被者，岂尽得宜？休征嘉瑞，麟凤龟龙之属，岂尽备至？其所求进见之士，虽不足以希望盛德，至比于百执事，岂尽出其下哉？其所称说，岂尽无所补哉？今虽不能如周公吐哺握发，亦宜引而进之，察其所以而去就之，不宜默默而已也。

愈之待命，四十余日矣。书再上，而志不得通。足三及门，而阍人辞焉[4]。惟其昏愚，不知逃遁，故复有周公之说焉。阁下其亦察之。古之士，三月不仕则相吊，故出疆必载质[5]。然所以重于自进者，以其于周不可则去之鲁，于鲁不可则去之齐，于齐不可则去之宋，之郑，之秦，之楚也。今天下一君，四海一国，舍乎此则夷狄矣，去父母之邦矣。故士之行道者，不得于朝，则山林而已矣。山林者，士之所独善自养，而不忧天下者之所能安也。如有忧天下之心，则不能矣。故愈每自进而不知愧焉，书亟上[6]，足数及门，而不知止焉。宁独如此而已，惴惴焉惟不得出大贤之门下是惧。亦惟少垂察焉！渎冒威尊[7]，惶恐无已。

愈再拜。

【注释】

[1]休征嘉瑞：吉祥的征兆。

[2]麟凤龟龙：古代认为代表吉祥的四种动物。

[3]百执事：指公卿百官。

[4]阍（hūn）人：看门的人。

[5]质：通"贽（zhì）"，古代的见面礼。

[6]亟（qì）：屡次。

[7]渎（dú）：轻慢，对人不恭敬。

【译文】

三月十六日，前科乡贡进士韩愈，恭敬地再次拜伏进言于相公阁下：

我听说周公担任宰相时，他急于会见贤良之士，吃一顿饭要多次吐出口中食物去会见来访者，洗一次头要多次用手把解开的头发挽住去接待客人。那时，天下的贤士良才都已被选拔任用；奸诈邪恶、搬弄是非、巧言谄媚、背信弃义之徒，全都已被清除；天下太平无事；边远的少数民族都已归顺纳贡；天灾人祸，昆虫草木的各种妖异现象，都已销声匿迹；天下称为礼仪、音乐、刑法、政令等的教化人的制度，都已整治齐备；风俗已朴实淳厚；动物植物，受到风雨霜露滋润养育的，都已各得其宜；吉祥的征兆，如麟、凤、龟、龙之类，都已出现。而周公以圣人的才智，靠着身为天子叔父的亲情关系，辅佐天子治理国家、教化百姓的功绩，又都这样显著，那些请求进见的人，难道贤明有超过周公的吗？不仅不能超过周公，难道还有比当时的百官更贤能的吗？难道还有计谋与建议能补益于周公教化的吗？然而周公求贤是这样急迫，只担心有看不见、听不到的，思虑有不周全的，以致辜负了周成王托付他治理国家的心意，失去天下人心。像周公的用心，假设那时辅佐天子治理国家、教化百姓的功绩，没有这样显著，而且也没有圣人的才智，又无天子叔父这种亲情关系，那么将会连吃饭、洗头都没时间了，怎么只是吐哺握发这样勤勉就够了呢？正因为他这样，所以人们至今颂扬周成王的德行，同时称赞周公的功德而没有停止。

现在您任宰相也与周公的地位相近。天下的贤才，难道全已选用？奸诈邪恶、搬弄是非、巧言谄媚、背信弃义的人，难道都已清除？天下难道已太平无事？边远的少数民族，难道都已归顺纳贡？天灾人祸，昆虫草木的各种妖异现象，难道都已销声匿迹？天下称为礼仪、音乐、刑法、政令等的教化人的制度，难道都已整治齐备？风俗难道已经朴实淳厚？动物植物，受着风雨霜露滋润养育的，难道都已各得其宜？美好的征兆，如麟、凤、龟、龙之类，难道都已出现？那些请求进见的人，虽不指望他们有您这样的盛德，但与那些朝廷百官相比，难道他们的才德都在百官之下吗？他们提出的计谋建议，难道对朝廷没有一点补益吗？如今您虽不能像周公那样吐哺握发，也应当召见并举荐他们，考察他们的才能然后决定去留，而不应沉默不语。

周公

我等着您的回音已有四十多天了。信一再呈上，可心愿不被您理解。多次登门，都被看门的人挡住。只因我生性愚鲁，不知识趣地离开，所以又有了一通关于周公的议论。希望您能明察。古代的读书人，三个月不出任官职就要互相慰勉，所以出国界一定要带上见面的礼物。但是他们之所以看重自我推荐，是因为他们如果在周朝不被任用，便前往鲁国；如果在鲁国不被任用，就前往齐国；如果在齐国不被任用，就前往宋国，前往郑国，前往秦国，前往楚国。现今天下只有一个君主，四海之内只是一个国家，离开这里就是少数民族的土地，也就离开故国了。因此读书人坚持自己抱负的，如果不能得志于朝廷，就只能隐居山林了。山林，是读书人中那些独善其身、注重自我修养、不为天下人忧的人才能安居的。如有忧虑天下的心思，就不能安居了。因此我多次自我推荐而不感到羞愧，屡次奉上书信，多次登门求见而不知停止。又哪里能仅仅这样罢了，我还惴惴不安地担心不能出自您的门下。也希望您稍微地俯身留心察看！亵渎冒犯了您的威望和尊贵，惶恐不安。

　　韩愈再拜。

与陈给事书

【题解】

唐德宗贞元十九年（803）冬，韩愈被贬为阳山县令。他在离京之前，给新迁给事中的陈京写了这封信。信的首段陈述首次谒见后不得复见的缘由，次段陈说去年两次进见后不敢复见的原因，末段反省检讨、自责谢罪以求再度获见。全信围绕一个"见"字落笔，历叙几次进见的情况，就陈给事态度的冷热变化诉说自己的苦衷，请求对方谅解。这篇文章从侧面反映出封建官场等级森严、奔竞成风的陋习和地位低微的小官仰人鼻息、承人颜色的艰难处境。

给事，官名，即给事中。唐代的给事中是中央机构门下省的重要官员，仅次于门下省的长官侍中和副长官侍郎，掌管驳正政令之违失。陈给事，名京，字庆复。

【原文】

愈再拜：

愈之获见于阁下有年矣。始者亦尝辱一言之誉。贫贱也，衣食于奔走，不得朝夕继见[1]。其后，阁下位益尊，伺候于门墙者日益进[2]。夫位益尊，则贱者日隔；伺候于门墙者日益进，则爱博而情不专。愈也道不加修，而文日益有名。夫道不加修，则贤者不与；文日益有名，则同进者忌。始之以日隔之疏，加之以不专之望，以不与者之心，而听忌者之说，由是阁下之庭，无愈之迹矣。

去年春，亦尝一进谒于左右矣。温乎其容，若加其新也[3]；属乎其言[4]，若闵其穷也[5]。退而喜也，以告于人。其后，如东京取妻子[6]，又不得朝夕继见。及其还也，亦尝一进谒于左右矣。邈乎其容[7]，若不察其愚也；悄乎其言[8]，若不接其情也。退而惧也，不敢复进。

今则释然悟，翻然悔曰：其邈也，乃所以怒其来之不继也；其悄也，乃所以示其意也。不敏之诛[9]，无所逃避。不敢遂进，辄自疏其所以，并献近所为《复志赋》以下十首，为一卷，卷有标轴[10]。《送孟郊序》一首[11]，生纸写[12]，不加装饰，皆有楷字、注字处[13]，急于自解而谢，不能俟更写[14]。阁下取其意，而略其礼可也。

愈恐惧再拜。

【注释】

［1］继：一直，连续。

〔2〕伺候：等候，守候。

〔3〕加：对待。新：新交的朋友。

〔4〕属：连续不断。

〔5〕闵：同"悯"，怜恤，同情。

〔6〕如：到。东京：即今河南洛阳。

〔7〕邈（miǎo）：远，形容表情冷漠。

〔8〕悄（qiǎo）：沉默寡言。

〔9〕诛：责备。

〔10〕标轴：标明题号的书轴子。古代书画用卷子，卷子中有棍杆，两头叫轴。

〔11〕孟郊：字东野，湖州武康（今浙江德清）人。唐代诗人，和韩愈交情很深。

〔12〕生纸：未经加工精制的纸。

〔13〕揩字：涂抹的字。注字：添加的字。

〔14〕俟（sì）：等待。

【译文】

韩愈再次拜礼。

我认识阁下已经好几年了。开始时也曾经得到您的赞扬。因我贫贱，为了谋生而东奔西走，不能早晚连续拜见您。此后阁下的地位越来越高，守候在您门前的人越来越多。地位越来越高，那么与贫贱的人就会日益隔绝；守候在您门前的人越来越多，那么您所喜爱的人多了，情意也就不专注了。我的品德修养没有多大进步，文章却日益出名。道德方面没有加强，那么贤人就不会赏识我；文名越来越高，那么同进的人便会妒忌。起初，您因为不经常见面而疏远我，后来又加上您的感情不能专注，带着不再赏识我的态度，又听信妒忌我的那些人的谗言，这样阁下的门庭就慢慢没有我的足迹了。

去年春天，我也曾拜见过您一次。您面容和蔼可亲，好像对待新交的朋友；说话连续不断，似乎很同情我的困窘处境。我回来后十分高兴，便把这些情况告诉了别人。后来我到东京洛阳接妻子儿女，又不能天天去拜访您。等从洛阳回来，也曾拜见过您一次。您表情冷漠，似乎不体谅我的隐衷；话语不多，好像不领受我的情意。我回来后十分不安，不敢再来拜见您了。

如今我恍然大悟，马上懊悔地对自己说：冷淡，那是生气我不经常去拜望您；沉默，正是暗示了这种意思。您对我生性迟钝的责备，我是没有地方可逃避的。因此，不敢贸然去拜见，于是特呈此信申述情由，并呈献上近来写的《复志赋》等十篇诗文，编为一卷，卷轴上都有标记。《送孟郊序》一篇，是用生纸写的，未加装饰，都有涂抹与加字的地方，因为急于解释误会而致歉意，所以未来得及重新抄写清整。阁下领我心意，不计较我的礼节不周，我便心满意足了。

韩愈诚惶诚恐地再一次拜礼。

送孟东野序

【题解】

孟郊字东野，与韩愈为忘年之交。孟郊一生穷愁潦倒，屡试不第。46岁始中进士，50岁时才被任为溧阳县尉，颇感郁郁不得志。在好友即将就道赴任之时，韩愈特写此文以示劝勉和宽慰，文中充满了对孟郊的同情和对当权者的不满。

这是一篇赠别朋友的序文，也是一篇著名的文论。全篇以"物不得其平则鸣"立论，由物及人，从古到今，用一系列自然和社会现象论证一切文章多为"不平则鸣"的产物，揭示并强调了文学作品与社会时代的密切关系。文中虽有不合于科学之处，但其基本观点是正确的，很有价值，在文学批评史上有重要地位。

【原文】

大凡物不得其平则鸣。草木之无声，风挠之鸣；水之无声，风荡之鸣。其跃也，或激之；其趋也，或梗之；其沸也，或炙之。金石之无声，或击之鸣。人之于言也亦然，有不得已者而后言，其歌也有思，其哭也有怀。凡出乎口而为声者，其皆有弗平者乎？

乐也者，郁于中而泄于外者也，择其善鸣者而假之鸣。金、石、丝、竹、匏、土、革、木八者[1]，物之善鸣者也。维天之于时也亦然，择其善鸣者而假之鸣。是故以鸟鸣春，以雷鸣夏，以虫鸣秋，以风鸣冬。四时之相推敚，其必有不得其平者乎？

其于人也亦然。人声之精者为言，文辞之于言，又其精也，尤择其善鸣者而假之鸣。其在唐、虞，咎陶、禹[2]，其善鸣者也，而假以鸣。夔弗能以文辞鸣[3]，又自假于《韶》以

乐也者，郁于中而泄于外者也，择其善鸣者而假之鸣

鸣[4]。夏之时，五子以其歌鸣[5]。伊尹鸣殷[6]，周公鸣周。凡载于《诗》《书》六艺，皆鸣之善者也。周之衰，孔子之徒鸣之，其声大而远。传曰[7]："天将以夫子为木铎[8]。"其弗信矣乎？其末也，庄周以其荒唐之辞鸣[9]。楚，大国也，其亡也，以屈原鸣。臧孙辰、孟轲、荀卿[10]，以道鸣者也。杨朱、墨翟、管夷吾、晏婴、老聃、申不害、韩非、慎到、田骈、邹衍、尸佼、孙武、张仪、苏秦之属[11]，皆以其术鸣。秦之兴，李斯鸣之。汉之时，司马迁、相如、扬雄最其善鸣者也。其下魏、晋氏，鸣者不及于古，然亦未尝绝也。就其善者，其声清以浮，其节数以急，其辞淫以哀，其志弛以肆，其为言也，乱杂而无章。将天丑其德，莫之顾邪？何为乎不鸣其善鸣者也？

　　唐之有天下，陈子昂、苏源明、元结、李白、杜甫、李观[12]，皆以其所能鸣。其存而在下者，孟郊东野始以其诗鸣。其高出魏、晋，不懈而及于古，其他浸淫乎汉氏矣[13]。从吾游者，李翱、张籍其尤也[14]。三子者之鸣信善矣。抑不知天将和其声，而使鸣国家之盛邪？抑将穷饿其身，思愁其心肠，而使自鸣其不幸邪？三子者之命，则悬乎天矣。其在上也，奚以喜？其在下也，奚以悲？东野之役于江南也，有若不释然者，故吾道其命于天者以解之。

【注释】

［1］金、石、丝、竹、匏（páo）、土、革、木：古代八种做乐器的材料，叫作"八音"，常用来泛指各种乐器。

［2］唐、虞：指唐尧和虞舜的时代。咎陶（yáo）：也作"皋陶"。传说是虞舜时的狱官，曾制定法律。

［3］夔（kuí）：传说为虞舜时的乐官。

［4］《韶》：传说为虞舜时的乐曲。

［5］五子：夏朝君主太康的五个弟弟。太康游乐无度，被有穷后羿所废。五子怨太康失国，作歌追述夏禹的告诫，称为《五子之歌》。

［6］伊尹：名挚，商初的贤相，曾辅助商汤灭夏建国，作过《伊训》《太甲》《咸有一德》等。

［7］传：这里指《论语》。

［8］天将以夫子为木铎：语出《论语·八佾》。夫子，对孔子的尊称。木铎，以木为舌的大铃。古代宣布政教法令或有战事时，就摇动大铃召集百姓。这里是说孔子不被诸侯所用，将要退而著书，传于弟子，其力量如同帝王发布政令。

［9］庄周：战国时宋国蒙（今河南商丘东北）人，著名的哲学家、文学家。著有《庄子》一书。荒唐：广大无边。

［10］臧孙辰：即臧文仲。春秋时鲁国大夫。

［11］慎到：战国时赵人。著有《慎子》。田骈：战国时齐人。齐宣王时做过上大夫。邹衍：战国末期齐人。阴阳家，曾为燕昭王师。尸佼：战国时晋人。杂家。著有《尸子》。

［12］苏源明：字弱夫，初名预，京兆武功（今陕西武功西北）人。唐代诗人。李观：字元宾，陇西（今甘肃陇西东南）人。唐代文学家。

［13］浸淫：逐渐接近。汉氏：指汉朝。这里指汉朝的诗歌。

［14］李翱：唐陇西成纪（今甘肃静宁西南）人，一说赵郡人。他是韩愈的学生，是古文运动的积极参加者。

【译文】

大凡物体不能平稳时就会发出鸣声。草木无声，风摇动它就发出声音；水无声，风吹动使它激荡发出声音。水浪腾涌是因为有东西阻挡了它，水流湍急是因为有东西堵塞了它，水沸腾是因为火在烧它。金钟石磬无声，有人敲击它才发出声音。人们说话也是这样，心中有了不可抑制的情感而后才说出来，唱歌是为了寄托情思，哭泣是为了怀念。一切出口而成为声音的，也许是心中都有所不平吧！

音乐，是人们郁结在心中的情感向外发泄而成的，它选择善于发音的物体来借助它表现。钟、磬、琴瑟、箫管、笙、埙、鼓、柷敔等八种乐器，是器物中善于发出声音的。自然界对时令的更替也是这样，它常常选择那些善于发出声音的事物，借助它们来表现。所以鸟儿鸣春，雷声示夏，虫声唤秋，风声号冬。四季的推移变化，必定是因为有所不平这个原因吧！

这一点对人类也是同样的。人的声音之精华是语言，文辞对于语言来说，又是它的精华了，特别要选择那些善于文辞的人来表达。在唐尧、虞舜时代，咎陶、大禹是最善于表达的人，便以他们为时代的喉舌。夔不能用文辞来表达，就创制《韶》乐，借助于它来表达情感。夏朝时，太康的五个弟弟用他们的歌声来表达思想。伊尹表达了殷商王朝的兴盛，周公的著作表达了周王朝的昌明。凡是记载在《诗》《书》等六经中的著述，都是文辞最好的。周朝衰败的时候，孔子那一班人发出呼喊之声，那声音洪大而悠远。《论语》中说："上天要把孔子当作宣传教化的木铎。"这难道不是真实可信的吗？周朝末年，庄周用他的汪洋恣肆、夸张比喻的言辞来表现自己的时代。楚，是一个大国，到灭亡的时候，以屈原作《楚辞》来哀痛国破家亡的惨景。臧孙辰、孟轲、荀卿等人是用学说来表达的。杨朱、墨翟、管夷吾、晏婴、老聃、申不害、韩非、慎到、田骈、邹衍、尸佼、孙武、张仪、苏秦这些人，都是以自己的学术主张来表达的。秦朝的兴盛，李斯用言辞来表现它。汉朝的时候，司马迁、司马相如、扬雄是特别善于文辞的人。汉代以后的魏、晋两代，文辞虽然比不上古代，但也从来没有间断过。就其中优秀的来看，他们的声音清淡而浮夸，他们的节奏繁杂而急促，他们的文辞轻浮而哀怨，他们的思想空虚而放纵，他们的言论文章杂乱而没有章法。可能是老天爷认为他们的德行丑陋而不肯照顾他们吧。为什么不让那些善于表达的人出来抒发自己的情怀呢？

唐朝统治天下以后，陈子昂、苏源明、元结、李白、杜甫、李观，都以他们的才华来表达心声。那些活在世上而地位低下的人中，孟郊孟东野开始以他的诗鸣响于世。他的诗高出魏晋人的水平，有些无懈可击的作品已经赶上古人的水平，其他的作品也逐渐接近汉代人的水平了。跟我交游的人，李翱和张籍是其中突出的。这三人的文辞确实是有水平的。但不知道上天是欲使他们的声音和谐，以便让他们鸣国家的兴盛呢，还是要使他们的身体遭到贫穷饥饿的折磨，使他们的内心蒙受忧愁苦恼的煎熬，让他们鸣自己的不幸呢？三个人的命运都掌握在上天的手里。那么，如果他们身居高位，有什么值得高兴的？如果屈居下层，又有什么值得悲伤的呢？东野这次到江南去任职，心中好像有解不开的郁结，因此我讲了这些命运取决于天意的话来安慰他。

送李愿归盘谷序

【题解】

友人李愿"不遇于时",欲往盘谷隐居,韩愈赞赏其不羡利禄、洁身自爱的高尚行为,特作此文以送之。文章首段写朋友将往之地——盘谷的地名由来;中间三至五段对比三种人的生活,揭示李愿归隐山林的缘由;末段歌赞隐居之乐以示鼓励。三至五段为文章主体,作者借李愿之口行文,对声势显赫、穷奢极欲的达官贵人作了辛辣嘲讽,对热衷于功名利禄、投机钻营的无耻之徒作了无情鞭挞,对怀才不遇而退隐山林的高洁之士予以由衷赞美,表现了作者对黑暗官场的强烈不满和愤世嫉俗的批判精神。

【原文】

太行之阳有盘谷。盘谷之间,泉甘而土肥,草木丛茂,居民鲜少。或曰:谓其环两山之间,故曰盘。或曰:是谷也,宅幽而势阻，隐者之所盘旋。友人李愿居之。

坐茂树以终日，濯清泉以自洁

愿之言曰："人之称大丈夫者，我知之矣。利泽施于人[1]，名声昭于时。坐于庙朝，进退百官而佐天子出令[2]。其在外，则树旗旄，罗弓矢，武夫前呵，从者塞途，供给之人，各执其物，夹道而疾驰。喜有赏，怒有刑。才畯满前[3]，道古今而誉盛德，入耳而不烦。曲眉丰颊，清声而便体，秀外而惠中，飘轻裾，翳长袖，粉白黛绿者，列屋而闲居，妒宠而负恃，争妍而取怜。大丈夫之遇知于天子，用力于当世者之所为也。吾非恶此而逃之，是有命焉，不可幸而致也。

"穷居而野处，升高而望远，坐茂树以终日，濯清泉以自洁。采于山，美可茹[4]；钓于水，鲜可食[5]。起居无时，惟适之安。与其有誉于前，孰若无毁于其后；与其有乐于身，孰若无忧于其心。车服不维，刀锯不加，理乱不知，黜陟不闻。大丈夫不遇于时者之所为也，我则行之。

"伺候于公卿之门，奔走于形势之途，足将进而趑趄，口将言而嗫嚅，处污秽而不羞，触刑辟而诛戮，侥幸于万一，老死而后止者。其于为人贤不肖何如也？"

昌黎韩愈，闻其言而壮之。与之酒而为之歌曰："盘之中[6]，维子之宫[7]；盘之土，可以稼；盘之泉，可濯可沿；盘之阻[8]，谁争子所？窈而深，廓其有容；缭而曲，如往而复。嗟盘之乐兮，乐且无央。虎豹远迹兮，蛟龙遁藏；鬼神守护兮，呵禁不祥。饮且食兮寿而康，无不足兮奚所望？膏吾车兮秣吾马，从子于盘兮，终吾生以徜徉。"

【注释】

〔1〕利泽：利益和恩泽。

〔2〕进退：升降，任免。

〔3〕晙（jùn）：同"俊"，有才能的人。

〔4〕美：用作名词，指甘美的果蔬。茹：吃。

〔5〕鲜：用作名词，指鲜美的鱼虾。

〔6〕盘：盘谷的省称。

〔7〕维：是。

〔8〕阻：险阻。

【译文】

太行山南面有个盘谷。盘谷之中，水甘土肥，草木繁茂，居民稀少。有人说："因为它环绕于两山之间，所以叫作盘。"又有人说："此处之所以叫盘谷，是因为深幽而地势险阻，是隐士们居留盘旋的地方。"我的朋友李愿就住在这里。

李愿的话是这么说的：

"人们称之为大丈夫的人，我了解他们。布施给他人利益和恩泽，显赫的名声在当代传扬。身处朝廷，升降百官而辅佐天子发号施令。他奉命外出，就旌旗高树，排列弓箭仪仗，武士在前面吆喝开路，随从的人填满了道路，负责供给服侍的人，各自拿着物品，在道路两旁来回奔跑。他们高兴时就随意赏赐，发怒时任情处罚。有才能的人聚集在他们周围，谈古论今赞扬他们的美德，让对方听起来很入耳而不会觉得厌烦。那些有弯弯的眉毛、丰腴的面颊、清脆的声音、轻盈的体态、秀美的外貌、聪明的头脑的美女，飘动着薄薄的衣襟，拖曳着长长的衣袖，浓妆艳抹，在一排排的后室中悠闲地居住着，她们妒忌被宠幸的人，各自倚仗自己的才貌，争娇斗艳以博取主人的怜爱。这就是得到皇上重用，在当代掌有大权的大丈夫的所作所为啊。我不是讨厌这些而逃避它，只是命中注定不能侥幸地得到啊。

"处境穷困而隐居于山野，登上高山眺望远处，坐在茂密的林木中悠闲度日，用清水沐浴来保持自身的清洁。去山上采摘，果蔬甘美能吃；到水边垂钓，鱼虾鲜美可口。起居没有定时，只求舒适安逸。与其当面被称赞，倒不如背后不受毁谤；与其形体享受欢乐，倒不如心中无忧无虑。赏赐不会来，罪罚也没有，治乱不关心，官吏升降不去问，这就是当代不得志的大丈夫的作为，我便是这样做的。

"去公卿门下侍候，在通往权势的路上奔忙，脚欲进而不行，口欲说却吞吞吐吐，处于污秽环境之中却不觉得耻辱，触犯了刑法就遭杀戮，求侥幸于万一，直到老死为止。他们的为人处事，是贤明呢，还是不贤明呢？"

昌黎韩愈听了他的话认为十分豪壮，向他斟酒作歌："盘谷之中，是你的居室；盘谷的土地，可以耕种；盘谷的清泉，可以洗浴游赏；盘谷地势险阻，谁来争夺你的住处？盘谷幽静深远，广阔而宽容；迂回而曲折，行人将要前行，却好像又绕回原处。啊！这盘谷的乐趣，真是无穷无尽。虎豹远逃啊，蛟龙逃遁躲藏；鬼神守护啊，没有灾殃。有吃有喝啊，长寿健康，没有不满足的啊，还有什么奢望？保养好我的车子啊，喂好我的马，随你去盘谷啊，让我终生在这里悠闲游赏。"

送董邵南序

【题解】

本篇约写于唐宪宗元和初年，题亦作《送董邵南游河北序》。董邵南，寿州安丰（今安徽寿县西南）人，与韩愈交谊甚厚。因举进士多次落第而抑郁不得志，将要赴河北一带寻找出路。当时割据河北的藩镇正招纳士人增强实力以抗拒朝廷。韩愈既对董生"连不得志于有司"的遭遇抱有深切同情，而又担心他误入歧途、助长藩镇势力，所以对董生往游河北，按情不能不送，按理却不能不劝。文章首段慰勉董生，说此去必有机遇；次段笔锋一转，说此去是否有好机遇还不一定；末段借临别嘱托表

明：有才能之士应出来为"天子"效力而不应归依藩镇。全篇隐含规劝之意，看似送之，实则留之；名为送行，实则劝阻。话外有音，言外传意，极为委婉含蓄。

【原文】

　　燕赵古称多感慨悲歌之士[1]。董生举进士，连不得志于有司，怀抱利器，郁郁适兹土。吾知其必有合也。董生勉乎哉！

　　夫以子之不遇时，苟慕义强仁者，皆爱惜焉。矧燕赵之士出乎其性者哉[2]！然吾尝闻风俗与化移易，吾恶知其今不异于古所云邪？聊以吾子之行卜之也[3]。董生勉乎哉！

　　吾因之有所感矣。为我吊望诸君之墓[4]，而观于其市，复有昔时屠狗者乎[5]？为我谢曰："明天子在上，可以出而仕矣！"

【注释】

　　[1]燕赵：战国时期的两个诸侯国。燕，在今河北、辽宁一带。赵，在今河北南部和山西北部。感慨悲歌之士：指荆轲、高渐离、乐毅一类豪侠人物。

　　[2]矧（shěn）：何况，况且。

　　[3]吾子：对董邵南的亲切称呼。卜：检验，验证。

乐毅

〔4〕望诸君：战国时燕国名将乐毅的封号。他替燕昭王攻齐，先后取七十余城。昭王死后，惠王中了齐国的反间计，派骑劫接替乐毅的职务，乐毅害怕，投奔赵国。赵王封乐毅于观津（今河北武邑东南），称为"望诸君"。

〔5〕屠狗者：指高渐离。战国末期燕国人。曾以屠狗为业，荆轲同他结成好友。荆轲刺秦王政未成被杀，高渐离替荆轲报仇也被杀。

【译文】

燕赵一带自古就传说有许多感慨悲歌的豪侠之士。董生考进士，接连几次没有被主考官选中，只好怀着杰出的才能，郁郁不乐地到燕赵这个地方去。我预料他在那里一定会有比较好的际遇。董生得努力呀！

像你这样怀才不遇，只要是仰慕正义、力行仁德的人都会同情爱怜你。何况燕赵侠义之人本来就具有慷慨豪放的性格呢！然而我曾经听说社会风俗是随着教化而发展变化的，我怎么能推测那里的社会风俗现今与古代所说的没有差异呢？暂且以你这次的出行遭际来验证吧。董生再努力呀！

我对你的出行不禁有所感慨。请你替我吊祭望诸君乐毅的坟墓，并到那儿的市镇上去观察观察，还有没有昔日屠狗者高渐离之类的豪侠壮士呢？替我向他们恳切致意："圣明的天子在位，可以出来任职了！"

送石处士序

【题解】

石处士，名洪，字浚川，洛阳人。曾任黄州录事参军，后退居洛阳十年不仕。与温造同有隐士名，因其居洛水之北，故称"水北山人"。唐宪宗元和五年（810），应河阳军节度使乌重胤的聘请，任节度参谋。本文即为送石洪赴任而写。文章前半部分记叙乌公和幕僚的对话，通过几问几答，表现出石洪的品德才学；后半部分写饯别宴席上东都士人的祝词和石洪的答词，实际上是韩愈对乌重胤和石洪的期望。本文主旨是宣扬选用贤才，并鼓励贤才"以道自任"，为国出力。

【原文】

河阳军节度、御史大夫乌公[1]，为节度之三月，求士于从事之贤者。有荐石先生者。公曰："先生何如？"曰："先生居嵩、邙、瀍、毂之间[2]，冬一裘，夏一葛。食，朝夕饭一盂，蔬一盘。人与之钱，则辞；请与出游，未尝以事免；劝之仕，不应。坐一室，左右图书。与之语道理，辨古今事当否，论人高下，事后当成败，若河决下流而东注；若驷马驾轻车就熟路[3]，而王良、造父为之先后也[4]；若烛照、数计而龟卜也[5]。"大夫曰："先生有以自老，无求于人，其肯为某来邪？"从事曰："大夫文武忠孝，求士为国，不私于家。方今寇聚于恒，师环其疆，农不耕收，财粟殚亡。吾所处地，归输之途，治法征谋，宜有所出。先生仁且勇，若以义请而强委重焉，其何说之辞？"于是撰书词，具马币，卜日以受使者，求先生之庐而请焉。

先生不告于妻子，不谋于朋友，冠带出见客，拜受书礼于门内。宵则沐浴，戒行李，载书册，问道所由，告行于常所来往。晨则毕至，张上东门外[6]。酒三行[7]，且起，有执爵而言者曰[8]："大夫真能以义取人，先生真能以道自任，决去就[9]。为先生别。"又酌而祝曰："凡去就出处何常？惟义之归。遂以为先生寿。"又酌而祝曰："使大夫恒无变其初，无务富其家而饥其师，无甘受佞人而外敬正士，无昧于谄言，惟先生是听。以能有成功，保天子之宠命。"又祝曰："使先生无图利于大夫，而私便其身图。"先生起拜祝辞曰："敢不敬蚤夜以求从祝规[10]！"于是东都之人士咸知大夫与先生果能相与以有成也[11]。遂各为歌诗六韵[12]，遣愈为之序云。

【注释】

〔1〕节度：节度使的省称。唐代设置，统辖一个道或几个州，有军政、民政、用人、理财等权，世称藩镇。御史大夫：主管弹劾、纠察以及掌管图籍秘书。乌公：名重胤，字保君，唐张掖人。唐宪宗元和五年，任河阳军节度使、御史大夫。

〔2〕嵩：也作"崧"，山名，古称中岳，又名嵩高。在河南登封北。邙（máng）：山名，在河南西部。瀍（chán）：水名，即瀍河。穀：水名，出河南渑池，经渑池合渑水。

〔3〕驷马：古代车辆，一车四马，两服两骖，称为驷马。

〔4〕王良：传说为春秋时晋国善御马的人。造父：传说是周穆王时的善御马者。先后：指帮助驾驭车马。

〔5〕烛照、数计：用烛光照它，用数理算它。比喻见事之明，料事精确。龟卜：用龟壳占卜吉凶。卜时用火灼龟壳，由壳上的裂纹来断吉凶。比喻料事如神。

〔6〕张："供张"的略语，意为设宴饯行。

〔7〕三行：三巡，行酒三遍。

〔8〕执爵：执掌酒器。爵，这里指酒器。

〔9〕去就：谓离去或就职。

〔10〕祝规：祝愿和规劝。

〔11〕咸：全部，都，统统。

〔12〕六韵：六个韵脚。旧体诗一般两句押一个韵，六韵应是十二句。

【译文】

河阳军节度使、御史大夫乌公，任节度使职务的第三个月，向属僚中的贤者求访人才。有人推荐了石先生。乌公问："石先生怎么样？"回答说："石先生隐居于嵩、邙两山和瀍、穀两水之间，冬天穿一身皮衣，夏天穿一身葛服，早晨、晚上都是一碗饭、一盘蔬菜。别人送他钱，他坚辞不受；请他出游，从未借故推脱；劝他出来做官，他不肯答应。独坐一室，室内摆满了图书。同他议论道理，分析古今事情的得与失，评论人物的高下，事情的结果应当是成功还是失败，他的话就好像黄河决堤向东奔流直下那样滔滔不绝；又好像四马拉着轻车在熟路上奔驶，而且是王良和造父这样的高手驾驭；又好像用烛光照、用数理算、用龟甲占卜那样准确而富有预见性。"乌大夫问道："石先生志在隐居终老，对他人没有什么期求，难道他愿意为了我而出来吗？"幕僚答道："大夫您有文才武略而且忠义孝敬，是为国求贤，不是为私利。现在叛贼集结在恒州，大军部署在边境，农民无法耕种收获，钱粮都快用完了。我们所处的地方，是输送军需粮草的要道，治理的办法与征讨的计谋，都应当有出谋划策的人。石先生又仁爱又勇猛，如能以大义去请而且竭力委以重任，他有什么理由推辞呢？"于是写了礼聘的书信，备了马匹与礼物，选了吉日交给使者，寻访石先生的住处，恳请他出山。

石先生没有将这事告诉妻子儿女，也没跟朋友商量，就戴帽更衣出来会见客人，在家中恭敬地接受了聘书和礼物。当晚就洗澡，整理好行李，装了书籍，问清道路怎么走，这才到经常往来的亲友处告别。第二天早晨，亲友们都到东门外，设宴为他饯行。酒过三巡，石先生就要动身，有一人手持酒杯说："乌大夫真正能以大义选拔人才，石先生真正能够以大义作为自己的使命来决定去留。这杯酒为先生送行。"又有人斟酒祝愿说："隐居或做官没有定规，只要以大义为目标就行。就以这杯酒祝先生长寿。"又有人斟酒祝愿说："希望乌大夫永远不要改变他的初衷，不要做使自己家里富裕而让将士挨饿的事情，也不要内心喜欢花言巧语的人，而外表上假装敬重正直的人，不要被谗言迷惑，只愿他听从石先生的话，以便建功立业，保持住天子恩赐的光荣使命。"又有人祝愿说："希望石先生不要从乌大夫那里谋取私利，有方便自己的打算。"石先生站起来拜谢说："我怎敢不时时刻刻勉励自己，按照诸位祝愿和规劝的话去做呢？"由此，洛阳的人都预见到乌大夫和石先生一定能相互配合而有所成就。于是在座的各位都写下六韵十二句的诗歌，委托我写了这篇序文。

送温处士赴河阳军序

【题解】

温处士，名造，字简舆，并州人。曾为节度使张建封幕府，后隐居洛阳不仕，与石洪同有隐士名，因其居洛水之南，故称水南山人。唐宪宗元和六年，应河阳军节度使乌重胤聘请，又出山做官。此时韩愈为河南县令，这篇赠序即为送温造赴任而写。文章极力称颂温造的品德才学，极力赞扬乌重胤之重用贤才，与《送石处士序》为姊妹篇。同是宣扬重用人才的文章，然而写法自有不同。作者匠心独运，用"伯乐一过冀北之野，而马群遂空"比喻"大夫乌公一镇河阳，而东都处士之庐无人"，赞

颂乌重胤慧眼识贤，善于荐拔人才；又用"私怨于尽取"反衬乌公"为天子得文武士于幕下"的难能可贵，似"怨"而实颂，且比正面称赞更为有力。文中也不直接写温造之贤能，而是从多方面叙说温处士出仕后给东都带来的"不良"影响，反面衬出其过人之才，十分含蓄而巧妙。

【原文】

伯乐一过冀北之野，而马群遂空。夫冀北马多天下，伯乐虽善知马，安能空其群邪？解之者曰："吾所谓空，非无马也，无良马也。伯乐知马，遇其良，辄取之，群无留良焉。苟无良，虽谓无马，不为虚语矣。"

东都[1]，固士大夫之冀北也。恃才能深藏而不市者[2]，洛之北涯曰石生，其南涯曰温生。大夫乌公，以铁钺镇河阳之三月，以石生为才，以礼为罗，罗而致之幕下。未数月也，以温生为才，于是以石生为媒，以礼为罗，又罗而致之幕下。东都虽信多才士，朝取一人焉，拔其尤，暮取一人焉，拔其尤。自居守、河南尹以及百司之执事[3]，与吾辈二县之大夫，政有所不通，事有所可疑，奚所谘而处焉[4]？士大夫之去位而巷处者，谁与嬉游？小子后生，于何考德而问业焉？缙绅之东西行过是都者，无所礼于其庐。若是而称曰："大夫乌公一镇河阳，而东都处士之庐无人焉。"岂不可也？

夫南面而听天下[5]，其所托重而恃力者，惟相与将耳。相为天子得人于朝廷，将为天子得文武士于幕下，求内外无治，不可得也。愈縻于兹[6]，不能自引去，资二生以待老[7]。今皆为有力者夺之，其何能无介然于怀邪[8]？生既至，拜公于军门，其为吾以前所称，为天下贺；以后所称，为吾致私怨于尽取也。留守相公[9]，首为四韵诗歌其事[10]，愈因推其意而序之。

【注释】

〔1〕东都：指洛阳。唐都长安，以洛阳为东都。

〔2〕市：做买卖。这里指出仕、求官。

〔3〕居守：指东都留守。河南尹：河南府长官。司：官署。

〔4〕奚所：哪里。

〔5〕南面：这里指皇帝。古代以坐北朝南为尊位，皇帝见群臣时面南而坐。听：治理。

〔6〕縻（mí）：羁留。

〔7〕资：依赖。

〔8〕介然：耿耿，有心事。

〔9〕留守相公：指当时的东都留守郑余庆。相公：指宰相。郑余庆曾经两次做过相公。

〔10〕四韵：古诗隔行押韵，故此指八行诗。

【译文】

伯乐一经过冀北的原野，马群就空了。冀北的马多于天下各地的马，伯乐虽善于识马，哪能使那里的马群空了呢？解释的人说："我说的空，不是没有马，而是无良马。伯乐善于识马，遇到好马，就挑走了，马群里没有留下好马了。如果没有好马，就说没有马了，也并不算是假话。"

东都洛阳，本来是士大夫的"冀北"。有才学却隐居不出仕的人，住在洛水北岸的那位是石先生，住在洛水南岸的那位是温先生。御史大夫乌公以节度使的身份镇守河阳的第三个月，认为石先生是个人才，就备办礼物，把他网罗到自己的幕下。没过几个月，乌公又认为温先生是个有真才实学的人，于是通过石先生的介绍，备办礼物，又把他网罗到自己的幕下。东都洛阳虽然确实人才济济，但早晨挑走一人，选拔了其中的优秀者，晚上挑走一人，又选拔了其中的优秀者。照此下去，从东都留守、河南尹及各官署的官员，到洛阳、河南二县的官员，如果处理政事遇到障碍，事情有疑难不解之处，到哪里去商议并能够得到解决呢？士大夫中辞去官位而居里巷的，跟谁去嬉戏交游？年轻的晚辈，到什么地方去考核德行、请教学业呢？东来西往经过这个都城的达官显贵们，也无法登门拜访了。鉴于这种情况，就说："御史大夫乌公一到河阳镇守，而东都隐居者的住宅里就没有人了。"难道不可以吗？

君主治理天下，委以重任并依靠其出力的人，只有宰相和将军而已。宰相替天子选用人才到朝廷任职，将军为天子选用能文能武的人到幕下，这样的话，天下得不到治理是不可能的。我羁留在这里，不能以自己的力量引退，全依赖石、温二位先生的帮助以度余年。现在他们都被有权力的人夺走了，怎么能不使我耿耿于怀呢？温先生到河阳后，在军门之前拜见了乌公，这正如我前面所说的那样，为天下人所祝贺；如我后面所说的那样，因乌公把人才搜罗净尽而招致我的抱怨。留守相公首先写了一首四韵的诗来赞颂这件事，我就势顺承他的诗意而写了这篇序文。

祭十二郎文

【题解】

十二郎名老成，是韩愈的二哥韩介的次子。韩愈的大哥韩会没有儿子，便以十二郎为嗣子。韩愈三岁丧父，由大哥韩会和

大嫂郑氏抚养长大，从小就和老成生活在一起，两人感情深厚。后来韩愈的大哥、大嫂、二哥以及二哥的长子百川相继去世，只剩下韩愈和老成。韩愈又因长期官游在外，叔侄俩异地难聚。正当韩愈做了监察御史，情况好转，筹划与侄儿久共相处时，突然传来十二郎去世的噩耗。韩愈悲痛万分，写下了这篇凄楚动人的祭文。

文章诉说幼年相依、形单影只的孤苦，成长后几经离合、不能相顾的缺憾，未老先衰的感慨，生离死别的痛苦，以及对死者身后事务的安排等，表达了作者深挚的骨肉之情和对宦海浮沉的感叹。文章用纯净的散文语言自由表达，洋洋千言，抒写尽致。叙事和抒情紧密结合，融而为一，情注笔端，情至笔随，字字句句皆从肺腑中自然流出，如泣如诉，感人至深。

【原文】

年、月、日，季父愈闻汝丧之七日^[1]，乃能衔哀致诚，使建中远具时羞之奠^[2]，告汝十二郎之灵：

呜呼！吾少孤，及长，不省所怙，惟兄嫂是依。中年，兄殁南方，吾与汝俱幼，从嫂归葬河阳。既又与汝就食江南，零丁孤苦，未尝一日相离也。吾上有三兄，皆不幸早世。承先人后者，在孙惟汝，在子惟吾，两世一身，形单影只。嫂尝抚汝指吾而言曰："韩氏两世，惟此而已！"汝时尤小，当不复记忆。吾时虽能记忆，亦未知其言之悲也。

吾年十九，始来京城。其后四年，而归视汝。又四年，吾往河阳省坟墓，遇汝从嫂丧来葬。又二年，吾佐董丞相于汴州，汝来省吾，止一岁，请归取其孥[3]。明年，丞相薨，吾去汴州，汝不果来。是年，吾佐戎徐州，使取汝者始行，吾又罢去，汝又不果来。吾念汝从于东，东亦客也，不可以久。图久远者，莫如西归，将成家而致汝。呜呼！孰谓汝遽去吾而殁乎[4]！吾与汝俱少年，以为虽暂相别，终当久相与处，故舍汝而旅食京师，以求斗斛之禄。诚知其如此，虽万乘之公相，吾不以一日辍汝而就也！

去年，孟东野往，吾书与汝曰："吾年未四十，而视茫茫，而发苍苍，而齿牙动摇。念诸父与诸兄，皆康强而早世，如吾之衰者，其能久存乎？吾不可去，汝不肯来，恐旦暮死，而汝抱无涯之戚也。"孰谓少者殁而长者存，强者夭而病者全乎？呜呼！其信然邪？其梦邪？其传之非其真邪？信也，吾兄之盛德而夭其嗣乎？汝之纯明而不克蒙其泽乎？少者强者而夭殁，长者衰者而存全乎？未可以为信也！梦也，传之非其真也！东野之书[5]，耿兰之报[6]，何为而在吾侧也？呜呼！其信然矣！吾兄之盛德而夭其嗣矣！汝之纯明宜业其家者，不克蒙其泽矣！所谓天者诚难测，而神者诚难明矣！所谓理者不可推，而寿者不可知矣！

虽然，吾自今年来，苍苍者或化而为白矣，动摇者或脱而落矣，毛血日益衰，志气日益微，几何不从汝而死也！死而有知，其几何离？其无知，悲不几时，而不悲者无穷期矣！汝之子始十岁，吾之子始五岁，少而强者不可保，如此孩提者，又可冀其成立邪？呜呼哀哉！呜呼哀哉！

汝去年书云："比得软脚病[7]，往往而剧。"吾曰："是疾也，江南之人常常有之。"未始以为忧也。呜呼！其竟以此而殒其生乎？抑别有疾而致斯乎？汝之书，六月十七日也。东野云，汝殁以六月二日；耿兰之报无月日。盖东野之使者，不知问家人以月日；如耿兰之报，不知当言月日。东野与吾书，乃问使者，使者妄称以应之耳。其然乎？其不然乎？

今吾使建中祭汝，吊汝之孤与汝之乳母。彼有食可守，以待终丧[8]，则待终丧而取以来；如不能守以终丧，则遂取以来。其余奴婢，并令守汝丧。吾力能改葬，终葬汝于先人之兆[9]，然后惟其所愿。呜呼！汝病吾不知时，汝殁吾不知日，生不能相养以共居，殁不能抚汝以尽哀，敛不凭其棺[10]，窆不临其穴[11]。吾行负神明，而使汝夭，不孝不慈，而不得与汝相养以生，相守以死。一在天之涯，一在地之角，生而影不与吾形相依，死而魂不与吾梦相接，吾实为之，其又何尤？彼苍者天，曷其有极！

自今以往，吾其无意于人世矣！当求数顷之田于伊、颍之上[12]，以待余年。教吾子与汝子，幸其成；长吾女与汝女，待其嫁。如此而已。呜呼！言有穷而情不可终，汝其知也邪？其不知也邪？呜呼哀哉！尚飨[13]。

【注释】

[1] 季父：最小的叔父。

[2] 建中：韩愈派去祭十二郎的家仆。

[3] 孥（nú）：妻子儿女的统称。

[4] 遽（jù）：突然。

[5] 东野：孟东野。

〔6〕耿兰：人名，十二郎的仆人。

〔7〕比：近来。

〔8〕终丧：服满父母去世后的三年之丧。

〔9〕兆：墓地。

〔10〕敛：通"殓"，把尸体装入棺材。

〔11〕窆（biǎn）：下葬，安葬。

〔12〕伊、颍：指伊水和颍水。

〔13〕尚飨：希望死者能享用祭品。飨，通"享"。

【译文】

某年某月某日，小叔叔韩愈听到你去世消息的第七天，才能忍痛含悲向你倾诉衷肠，派建中从远道送来时鲜祭品，祭告十二郎的灵魂。

唉！我从小成为孤儿，等到长大，早不记得父亲的样子，只有依靠兄嫂抚养。哥哥中年死于南方任所，我和你还小，跟随嫂嫂把哥哥的灵柩送回河阳安葬。后来又和你一块儿到江南谋生，虽然孤苦伶仃，但没有分离过一天。我上边有三个哥哥，都不幸早亡。作为祖先的后代，在孙子辈中只有你一人，在儿子辈中只有我一人，两代都是一个人，形影如此孤单！嫂嫂曾一手抚摸着你、一手指着我说："韩家两代，只有你们两个了。"你当时还很小，当然不会记得。我当时虽能记得，可并不能体会嫂嫂的话有多么悲哀啊。

我十九岁时，初次来到京城。此后第四年，回去看望了你。又过了四年，我去河阳扫墓，碰上你送嫂嫂的灵柩来安葬。又过了两年，我在汴州辅佐董丞相，你来看望我，只住了一年，要回去接家眷。第二年，董丞相去世，我离开汴州，你没来成。这一年，我在徐州协理军务，派去接你的人刚出发，我又离职，结果你又没来成。我考虑你随我去东边，东边也是客居，不可能长久住下去。考虑作长远打算，还不如回西边，打算安好家后接你来。唉！谁想到你会这么突然地离开我而去世了呢！我和你都还年轻，以为虽暂时分别，终归要长久在一起的，所以我才离开你而去京城谋生，以便求得微薄的俸禄。如果知道事情会变成这样，即使是让我做高官领厚禄，我也不会离开你一天而去就职！

去年，孟东野去你那边，我写了信带给你，信中说："我不到四十岁，却视力模糊，头发花白，牙齿松动。想起父辈与兄长，都是身强体壮就过早地去世，像我这样衰弱的人，还能活多久呢？我不能到你那里去，你又不肯到我这里来，担心早晚有一天我会死去，你就要长怀无穷的悲哀了。"谁能想到今日却是年少的死了而年长的活着，强壮的夭亡而病弱的生存着。唉！这是现实呢，还是梦呢？还是消息不真实呢？如果这是真的，我哥哥有高尚的德行，而他儿子怎么会短命呢？你纯真聪明，却不能承受他的德泽吗？年轻强壮的早逝，年长衰弱的反而健在吗？这是不能让人相信的啊！这是做梦，传来的消息不真实吧！可是东野的信、耿兰的丧报，为何又明明在我身边呢？唉！可能是真实的了！我哥哥有高尚的德行而他儿子短命了啊！你有纯真聪明的品质，适于操持家业，如今却不能蒙受先人的德泽了！所以说天命确实难以估测，而神意确实难以明白啊！所谓理不能推究，而寿命也不能知晓啊！

虽是这样，我从今年以来，斑白的头发有的变成全白了，松动的牙齿有的脱落了，毛发气血一天天枯衰，神志精神一天天减退，没几天就要随你死去吧！死后若有知觉，那么现在的分离又能有几天呢？若无知觉，悲痛也就不会有多久，而没有悲痛的时间就没有尽头了啊！你的儿子才十岁，我的儿子才五岁，年轻而强壮的不能保全，像这样的小孩子，又怎能希望他们成人立业呢？唉！真是悲哀啊！唉！真是悲哀啊！

你去年来信说："近来得了脚气病，而且越来越厉害了。"我回信说:"这种病是江南人经常得的。"并没有为此担心。唉!难道你竟是因此病而丧命的吗?还是有别的病导致这样的呢?你的来信,是六月十七日写的。东野信上说,你是六月二日死的;耿兰报丧时没有说你死的日期。可能是东野派去的人没有向家人问明死期;至于耿兰的丧报,是不懂得应该说清死期。东野写信的时候,大概才问使者,使者就胡乱说了一个你死的日期来应付罢了。是这样吗?还是不是这样?

现在我派建中来祭奠你,吊慰你的遗孤和你的乳母。他们如果有吃的可以待到三年丧满,丧满后再将他们接来;如果不能守到丧满,就马上接他们来。其余的奴婢,都让他们为你守丧。等到我有能力为你改葬,一定要把你安葬在祖坟墓地才算了却我的心意。唉!你生病我不知道时间,你去世我不知道日期,你活着我不能照管你,和你共同居住,你死后我又不能抚你遗体致哀,你入殓时不能挨着你的灵柩,你安葬时不能亲临你的墓穴。我的行为有负于神灵,因而使你夭亡;我不孝不慈,不能与你互相照顾着生活,伴守以待终。我们一个在天涯,一个在地角,活着的时候你的身影不同我的形体相依随,死了以后你的魂灵又不与我的梦境相亲近,这都是我造成的,又有什么可怨恨的呢?那苍茫无边的天啊,我的悲痛哪有尽头!

从今以后,我对人世再没有什么留恋了!我打算在伊水、颍水之畔买几顷地,以度余年。教养我的儿子与你的儿子,希望他们长大成人;教养我的女儿与你的女儿,等待她们出嫁。不过如此罢了。唉!话有说完的时候,而情思不能终结,你知道呢?还是不知道呢?唉!伤心啊!希望你的灵魂来享用这些祭品啊!

祭鳄鱼文

【题解】

　　唐宪宗元和十四年（819），韩愈因谏阻拜迎佛骨被贬为潮州刺史。到任后问民生疾苦，听说有鳄鱼为患，于是命属官秦济用一羊一猪投入鳄鱼出没的溪水中，并作了这篇祭文，对鳄鱼晓之以理，威之以势，限定时日，命其迁徙南海。传说数日后溪水尽涸，西徙六十里，从此潮州再无鳄鱼之患。这当然是荒诞不经的附会，自不可信。鳄鱼本是"冥顽不灵"的动物，而作者郑重祭告，企图使之顺从听命，今天看来也自然有些滑稽。但作为一个封建官吏，韩愈这种关心民生疾苦，希望为民除害的精神是值得充分肯定的。

【原文】

维年月日[1]，潮州刺史韩愈[2]，使军事衙推秦济，以羊一、猪一投恶溪之潭水，以与鳄鱼食，而告之曰：

昔先王既有天下，列山泽[3]，罔绳擉刃[4]，以除虫蛇恶物为民害者，驱而出之四海之外。及后王德薄，不能远有，则江、汉之间[5]，尚皆弃之，以与蛮、夷、楚、越。况潮，岭海之间[6]，去京师万里哉？鳄鱼之涵淹卵育于此[7]，亦固其所。今天子嗣唐位，神圣慈武，四海之外，六合之内，皆抚而有之。况禹迹所揜[8]，扬州之近地[9]，刺史、县令之所治，出贡赋以供天地宗庙百神之祀之壤者哉！鳄鱼其不可与刺史杂处此土也！

刺史受天子命，守此土，治此民，而鳄鱼睅然不安溪潭[10]，据处食民畜、熊、豕、鹿、獐，以肥其身，以种其子孙，与刺史亢拒[11]，争为长雄。刺史虽驽弱，亦安肯为鳄鱼低首下心，伈伈睍睍[12]，为民吏羞，以偷活于此邪？且承天子命以来为吏，固其势不得不与鳄鱼辩。

鳄鱼有知，其听刺史言：潮之州，大海在其南，鲸鹏之大，虾蟹之细，无不容归，以生以食，鳄鱼朝发而夕至也。今与鳄鱼约：尽三日，其率丑类南徙于海，以避天子之命吏。三日不能，至五日；五日不能，至七日；七日不能，是终不肯徙也，是不有刺史、听从其言也。不然，则是鳄鱼冥顽不灵，刺史虽有言，不闻不知也。夫傲天子之命吏，不听其言，不徙以避之，与冥顽不灵而为民物害者，皆可杀。刺史则选材技吏民，操强弓毒矢，以与鳄鱼从事，必尽杀乃止。其无悔！

【注释】

〔1〕维：用在句首，起强调时间的作用。

〔2〕潮州：唐代州名。州治在今广东潮州市潮安区。

〔3〕列：同"迾（liè）"，阻挡，封锁。

〔4〕罔：同"网"，张网捕捉。擉（chuō）：同"戳"，刺杀。

〔5〕江、汉：长江和汉水。

〔6〕岭海之间：五岭以南，南海以北。五岭，指越城、都庞、萌渚、骑田、大庾。

〔7〕涵淹：潜游。

〔8〕禹迹：大禹的足迹。传说大禹治水，足迹遍及九州，所以称九州大地为"禹迹"。揜（yǎn）：覆盖。这里是踏涉的意思。

〔9〕扬州：传说夏禹所分的九州中的一个州。潮州在古扬州境内。

〔10〕睅（hàn）然：凶狠的样子。睅，眼睛突出。

〔11〕亢：同"抗"，对抗。

〔12〕伈（xǐn）伈睍（xiàn）睍：恐惧不敢正视的样子。

【译文】

　　某年某月某日，潮州刺史韩愈，派军事衙推官秦济将一只羊、一头猪投进恶溪的潭水中，喂给鳄鱼，并警告它说：

　　上古帝王统治天下之后，封锁山林水泽，用罗网捕，用利刃刺，来铲除毒虫、毒蛇、凶兽等危害百姓的害物，把它们赶到四海之外。到了后代帝王，德望浅薄，不能统治远方，连长江、汉水一带都丢弃了，将它们让给蛮、夷、楚、越等族。何况潮州在五岭以南、南海以北，离京都遥遥万里呢？鳄鱼在这儿潜游繁殖，本来也是它的自然处所。如今的天子继承了大唐帝位，神明、崇高、仁慈、威武，四海之外，宇宙之内，都在他安抚统治之下。何况潮州是大禹到过的地方，扬州所辖之区，刺史、县令管理之地，出贡品、赋税用来供奉天地、宗庙、百神的区域呢！

鳄鱼与刺史不能在此混杂居住啊！

刺史受了天子的命令，守护这个地方，治理这里的百姓，而鳄鱼却十分凶狠，不安居于潭溪之中，盘踞在这里吞食家畜、熊、野猪、鹿和獐等动物，来养肥自己，繁衍它的后代，与刺史对抗，一争高下。刺史虽愚鲁懦弱，又怎能在鳄鱼面前俯首帖耳、畏畏缩缩，给百姓和官吏丢脸，在这里苟且偷生呢？况且是奉了天子的诏命来此做官，形势使得刺史不得不跟鳄鱼讲清道理。

鳄鱼如有灵性，请听刺史的宣告：潮州，大海在它的南边，鲸鱼、鲲鹏这些庞然大物，鱼虾、螃蟹这一类小动物，没有不依靠大海生育寻食的，你们鳄鱼早晨出发，晚上就可到达那里。现在我与你们约定：三天之内，要率领你的同类向南远迁于大海，避开天子任命的刺史。三天不行，可宽延到五天；五天不行，再宽延到七天。七天还不能做到，那是终不肯迁走了，那就是不把刺史的话放在心上，不听从他的告诫了。不然，就是鳄鱼冥顽无知，刺史虽然有言在先，你们却听不见，听不明白。凡是蔑视天子任命的刺史，不听刺史的话，不肯迁徙以回避刺史，和冥顽无知，危害百姓、牲畜的一切祸害生物，都应杀掉！刺史就要挑选武艺高强的官吏和民丁，操起强弓毒箭，来与鳄鱼较量，一定要斩尽杀绝才住手。你们可不要后悔！

柳子厚墓志铭

【题解】

　　韩愈和柳宗元同为中唐古文运动的倡导者，两人交谊深厚。柳宗元于元和十四年（819）冬去世后，韩愈写了几篇哀悼纪念文章，此为其中之一。本文除概述柳宗元的家世和生平事迹外，着重论述了他的人品政绩和文学成就。文中充分肯定其才华、积极从政的态度和在柳州的政绩，深切同情其"材不为世用，道不行于时"的遭际，极力称赞其高尚品德，特别是对其"文学辞章"的成就予以高度评价。但由于政治见解的不同，作者对柳宗元早年参加王叔文倡导的政治改革活动颇有微

词，认为是"不自贵重顾藉"，这种批评是不恰当的。

墓志铭，即埋入墓穴中的石刻文字，是古代的一种文体，一般包括两部分："志"记述死者的姓氏、家世、经历、卒葬年月及子孙等，"铭"是用韵语写的赞颂之辞。

【原文】

子厚，讳宗元。七世祖庆，为拓跋魏侍中，封济阴公[1]。曾伯祖奭[2]，为唐宰相，与褚遂良、韩瑗[3]，俱得罪武后[4]，死高宗朝。皇考讳镇[5]，以事母弃太常博士[6]，求为县令江南。其后以不能媚权贵，失御史；权贵人死，乃复拜侍御史。号为刚直，所与游皆当世名人。

子厚少精敏，无不通达。逮其父时，虽少年，已自成人，能取进士第，崭然见头角，众谓柳氏有子矣。其后以博学宏词[7]，授集贤殿正字[8]。俊杰廉悍，议论证据今古，出入经史百子，踔厉风发[9]，率常屈其座人[10]，名声大振，一时皆慕与之交。诸公要人，争欲令出我门下，交口荐誉之[11]。

贞元十九年，由蓝田尉拜监察御史[12]。顺宗即位，拜礼部员外郎。遇用事者得罪[13]，例出为刺史。未至，又例贬州司马[14]。居闲益自刻苦，务记览，为词章，泛滥停蓄，为深博无涯涘，而自肆于山水间。元和中[15]，尝例召至京师，又偕出为刺史，而子厚得柳州[16]。既至，叹曰："是岂不足为政邪[17]？"因其土俗，为设教禁，州人顺赖。其俗以男女质钱[18]，约不时赎，子本相侔[19]，则没为奴婢。子厚与设方计，悉令赎归。其尤贫力不能者，令书其佣，足相当，则使归其质。观察使下其法于他州，比一岁，免而归者且千人。衡、湘以南为进士者，皆以子厚为师。其经承子厚口讲指画为文词者，悉有法度可观。

其召至京师而复为刺史也，中山刘梦得禹锡亦在遣中[20]，

当诣播州[21]。子厚泣
曰："播州非人所居，
而梦得亲在堂，吾不忍
梦得之穷，无辞以白其
大人，且万无母子俱
往理。"请于朝，将拜
疏，愿以柳易播，虽重
得罪，死不恨。遇有以
梦得事白上者，梦得
于是改刺连州[22]。呜
呼！士穷乃见节义。今

夫平居里巷相慕悦，酒食游戏相征逐，诩诩强笑语以相取
下[23]，握手出肺肝相示，指天日涕泣，誓生死不相背负，真若
可信。一旦临小利害，仅如毛发比，反眼若不相识，落陷阱，不
一引手救，反挤之，又下石焉者，皆是也。此宜禽兽夷狄所不忍
为，而其人自视以为得计。闻子厚之风，亦可以少愧矣。

　　子厚前时少年，勇于为人，不自贵重顾藉，谓功业可立
就，故坐废退。既退，又无相知有气力得位者推挽，故卒死于穷
裔，材不为世用，道不行于时也。使子厚在台、省时[24]，自持
其身，已能如司马、刺史时，亦自不斥；斥时，有人力能举之，
且必复用不穷。然子厚斥不久，穷不极，虽有出于人，其文学辞
章，必不能自力以致必传于后，如今，无疑也。虽使子厚得所
愿，为将相于一时，以彼易此，孰得孰失，必有能辨之者。

　　子厚以元和十四年十一月八日卒，年四十七。以十五年七
月十日，归葬万年先人墓侧[25]。子厚有子男二人：长曰周六，
始四岁；季曰周七，子厚卒乃生。女子二人，皆幼。其得归葬
也，费皆出观察使河东裴君行立[26]。行立有节概，重然诺，与
子厚结交，子厚亦为之尽，竟赖其力。葬子厚于万年之墓者，舅

弟卢遵。遵，涿人，性谨慎，学问不厌。自子厚之斥，遵从而家焉，逮其死不去。既往葬子厚，又将经纪其家，庶几有始终者。

铭曰：是惟子厚之室，既固既安，以利其嗣人。

【注释】

〔1〕"七世祖庆"三句：柳庆曾任北魏侍中，入北周。他的儿子柳旦为北周中书侍郎，被封为济阴公，并非柳庆封济阴公。拓跋魏，指南北朝时的北魏，鲜卑族，姓拓跋，故称"拓跋魏"。侍中，官名，秦置，是宰相的属员。魏晋以后相当于宰相。

〔2〕曾伯祖奭（shì）：柳奭，字子燕，唐中书令。武后时，为许敬宗、李义府等诬陷，被杀。柳奭是柳宗元的高伯祖。

〔3〕褚遂良：字登善，唐钱塘（今浙江杭州）人。官至尚书右仆射。因劝阻唐高宗立武则天为皇后，被贬斥，忧愤而死。韩瑗：字伯玉，京兆三原人。官至侍中，因救褚遂良遭贬。

〔4〕武后：名曌（zhào），唐高宗的皇后。高宗死后，曾自称帝，并改国号为"周"，在位十六年。中宗复位后，上尊号为则天大圣皇帝。

〔5〕皇考：旧时儿子对已死的父亲的尊称。镇：柳宗元的父亲。

〔6〕太常博士：太常寺的属官，掌管礼仪祭祀和议定王公大臣的谥号。

〔7〕博学宏词：唐代科举制度中的一种，由吏部在进士中考选博学能文之士，录取后就授予官职。贞元十四年，柳宗元考中博学宏词科。

〔8〕集贤殿：集贤殿书院的省称。正字：官名，掌校勘图书、刊正文字的工作。

〔9〕踔（chuō）厉风发：精神奋发，言论纵横，气势蓬勃。

〔10〕率：常常。

〔11〕交口：众口，齐声。

〔12〕蓝田：县名。今属陕西。尉：官名。县官的助手，掌管全县的治安。监察御史：官名。属御史台的察院，掌监察百官、巡按州县、视察刑狱和纠正朝仪等职务。

〔13〕用事者：谓当权者，指王叔文。

〔14〕司马：刺史的属官。

〔15〕元和：唐宪宗年号。

〔16〕柳州：唐时州名，治所在今广西柳州。

〔17〕是：这里，指柳州。

〔18〕以男女质钱：指以子女为贷款的抵押。

〔19〕子本：利息和本钱。

〔20〕中山：古郡名，在今河北唐县、定州一带。刘梦得：名禹锡，唐东都洛阳（今属河南）人。德宗贞元年间进士，官至太子宾客、加检校礼部尚书。世称"刘宾客"。是唐著名的文学家、哲学家。著有《刘梦得文集》。

〔21〕播州：唐置州名。今贵州遵义。

〔22〕连州：治所在今广东连州。

〔23〕诩诩（xǔ）：拟声词。形容说大话的声音。

〔24〕台、省：御史台、尚书省。均为中国古代官署名。

〔25〕万年：在今陕西西安市境内。

〔26〕河东：郡名，治所在今山西永济。裴君行立：裴行立，唐绛州稷山（今属山西省）人。当时任桂管观察使。

【译文】

子厚，名宗元。他的七世祖柳庆担任过北魏的侍中，封为济阴公。曾伯祖柳奭做过唐朝的宰相，与褚遂良、韩瑗都得罪了武则天，死于高宗朝。父亲柳镇因为要侍养他的母亲，放弃了太常博士的官职，请求到江南去做县令。此后因不能谄媚权贵，丢掉了殿中侍御史之职。直到权贵之人死了，他才又被任命为侍御史。他的刚毅正直是出了名的，同他交往的都是当时很有名望的人。

子厚小时候就精明敏捷，学业事理没有不明白通晓的。当他父亲在世的时候，他虽然很年轻，却已独立成才，能够考中进士，突出地显露了才华，大家都说柳家出了个好儿子。这以后又参加博学宏词科考试，被任命为集贤殿正字。他才能出众，正直勇敢，发表议论时引古证今，融会贯通经史和诸子百家的学说，见识高超，精神奋发，常使在座的人心悦诚服，由此名声大振，当时的人都敬慕他，同他交往。那些达官要人，争着要他做自己的门生，异口同声地赞誉并举荐他。

贞元十九年，他由蓝田县尉升任监察御史。顺宗继位后，改任礼部员外郎。碰上当权者获罪而受到牵连，照例被贬出去做刺史。还未到任，又被贬为永州司马。处于闲职，他便更加刻苦地读书写作，写的诗文，如汪洋泛滥、湖海蓄存，诗文的造诣是那样博大精深而无拘无束，而自己只能纵情于山水之间。元和年间，他和同时被贬的人依例被召回京城，又一起被派到外地做刺史，子厚被派往柳州。到任以后，他慨叹说："这里难道不值得做出一番政绩吗？"于是依据当地的风俗，为他们制定了教令与禁令，柳州的人民都顺从、信赖他。那里有个风俗习惯，常以子女为人质抵押借钱，约定期限不能按时赎还的话，等到利息和本钱相等时，子女就沦为债主的奴婢。子厚为借债的人想方设法，让他们全部都能把抵押出去的子女赎回家。那些特别贫穷无力办到的，就责令债主记下被抵押为人质的人的工钱，等到工钱与借款数额相等时，就让债主归还人质。观察使将他的这个办法推广到其他州，过了一年，免为奴婢而回到家的将近千人。衡山、湘江以南打算考进士的，都拜子厚做老师。那些经过子厚当面讲授指点的人，所撰写的文章都具有可观的章法技巧。

子厚被召到京城又被派出去做刺史时，中山人刘梦得名叫禹锡的也在被派人员之中，应当前往播州做刺史。子厚流着泪说："播州不适宜人居住，而梦得家中又有老母亲，我不忍心看到梦得这样困窘，使他没有恰当的话去安慰母亲，而且也万万没有母子一块被贬到荒远之地的道理。"他准备上朝，上疏请求，情愿用柳州刺史之职去换播州刺史之职，纵使再次获罪，也死而无怨。刚巧遇上有人将梦得的情况奏明朝廷，梦得因此被改任连州刺史。唉！人在困境中才能表现出高尚的节操和道义。现今，有些人平时居住在里巷的时候，彼此爱慕喜悦，你来我往彼此宴请，追逐游戏，讨好假笑装出谦和的样子，握手言欢倾吐肺腑之言，指着苍天白日落泪，发誓无论生死都不做对不起对方的事，似乎像真的一样可信。然而，一旦碰到极小的利害冲突，不过像毛发那样细小，也会立即翻脸，像从不认识的样子，朋友掉到陷阱里，不仅不施以援手，反而趁势排挤，落井下石，这种人到处都有啊！这种事连禽兽及异族都不忍心去做，而那种人却自以为做得很对。他们听到子厚的为人风度，也应该感到有些羞愧吧！

　　子厚以前年轻时，勇于帮助别人，不晓得保重和爱惜自己，认为功业可以很快取得，结果反受牵连而遭贬斥。遭贬斥以后，又没有一个赏识他并有权力、有地位的人对他加以推荐提拔，所以他终于死在荒远的边地，才能不被当世所用，理想不能实现。假使子厚在御史台、尚书省任职的时候，能够严格约束自己，能够像后来做司马、刺史时那样，自然也就不会遭到贬斥；遭到贬斥之后，如果能有个有力的人保举他，必然会被不断擢用。然而，子厚如果被贬斥的时间不长，困窘不到极点，虽然会出人头地，但他的文章学识、诗词歌赋，一定不能像现在这样通过刻苦钻研，达到流传于后世的境界，这是毫无疑义的。虽然使子厚实现了自己的愿望，在一个时期内担任将相要职，拿文学上的成就来换取功名富贵，哪个合算，哪个失算，一定有人能分辨清楚。

　　子厚于元和十四年十一月初八日去世，终年四十七岁。于元和十五年七月十日，安葬在万年县祖先的坟墓旁边。子厚有两个儿子：长子叫周六，刚四岁；次子叫周七，子厚去世后才出生。两个女儿，都还很小。他得以回乡安葬，费用都是由观察使河东人裴行立君出的。裴行立有气节，重信义，与子厚结交，子厚也为他尽过心力，最终竟然全靠他料理后事。将子厚安葬在万年县墓地的人，是其姑舅表弟卢遵。卢遵是涿州人，生性谨慎，学习从来不知满足。从子厚被贬斥时起，卢遵就跟他住在一起，直到他去世也没有离开。卢遵既前去安葬了子厚，又打算安顿好子厚的家室，可算是个有始有终的人。

　　铭文：这是子厚的墓室，既牢固又安宁，必定会有利于他的后代。

答李翊书[1]

【题解】

　　李翊，唐德宗时人，贞元十八年（802）中进士。他写信向韩愈请教写古文的途径和要领，韩愈写了这封答书。在此书中，他介绍自己学习古文的经验，提出"气盛言宜"的主张，强调学习古文的根本在于加强道德修养。韩愈自述写作古文的三个阶段：深入钻研古代经典，作文务去陈言，不顾时人的议论嘲笑，此为第一阶段；识别古书正伪，然后加以继承扬弃，文思汩汩涌

流，此为第二阶段；功夫臻于成熟，笔墨纵横淋漓，又能省察检讨，去除不纯，此为第三阶段。贯彻始终的主导思想则是写作以气为本，实开论文重气的先河。文章结构严谨，比喻贴切，说理深刻精当，而又透着谆谆教导、奖掖后进的深挚情意。

【原文】

六月二十六日[2]，愈白李生足下[3]：

生之书辞甚高[4]，而其问何下而恭也[5]！能如是，谁不欲告生以其道？道德之归也有日矣[6]，况其外之文乎[7]？抑愈所谓望孔子之门墙而不入于其宫者[8]，焉足以知是且非邪？虽然，不可不为生言之。

生所谓立言者[9]，是也；生所为者与所期者[10]，甚似而几矣[11]。抑不知生之志，蕲胜于人而取于人邪[12]？将蕲至于古之立言者邪？蕲胜于人而取于人，则固胜于人而可取于人矣[13]。将蕲至于古之立言者，则无望其速成，无诱于势利[14]，养其根而俟其实[15]，加其膏而希其光。根之茂者其实遂[16]，膏之沃者其光晔[17]。仁义之人，其言蔼如也[18]。

抑又有难者，愈之所为，不自知其至犹未也。虽然，学之二十余年矣。始者，非三代两汉之书不敢观，非圣人之志不敢存。处若忘，行若遗，俨乎其若思[19]，茫乎其若迷[20]。当其取于心而注于手也[21]，惟陈言之务去[22]，戛戛乎其难哉！其观于人，不知其非笑之为非笑也[23]。如是者亦有年，犹不改。然后识古书之正伪，与虽正而不至焉者，昭昭然白黑分矣，而务去之，乃徐有得也。当其取于心而注于手也，汩汩然来矣[24]。其观于人也，笑之则以为喜，誉之则以为忧，以其犹有人之说者存也。如是者亦有年，然后浩乎其沛然矣。吾又惧其杂也[25]，迎而距之[26]，平心而察之，其皆醇也，然后肆焉[27]。虽然，不可以不养也。行之乎仁义之途，游之乎《诗》《书》之源，无迷其途，无绝其源，终吾身而已矣[28]。

气，水也[29]；言，浮物也。水大而物之浮者，大小毕浮。气之与言犹是也，气盛则言之短长与声之高下者皆宜。虽如是，其敢自谓几于成乎？虽几于成，其用于人也奚取焉？虽然，待用于人者，其肖于器邪？用与舍属诸人。君子则不然，处心有道，行己有方，用则施诸人，舍则传诸其徒，垂诸文而为后世法。如是者，其亦足乐乎？其无足乐也？

有志乎古者希矣[30]。志乎古必遗乎今，吾诚乐而悲之[31]。亟称其人[32]，所以劝之[33]，非敢褒其可褒，而贬其可贬也。问于愈者多矣，念生之言不志乎利，聊相为言之。愈白。

【注释】

〔1〕答李翊（yì）书：或作《答李翱书》。李翊，贞元十八年进士。贞元十七年，韩愈曾作《与祠部陆员外书》，向陆员外荐举李翊，称其为"出群之才"。

〔2〕六月二十六日：指唐德宗贞元十七年（801）六月二十六日。是年韩愈三十四岁。

子贡

〔3〕生：古时前辈对弟子的称呼，也指读书人。足下：对人的敬称。

〔4〕书辞：书信中的文辞。

〔5〕下：指态度谦逊。

〔6〕有日：指日可待，言为期不远。

〔7〕其外之文：作者认为文是道德的外在表现，故言"其外之文"。其，指道德。

〔8〕抑：转折连词。如同现代汉语中的"但""不过""可是"。望孔子之门墙而不入于其宫者：意谓自己只是望见了孔子的门墙，还没有登堂入室，这是作者自谦的话，说自己道德学问还未修养到家。《论语·子张》："子贡曰：'譬之宫墙，赐之墙也及肩，窥见室家之好。夫子之墙数仞，不得其门而入，不见宗庙之美，百官之富。'"

〔9〕立言者：指李翊来信中关于"立言"的说法。立言，著书立说。

〔10〕期：期望。

〔11〕几：近，接近。

〔12〕蕲（qí）：同"祈"，求，希望。取于人：被人取而用之，被人学习。

〔13〕固：已经。

〔14〕无诱于势利：当时官场和科举考试皆用时文（骈文），故韩愈说欲写古文便须"无诱于势利"。诱，诱惑。

〔15〕俟（sì）：等待。实：结果。

〔16〕遂：指果实成熟，饱满。

〔17〕晔（yè）：明亮。

〔18〕蔼如：温厚和顺的样子。如，用法同"然"。

〔19〕俨乎：庄重的样子。乎，用法同"然"。

〔20〕茫乎：茫茫然。迷：迷惑。

〔21〕"当其取于心"句：把心里的想法用手写出来。

〔22〕陈言：陈旧的观点和言辞。

〔23〕非笑：非议和讥笑。

〔24〕汩（gǔ）汩：水流迅急的样子，比喻文思涌动。

〔25〕杂：指内容不纯。

〔26〕迎而距之：言反过来让"浩乎其沛然"的文思停止下来。迎，逆。距，止。

〔27〕肆：指放手去写。

〔28〕《诗》《书》：《诗经》《尚书》，这里代指各种儒家经典著作。下面"无迷其途"承"行之乎仁义之途"而言，"无绝其源"承"游之乎《诗》《书》之源"而言。

〔29〕气：指文章的思想内容。

〔30〕希：同"稀"，少。

〔31〕"志乎"二句："乐"因其"志乎古"而发，"悲"因其"遗乎今"而发。

〔32〕亟（qì）：屡次。其人：指有志于学古人立言的人。

〔33〕劝：鼓励。

【译文】

六月二十六日，韩愈告陈李生足下：

你信中的文辞立意高雅，而询问的态度又是多么谦逊、恭敬啊！能像这样，谁不愿把他所懂得的道理告诉你呢？看来，你成为一个有道德的人已经指日可待了，何况是作为道德的外在表现的文章呢？但我只是古人所谓的望见孔子的门墙而没有登堂入室的人，哪能分清道理是对还是不对呢？尽管这样，我还是不能不跟你谈谈自己对这个问题的看法。

你所讲的志在立言的话，是正确的；你所写的文章和你所期望的，很相似而且很接近了。但是我不知道你立言的志向，是希望胜过一般人而被人学习呢，还是希望达到古代人著书立说的标准呢？如果希望胜过一般人而被人学习的话，那你现在本来已经胜过一般人而可以被人学习了。如果希望达到古代人著书立说的标准的话，就不能指望很快成功，也不能受权势和功利的诱惑，而要像栽培果树一样，先培养它的根，再等待它结果，又要像燃灯一样，先添进油脂，再希望它发出光亮。根长得茂盛的树木，它的果实就饱满；油脂充足，灯自然就会明亮。奉行仁义之道的人，他说起话来总是温厚和顺的样子。

可是还有为难的地方，我的所作所为，自己也不知道是否已经达到了古代著书立说的标准。虽然如此，但我学习古文已有二十多年了。起初，不是夏、商、周和两汉时代的书我不敢看，不是圣人的观点我不敢记。无论是在静处的时候还是行动的时候，我都像忘掉了世上的一切，成天一副庄重的样子，总像在思索问题，茫茫然像被什么东西迷惑住了。当我把心里的想法用手写出来时，凡是陈旧的观点和言辞都一定要去掉，真是困难啊！我把写好的文章给别人看，不把人们的非议和讥笑当作是非议和讥笑。像这样过了好些年，我还是没有改变自己的主张和态度。然后才识别出古书中哪些讲的是真正的儒家之道，哪些讲的不是儒家之道，以及虽然讲的是儒家之道却还没有达到完美境界的地方，对这些区别得清清楚楚如同黑白分明一样。而后务必去掉自己文章中不可取的地方，这才渐渐地有所收获。当把自己的想法写出来时，文思勃发就像流水奔涌一样不可遏止。当把写好的文章给别人看时，别人讥笑它，我就感到高兴，别人称赞它，我便感到担忧，因为这说明文章中还保留着一般人的观点。像这样也过了好些年，然后文思就像大水浩浩荡荡地奔流。这时我又担心内容不纯，便让文思的奔流停止下来，平心静气地以客观眼光考察一下，使内容都纯正了，然后放手去写。虽然如此，自己不能不继续加强修养。要在仁义的大道上行进，在《诗经》《尚书》等儒家经典著作的源泉中畅游，不迷失仁义这条道路，不离开儒家经典的源泉，我终身如此。

文章的思想内容好比是水，语言好比是浮在水面的物体。水势大，那么能浮在水面的物体大大小小都能浮起来。气和语言的关系也是这样，气盛，那么语句的长短、声调的高低便都会恰到好处。虽然到了这种地步，难道自己敢认为自己的文章已经接近成功了吗？即使自己的文章接近成功了，待到为人所用时，人家从中能得到什么呢？虽说如此，大概一般等待别人任用的人就像器物是否被取用一样吧。用和不用都取决于别人。君子就不是这样，他思考问题有一定的方法，自己行事有一定的原则，能为人所用，就把自己的道德表现出来，给人们带来好处，不能为人所用，就把自己的道德传给他的弟子，把它写在文章中让后人学习。像这样，是值得高兴呢，还是不值得高兴呢？

现在有志于学古人立言的人太少了。有志于学古人立言必然会被今人遗弃，我真的为他们既感到高兴又感到悲哀。我多次称赞这些人，是为了鼓励他们，并不是我敢表扬那些应该表扬的人，敢批评那些应该批评的人。向我求学的人很多，我考虑到你说话的意图不在于求取功利，姑且对你讲了以上这些看法。韩愈诚告。

柳宗元

柳宗元（773—819），唐代著名散文家、诗人、哲学家。字子厚，河东解县（今山西运城西南）人。少精敏通达。德宗贞元九年（793）进士。后登博学宏词科，授集贤殿书院正字、蓝田尉。贞元十九年（803），任监察御史里行。顺宗永贞元年（805），为尚书礼部员外郎。主张并实行政治革新。宪宗即位，革新失败，被贬为永州司马。十年后，转为柳州刺史，元和十四年（819）死于柳州。

与韩愈共同倡导了唐代古文运动，主张文以载道。韩愈称其文"雄深雅健似司马子长（迁）"，苏轼称其文"发纤秾于古简，寄至味于淡泊"。

桐叶封弟辨

【题解】

辨，是一种辨察是非的论说文。本文针对史书记载的"桐叶封弟"一事进行辩证，借题发挥地批判了把君主言行绝对化的谬论，认为对君主的言行要看其实际效果，如果不恰当，"虽十易之不为病"。文章破立结合，结构谨严，对要辩证的问题，设想了各种情况，并一一辩证，有较强的说服力。

【原文】

古之传者有言[1]，成王以桐叶与小弱弟[2]，戏曰："以封汝。"周公入贺。王曰："戏也。"周公曰："天子不可戏。"乃封小弱弟于唐[3]。

吾意不然。王之弟当封耶，周公宜以时言于王，不待其戏而贺以成之也；不当封耶，周公乃成其不中之戏，以地以人与小弱者为之主，其得为圣乎？且周公以王之言不可苟焉而已，必从而成之耶？设有不幸，王以桐叶戏妇寺，亦将举而从之乎？凡王者之德，在行之何若。设未得其当，虽十易之不为病；要于其当，不可使易也。而况以其戏乎！若戏而必行之，是周公教王遂过也。

吾意周公辅成王，宜以道[4]，从容优乐，要归之大中而已，必不逢其失而为之辞。又不当束缚之，驰骤之，使若牛马然，急则败矣。且家人父子尚不能以此自克，况号为君臣者邪！是直小丈夫缺缺者之事，非周公所宜用，故不可信。

或曰：封唐叔，史佚成之^{〔5〕}。

【注释】

〔1〕古之传：古代的书传，指《吕氏春秋·重言》、刘向《说苑·君道》中所记载的桐叶封弟的话。

〔2〕成王：周成王姬诵，周武王的儿子。他即位时因年幼，由他的叔父周公姬旦摄政。

〔3〕唐：古国名，在今山西翼城西。

〔4〕道：道理，儒家的"圣人"之道。这里指中庸之道，与下文"大中"同义。

〔5〕"封唐叔"两句：太史佚促成桐叶封弟的故事，见《史记·晋世家》。史佚（yì），周时太史尹佚。

【译文】

古书上说：西周成王诵拿着一片梧桐叶给幼弟，开玩笑说："凭着这个给你封国。"周公旦知道了，就前来道贺。成王说："我这是和他开玩笑呀。"周公说："天子口中无戏言。"成王就把唐这个地方封给幼弟。

以我的看法，这是不对的。成王的弟弟如果理该受封，周公应及时向成王进言，不应该等他开了玩笑再去道贺，以促成此事；如其幼弟不该受封，而周公竟然将一句不合适的戏言变成事实，拿土地、百姓交给年幼的孩子做主，周公这样做可以称为圣人吗？周公只是想到帝王为万民之尊，言出必行，不可苟且从事罢了，哪需要因为一句戏言而去认真执行呢？假如不幸成王拿桐叶跟妃嫔宦官开玩笑，难道也以戏言去分封他们吗？大凡君王的德行治化，要看他如何施政。假若做法不得当，就是更改十次也不过分；如果做法妥当，那就不能更改。何况他是游戏之言呢！假若开玩笑的话也要实行，这是周公教成王犯错误了。

我认为周公辅佐成王，应当以道义从容和缓地加以劝导，必须指引他到不偏不倚的中正地位，不要等到成王有了错失，才替他文过饰非。也不必处处束缚他，驱迫他，像对待牛马一样，操之过急则会坏事。平常家庭父子之间，尚且不能用这种不妥的管理方法，更何况成王、周公在名分上是君臣呢！这是小丈夫做的小聪明的事，不是周公所应该做的事，所以古书上说的此事不足凭信。

也有人说：成王封唐叔的事，是那时的太史尹佚促成的。

箕子碑

【题解】

　　本文是为箕子庙写的碑文。纣王无道，箕子劝谏不从，反遭迫害，却能忍辱负重，建立功业，作者对他表示了极大的推崇和同情。作者以伟大人物的三个标准"正蒙难""法授圣""化及民"作为评价箕子的出发点，依次展开论述，彰扬箕子的人品、功业，也表达了对自己、对一切仁人志士的勉励。

【原文】

凡大人之道有三：一曰正蒙难，二曰法授圣，三曰化及民。殷有仁人曰箕子，实具兹道，以立于世。故孔子述六经之旨[1]，尤殷勤焉。

当纣之时，大道悖乱，天威之动不能戒，圣人之言无所用。进死以并命，诚仁矣，无益吾祀，故不为；委身以存祀，诚仁矣，与亡吾国[2]，故不忍。具是二道，有行之者矣。是用保其明哲，与之俯仰，晦是谟范[3]，辱于囚奴，昏而无邪，隤而不息。故在《易》曰："箕子之明夷[4]。"正蒙难也。及天命既改，生人以正，乃出大法，用为圣师，周人得以序彝伦而立大典[5]。故在《书》曰："以箕子归，作《洪范》[6]。"法授圣也。及封朝鲜[7]，推道训俗，惟德无陋，惟人无远，用广殷祀，俾夷为华，化及民也。率是大道，藂于厥躬，天地变化，我得其正，其大人欤！

於虖！当其周时未至，殷祀未殄，比干已死[8]，微子已去[9]，向使纣恶未稔而自毙，武庚念乱以图存[10]，国无其人，谁与兴理？是固人事之或然者也。然则先生隐忍而为此，其有志于斯乎？

唐某年，作庙汲郡[11]，岁时致祀。嘉先生独列于《易》象，作是颂云。

【注释】

〔1〕六经：《诗》《书》《礼》《乐》《易》《春秋》。

〔2〕与：参与。

〔3〕谟：谋略。范：法则，原则。

〔4〕明夷：卦名。《易经·明夷》"明入地中"，象征昏君在上，明臣在下，明臣虽不敢显露自己的明智，但能正其志，

坚持正道。

　　〔5〕彝（yí）伦：指人与人之间的伦理道德关系。

　　〔6〕《洪范》：《尚书》篇名。相传箕子曾向周武王陈述《洪范》，其实它是后人拟作。

　　〔7〕朝鲜：古地名。

　　〔8〕比干：纣王的叔父，相传因直言劝谏纣王，被剖心而死。

　　〔9〕微子：纣王的庶兄，因劝谏纣王不听而出走。后降周，被封于宋，保存了商宗族。

　　〔10〕武庚：纣王的儿子，殷亡后受周封，续殷祀，后因叛乱被杀。

　　〔11〕汲郡：郡名，治所在今河南卫辉西南。

【译文】

　　凡是有德行的人，他遵从的道理有三种：第一是蒙受祸难而坚守正道，第二是把大道传授于圣王，第三是教化万民。在殷朝时有一位仁人叫箕子，他实实在在地具备了此三道，以大德行立于世上。所以孔子在叙述六经的要旨大意时，对他尤其推崇。

　　在殷纣王之时，大道逆乱，上天的震怒不能引起人们警戒，圣人的言论无所用处。臣下拼死进谏，把自身的生死置之度外，诚然是仁者的作为了，但无益于延续殷朝的社稷，所以箕子不这样做；委身于别的君王，以求保住先人的宗祀，也称得上仁了，但等于参与灭亡自己的国家，箕子也不忍心去这样做。这两条路，都有人行了。这样的作为，是保其贤明，与世俗人一同俯仰屈伸，隐藏自己的谋略和原则，在奴隶中间受凌辱。虽然卑微不得意，但也不肯乱来；虽然颓废失落，但忠心不熄灭。所以《易经》上说"箕子之明夷"，正是说他蒙受祸难而能坚守正道。到了天命归周，世人已经走上正轨，箕子就拿出大法《洪范》以传授圣人，而周人才能借此规范社会伦常，后来设立国家典章制度。所以《书经》说："箕子归来作《洪范》。"这就是把大道传授给圣王。到了箕子受封于朝鲜，他推行王道，训民化俗，崇尚德行而不问出身鄙陋，爱重人才而不论亲疏远近，光大殷朝的宗祀，使得夷狄蛮荒变为华夏，这就是教化万民。这些大道聚集于箕子一身，天地之变化，箕子独得其正气，这真是有大道德的人了！

啊呀！当周朝还没有建立，殷商还没有灭亡的时候，殷大臣比干已死，微子也已离去。假如殷纣还没有恶贯满盈就已自毙，纣王之子武庚忧虑乱世，图谋保存殷朝，此时国中若没有贤明之人，谁能辅佐治理呢？这是人事中可能会有的情况。那么箕子先生隐忍受辱为奴，也许是有志于此吧。

唐朝某年，建箕子庙于汲郡，岁岁祭祀。我钦佩先生之德行能独列入《易经》的卦象之中，所以作了这篇颂词。

捕蛇者说

【题解】

说，是古代就事论理的一种文体，本文是柳宗元被贬永州之后写的。文中通过三代以捕蛇为业的蒋氏

一家及其乡邻的悲惨遭遇，揭露了当时民不聊生的残酷现实，指出苛政赋敛比毒蛇猛兽更毒，说明了革除弊政、减轻赋役的必要，表达了对劳动人民的同情。文章组织严密，对比反衬运用出色，风格朴实深沉，有较强的感染力。

【原文】

永州之野产异蛇[1]，黑质而白章，触草木尽死，以啮人，无御之者。然得而腊之以为饵，可以已大风、挛踠、瘘、疠，去死肌，杀三虫[2]。其始，太医以王命聚之[3]，岁赋其二，募有能捕之者，当其租入，永之人争奔走焉。

有蒋氏者，专其利三世矣。问之，则曰："吾祖死于是，吾父死于是，今吾嗣为之十二年，几死者数矣。"言之，貌若甚戚者。

余悲之，且曰："若毒之乎？余将告于莅事者[4]，更若役，复若赋，则何如？"蒋氏大戚，汪然出涕曰："君将哀而生之乎？则吾斯役之不幸，未若复吾赋不幸之甚也。向吾不为斯役，则久已病矣。自吾氏三世居是乡，积于今六十岁矣，而乡邻之生日蹙，殚其地之出，竭其庐之入，号呼而转徙，饥渴而顿踣，触风雨，犯寒暑，呼嘘毒疠，往往而死者相藉也[5]。曩与吾祖居者[6]，今其室十无一焉；与吾父居者，今其室十无二三焉；与吾居十二年者，今其室十无四五焉。非死则徙尔，而吾以捕蛇独存。悍吏之来吾乡，叫嚣乎东西，隳突乎南北，哗然而骇者，虽鸡狗不得宁焉。吾恂恂而起，视其缶[7]，而吾蛇尚存，则弛然而卧。谨食之，时而献焉。退而甘食其土之有，以尽吾齿[8]。盖一岁之犯死者二焉，其余则熙熙而乐，岂若吾乡邻之旦旦有是哉？今虽死乎此，比吾乡邻之死则已后矣，又安敢毒耶？"

余闻而愈悲。孔子曰："苛政猛于虎也[9]。"吾尝疑乎是，今以蒋氏观之，犹信。呜呼！孰知赋敛之毒，有甚是蛇者乎！故为之说，以俟夫观人风者得焉[10]。

【注释】

〔1〕永州：在今湖南永州市。

〔2〕三虫：说法不一，这里泛指人体内的寄生虫。

〔3〕太医：皇宫里的医师，掌管医药的政令。

〔4〕莅（lì）：临，管理。

〔5〕相藉：相互叠压。

〔6〕曩（nǎng）：从前，以往。

〔7〕缶：口小腹大的瓦罐。

〔8〕齿：这里指年龄。

〔9〕苛政猛于虎也：见《礼记·檀弓》。

〔10〕人风：民风，民情风俗。唐朝人为了避唐太宗李世民讳，凡写到"民"字的，改为"人"。

【译文】

永州野外出产一种异蛇，通体黑色而长有白色的花纹。草木碰到它便会死去；人被咬，无药可医。但是把它捉来杀死，挂起风干，做成药饵，可以治疗风病、曲肢、肿疡、恶疮，去除坏死的肌肉，

永州之野产异蛇，黑质而白章

杀死人体的寄生虫。起初太医官以皇上的命令来收购，每年向朝廷进贡两次，征募能捕蛇的人，可以代替其税赋，于是永州的人争相奔走去捕捉。

有蒋姓人家独占这个差事已经三代了，问他，则说："我的祖父死于捕蛇，我的父亲也死于捕蛇，我至今继承此业已十二年了，有几次险些丧命。"他说话的时候面色很是悲戚。

我听了很伤心，很可怜他，就对他说："如果你怨恨捕蛇这件事，我将去告诉地方官，更换你捕蛇的差事，恢复你原来的赋税，你认为如何？"听了我的话，蒋氏大为悲伤，泪眼汪汪地说："您是可怜我而要救我吗？那么，我捕蛇这差事的不幸，远远不如让我纳赋税的不幸厉害。假如我不干这差事，我早已穷困不堪了！我蒋氏三代居住在这个地方，到现在已六十多年了。而我的乡邻生计日益困苦，其土地的出产，以及家中全部收入都被搜刮一空，呼喊叫苦，转徙迁出，饥渴交迫，颠沛流离，风吹雨淋，冒着寒暑，呼吸着瘴毒之气，他们往往因此而死去，尸体相枕于道。过去与我祖父居住在一起的邻居，如今十家之中只剩下一家了；与我父亲同住一起的邻居，如今十家之中只有两三家了；和我十二年来一同居住的邻居，如今十家之中只有四五家了。他们不是死了就是搬走了，只有我因捕蛇还住在这里。凶狠的官吏差役来到我乡，从东头叫喊到西头，从南头冲撞到北头，喧哗吵嚷，使人提心吊胆，闹得鸡犬不宁。我小心翼翼地爬起来，看那装蛇的罐子，我捕的蛇还活着，便安然去睡觉。平时小心地喂养蛇，到时供献给官府。回来后舒舒服服享用土地上的出产，以尽我的天年。大约一年之中，只有两次冒着死的危险去捕蛇，其余的时间，则快快乐乐地过日子。哪里像我的邻居，天天都要受穷苦的煎熬呢？现在就是死于蛇口，比起乡间已死的邻居来，也已经晚得多了，又怎么敢有怨言呢？"

我听了蒋氏的话，更觉得悲伤。孔子说："苛刻的政令比老虎还厉害。"我以前常怀疑这句话。现在从蒋氏的遭遇看,才相信了。唉!哪里知道苛捐杂税的毒害,比这种毒蛇还要厉害呢!所以写了《捕蛇者说》这篇文章,以待那观察民情的官吏,作为一个参考吧。

种树郭橐驼传

【题解】

这是一篇寓言体的政论性散文。作者通过描述郭橐驼栽培、管理树木的方法,阐明自己的政治主张,即做

官治民也应顺乎自然,减少繁杂的政令滋扰,这样老百姓才能安居生息。文章层次井然,对比生动,特别是论种树的一段话富含哲理,耐人深思。

【原文】

郭橐驼,不知始何名,病偻,隆然伏行,有类橐驼者,故乡人号之"驼"。驼闻之曰:"甚善,名我固当。"因舍其名,亦自谓"橐驼"云。其乡曰丰乐乡,在长安西[1]。驼业种

树，凡长安豪家富人为观游及卖果者，皆争迎取养。视驼所种树，或移徙，无不活，且硕茂，蚤实以蕃[2]。他植者，虽窥伺效慕，莫能如也。

有问之，对曰："橐驼非能使木寿且孳也，能顺木之天，以致其性焉尔。凡植木之性，其本欲舒，其培欲平，其土欲故，其筑欲密。既然已，勿动勿虑，去不复顾。其莳也若子[3]，其置也若弃，则其天者全而其性得矣。故吾不害其长而已，非有能硕茂之也，不抑耗其实而已，非有能蚤而蕃之也。他植者则不然，根拳而土易，其培之也，若不过焉则不及。苟有能反是者，则又爱之太恩，忧之太勤，且视而暮抚，已去而复顾。甚者爪其肤以验其生枯，摇其本以观其疏密，而木之性日以离矣。虽曰爱之，其实害之；虽曰忧之，其实仇之。故不我若也，吾又何能为哉？"

问者曰："以子之道，移之官理可乎？"驼曰："我知种树而已，官理非吾业也。然吾居乡，见长人者好烦其令[4]，若甚怜焉，而卒以祸。且暮吏来而呼曰：'官命促尔耕[5]，勖尔植，督尔获。蚤缲而绪，蚤织而缕，字而幼孩[6]，遂而鸡豚[7]。'鸣鼓而聚之，击木而召之。吾小人辍飧饔以劳吏者[8]，且不得暇，又何以蕃吾生而安吾性耶？故病且怠。若是，则与吾业者其亦有类乎？"

问者嘻曰："不亦善夫！吾问养树，得养人术。"传其事以为官戒也[9]。

【注释】

〔1〕长安：现在的陕西西安。

〔2〕蚤：通"早"。

〔3〕莳（shì）：栽种，移植。

〔4〕长人者：指官吏。

〔5〕尔：你们。

〔6〕字：养育。

〔7〕豚（tún）：小猪。

〔8〕辍（chuò）：中止。飧（sūn）：晚饭。饔（yōng）：早饭。

〔9〕传（zhuàn）：记载。

【译文】

郭橐驼这个人，不知原来叫什么名字。因为患了佝偻病，背上突起，走路时低头弯腰，像驼背一样，所以乡间人叫他郭橐驼。他听了说："非常好，这样叫很合适。"于是舍去了原来的姓名，也自称橐驼。其居住的地方叫丰乐乡，在都城长安之西。驼以种树为业，凡是长安豪门富室以树木为观赏的，以及卖水果为营生的，都争着迎他来奉养。观察驼栽种的树木，移植到别的地方，没有不成活的，而且枝繁叶茂，早生果实，果子结得又大又多。别的种树人，虽然窥伺着百般仿效他，但没有能比得上的。

有人去问他有什么诀窍，他回答说："橐驼并没有能使树木长活而且繁茂的诀窍，只不过顺应树木天然之势以尽其本性罢了。种植树木的方法是：树之根要舒展，培土要均匀，树根要带旧土，土要捣得密实。树既种好，就不要再动，也不必考虑它，走时不要再回顾。栽种时就像抚育子女一样细心，种完后就像丢弃它那样不管，那么它的天性就得到了保全，从而按它的本性生长。所以我从不去妨害它的生长，不过如此，并非是我能使它高大繁茂起来。我只不过不抑制损毁它的果实罢了，并非是我能使它早结果多结果。别的种树人却不是这样，使树根卷曲，不培旧土。培土不是太过分，就是很不够。有不这样做的人，却又爱护过度，忧虑过分，早晨看晚上摸，走时不放心，转回来又看。更有过分的人，竟剥下一块树皮来看它的生死，用力摇动树干来看培土的疏密，这样树木的本性一天天被背离了。虽说是爱它，其实是害它；虽说是忧虑它，其实是仇视它。所以他们都比不上我，我哪里又有什么能耐呢？"

问他的人说："以你种树的道理，转移到官府的行政治理上，可以吗？"郭橐驼说："我只知道种树，官府政治不是我的本业。但我居住在乡间，见官吏喜欢发布烦琐的政令，好像是怜惜百姓似的，结果却祸害了百姓。早晚官吏来呼喊道：'长官命令你耕田，勉励你种庄稼，督促你收获。早些缫丝，早些织布，养育你的幼孩，喂你的鸡和猪。'鸣鼓聚集他们，敲着木梆子召集他们。我们小民顾不得吃早晚饭，忙着接待这些官吏，不得闲暇，又怎样去繁衍生息、安养性情呢？所以百姓才既困苦又疲惫不堪。如果我说的这些切中事实，就和我种树的道理有些相似吧？"

问的人笑着说："这不就很好吗？我问种树的方法，而知道了治民的道理。"现在我把这件事记载下来，以此作为做官之人的警戒。

梓人传

【题解】

本文借梓人（建筑师）的故事说明做宰相的道理。作者认为做宰相要抓大事，顾全局，不宜事必躬亲，陷入事务、文牍

的圈子里去；做宰相还应坚守其道，合则用，不合则去，不应贪恋爵禄，苟忍屈从。文章前半部分细写梓人事迹，句句为论述埋下伏线；后半部分剖析相道，句句照应前文的描写，以事论理，别具一格。

【原文】

　　裴封叔之第[1]，在光德里[2]。有梓人款其门，愿佣隙宇而处焉。所职寻引、规矩、绳墨[3]，家不居砻斫之器[4]。问其能，曰："吾善度材，视栋宇之制，高深、圆方、短长之宜，吾指使而群工役焉。舍我，众莫能就一宇。故食于官府，吾受禄三倍；作于私家，吾收其直大半焉。"他日，入其室，其床阙足而不能理，曰："将求他工。"余甚笑之，谓其无能而贪禄嗜货者。

　　其后，京兆尹将饰官署[5]，余往过焉。委群材，会众工。或执斧斤，或执刀锯，皆环立向之。梓人左持引，右执杖，而中处焉。量栋宇之任，视木之能举，挥其杖曰："斧！"彼执斧者奔而右。顾而指曰："锯！"彼执锯者趋而左。俄而斤者斫，刀者削，皆视其色，俟其言，莫敢自断者。其不胜任者，怒而退之，亦莫敢愠焉。画宫于堵，盈尺而曲尽其制，计其毫厘而构大厦，无进退焉[6]。既成，书于上栋曰："某年某月某日某建。"则其姓字也，凡执用之工不在列。余圜视大骇，然后知其术之工大矣。

继而叹曰：彼将舍其手艺，专其心智，而能知体要者欤？吾闻劳心者役人，劳力者役于人。彼其劳心者欤？能者用而智者谋，彼其智者欤？是足为佐天子相天下法矣！物莫近乎此也。彼为天下者本于人。其执役者，为徒隶[7]，为乡师、里胥[8]。其上为下士，又其上为中士，为上士[9]，又其上为大夫，为卿，为公[10]。离而为六职[11]，判而为百役。外薄四海，有方伯、连率[12]。郡有守，邑有宰，皆有佐政。其下有胥吏[13]，又其下皆有啬夫、版尹[14]，以就役焉，犹众工之各有执伎以食力也。彼佐天子相天下者，举而加焉，指而使焉，条其纲纪而盈缩焉，齐其法制而整顿焉，犹梓人之有规矩、绳墨以定制也。择天下之士，使称其职；居天下之人，使安其业。视都知野，视野知国，视国知天下，其远迩细大，可手据其图而究焉，犹梓人画宫于堵而绩于成也。能者进而由之，使无所德；不能者退而休之，亦莫敢愠。不衒能，不矜名，不亲小劳，不侵众官，日与天下之英材讨论其大经，犹梓人之善运众工而不伐艺也[15]。夫然后相道得而万国理矣。相道既得，万国既理，天下举首而望曰："吾相之功也。"后之人循迹而慕曰："彼相之才也。"士或谈殷、周之理者，曰伊、傅、周、召[16]，其百执事之勤劳而不得纪焉，犹梓人自名其功而执用者不列也。大哉相乎！通是道者，所谓相而已矣。其不知体要者反此。以恪勤为公，以簿书为尊，衒能矜名，亲小劳，侵众官，窃取六职百役之事，听听于府庭，而遗其大者、远者焉，所谓不通是道者也。犹梓人而不知绳墨之曲直、规矩之方圆、寻引之短长，姑夺众工之斧斤刀锯以佐其艺，又不能备其工，以至败绩。用而无所成也，不亦谬欤？

或曰："彼主为室者，傥或发其私智，牵制梓人之虑，夺其世守而道谋是用，虽不能成功，岂其罪邪？亦在任之而已。"余曰：不然。夫绳墨诚陈，规矩诚设，高者不可抑而下也，狭者不可张而广也。由我则固，不由我则圮。彼将乐去固而就圮也，则卷其术，默其智，悠尔而去，不屈吾道，是诚良梓人耳。其或嗜其货利，忍而不能舍也；丧其制量，屈而不能守也。栋桡屋坏，则曰："非我罪也。"可乎哉？可乎哉？

余谓梓人之道类于相，故书而藏之。梓人，盖古之"审曲面势"者，今谓之"都料匠"云〔17〕。余所遇者，杨氏，潜其名。

【注释】

〔1〕裴封叔：作者的姐夫，唐德宗时的进士，做过长安县令。

〔2〕光德里：旧址在今西安西南郊。

〔3〕寻引：古代八尺为"寻"，十丈为"引"。这里泛指测量长度的工具。规矩：校正圆形的工具叫"规"，校正方形的工具叫"矩"。绳墨：木匠画线用的墨绳、墨斗。

〔4〕砻（lóng）：磨刀石。斫（zhuó）：砍削用的工具。

〔5〕京兆尹：管理京都地方的长官。唐京兆尹府治所在今陕西西安。

〔6〕进退：出入。这里是相差的意思。

〔7〕徒隶：原指犯人，这里泛指各种劳动者。

〔8〕乡师：乡长。里胥：里长。

〔9〕下士、中士、上士：古代较低级的官职名。

〔10〕大夫、卿、公：古代较高级的官职名。

〔11〕六职：指下士、中士、上士、大夫、卿、公六种官

职。一说，六职为王公、士大夫、百工、商旅、农夫、妇工。

〔12〕方伯：殷周时一方诸侯中的领袖。连率：古代统率十国的诸侯。率，同"帅"。

〔13〕胥吏：古代官府中办理文书的小吏。

〔14〕啬夫：古代乡官。版尹：古代管户籍的小吏。

〔15〕伐：自吹自夸。

〔16〕伊：伊尹，商初的功臣。傅：傅说，帮助商王武丁中兴的功臣。周：周公，周成王时的摄政王。召：召公，与周公共同辅佐周成王。

〔17〕都料匠：大木匠。

【译文】

裴封叔的住宅在京城光德里，一天有一个木匠来叩门，要租借一间空房子住。这位木匠有尺子、圆规、角尺、墨斗，却没有刀、锯、斧头等家伙。问他的本领，他说："我善于度量选用木材。观察房屋的规模，其高深、圆方、短长如何布置，我指挥而众工人做工，没有我，众人连一间房也盖不起来。所以在官府做事，我拿三倍的工钱；给私人做事，我拿工钱的一多半。"一天，我到了他的卧室，见他的床脚坏了，他却不能修理，说："要叫别的工人来。"我觉得很可笑，认为他没有什么本领，是一个贪求财物的人。

后来京城的太守要修理官署，我从路上经过，看见那里堆积了很多木材，聚集了很多工人，有的拿着斧子，有的拿着刀锯，都围着那个木匠。木匠左手持着引绳、右手拿着木杖站在中间，量栋梁的大小，看木材能否合用，挥着木杖说："拿斧子！"执斧的工人就奔到右面；又回头指着说："拿锯来！"那执锯的工人就奔向左面。过了一会儿，执斧子的人忙着砍，执刀的人忙着削，都看着木匠的眼色行事，等着他发话，没有人敢自作主张。有不胜任工作的，木匠发怒将其赶走，也没有人敢抱怨。他在墙上画出房屋的图样，虽然只有一尺见方，却详尽地画出了房屋的规格，以图上的毫厘尺寸构建大厦，没有一点差错。大厦建好了，木匠在栋梁上面写上："某年某月某日某某建造。"某某便是他

伊尹

的姓名，凡是参加建造的工役一个都没有写上。我四面一看，大惊失色，这才知道木匠的本领实在太大了。

后来我感叹道：他或许是个抛弃了技艺，专门培习他的智力，而又能懂得事物要领的人吧？我听说：劳心的人役使人，劳力的人被人役使。木匠是劳心的人吧？有技能的人具体操作，而有智慧的人就去商量谋划，木匠是有智慧的人吧？木匠足以让辅佐天子、治理天下的人效法了。天下的事情没有比这二者更相近了。治理国家以人为根本。执差役的人为徒隶，为乡师、小吏、里长，这以上为下士，再上为中士、上士，这些人之上为大夫，为卿，为公。合并起来为六官，分开来为百役。从京城推广到四方边境，有方伯、连率等官职。一郡有郡守，一个地方有邑宰，都有辅佐的官。这下面有管文书的小吏，再下面有乡官啬夫、管户籍的版尹去执行差役，就像众多的工人，各有一种技艺，可以自食其力。那些辅佐天子治理天下的人，推荐并提拔他们，指挥并任用他们，整理纲纪，增减人员，规范法律制度而加以整顿，就好像木匠有规矩、绳墨用来确定尺寸长短一样。选择天下的士人，使各称其职；聚集天下的民众百姓，使他们安居乐业。看见都城，便知道乡间田野；看见乡野，便知道一个国家；看见一国，便知道天下如何。天下地方

的远近大小，可以用手按着地图来研究，这就好像木匠把房屋的图样画在墙上，而后完成工程一样。使用有才能的人，叫他们不必感激；罢免无才能的人，他们也不敢抱怨。不向别人夸耀自己的才能，不称誉自己的名声，不亲自做那些细微的小事，不去过问百官的政事。经常与天下的卓越人才讨论治国的大道，就像木匠善于调派许多工匠，而不称赞自己的功劳一样。这么做才是宰相的为相之道，众多国事也能治理。得到做宰相的道理，众多国事也已治理，天下人都仰着头观望说："这是我们宰相的功劳！"后世的人看着政绩而钦慕地说："这就是那个有才能的宰相的伟绩！"士人有谈论殷、周治理政绩的，都说这是伊尹、傅说、周公、召公的功劳，其他百官执政的勤劳，都没有记载流传下来，就好比木匠自己题名记功，其他执役做事的人名全都没记一样。宰相之功大得很啊！能通达明白这事理的人，就是所谓宰相了。那些不懂得纲要关键的人则完全相反。他们将恭谨、劳苦当作功业，把处理公文作为重任，炫耀自己的才能，夸大自己的名声，亲自去做细小的事，侵犯众官员的职权，窃取六官、百役的政事，在大庭广众之前大声争辩，但却忘掉了远大的宏图，这就是所谓不通达事理的人了。好像木匠不知道绳子墨斗的曲直，圆规角尺之方圆，尺子之短长，却夺取众工人的斧子刀锯，以帮助他们施展技艺，但又不能完成工程，以至失败。做了事情却没有成功，岂不是荒谬的事吗？

有人说："那主持建造房屋的主人，假若以自己的见解，处处牵制木匠的主张谋划，夺取他积累的经验，听从路人的话，假使不能成功，难道是木匠的罪过？只在信不信任木匠罢了。"我说：这不对！绳子墨斗已经齐备，规矩已经设立，高的不能压低，窄的不能扩大。按这个办则房屋坚固，不按这个办房屋就要倒塌。如果建屋的主人宁愿放弃房屋坚固而选择房屋倒塌，那么，木匠只有藏起本事，不说出智谋，悠然离去，不放弃他的原则，这才是真正的好木匠。如果贪图屋主的财物，忍气吞声舍不得离去，丧失其制度尺寸，屈从而不能坚持，结果栋梁弯曲，房子倒塌，反而说："不是我的罪过。"这可以吗？这可以吗？

我认为木匠的道理，类似做宰相的道理，所以写下来留存。木匠大概是古书上说的"审曲面势"的人，现在称为"都料匠"。我所遇见的那位木匠姓杨，不说出他的名字了。

愚溪诗序

【题解】

本文是作者被贬永州后为其所作《八愚诗》写的序。序里述说他命名溪、丘、泉、池等八物为"愚"的原因，通篇扣紧一个"愚"字，借

愚溪以自喻，既写山水，又发议论，抒发了在美丑智愚颠倒的社会现实下，自己因"违理""悖事"而被贬斥的愤懑之情。

【原文】

灌水之阳有溪焉[1]，东流入于潇水[2]。或曰："冉氏尝居也，故姓是溪为冉溪。"或曰："可以染也，名之以其能，故谓之染溪。"余以愚触罪，谪潇水上，爱是溪，入二三里，得其尤绝者家焉。古有愚公谷[3]，今余家是溪，而名莫能定，土之居者犹龂龂然，不可以不更也，故更之为愚溪。

愚溪之上，买小丘，为愚丘。自愚丘东北行六十步，得泉焉，又买居之，为愚泉。愚泉凡六穴，皆出山下平地，盖上出也。合流屈曲而南，为愚沟。遂负土累石，塞其隘，为愚池。愚池之东为愚堂，其南为愚亭，池之中为愚岛。嘉木异石错置，皆山水之奇者，以余故，咸以愚辱焉。

夫水，智者乐也[4]。今是溪独见辱于愚，何哉？盖其流甚下，不可以灌溉；又峻急，多坻石，大舟不可入也；幽邃浅狭，蛟龙不屑，不能兴云雨。无以利世，而适类于余，然则虽辱而愚之，可也。

宁武子"邦无道则愚"[5]，智而为愚者也；颜子"终日不违如愚"[6]，睿而为愚者也。皆不得为真愚。今余遭有道而违于理，悖于事，故凡为愚者莫我若也。夫然，则天下莫能争是溪，余得专而名焉。

溪虽莫利于世，而善鉴万类，清莹透澈，锵鸣金石，能使愚者喜笑眷慕，乐而不能去也。余虽不合于俗，亦颇以文墨自慰，漱涤万物，牢笼百态，而无所避之。以愚辞歌愚溪，则茫然而不违，昏然而同归，超鸿蒙，混希夷[7]，寂寥而莫我知也。于是作《八愚诗》，记于溪石上。

【注释】

[1]灌水：湘江的支流，在今广西壮族自治区东北部。

〔2〕潇水：湘江的支流，在湖南永州入湘江。

〔3〕愚公谷：在今山东临淄西。它是春秋时一位老人按照他的情况为一个山谷起的名字。事见汉刘向《说苑·政理》。

〔4〕"夫水"二句：见《论语·雍也》。

〔5〕宁武子：名俞，春秋时卫国的大夫。《论语·公冶长》说："宁武子，邦有道则知，邦无道则愚。"

〔6〕颜子：颜回，字子渊，孔子弟子。事见《论语·为政》，孔子说："吾与回言终日，不违如愚。退而省其私，亦足以发。回也，不愚。"

〔7〕希夷：无形无声的虚空境界。语见《老子》。全句是："视之不见名曰夷，听之不闻名曰希。"

【译文】

灌水的北面有一条小溪，向东流入潇水。有人说："古时有一个姓冉的老人曾居住在这里，所以把这条溪叫冉溪。"另有人说："这条溪水可以用来染色，以它的用处命名，所以叫染溪。"我因为愚笨犯了罪，贬居在潇水旁边，喜爱这条溪水，沿着溪水走了二三里，到一处风景绝佳的地方安了家。古代有一个愚公谷，如今我的家在这条溪水旁，但是溪名至今没有定下来，本地的居民还在争辩这条溪的名字，看来不能不改溪名了，所以我更改为愚溪。

我又在愚溪之上买了一个小丘，命名为愚丘。从愚丘向东北走六十步，有一个小泉，又买了下来，名为愚泉。愚泉有六个泉眼，都涌出于山丘下面的平地处，原来泉水是由地下涌出的。泉水合为一处弯曲折流到南面，称为愚沟。就在这个地方堆积泥土，垒起石块，塞住狭隘的地方，成为愚池。愚池之东建有愚堂，其南面修了愚亭，池水中间有愚岛，美好的树木、奇异的石头错落放置。这些都是山水之间奇异的景物，因为我，全以"愚"为名，受到屈辱。

水是聪明人喜欢的。现在这条溪水却被"愚"字玷辱，为什么呢？因为溪水流到很低的地方，不能灌溉田地；溪流高峻湍急，水中多高地滩石，大船不能进入；幽深及浅近狭隘处兼而有之，蛟龙不屑居住在此，不能兴云行雨。对于世间没有一点可利用之处，倒是和我有些类似，所以用有些屈辱的"愚"字称呼它也是可以的。

春秋时卫国大夫宁武子，在卫国政治无道的时候便装作愚笨，那是聪明人装愚笨；孔子的学生颜渊，终日不违背师长的话，像是很愚笨的样子，那是睿智通达的人貌似愚笨。这些都不是真的愚笨。如今我逢着国家政治有道的时候，违反常理，违背世事，所以凡是称为愚笨的人，没有比得上我的了。那么，天下没有人能与我争这条溪，我得以专用"愚"来命名它了。

此溪虽然对世上没有可以利用之处，却能倒映万物如镜，清莹明澈。溪流锵然鸣响，发出金石般的声音，能使愚笨者喜笑、眷恋、钦慕，快乐得不忍离去。我虽然不合世俗，颇能以吟诗作文自我安慰，洗涤万物，映括百态，而没有什么避讳的。以我的愚诗歌咏愚溪，觉得茫茫然没有什么悖于事理，昏昏然和它同归并融为一体，超越天地宇宙，融入空虚玄妙的境界，在寂寥空阔中达到了忘我的境地。于是作了《八愚诗》，刻在溪边石壁之上。

始得西山宴游记

【题解】

　　柳宗元被贬为永州司马后，自元和四年至七年，陆续写了八篇山水游记，总称《永州八记》。作者遭受政治迫害后，心力交瘁，处境险恶，只好寄情林泉，自我排遣，力图从山水之美中寻求精神慰藉，从极度苦闷中超脱出来。这种悲愤抑郁的思想情绪，贯穿于全部《永州八记》之中。本文是八记中的第一篇。全文从"始得"二字入手，写西山的奇特景象和始游时的独特感受。首段写自己忧惧而游，游而饮，饮而醉，醉而梦，但所见山水皆无"怪特"，主观感受尚未达到物我合一的境界，情绪状态仍是朦胧郁闷的，从而为下文写始得西山之乐做了主客观两方面

的铺垫。次段着重描绘作者登高远眺，千里山河尽收眼底，从侧面衬托出西山的雄奇高峻；又以西山的高出尘世，抒发自己的形象与西山同高，胸怀与天地同阔的主观感受；再从醉眼蒙胧中观看"苍然暮色，自远而至"的景象，生动地再现了黄昏时人们的视野逐渐缩小的过程，创造出一个"心凝形释，与万化冥合"的理想境界，暂时忘却了人世的烦恼。最后用"向之游"与"今之游"作比，寄托了身处逆境而幸有山水之乐的无限感慨。

【原文】

自余为僇人[1]，居是州，恒惴栗[2]。其隙也[3]，则施施而行[4]，漫漫而游[5]，日与其徒上高山，入深林，穷回溪[6]。幽泉怪石，无远不到。到则披草而坐，倾壶而醉。醉则更相枕以卧，卧而梦，意有所极[7]，梦亦同趣。觉而起，起而归。以为凡是州之山水有异态者，皆我有也，而未始知西山之怪特[8]。

今年九月二十八日，因坐法华西亭[9]，望西山，始指异之。遂命仆人过湘江[10]，缘染溪[11]，斫榛莽[12]，焚茅茷[13]，穷山之高而止。攀援而登，箕踞而遨[14]，则凡数州之土壤，皆在衽席之下[15]。其高下之势，岈然洼然[16]，若垤若穴[17]；尺寸千里，攒蹙累积，莫得遁隐[18]。萦青缭白，外与天际，四望如一。然后知是山之特立，不与培塿为类[19]。悠悠乎与颢气俱[20]，而莫得其涯！洋洋乎与造物者游[21]，而不知其所穷！引觞满酌[22]，颓然就醉[23]，不知日之入。苍然暮色，自远而至，至无所见，而犹不欲归，心凝形释[24]，与万化冥合[25]。然后知吾向之未始游[26]，游于是乎始。故为之文以志。

是岁，元和四年也[27]。

【注释】

〔1〕僇（lù）人：遭刑辱的人，这里指受贬谪的人。

〔2〕惴（zhuì）栗：战战兢兢，恐惧不安。

〔3〕隙：缝隙，引申为闲暇、空闲。

〔4〕施（yí）施：形容走路缓慢的样子。

〔5〕漫漫：随便，没有目的。

〔6〕穷：尽头，这里作动词用。

〔7〕极：至，到达。

〔8〕未始：未曾，从未。

〔9〕法华西亭：法华寺在永州城东，柳宗元曾于寺内筑亭，名曰"西亭"。

〔10〕湘江：又名湘水，发源于广西兴安，流入湖南洞庭湖。

〔11〕染溪：又名冉溪，在湖南省永州市零陵区西南，潇水的支流。

〔12〕斫：砍伐。榛（zhēn）莽：丛生的荆棘草木。

〔13〕茅茷（fá）：茅草。

〔14〕箕踞：又开双腿坐在地上，含有傲视旁人或不拘礼节的意思。遨（áo）：游逛。这里是观赏的意思。

〔15〕衽（rèn）席：睡卧所用的席子。

〔16〕岈（xiā）然：山谷深邃的样子。

〔17〕垤（dié）：蚂蚁做窝时所堆的小土堆，又称蚁封，文中泛指小土堆。

〔18〕遁（dùn）隐：隐藏。

〔19〕培塿（lǒu）：小土堆，小山丘。

〔20〕颢（hào）气：大自然之气。

〔21〕造物者：创造万物的神灵，指大自然。

〔22〕引觞（shāng）：拿起酒杯。酌：斟酒。

〔23〕颓然：昏昏沉沉，醉倒的样子。

〔24〕凝：凝结，停止。释：消散。

〔25〕万化：万物，古人认为万物都是阴阳二气化合而成的。

〔26〕向：从前，过去。

〔27〕元和四年：809年。元和，唐宪宗年号（806—820）。

【译文】

自从我受到贬谪，住到永州以后，就常常感到恐惧不安。有空闲的时候，就慢慢地散步，随意而没有目的地游赏。每天都和随从一同走到山上，进入林子里，沿着曲折的溪水一直找到它的源头。清幽的泉水、奇异的石头，无论它们在多遥远的地方，我都会去看看。到了那里，我们就拨开杂草，席地而坐，喝尽了壶里的酒，大醉。喝醉后，众人就相互枕靠着躺了下来，躺下睡着了，便梦见自己意想中最好的境界，在梦中得到了这境界的相同趣味。梦醒之后，便起身回去。我认为但凡永州的奇山异水，都是我曾见过的了，而从不知道西山有这样奇异的景观。

今年的九月二十八日，因为坐在法华寺西边的亭子里，远望看见西山，才觉得西山特别奇异。于是我就吩咐仆人越过湘江，沿着染溪，砍伐掉杂乱丛生的荆棘草木，焚烧掉茅草，一直清除到高山之顶才停止。我们攀缘着登上高山，又开双腿坐在地上观赏四方，就看见周围各州的土地，都在我们座席下面了。这里的地势有高有低，有的山谷深邃，地势凹陷，有的看去像蚁封和小洞；千里之遥的大片土地，看上去只有尺寸大小，千里以内的美丽景色，全都聚集在眼前，没有什么隐藏看不见的。在视线以外，缭绕着一道青白的光，远处与天相连接成一片。这才知道，西山山势奇特耸立，不是小山丘之类的土堆。它长久地和天地间浩然之气在一起，而没有人能看得到它的边际。与大自然做朋友，而没有尽头。我们举起酒杯，斟满酒一饮而尽，颓然醉倒了，都不知道太阳已入山。黄昏时的天色，慢慢地从远处过来了，我们一直到什么也看不见了还不想回去。整个心像凝结住了什么都没有想，整个身体完全放松像消散了一样，与万物融为一体。这才知道我过去从未真正游览过胜景，真正的游赏是从这里开始的。所以写下这篇文章作为记载。

这一年是宪宗元和四年。

钴鉧潭西小丘记

【题解】

这是柳宗元优美的山水游记《永州八记》中的一篇。作者借小丘的遭遇来抒发自己的感慨：小丘虽奇，却处于僻地，又为秽草恶木所蔽，故不被人重视，贱价且久不能售；自己虽有才能抱负，却被贬荒远小州，为人所轻视。本文写景抒情紧密结合，达到了寄情于景、情景交融的境界，是写景小品中的佳作。

【原文】

得西山后八日〔1〕，寻山口西北道二百步，又得钴鉧潭。潭西二十五步，当湍而浚者为鱼梁〔2〕。梁之上有丘焉，生竹树。其石之突怒偃蹇，负土而出，争为奇状者，殆不可数。其嵚然相累而下者，若牛马之饮于溪；其冲然角列而上者，若熊罴之登于山。

丘之小不能一亩，可以笼而有之。问其主，曰："唐氏之弃地，货而不售。"问其价，曰："止四百。"余怜而售之。李深源、元克己时同游〔3〕，皆大喜，出自意外。即更取器用，铲刈秽草，伐去恶木，烈火而焚之。嘉木立，美竹露，奇石显。由其中以望，则山之高，云之浮，溪之流，鸟兽之遨游，举熙熙然回巧献技，以效兹丘之下。枕席而卧，则清泠之状与目谋，瀯瀯之声与耳谋，悠然而虚者与神谋，渊然而静者与心谋。不匝旬而得异地者二，虽古好事之士，或未能至焉。

噫！以兹丘之胜，致之沣、镐、鄠、杜〔4〕，则贵游之士争买者，日增千金而愈不可得。今弃是州也，农夫渔父过而陋之，价四百，连岁不能售。而我与深源、克己独喜得之，是其果有遭乎？书于石，所以贺兹丘之遭也。

【注释】

〔1〕西山：在今湖南永州。

〔2〕鱼梁：垒石阻水的堰，中间留有缺口，放上捕鱼工具可捕鱼。

〔3〕李深源、元克己：柳宗元的朋友，生平不详。

〔4〕沣、镐、鄠、杜：都是地名，全在唐朝首都长安（今陕西西安）附近，为当时豪门贵族居住的地方。

【译文】

寻得西山后的第八天，寻到一个山口，入内向西北行二百步，又探得钴鉧潭。由潭西行二十五步，在水流湍急的地方筑有开口的鱼梁。鱼梁上面有一个小丘，丘上竹子、树木丛生。丘石像人一样怒目而视，高高耸立，拔地而出，争着扮出各种奇形怪状的样子，不可胜数。那耸立相接到下面的石头，像牛马在溪里饮水；那冲天排列而上的石头，像熊罴在爬高山。

小丘的大小不到一亩，几乎可以把它装在笼子里拿回去。问此地的主人是谁，说："是姓唐的废弃的土地，想卖而没有买主。"问售价，说："不过四百个钱。"我很喜欢这小丘，就买了下来。一同游玩的李深源、元克己都大喜，认为是意外的收获。于是大家拿了工具，铲除杂草，砍掉有害的树木，用烈火将杂草恶木烧掉。这样，好看的树木耸立，美丽的竹林显露出来，奇异的石头排列着。从这里举目瞭望，则山势高峻，云彩飘浮，溪水流溅，鸟兽鱼虫遨游其中，和谐快乐，纷纷呈献技艺于丘下。就着小丘枕石席地而卧，眼睛看到的是清明的景色，耳边听到的是溪流的声音，精神接触的是空虚缥缈的境界，心意接触的是深沉恬静的状态。不到十天时间，而得到了两处奇异的地方，即使是古时好山水的人，也未必能有这样的机遇呢！

唉！如把小丘的胜景，放在都城长安周围沣、镐、鄠、杜这些地方，那么喜好观赏游乐的士人必然争相购买，即使每天增价千金，也未必能够买到。现在弃置于永州这地方，农夫、渔夫经过它，都很轻视。售价只有四百个钱，却好几年卖不出去。我和深源、克己偏偏为获得了它而高兴，果真是有所谓机遇这种事吗？我把这篇文章写在石壁上，以祝贺小丘逢到了时运。

小石城山记

【题解】

这是《永州八记》中的最后一篇。文中记述了小石城山奇异的景致，并感叹这样奇妙的山水不在繁华的大都市附近，却置于偏远荒凉的地方，由此让人自然想起作者怀才不遇的遭遇。后一段用存疑的语气表达了对"造物主"的质疑。

【原文】

自西山道口径北，逾黄茅岭而下，有二道：其一西出，寻之无所得；其一少北而东，不过四十丈，土断而川分，有积石横当其垠[1]。其上为睥睨、梁㰚之形[2]，其旁出堡坞，有若门焉。窥之正黑，投以小石，洞然有水声，其响之激越，良久乃已。环之可上，望甚远。无土壤而生嘉树美箭，益奇而坚，其疏数偃仰，类智者所施设也。

噫！吾疑造物者之有无久矣。及是，愈以为诚有。又怪其不为之于中州[3]，而列是夷狄[4]，更千百年不得一售其

伎，是固劳而无用。神者倘不宜如是，则其果无乎？或曰："以慰夫贤而辱于此者。"或曰："其气之灵，不为伟人，而独为是物。故楚之南少人而多石[5]。"是二者，余未信之。

【注释】

〔1〕垠（yín）：边界。

〔2〕睥睨（pì nì）：城上有缺口的矮墙。也叫"女墙"。梁欐（lì）：栋梁。

〔3〕中州：中原地区，经济、文化较发达。

〔4〕夷狄：古称我国东方少数民族为"夷"，北方少数民族为"狄"。他们均住在边远地区。此处泛指边远地区。

〔5〕楚之南：指永州等地。春秋时楚国的南部疆域到达今湖南南部。

【译文】

自西山山道口一直朝北走，越过黄茅岭向下而行，有两条小路：一条向西面去，走过去看看，没有看到什么东西；另一条路稍微偏北向东，走不到四十丈远，路就被阻断了，河水从此地分开，有许多石头堆积，横为边际。石山上面的形状如城墙、房屋栋梁，旁边有一为守卫而筑的堡坞，好像有一道门。朝里面看去，里面一片漆黑。我试着投下一块石头，空洞洞地响起水声，其音激越响亮，过了很久才逐渐停息。环绕着小路，可以走到上面，四面望得很远。这里没有泥土，却生长着许多嘉树美竹，形状奇特质地坚硬，树、竹的疏密俯仰，好像是智者精心布置的。

唉！我怀疑造物主的有无已经很久了。看到了这一切，我更加相信造物主确实存在。但又奇怪为什么不把它生在中原地区，而将它生在夷狄之处，隔了千百年也不能呈现其风姿，这

其气之灵，不为伟人，而独为是物

真的是劳而无用。造物主或许不应当干这样的事，那么他果真不存在吗？有人说："这是为了安慰受辱被贬的贤人。"又有人说："天地的灵气不钟情于伟人，而独钟情于景物。所以楚地的南面，少出贤人而多怪石。"这两种说法，我都不相信。

三戒并序

【题解】

　　这是柳宗元的三则著名寓言。题名《三戒》，意在告诫当时，警醒将来。作者借用三种动物——仗仗他势、不知自量的麋麑，外强中干、虚张声势的驴子，仗势欺人、贪残暴虐的老鼠，深刻而形象地揭露了反动官僚及其爪牙的愚蠢虚弱、逞强肆虐和缺乏自知之明的阶级本性，以及他们终于自取灭亡的悲惨下场。文章的批判锋芒直接指向包庇纵容类似这些劣物的统治者，切中时弊，饱含哲理，具有典型的社会意义和长远的认识意义，至今仍给人以有益的思想启迪。三则故事均短小精悍，情节曲折，首尾完整。对麋、驴、鼠的形态、动作和神情的描绘，特征鲜

明，风趣生
动。不知自量
的麋鹿与心怀
杀机的家犬，
愚蠢无能的驴
子与勇敢机智
的老虎，肆无
忌惮的老鼠与

姑息养奸的主人，在强烈的对比关系中，相反相成，形神毕现。
全文遣词造句朴实无华，简练准确。

【原文】

吾恒恶世之人，不知推己之本[1]，而乘物以逞[2]，或依势以干非其类[3]，出技以怒强[4]，窃时以肆暴[5]，然卒迨于祸[6]。有客谈麋、驴、鼠三物[7]，似其事，作《三戒》。

临江之麋[8]

临江之人，畋得麋麑[9]，畜之。入门，群犬垂涎，扬尾皆来。其人怒，怛之[10]。自是日抱就犬[11]，习示之[12]，使勿动，稍使与之戏[13]。积久，犬皆如人意。麋麑稍大，忘己之麋也，以为犬良我友[14]，抵触偃仆[15]，益狎[16]。犬畏主人，与之俯仰甚善，然时啖其舌。三年，麋出门，见外犬在道甚众，走欲与为戏。外犬见而喜且怒，共杀食之，狼藉道上。麋至死不悟。

黔之驴[17]

黔无驴，有好事者船载以入。至则无可用，放之山下。虎见之，庞然大物也，以为神。蔽林间窥之，稍出近之，慭慭然莫相知。

他日，驴一鸣，虎大骇，远遁，以为且噬己也，甚恐。然往来视之，觉无异能者。益习其声，又近出前后，终不敢搏。稍近，益狎，荡倚冲冒，驴不胜怒，蹄之。虎因喜，计之曰："技止此耳！"因跳踉大𠴗，断其喉，尽其肉，乃去。

噫！形之庞也类有德，声之宏也类有能。向不出其技[18]，虎虽猛，疑畏，卒不敢取[19]。今若是焉，悲夫！

永某氏之鼠

永有某氏者，畏日[20]，拘忌异甚。以为己生岁直子[21]，鼠，子神也。因爱鼠，不畜猫犬，禁僮勿击鼠。仓廪庖厨，悉以恣鼠不问。由是鼠相告，皆来某氏，饱食而无祸。某氏室无完器，椸无完衣，饮食大率鼠之余也。昼累累与人兼行[22]，夜则窃啮斗暴，其声万状，不可以寝。终不厌。

数岁，某氏徙居他州。后人来居，鼠为态如故。其人曰："是阴类恶物也[23]，盗暴尤甚，且何以至是乎哉？"假五六猫，阖门撤瓦，灌穴，购僮罗捕之。杀鼠如丘，弃之隐处，臭数月乃已。

呜呼！彼以其饱食无祸为可恒也哉！

【注释】

〔1〕推：推究。本：指本来面目。

〔2〕乘：凭借，依靠。逞：放纵逞强。

〔3〕干：犯。

〔4〕怒：激怒。

〔5〕窃时：利用时机。肆暴：肆无忌惮，横行霸道。

〔6〕迨（dài）：及，至。

〔7〕麋（mí）：麋鹿。

〔8〕临江：地名，在今江西省樟树市。

〔9〕畋（tián）：打猎。麋麑（ní）：小鹿。

〔10〕怛（dá）：恐吓。之：指代群犬。

〔11〕就：接近。

〔12〕示：给……看。

〔13〕稍：逐渐。

〔14〕良：的确。

〔15〕抵触：碰撞。偃仆：在地上打滚的样子。偃，向后倒。仆，向前倒。

〔16〕狎（xiá）：亲近而随便的样子。

〔17〕黔：指今贵州一带，唐时今贵州一带属黔中道（治所在今重庆市彭水苗族土家族自治县）西境。

〔18〕向：假使。

〔19〕取：攻取，指吃掉驴子。

〔20〕畏日：怕犯忌日。旧日迷信者以为日有吉日、凶日之分，对不吉利的日子要避忌。

〔21〕直子：正当子年。按十二生肖，子年属鼠，故下文言"鼠，子神也"。

〔22〕累累：连贯成串的样子，即成群结队。

〔23〕阴类：指躲在阴暗地方活动的动物。

【译文】

我一直厌恶世上一些人，不知道考虑自己的实际能力，却依靠外界力量任意逞强，他们有的依靠外来势力侵犯和自己不同类的人，有的使出本事惹怒强大的对手，有的利用机会放肆作恶，但最终都遭到了灾祸。有位客人谈到麋鹿、驴、老鼠三种动物的故事，有些像前面提到的事，于是我写了《三戒》。

临江之麋

临江有个人，打猎时捕获了一只小鹿，把它带回家饲养。他刚进门，一群狗就流着涎水，摇着尾巴跑过来。猎人很生气，就吓唬狗让它们走开。从此他每天抱着小鹿让它接近狗，使它们熟悉起来，并示意群狗不准动它，渐渐地还让狗和小鹿玩一玩。时间久了，狗都能按主人的意思办。小鹿逐渐长大了，竟忘了自己是一只鹿，认为这些狗的确是自己的朋友，和它们相互顶撞，在地上打滚，越来越亲昵。狗惧怕主人，便顺从小鹿的意思应付它，显出很友好的样子，可是却时常舔舌头（想吃它却又不敢）。这样过了三年，鹿出门到了外边，见到路上有许多别家的狗，便跑过去想和它们玩一玩。那些外面的狗见到后又高兴又生气，便一起过去把它咬死，吃掉了，吃剩的皮毛骨头散在路上。小鹿到死还不明白这是怎么回事。

黔之驴

黔一带没有驴，有一个多事的人用船装了一头驴运进来。运到那里后又没有什么用处，就把它放养在山下。一只老虎看见了驴，见到驴那高大的样子，以为是什么神物。它就躲在林子里偷偷观看，渐渐地它又走出来同驴靠近一点，小心谨慎，不知道这究竟是个什么怪物。

有一天，驴叫了一声，把老虎吓了一大跳。于是它逃得远远的，以为驴要吃掉自己，非常害怕。然而它来回观察驴，觉得它并没有什么特殊的本领。老虎对驴的叫声越来越习惯，便再离它近一点，在它的前前后后来回走动，结果还是不敢攻击它。虎又慢慢地接近驴，进一步戏弄它，碰它一下，往它身上靠一靠，撞撞它，顶顶它，驴非常恼火，就踢了老虎一脚。老虎因此高兴起来，心里盘算："它的本事只不过这样罢了！"于是跳

跃而起，大吼一声，咬断
了驴的喉管，吃光了驴的
肉，然后走开了。

虎虽猛，疑畏，卒不敢取

唉！形体庞大，看上
去具备了好的德行；声音
洪亮，好像是很有本领。
假使它不使出自己的本
事，老虎即使凶猛，也会
心中疑惧，始终不敢吃掉
它。现在落得这般结果，
真是可悲呀！

永某氏之鼠

永州有个人怕犯忌日，禁忌特别厉害。他认为自己出生那
一年恰逢子年，老鼠是子年的神，因而喜爱老鼠。他家中不养猫
狗，还告诫仆人不要打鼠。谷仓、米仓和厨房都随老鼠任意糟
蹋，从不过问。因此老鼠相互转告，都到某人家中来，吃得
饱饱的而没有危险。结果，某人家中没有一件完好的器具，
衣架上没有一件完好的衣裳，吃的喝的大都是老鼠吃喝剩下的
东西。成群结队的老鼠白天和人同行，夜里就偷咬东西，相互
争斗打闹，发出各种各样的响声，使人不能睡觉。某人却完全
不厌恶。

几年以后，某人迁移到别的州去了。后来另有个人住进了
他的房子，老鼠照旧胡作非为。新主人说："这些老鼠都是躲在
阴暗地方活动的坏东西，偷咬东西、争斗打闹特别厉害，是什么
原因让它们闹到这种地步呢？"于是他借来五六只猫，关上门
窗，揭开屋瓦，用水灌洞，又雇人用网围起来捕捉。杀死的
老鼠堆积如山，把它们扔在偏僻的地方，臭气几个月才消失。

唉！这些老鼠还以为吃得饱饱的而没有危害是可以长久的呢！

罴 说

【题解】

中唐时期，藩镇割据，各自为政。朝廷软弱无力，只得采取"以藩制藩"的策略，企图利用藩镇之间的矛盾，分化瓦解，加以节制，但是收效甚微。本文通过一个猎人在鹿、貙、虎、罴之间玩弄权术，结果被罴吃掉的悲剧故事，讽喻朝廷如不革除弊政，加强中央集权的实力，只靠外部条件以侥幸取胜，势必陷入各地藩镇的四面夹击之中而自取灭亡。唐王朝最后灭亡于藩镇混战之中，完全证实了柳宗元的预见。这则政治寓言，文字简朴，含义深刻，揭示了一个具有普遍意义的生活真理。

【原文】

鹿畏貙[1]，貙畏虎，虎畏罴。罴之状，被发人立，绝有力而甚害人焉。

楚之南有猎者[2]，能吹竹为百兽之音。寂寂持弓矢罂火而即之山[3]，为鹿鸣以感其类，伺其至，发火而射之。貙闻其鹿也，趋而至[4]。其人恐，因为虎而骇之。貙走而虎至，愈恐，则又为罴，虎亦亡去[5]。罴闻而求其类，至则人也，捽搏挽裂而食之[6]。

今夫不善内而恃外者[7]，未有不为罴之食也。

【注释】

〔1〕貙（chū）：形状像狗，花纹像猫的一种野兽。

〔2〕楚：今湖北、湖南一带，战国时属楚国。

〔3〕罂（yīng）火：装在瓦罐里的灯火。罂，一种腹大口小的瓦罐。

〔4〕趋：快跑。

〔5〕亡：逃走。

〔6〕捽（zuó）：抓住。挽：拉开，即撕开。

〔7〕恃（shì）：倚仗。

【译文】

鹿害怕貙，貙害怕虎，虎又害怕罴。罴的外形，看上去好像一个披着皮毛站立的人，非常有力量，对人的危害是很大的。

湖南、湖北一带有一个猎人，能用竹子吹出很多种动物的声音。一天夜晚这个人悄悄地拿着弓箭，用瓦罐拢着灯火，靠近山脚，吹出鹿鸣叫的声音招引鹿群，等鹿群来了，猎人打开灯火照明，用箭射鹿。貙听到了鹿的声响，很快地跑过来。猎人害怕，急忙吹出老虎的声音吓唬貙。貙跑掉了而老虎来了。猎人更加害怕了，就又吹出罴的声音，虎也吓跑了。罴听到它同类的声音就来寻找，见到的却是人，于是抓住那个猎人把他撕碎吃掉了。

现在那些不注重加强自身力量却总是依靠外部力量的人，没有不被像罴这样凶残的动物吃掉的。

送薛存义序

【题解】

这是一篇赠序体的政论文。作者针对中唐时期贪官污吏遍布天下，阶级矛盾日益加剧的社会现状，提出了"官为民役"的进步观点。他认为人民与官吏应当是雇佣与被雇佣，主人与奴仆的关系。官吏必须"早作而夜思，勤力而劳心"，以便做到"讼者平，赋者均"。官吏如果消极怠惰，甚至贪污受贿，徇私舞弊，人民就有权像对待不称职的奴仆那样惩罚和罢免他们。这种政治理想在地主阶级专政的封建社会中，虽然是无法实现的主观臆想，却反映了人民群众的强烈愿

望，是政治思想发展史上的珍贵资料。文章从送别始，以送别结，中间借送别论吏治，首尾呼应，紧扣文题。"官为民役"的比拟，合情合理，见解卓越。

【原文】

河东薛存义将行[1]，柳子载肉于俎[2]，崇酒于觞[3]，追而送之江之浒[4]，饮食之[5]，且告曰："凡吏于土者[6]，若知其职乎[7]？盖民之役，非以役民而已也。凡民之食于土者，出其什一佣乎吏[8]，使司平于我也。今受其直怠其事者[9]，天下皆然。岂惟怠之，又从而盗之。向使佣一夫于家[10]，受若直，怠若事，又盗若货器，则必甚怒而黜罚之矣。以今天下多类此，而民莫敢肆其怒与黜罚者，何哉？势不同也。势不同而理同，如吾民何？有达于理者，得不恐而畏乎！"

存义假令零陵二年矣[11]。早作而夜思，勤力而劳心。讼者平，赋者均，老弱无怀诈暴憎，其为不虚取直也的矣[12]！其知恐而畏也审矣！

吾贱且辱，不得与考绩幽明之说[13]；于其往也，故赏以酒肉而重之以辞[14]。

【注释】

〔1〕薛存义：河东（今山西永济）人，在永州零陵（今湖南省永州市零陵区）代理县令。离职前，柳宗元送他这篇序。

〔2〕柳子：作者自称。俎（zǔ）：古代盛肉的木盘。

〔3〕崇酒：斟满酒。觞：古代盛酒的器具。

〔4〕浒（hǔ）：水边。

〔5〕饮食（sì）之：请他喝，请他吃。

〔6〕吏：用为动词，为吏，做官。

〔7〕若：人称代词，你。

〔8〕什一：十分之一。

〔9〕直：同"值"，指俸禄。

〔10〕向使：连词，假如。

〔11〕假令：代理县令。假，代理。

〔12〕的：的确，确实。

〔13〕考绩：考核官吏的成绩。

〔14〕重（chóng）之以辞：再加上这些话，指这篇赠序。

【译文】

山西永济人薛存义将要离开零陵了。柳宗元在盘子里盛上肉，把酒杯斟满，在江边为他设宴送行，而且对他说："凡在地方上做官的人，你知道他们的职责吗？全都是百姓的仆役，并不是奴役百姓的。凡是在这块地方生活劳作的人，拿出他们收入的十分之一，雇用一些小吏，让这些官为百姓公道地办事。如今的官吏中，拿了俸禄而不认真为百姓办事的，到处都是。哪里只是怠慢、不认真啊，还有敲诈勒索，从中巧取豪夺百姓钱财的。假如你家中雇用一个仆人，他拿了你的工钱，却不认真为你干活儿，又偷窃你的钱财器物，那么你一定十分愤怒而且要赶走并处罚他了。如今天下这类的人太多了，但是百姓都不敢表示自己的愤怒并驱逐责罚这些人，这是为什么呢？这是因为民与吏的关系跟主与仆的权势和地位不同啊！百姓的权势地位与主人的权势地位虽不同，但道理是相同的，如果百姓真要起来驱逐处罚

载肉于俎，崇酒于觞，追而送之江之浒

官吏，那官吏又能对百姓怎么样呢？那些懂得这一道理的地方官，能不感到恐惧害怕吗？"

存义代理零陵县令已经两年了。他起早贪黑地为百姓工作，深夜还不停地思考问题，勤勤恳恳，费尽心思，让告状的得到公平处理，使百姓非常合理地纳税，百姓无论老少都没有人心怀狡诈、表现憎恨的。他的作为的的确确不是白拿俸禄啊，他确实知道畏惧惶恐，所以严格要求自己。

我地位卑贱，又遭受贬谪的耻辱，不能参与考查官吏的功过业绩。在他调离之时备些酒肉，留下这篇序作为临别赠言。

骂尸虫文并序

【题解】

这是一篇赋体杂文。文中以虫喻人，把阴险狠毒、陷害忠良的宦官和反动官僚比作"尸虫"，揭露了其丑恶灵魂和虚弱本质。尤其可贵的

是，作者故意以颂为讽，把皇帝比作所谓"聪明正直"的"天帝"，旁敲侧击，明捧暗骂，对他纵容包庇"尸虫"，不辨贤愚

妍媸的昏庸面貌，进行了辛辣的嘲讽。文章先用散文小序介绍故事梗概，把"天帝"与"尸虫"联系起来，然后发挥赋体文语言精练、整饰、协韵等艺术功能，生动地描绘出"尸虫"的阴暗处所、肮脏外形、卑鄙心理、诡秘行迹和可耻下场，以及作者对"天帝"的祝祷。对"尸虫"形象的刻画，细致生动，蕴含丰富。

【原文】

有道士言[1]："人皆有尸虫三[2]，处腹中，伺人隐微失误[3]，辄籍记[4]。日庚申[5]，幸其人之昏睡[6]，出谗于帝以求飨[7]。以是人多谪过、疾疠、夭死[8]。"

柳子特不信，曰："吾闻聪明正直者为神。帝，神之尤者，其为聪明正直宜大也，安有下比阴秽小虫[9]，纵其狙诡[10]，延其变诈，以害于物，而又悦之以飨？其为不宜也殊甚[11]！吾意斯虫若果为是，则帝必将怒而戮之[12]，投于下土[13]，以殄其类[14]，俾夫人咸得安其性命而苟慝不作[15]，然后为帝也。"

余既处卑，不得质之于帝[16]，而嫉斯虫之说[17]，为文而骂之：

来，尸虫！汝曷不自形其形[18]？阴幽诡侧而寓乎人[19]，以贼厥灵[20]！膏肓是处兮[21]，不择秽卑；潜窥默听兮，导人为非；冥持札牍兮[22]，摇动祸机；卑陬拳缩兮[23]，宅体险微！以曲为形，以邪为质；以仁为凶，以僭为吉[24]；以淫诱诐诬为族类[25]，以中正和平为罪疾；以通行直遂为颠蹶[26]，以逆施反斗为安佚[27]。谮下谩上[28]，恒其心术，妒人之能，幸人之失。利昏伺睡，旁睨窃出[29]，走谗于帝，遽入自屈[30]，幂然无声[31]，其意乃毕。求味己口，胡人之恤[32]！

彼修蛔恙心[33]，短蛲穴胃[34]，外搜疥疠[35]，下索瘘痔^[36]，侵人肌肤，为己得味。世皆祸之，则惟汝类。良医刮杀，聚毒攻饵^[37]，旋死无余^[38]，乃行正气。

汝虽巧能，未必为利。帝之聪明，宜好正直，宁悬嘉飨^[39]，答汝谗慝？叱付九关^[40]，贻虎豹食^[41]。下民舞蹈，荷帝之力^[42]。是则宜然，何利之得！速收汝之生，速灭汝之精。蓐收震怒^[43]，将敕雷霆^[44]，击汝酆都^[45]，糜烂纵横。俟帝之命^[46]，乃施于刑。群邪殄夷^[47]，大道显明，害气永革^[48]，厚人之生，岂不圣且神欤！

祝曰：尸虫逐，祸无所伏，下民百禄。惟帝之功，以受景福^[49]。尸虫诛，祸无所庐^[50]，下民其苏^[51]，惟帝之德，万福来符^[52]。臣拜稽首^[53]，敢告于玄都^[54]。

【注释】

〔1〕道士：道教徒。道教产生于东汉末年，以老子为始祖，以《道德经》等为经典。

〔2〕尸虫：道教徒认为人体内有三条尸虫。实为寄生于人体的病虫。唐段成式《酉阳杂俎》："三尸一日三朝：上尸青姑，伐人眼；中尸白姑，伐人五脏；下尸血姑，伐人胃。"

〔3〕伺（sì）：等待，窥探。

〔4〕辄（zhé）：就，总是。籍：簿子。

〔5〕日庚申：庚申日。古时用天干（甲、乙、丙、丁、戊、己、庚、辛、壬、癸）与地支（子、丑、寅、卯、辰、巳、午、未、申、酉、戌、亥）相配，记年、月、日、时。

〔6〕幸：庆幸，引申为等待、趁着。

〔7〕谗（chán）：说别人的坏话。飨（xiǎng）：用酒食款待别人。这里是赏赐的意思。

〔8〕谪（zhé）过：惩罚，谴责。疾疠（lì）：患瘟疫。夭死：早死。

〔9〕比：勾结，亲近。

〔10〕狙（jū）诡：狡猾奸诈。

〔11〕也：置于主语之后，表示停顿。

〔12〕戮（lù）：杀。

〔13〕下土：地上，人间。

〔14〕殄（tiǎn）：消灭。

〔15〕俾（bǐ）：使。苛：通"疴"，疥疮，这里泛指疾病。慝（tè）：灾害。

〔16〕质：证实，查询。

〔17〕嫉（jí）：痛恨。

〔18〕曷（hé）：何，为什么。形其形：第一个"形"字作动词用，暴露。

〔19〕阴幽：暗地里，暗中。跪侧：潜伏。

〔20〕厥（jué）：其，指人。灵：生命。

〔21〕膏肓（huāng）：古代医学家把心尖脂肪叫"膏"，心脏与膈之间叫"肓"，均为药力达不到的地方。兮：语气词，啊。

〔22〕冥（míng）：暗中。札：古时写字用的小木片。牍（dú）：古时写字用的狭长木板。

〔23〕皁陬（zōu）：惭愧恐慌的样子。拳缩：蜷曲。

〔24〕僭（jiàn）：非分的行为。

〔25〕淫：过度，无节制。谀（yú）：奉承。谄（chǎn）：巴结。

〔26〕直遂：直达。颠蹶（jué）：跌倒。这里是颠簸、危险的意思。

〔27〕反斗：叛乱，捣乱。安佚（yì）：安逸。

〔28〕谮（zèn）：诽谤。谩（màn）：欺骗。

〔29〕睨（nì）：斜视，偷看。

〔30〕遽（jù）：急忙，迅速。

〔31〕幂（mì）：遮盖。

〔32〕恤（xù）：体谅，关心。

〔33〕修：长。恙（yàng）：伤害。

〔34〕蛲（náo）：蛲虫，人体内的一种寄生虫。

〔35〕疥疬：疥疮，皮肤病。

〔36〕瘘痔（lòu zhì）：瘘管，痔疮，均为肛门疾病。

〔37〕玫饵（ěr）：制作药物。

〔38〕旋：很快，立即。

〔39〕宁：副词，意同"岂"，难道。

〔40〕叱（chì）：大声呵斥。九关：天门。古代神话传说天门有九重，均有虎豹把守。

〔41〕贻（yí）：送给。

〔42〕荷：衷心感激。

〔43〕蓐（rù）收：古代神话传说中天上掌管刑法的官。

〔44〕敕（chì）：命令。

〔45〕酆（fēng）都：古代迷信传说中的地狱所在地。

〔46〕俟（sì）：等待。

〔47〕夷（yí）：削平。

〔48〕革：除掉。

〔49〕景：大。

〔50〕庐：房舍。用为动词，躲藏。

〔51〕苏：苏醒。这里是解救的意思。

〔52〕符：引申为降临。

〔53〕稽（qǐ）首：叩头。

〔54〕玄都：天帝的住处。

【译文】

有个道士说："每一个人身上都有三种尸虫，它们钻在人肚子里，专等人有了一点细小的过错，就用簿子记下来。每逢庚申这一天，便趁人们昏睡的空儿，悄悄地溜出去到天帝面前讲人家的坏话，以此来求得赏赐一顿酒饭。因此人们常常受到天帝的惩罚，发生瘟疫，或者不幸早死。"

我偏不相信这些话，说："我听说聪明正直的叫作神。天帝，是众神中最高尚的，他的聪明正直应该是最杰出的，怎么会降低身份，去亲近见不得阳光的肮脏小虫，纵容它的奸猾，助长它的狡诈，来陷害好人，而又因欣赏它犒赏酒饭呢？这太不应该了。我认为如果尸虫真的干了这种罪恶勾当，那么天帝一定会愤怒地杀掉它们，把它们扔到地下，以消灭这种丑类；使人们的生命安全都能得到保障，不再发生疾病和灾害，这才算是天帝呢。"

我既然处在卑贱的地位，不能向天帝查询这件事，但又痛恨这类关于尸虫受到天帝宠信的说法，便写了这篇文章来咒骂尸虫：

过来，尸虫！你们为什么不暴露自己的原形？却暗中潜伏在人体之中，去残害人们的生命！你们隐藏在人体药力不能达到的地方啊，不管那里多么污秽肮脏；你们又偷看又窃听啊，就是想获得人们的过错；你们暗地里拿着本子记录别人的隐私啊，存心制造祸端；你们惶恐不安地蜷缩成一团啊，藏身之处是多么险隘阴暗！你们把屈曲不直作为正常的体形，把邪恶不正作为天生的品质；你们把胸怀仁爱当作坏事，却把不守本分当作好事；你们把大肆吹牛拍马、造谣陷害的人当作同伙，却把行为公正、性情和善的人当作罪恶和疾病；你们把畅通无阻、直达目的的坦途当作颠簸危险，却把倒行逆施、捣乱破坏的行为当作平安快乐。诬告下面的好人，蒙骗上面的天帝，你们一贯心肠狠毒。你们嫉妒别人的才能，又庆幸别人的失误。趁着夜晚人们睡熟的时候，你们便贼头贼脑地东张西望，偷偷溜出去，跑到天帝面前进谗言，又急忙钻进人体缩成一团，遮掩得无声无息，这时才感到心满意足。你们只求用美味满足自己的馋嘴，哪里会体谅别人的疾苦！

那种长长的蛔虫能伤害人的心脏，短短的蛲虫能钻透人的肠胃。你们在人的皮肤上搜寻疥疮，在人的肛门里寻找痔疮，钻进人的肌肉皮肤，为了给自己弄到一顿美味。世上的人们都看作祸害的东西，就是你们这一伙丑类。高明的医生有的用刀子把你们挖出来杀死，有的制成药饵进行攻治，尸虫很快就全部死光，体内正气才能畅通。

你们虽然有投机取巧的伎俩，却未必能捞到什么好处。天帝是很英明的，理应喜爱正直的人，怎么会用好酒好饭做赏赐，来酬谢你们这种诬陷好人的丑恶之类！他将喝令把你们推出天门，扔给守门的虎豹去饱餐一顿。天下万民都高兴得手舞足蹈，衷心感激天帝的威力。这就是你们应得的下场，有什么好处可捞？快快结束你们的生命，快快毁灭你们的幽灵。执法天神蓐收一旦震怒，将会命令雷霆把你们劈死在地狱里，让你们粉身碎骨，尸首纵横。只等天帝一声令下，就对你们执行死刑。于是各种邪魔外道都消灭干净了，治国大道发扬光大了，害人的邪气永远清除了，人民生活富裕起来了。这难道不是天帝的圣德神明吗？

我向天帝祈祷说：尸虫被赶走了，祸患就无处潜伏，天下万民就能得到福气。唯有靠天帝的功业，才能享受到这样的洪福。尸虫被杀掉了，灾祸就无处躲藏，天下万民就能得到解放。唯有靠天帝的恩德，才有无穷的幸福降临下方。臣下我在这里作揖叩头，冒昧地向天庭祷告祈求。

蝜蝂传

【题解】

这是一篇寓言小品。小虫蝜蝂善背东西，好向上爬，贪婪成性，至死不悟。作者通过这个丑恶可笑的形象，辛辣地讽刺了那班达官贵人为追逐利禄而不顾死活的阶级本性。本文前段写蝜蝂的习性，刻画精细，生动谐谑；后段写人的贪欲，以虫喻人，笔锋犀利，议论警策。

【原文】

蝜蝂者[1]，善负小虫也。行遇物，辄持取[2]，卬其首负之[3]。背愈重，虽困剧不止也[4]。其背甚涩[5]，物积因不散，卒踬仆不能起[6]。人或怜之，为去其负。苟能行[7]，又持取如故。又好上高，极其力不已，至坠地死。

今世之嗜取者[8]，遇货不避，以厚其室，不知为己累也，唯恐其不积。及其怠而踬也[9]，黜弃之[10]，迁徙之[11]，亦以病矣。苟能起，又不艾[12]。日思高其位，大其禄，而贪取滋甚[13]，以近于危坠，观前之死亡不知戒。虽其形魁然大者也[14]，其名人也，而智则小虫也。亦足哀夫[15]！

【注释】

〔1〕蝜蝂（fù bǎn）：一种黑色小虫，背部有隆起的部分，背上东西自己放不下来。

〔2〕辄：就，总是。

〔3〕卬（áng）：仰。音义同"昂"。

〔4〕困剧：疲乏到极点。

〔5〕涩（sè）：不光滑。

〔6〕踬仆（zhì pū）：跌倒。

〔7〕苟：如果，表示假设。

〔8〕嗜取者：贪得无厌的人。

〔9〕及：介词，等到。

〔10〕黜（chù）弃：罢免。

〔11〕迁徙：迁移。这里指流放到远方。

〔12〕艾：停止。

〔13〕滋：更加，越发。

〔14〕魁然：高大的样子。

〔15〕夫：语气词，表示感叹。

【译文】

蝜蝂是一种擅长背东西的小虫。它爬行时一旦遇到东西，总是把东西捡起，抬起头背着。背的东西越来越重，即使疲乏到了极点，它仍是不停地往背上加东西。蝜蝂的后背很涩，因而东西堆积起来不会散落，最终它会被压倒爬不起来。有人可怜它，帮它把背上的东西取下来。如果能走了，它就又像以前那样捡起遇到的东西背着。蝜蝂又爱爬高，力量用尽也不停止，直到掉在地上摔死为止。

现在世间那些贪得无厌的人，遇到财物决不轻易放过，并拿来作为自己的财产。他们不知道这是给自己找麻烦，反而唯恐搜集得不够多。等他们因为疏忽大意而倒台，或被罢官，或被流放，也是因嗜好钱财而获罪。可是他们一旦重新得势，还是不肯罢休。每天都在想着怎样谋求更高的职位，增加俸禄，贪婪和索取得更加厉害，等到近乎要坠地的程度，看到前人的教训还是不知道引以为戒。虽然他们形体高大，号称为"人"，但其智慧水平就像一只小虫一样。这种人也真够可悲呀！

童区寄传[1]

【题解】

少年儿童被抢劫贩卖，以供朝廷和官僚、地主们奴役驱使，是唐代边远地区人民的一大苦难。这篇传记通过牧童区寄横遭劫持、智杀豪强的英勇事迹，歌颂了区寄勇于反抗、善于自救的斗争精神，揭露了官吏纵容豪强掠卖人口，致使边地户口日益减少的罪恶行径。本文依据真人真事，首先介绍了掠卖人口的社会背景，然后着力塑造牧童区寄机智勇敢、不畏强暴的动人形象。区寄从智杀二贼到胜利还乡的情节发展，惊险紧张；伪装啼哭的细节和讨好对方的对话描写，真实生动；结尾处点出众盗"侧目莫敢过其门"，更加衬托出区寄的凛然可畏。

柳宗元

【原文】

　　柳先生曰[2]：越人少恩[3]，生男女，必货视之[4]。自毁齿已上[5]，父兄鬻卖[6]，以觊其利[7]。不足[8]，则取他室，束缚钳梏之[9]。至有须鬣者[10]，力不胜，皆屈为僮[11]。当道相贼杀以为俗[12]。幸得壮大，则缚取么弱者[13]。汉官因以为己利，苟得僮，恣所为，不问。以是越中户口滋耗[14]。少得自脱，惟童区寄以十一岁胜，斯亦奇矣。桂部从事杜周士为余言之[15]。

　　童寄者，柳州荛牧儿也[16]。行牧且荛，二豪贼劫持反接[17]，布囊其口[18]，去逾四十里之虚所卖之[19]。寄伪儿啼，恐栗为儿恒状。贼易之，对饮酒醉。一人去为市，一人卧，植刃道上。童微伺其睡[20]，以缚背刃[21]，力下上[22]，得绝，因取刃杀之。逃未及远，市者还，得童大骇。将杀童，遽曰："为两郎僮[23]，孰若为一郎僮耶？彼不我恩也。郎诚见完与恩，无所不可。"市者良久计曰："与其杀是僮，孰若卖之；与其卖而分，孰若吾得专焉。幸而杀彼，甚善。"即藏其尸，持童抵主人所，愈束缚牢甚。夜半，童自转，以缚即炉火烧绝之，虽疮手勿惮[24]，复取刃杀市者。因大号，一虚皆惊。童曰："我区氏儿也，不当为僮。贼二人得我，我幸皆杀之矣，愿以闻于官。"

　　虚吏白州[25]，州白大府[26]，大府召视，儿幼愿耳[27]。刺史颜证奇之[28]，留为小吏，不肯。与衣裳，吏护还之乡。乡之行劫缚者，侧目莫敢过其门[29]。皆曰："是儿少秦武阳二岁[30]，而

越人少恩，生男女，必货视之

· 161 ·

讨杀二豪〔31〕，岂可近耶！"

【注释】

〔1〕童：童子，小孩子。区（ōu）寄：人名，姓区，名寄。

〔2〕柳先生：作者自称。

〔3〕越人：古代南方少数民族。文中指桂、粤、闽一带的百姓。恩：情义。

〔4〕货：财物。

〔5〕毁齿：指小儿七八岁时换牙。

〔6〕鬻（yù）：出卖。

〔7〕觊（jì）：贪图。

〔8〕不足：指孩子未到"毁齿"之年。

〔9〕钳：用铁箍把颈子套住。梏（gù）：把手铐起来。

〔10〕有须鬣（liè）者：指成年人。须鬣，胡须。

〔11〕僮：奴仆。

〔12〕当道：在大路上。贼杀：残杀。贼，作动词用。

〔13〕么（yāo）：同"幺"，小。

〔14〕滋耗：更加减少。

〔15〕桂部：桂管经略观察使的衙门，其辖区在今广西桂林一带。杜周士：贞元十七年（801）进士，贞元末、元和初曾为桂管观察留后。曾入湖南使幕，后仍为官岭外，历佐五管诸府，长庆初年，以监察御史使安南卒。

〔16〕柳州：众本作"郴州"，《文苑英华》作"柳州"。作"柳州"是，作"郴州"非，理由见陈景云《柳集点勘》，或见章士钊《柳文指要》。荛（ráo）牧儿：打柴放牛的孩子。

〔17〕劫持：绑架。反接：把双手绑在背后。

〔18〕布囊其口：指用布蒙住他的口。

〔19〕虚所：集市所在地。虚，同"墟"。

〔20〕微伺：暗地观察等候。

〔21〕缚：指绑手的绳子。背刃：靠在刀口上。

〔22〕下上：指上下摩擦。

〔23〕郎：奴仆对主子的称呼。

〔24〕疮手：伤手。惮（dàn）：畏惧。

〔25〕虚吏：管理集市的官吏。白：下对上陈述情况。

〔26〕大府：指桂管观察使衙门。

〔27〕幼愿：年幼老实。

〔28〕颜证：颜杲卿之孙，贞元二十年（804）任桂州刺史、桂管观察使。

〔29〕侧目：不敢正视，形容畏惧的样子。

〔30〕秦武阳：战国时燕国人，《战国策》上说他十三岁时杀人，燕太子丹派他做荆轲的助手前往秦国刺杀秦王。

〔31〕讨杀：一作"计杀"。

【译文】

柳先生说：东南沿海一带的人寡恩薄情，生下儿女，都把他们当作货物看待。小孩刚换牙，就被父兄卖掉，用以谋取钱财。如果孩子还不到换牙的时候，就偷捉别人家的孩子，用枷锁捆绑住（以防孩子逃跑）。甚至有些成年人，力量敌不过别人，都被逼做了奴仆。拦路掠夺和残杀的现象经常出现，并渐渐成了风气。有幸能够长成壮汉的，就抓住弱小的来卖。汉族官吏利用这些恶习为自己牟私利，只要能得到僮仆，就放任这种罪恶行为，不去查问。因此东南沿海的人口越来越少。这些被贩卖的小孩很少有能够自己逃脱的，只有十一岁的幼童区寄逃脱了，这真是个奇迹啊。桂州都督府属下的官吏杜周士把这件事告诉我。

区寄是柳州的一个打柴放牧的小孩。（一天）他正在放牧打柴，被两个强盗劫持并反绑着两手，用布塞住了口，被带到四十里以外的集市上去卖。区寄装出小孩啼哭的样子，表现出小孩害怕颤抖的常态。强盗觉得他好对付（放松了警惕），两人喝酒直到大醉。之后一个人到集市上去进行交涉，一个人躺下了，把刀插在地上。区寄暗中窥察，等这个人睡着了，背靠着刀刃，把绑缚双手的绳子靠在刀刃上，用力上下摩擦，磨断了绳子，随后用刀把睡觉的强盗杀了。还没来得及跑远，到集市上谈价钱的那个人回来了，抓住了他，区寄非常恐惧。那人要杀他，区寄急忙说："做你们两个的奴仆，怎么比得上给一个人做奴仆？那个人对我不好，你如果确实能保全我的性命，对我好一些，让我干什么都可以。"这个强盗想了很久说："与其杀了这个小孩，不如卖了他；与其和那个人一起分卖小孩所得的钱，怎么比得上我一个人独享？幸好小孩把那人杀了，很好。"卖者把尸体埋好，带着区寄到了买主家，又把他绑上，并且绑得更加牢固了。半夜，区寄转过身，用炉火把绑手的绳子烧断了，虽然烧伤了手也不害怕，随后又拿刀把卖者杀了。接着他大声呼喊，整个集市都被惊动了。区寄说："我是区家的小孩，不应当被卖为奴。这两个强盗抓住了我，幸好我把他们都杀了！希望能让官府知道。"

管集市的官吏报告了州官，州官又报告上级，知府召见他，发现他只是一个幼弱老实的小孩。刺史颜证认为区寄是神童，想把他留下做个小吏，区寄不肯，刺史只好送给他一些衣服，并派官吏保护他还乡。乡里那些专门从事绑架的人贩子，不敢正视他，也不敢从他家门口走过，都说："这个小孩比秦武阳小两岁，却杀了两个强盗，谁还敢去招惹他呢！"

欧阳修（1007—1072），字永叔，自号醉翁，晚年号六一居士。宋朝吉州吉水（今江西）人。欧阳修出身贫寒，四岁死了父亲，二十四岁时考中进士，曾参加范仲淹领导的政治革新运动，因直言敢谏，而屡遭保守派排斥打击。后官至枢密副使、参知政事，政治态度渐趋保守，专于学术研究。欧阳修是北宋中期诗文革新运动的领袖，作为"唐宋八大家"之一，在诗、词方面也很有成就。他好贤才，奖掖后进，团结和培养了王安石、曾巩、苏轼等许多著名文学家。作品甚丰，有《欧阳文忠公文集》一百五十三卷。

朋党论

【题解】

本文是欧阳修批驳保守派攻击范仲淹等革新派"引用朋党"的政治论文。文章列举各个朝代的事例，来论述兴亡治乱和朋党的关系，提出朋党

"自古有之"，只有"退小人之伪朋，用君子之真朋"，才能治理好国家。文章中正反事例充分，逻辑严密，说理平和而又颇有锋芒。

【原文】

臣闻朋党之说，自古有之，惟幸人君辨其君子小人而已。大凡君子与君子，以同道为朋；小人与小人，以同利为朋。此自然之理也。

然臣谓小人无朋，惟君子则有之。其故何哉？小人所好者利禄也，所贪者货财也。当其同利之时，暂相党引以为朋者，伪

也；及其见利而争先，或利尽而交疏，则反相贼害，虽其兄弟亲戚，不能相保。故臣谓小人无朋，其暂为朋者，伪也。君子则不然，所守者道义，所行者忠信，所惜者名节。以之修身，则同道而相益；以之事国，则同心而共济，终始如一，此君子之朋也。故为人君者，但当退小人之伪朋，用君子之真朋，则天下治矣。

尧之时，小人共工、驩兜等四人为一朋[1]，君子八元、八恺十六人为一朋[2]。舜佐尧，退四凶小人之朋，而进元、恺君子之朋，尧之天下大治。及舜自为天子，而皋、夔、稷、契等二十二人[3]，并列于朝，更相称美，更相推让，凡二十二人为一朋，而舜皆用之，天下亦大治。

《书》曰："纣有臣亿万，惟亿万心；周有臣三千，惟一心。"纣之时，亿万人各异心，可谓不为朋矣，然纣以亡国。周武王之臣三千人为一大朋，而周用以兴。

后汉献帝时[4]，尽取天下名士囚禁之，目为党人。及黄巾贼起[5]，汉室大乱，后方悔悟，尽解党人而释之，然已无救矣。唐之晚年，渐起朋党之论。及昭宗时[6]，尽杀朝之名士，或投之黄河，曰："此辈清流，可投浊流。"而唐遂亡矣。

夫前世之主，能使人人异心不为朋，莫如纣；能禁绝善人为朋，莫如汉献帝；能诛戮清流之朋，莫如唐昭宗之世。然皆乱亡其国。更相称美推让而不自疑，莫如舜之二十二臣，舜亦不疑而皆用之，然而后世不诮舜为二十二人朋党所欺，而称舜为聪明之圣者，以能辨君子与小人也。周武之世，举其国之臣三千人共为一朋，自古为朋之多且大莫如周，然周用此以兴者，善人虽多而不厌也。

嗟呼！治乱兴亡之迹，为人君者，可以鉴矣。

【注释】

〔1〕四人：指共工、驩兜、鲧、三苗，即下文所说的"四凶"。

〔2〕八元：传说是高辛氏（帝喾）的八个有德才的臣子，即伯奋、仲堪、叔献、季仲、伯虎、仲熊、叔豹、季狸。八恺：传说是高阳氏（颛顼）的八个有德才的臣子，即苍舒、隤敳、梼戭、大临、尨降、庭坚、仲容、叔达。

〔3〕皋、夔、稷、契：皋陶、后夔、后稷、子契，相传是尧、舜时管刑法、音乐、农事、文教的贤臣。

〔4〕汉献帝：名刘协。东汉最后一个皇帝，189—220年在位。

〔5〕黄巾：黄巾军，汉末以黄巾裹头为标志的农民起义军。

〔6〕昭宗：名李晔，889—904年在位。

【译文】

臣欧阳修听到关于朋党的说法，是从古以来就有的，只希望君主能辨明君子与小人罢了。一般君子与君子，因为志同道合结为朋党；小人与小人，因为利害相同结为朋党，这是很自然的道理。

但是我断言小人没有朋党，只有君子才有。原因是什么呢？因为小人所喜爱的是利禄，所贪图的是财物，当他们利益相同时，会暂时互相勾结为朋党，这是假的朋党。等到有了利益他们就会争夺起来，或者利益尽了，就会相互疏远，甚至会互相残害，即使是兄弟亲戚，也不能互相保护，所以臣说小人没有朋党，他们暂时结成的朋党是假的朋党。君子却

帝尧

169

不是这样。他们所信守的是道义，所奉行的是忠信，所爱惜的是名节。以这些来修养自身，就会因志同道合而互相促进；以这些来为国家做事，就会同心而共济，始终如一。这就是君子的朋党。所以当君王的，就应当斥退小人的假朋党，而信任君子的真朋党，那么天下就会大治了。

尧的时候，小人共工、驩兜、鲧、三苗四人结为一朋党，君子八元（伯奋、仲堪、叔献、季仲、伯虎、仲熊、叔豹、季狸）、八恺（苍舒、隤敳、梼戭、大临、龙降、庭坚、仲容、叔达）十六人结为一朋党。舜辅佐尧，斥退共工等四凶小人朋党，而进用八元八恺君子朋党，所以帝尧的天下得到了大治。等到舜自己做天子的时候，皋、夔、稷、契等二十二人，并立在朝廷，他们互相赞誉，互相推让，这二十二人为一朋党，而舜对他们都加以重用，天下也得到了大治。

《尚书》上说："殷纣有臣子亿万，但有亿万条心；周有臣子三千，但只有一条心。"殷纣的时候，亿万人各有各的心，可以说不是朋党了，然而殷纣却因此亡国身死。周武王的臣子，三千人结为一个大朋党，而周武王任用他们，周朝因此兴盛起来。

东汉献帝的时候，把天下的贤人名士都囚禁起来，认为他们是朋党。到了黄巾军起义，汉朝大乱以后，才后悔并醒悟过来，解除了党禁，把党人全部释放出来，然而汉朝的天下已经不可救药了。唐朝末期，又渐渐兴起了有关朋党的议论。到昭宗时，杀尽了朝廷中的名士，或者捆住他们的手脚，投入黄河，并说："这些人自称清流，可以投进黄河的浊流之中。"此后唐朝便灭亡了。

那些前代的君主，能使人人心怀异心不结为朋党的，没有谁比得上殷纣的了；能禁绝贤人结为朋党的，都比不上汉献帝；能诛杀清流名士朋党的，都比不上唐昭宗时期。然而他们都因此使天下大乱，最终导致国家灭亡。互相赞美称誉，你推我让而不疑心，都比不上舜的二十二臣，舜也毫不怀疑而任用他们。后世人并不讥讽舜为二十二人的朋党所欺瞒，反而称赞舜是聪明的圣君，因为舜能辨别君子和小人。周武王的时候，国中的三千臣子共为一个朋党，古时朋党人数之多、范围之大，都比不上周朝，但是周朝因任用他们而兴盛起来，良善的君子即使再多也不会让人厌倦啊。

唉！天下大治大乱、兴起衰亡的史迹，做君王的人可以引以为鉴了。

纵囚论

【题解】

唐太宗放三百死囚出狱探亲，到期后，犯人都如数回到狱中就死，这件事一直被人称赞。欧阳修则认为这事不足为法，甚至批评唐太宗这个举动是沽名钓誉。他认为治国必须严肃法治，"不立异以为高，不逆情以干誉"。文章反复辩驳，逐层深入，具有较强的论辩力量。

【原文】

信义行于君子，而刑戮施于小人。刑入于死者，乃罪大恶极，此又小人之尤甚者也。宁以义死，不苟幸生，而视死如归，此又君子之尤难者也。

方唐太宗之六年[1]，录大辟囚三百余人，纵使还家，约其自归以就死；是以君子之难能，期小人之尤者以必能也。其囚及期，而卒自归无后者，是君子之所难，而小人之所易也。此岂近于人情？

或曰："罪大恶极，诚小人矣。及施恩德以临之，可使变而为君子。盖恩德入人之深而移人之速，有如是者矣。"曰："太宗之为此，所以求此名也。然安知夫纵之去也，不意其必来以冀免，所以纵之乎？又安知夫被纵而去也，不意其自归而必获免，所以复来乎？夫意其必来而纵之，是上贼下之情也[2]；意其必免而复来，是下贼上之心也。吾见上下交相贼以成此名也，乌有所谓施恩德与夫知信义者哉！不然，太宗施德于天下，于兹六年矣，不能使小人不为极恶大罪，而一日之恩，能使视死如归而存信义。此又不通之论也。"

"然则何为而可？"曰："纵而来归，杀之无赦。而又纵之，而又来，则可知为恩德之致尔。然此必无之事也。若夫纵而来归而赦之，可偶一为之尔。若屡为之，则杀人者皆不死。是可为天下之常法乎？不可为常者，其圣人之法乎？是以尧、舜、三王之治，必本于人情，不立异以为高，不逆情以干誉。"

【注释】

〔1〕唐太宗：李世民。626—649年在位。六年：贞观六年（632）。贞观是唐太宗的年号。

唐太宗

欧阳修

[2]贼：偷窃，这里引申为窥测。

【译文】

对君子奉行信义，而刑罚诛戮施加于小人。若刑罚重到判死罪，那就是罪大恶极，这种罪犯，又是小人中尤其恶劣的了。宁愿守信义而死，不苟且偷生，视死如归，这在君子中也是难能可贵的。

而唐太宗在即位的第六年，审察选录了死刑犯三百余人，放他们暂时回家团圆，约定了时间，叫他们自己返回狱中受死。这是君子都尚且难以做到的事，却希望小人中罪大恶极的一定能做到。那三百多囚犯到了约定的时期，全部都回来了，没有人失约。这是君子都很难做到的，而小人却轻易做到了。这样的做法近于人情吗？

有人说："罪大恶极的死囚，的确是小人了，但如对他施以恩德，就可以使他变成君子。因为恩德深入他的身心，而改变他是很迅速的，所以才会出现这样的现象。"我说："太宗这样做，是要求取名声。怎知他放犯人回家，不是预先料到犯人必然回来，以希望得到赦免，因此放走他们呢？又怎知囚犯被放回家，不是事先料到自动返回后必然被赦免，所以才如期返回的呢？意料到犯人必定归来而放走他们，是在上的太宗窥探到了下面囚犯们的隐情；料想必然得到赦免而返回，是囚犯们窥得了太宗的心思。我只看到上下互相窥探，成就了各自的美名，根本就没有所谓施恩德与守信义的事！如果不是这样，太宗施行恩德于天下，已经六年了，不能使小人不犯极其凶恶的大罪；而仅用一天的恩德，就能使他们视死如归，保存了信义，这是说不通的。"

"然而怎么办才好呢？"我认为："放犯人回去，回来的仍然杀死而不赦免。再放其他犯人回去，如再有回来的，那就是因为施以恩德深厚，然而必定没有这种事。像这样放走后归来而赦免的事，可以偶尔试一下罢了。假如屡次这样做，那么杀人的人都不会死了，这可以作为治理天下的法令吗？不能作为法令，那它还算圣人的法令吗？所以尧、舜和三王治理天下，总是以人情为根本，不把标新立异作为最高准则，不违背人情伦理来求得名誉。"

《梅圣俞诗集》序

【题解】

梅尧臣（1002—1060），字圣俞，北宋时著名的现实主义诗人。他的诗以质朴、清新称美，在荡涤宋初浮靡晦涩诗风中起

了很大作用。欧阳修是梅的好友，梅死后，欧阳修将他的诗编为《梅圣俞诗集》，并写了这篇序。序中对梅尧

臣穷困的一生表示了深切的痛惜和不平，对他的诗给予了很高的评价，并提出了"诗穷而后工"的理论，较为深刻地概括了我国古代优秀诗人创作和生活的关系。

【原文】

予闻世谓诗人少达而多穷，夫岂然哉？盖世所传诗者，多出于古穷人之辞也。凡士之蕴其所有，而不得施于世者，多喜自放于山巅水涯之外，见虫鱼草木、风云鸟兽之状类，往往探其奇怪。内有忧思感愤之郁积，其兴于怨刺，以道羁臣寡妇之所叹，而写人情之难言。盖愈穷则愈工。然则非诗之能穷人，殆穷者而后工也。

予友梅圣俞，少以荫补为吏，累举进士，辄抑于有司，困于州县凡十余年。年今五十，犹从辟书，为人之佐。郁其所蓄，不得奋见于事业。其家宛陵，幼习于诗，自为童子，出语已惊其长老。既长，学乎六经仁义之说[1]。其为文章，简古纯粹，不求苟说于世。世之人徒知其诗而已。然时无贤愚，语诗者必求之圣俞。圣俞亦自以其不得志者，乐于诗而发之。故其平生所作，于诗尤多。世既知之矣，而未有荐于上者。昔王文康公尝见而叹曰[2]："二百年无此作矣！"虽知之深，亦不果荐也。若使其幸得用于朝廷，作为雅、颂，以歌咏大宋之功德，荐之清庙，而追商、周、鲁颂之作者，岂不伟欤？奈何使其老不得志而为穷者之诗，乃徒发于虫鱼物类、羁愁感叹之言？世徒喜其工，不知其穷之久而将老也，可不惜哉！

圣俞诗既多，不自收拾。其妻之兄子谢景初[3]，惧其多而易失也，取其自洛阳至于吴兴以来所作，次为十卷。予尝嗜圣俞诗，而患不能尽得之，遽喜谢氏之能类次也，辄序而藏之。

其后十五年，圣俞以疾卒于京师。余既哭而铭之，因索于其家，得其遗稿千余篇，并旧所藏，掇其尤者六百七十七篇，为一十五卷。呜呼！吾于圣俞诗，论之详矣，故不复云。

庐陵欧阳修序。

【注释】

〔1〕六经：指儒家经典著作《诗》《书》《易》《礼》
《乐》《春秋》。

〔2〕王文康公：王曙，字晦叔，河南人，仁宗时累官至枢
密使、同中书门下平章事，卒谥文康。

〔3〕谢景初：字师厚，今浙江富阳人。庆历进士，博学能
文，尤长于诗。

【译文】

我听到世人常说：诗人显达的少，遭受困厄的多。难道真
的是这样吗？大概是世人所传诵的诗，多出自古时困厄之人的笔
下吧。大凡士人胸中蕴藏着广博的学问，而又不能在世上施行运
用，就多喜欢放浪于山峰水涯之外，见了虫鱼草木鸟兽的形状，
以及风云的变幻，往往爱探索其奇怪的地方。忧思、感伤和愤慨
郁积于内心，就兴起了怨恨讽刺的诗情，以表达在远方做官的
臣子、寡妇所叹息感慨的思绪，抒发一般人难以言明的情感和心
情。大概是人越困苦而诗就越工巧雅致。但并不是作诗能使人困
苦，而是人困苦时才能作出工巧雅致的诗。

我的朋友梅圣俞，少年时候以祖上的庇荫，照例补做了一
个小官吏。屡次考进士，总不被主考官喜欢，穷困落魄于州县十
几年。至五十岁，还要接受聘书，做人家的幕僚，满腹的才能只
能郁积于心，不能在事业上有所作为。他的家乡在宛陵郡，幼年
时他就习学诗文，孩童时他写的诗文就已使父老长辈惊异。长大
后，又学习研究六经仁义的学说。他写的文章，简洁古朴纯粹，
不苟且迎合世俗人的一般见识，因此世人也只知道他的诗歌而

已。然而在当时不论贤者或愚笨之人，谈论到作诗，必然去求教梅圣俞。圣俞因为自己不得志，也乐于通过诗歌抒发情感，所以他平生所作，以诗歌为多。可惜世人虽然知道他，却没有人向朝廷举荐他。以前王文康公曾经看到圣俞的诗篇，叹息说："二百年来没有出现过这样的诗作了！"虽然对他了解得很深，但也没有举荐他。假如他幸运，被朝廷所任用，作雅、颂之诗来歌咏大宋朝的功德，进献到祭祀德高望重者的清庙中去，追随那《商颂》《周颂》《鲁颂》的作者，岂不是很伟大吗？为什么会使他到老都不得志，只能写些困窘者的诗，通过虫鱼鸟兽之类发点羁旅愁苦的感叹呢？世人只是喜欢他的诗写得工巧雅致，却不知道他已经困苦很久了，而且快要老死了，岂不是很可惜？

圣俞的诗很多，却不肯自己收集整理。他的内侄谢景初担心这些诗因数目多而遗失，就将他从洛阳到吴兴以来的诗作分编为十卷。我很喜欢圣俞的诗，一直担心得不到他的全部作品，庆幸现在突然得到谢氏分编的诗集，所以就作了这篇序，并把这部书珍藏起来。

从那以后，十五年过去了，圣俞因病死于京城，我失声痛哭，并为他作了墓志铭。我又向他家里求索到他的遗作千余篇，加上原来珍藏的旧作，从中选摘了六百七十七篇，编为十五卷。唉！我对梅圣俞的诗作，过去已经评论得很详细了，所以就不再重复了。

庐陵欧阳修作此序。

送杨寘序

【题解】

欧阳修的朋友杨寘，怀才不遇，屡试不第，后来还是由"恩荫"才获得偏远地方的一个小小官职，但他又体弱多病，很难适应那里的风俗饮食。当他赴任时，欧阳修以真挚的友情送给他一张琴，并写了这篇序。序中着力描写琴声陶冶情感的力量，以自己弹琴疗疾的体会，劝慰杨寘用弹琴来寄托情怀，排遣愁绪，去战胜恶劣的环境，度过异乡的艰难岁月。文章写得含蓄真切，对琴声的描写形象生动，带有浓厚的感情色彩。

【原文】

予尝有幽忧之疾，退而闲居，不能治也。既而学琴于友人孙道滋[1]，受宫声数引，久而乐之，不知其疾之在其体也。夫疾，生乎忧者也。药之毒者，能攻其疾之聚，不若声之至者，能和其心之所不平。心而平，不和者和，则疾之忘也宜哉。

夫琴之为技小矣，及其至也，大者为宫，细者为羽，操弦骤作，忽然变之，急者凄然以促，缓者舒然以和。如崩崖裂石，高山出泉，而风雨夜至也。如怨夫寡妇之叹息，雌雄雍雍之相鸣也。其忧深思远，则舜与文王、孔子之遗音也[2]；悲愁感愤，则伯奇孤子、屈原忠臣之所叹也[3]。喜怒哀乐，动人必深。而纯古淡泊，与夫尧舜三代之言语、孔子之文章、《易》之忧患、《诗》之怨刺无以异。其能听之以耳，应之以手。取其和者，道其堙郁，写其幽思，则感人之际，亦有至者焉。

予友杨君，好学有文，累以进士举，不得志。及从荫调，为尉于剑浦[4]，区区在东南数千里外，是其心固有不平者。且少又多疾，而南方少医药，风俗饮食异宜。以多疾之体，有不平之心，居异宜之俗，其能郁郁以久乎？然欲平其心以养其疾，于琴亦将有得焉。故予作《琴说》以赠其行，且邀道滋酌酒，进琴以为别。

【注释】

〔1〕孙道滋：作者友人，善琴，生平不详。

〔2〕舜：又称虞舜，传说中的古代贤君，曾作五弦琴，歌南风。文王：周文王姬昌，被殷纣王拘禁，作琴曲《拘幽操》。孔子：孔丘，字仲尼，春秋时思想家，曾向师襄学琴，作曲《龟山操》。

〔3〕伯奇：周宣王大臣尹吉甫之子，母死，遭后母谗言被

逐，弹琴作《履霜操》，自尽。屈原：名平，战国时楚人，被谗逐，作《离骚》，投汨罗江死。

〔4〕剑浦：在今福建南平。

【译文】

我曾经患过忧郁病，退职闲居静养，总是治不好。后来跟友人孙道滋学琴，学了宫调式和几首乐曲，久而久之，乐在其中，也就不觉得疾病在身了。疾病很多是因为郁闷产生的。药物凭借强烈的药性，能治疗积聚的重病，不如乐声传到内心，能使内心压抑的情绪变得平和。心境平和了，原本不平的郁结都解开了，那么，把疾病遗忘也就是顺理成章的事了。

弹琴是一种小技艺，等到学到了很高深的地步，大的为宫音，细小的为羽音，按着弦一下子弹起来，忽然音调随着感情而改变，急的因声音凄切而急促，缓的因声音舒畅而和谐，好像山崖崩塌、岩石碎裂，高山上泉水潺潺流出，狂风暴雨在夜晚降临；又如同怨愁的男人、独居的寡妇发出的叹息，雌雄成对的鸟儿鸣叫相和。琴所表现的忧愁之深、思念之远，简直是舜帝与周文王、孔子所留下来的声音；表现的悲愁感慨愤怒，简直是孤子伯奇、忠臣屈原所发出的叹息之音。喜怒哀乐的情感，一定能深刻地感动人。而纯正古雅、朴实淡泊之气，与尧、舜、禹三代时的言语，孔子的文章，《易经》的忧患，《诗经》的怨愤讽刺，没有什么不同的。如果能听在耳里，感应在手上，取其和谐音调，抒发其胸中的郁闷，泄出其心中的幽思之情，那么它在感动人的时候，也能使人悟得人生的真谛。

我的朋友杨寘君，非常好学，并作得一手好文章，但屡次去考进士，在科场都不能如意。后来他靠祖上的庇荫，在剑浦做一个县尉。那是东南数千里外的一个小地方，所以他的内心愤愤不平。他从小就体弱多病，而南方缺医少药，风俗饮食同中原也有很大差异。他以多病的身体、愤愤不平的内心，居住在风俗饮食相异的地方，哪里能够长久呢？然而想要平定安抚他的内心，静养他的病，只有使他在弹琴中得到益处。所以我写了这篇说琴的文章为他送行，并且邀请了孙道滋来饮酒，赠一张琴为他送别。

新五代史·伶官传序

【题解】

《新五代史》是欧阳修编撰的一本史书，记载了自后梁（907）始，经后唐、后晋、后汉至后周显德七年（960）共五十三年的历史。《伶官传》记载了后唐庄宗李存勖宠幸伶官，沉溺酒色，最后死于兵变的史实。这篇序便是对此而发的议论。作者通过对后唐盛衰过程的分析，总结出"忧劳可以兴国，逸豫可以亡身"的历史教训，强调了"人事"对国家兴亡所起的重要作用。文章叙事、说理紧密结合，反复运用盛衰对比、欲扬先抑的手法，有较强的说服力。

【原文】

呜呼！盛衰之理，虽曰天命，岂非人事哉？原庄宗之所以得天下[1]，与其所以失之者，可以知之矣。

世言晋王之将终也[2]，以三矢赐庄宗而告之曰：“梁，吾仇也[3]；燕王，吾所立[4]；契丹，与吾约为兄弟[5]，而皆背晋以归梁。此三者，吾遗恨也。与尔三矢，尔其无忘乃父之志！”庄宗受而藏之于庙。其后用兵，则遣从事以一少牢告庙，请其矢，盛以锦囊，负而前驱，及凯旋而纳之。

方其系燕父子以组[6]，函梁君臣之首[7]，入于太庙，还矢先王，而告以成功，其意气之盛，可谓壮哉！及仇雠已灭，天下已定，一夫夜呼，乱者四应，仓皇东出，未及见贼而士卒离散，君臣相顾，不知所归，至于誓天断发，泣下沾襟[8]，何其衰也！岂得之难而失之易欤？抑本其成败之迹，而皆自于人欤？

《书》曰：“满招损，谦受益。”忧劳可以兴国，逸豫可以亡身，自然之理也。故方其盛也，举天下之豪杰，莫能与之争；及其衰也，数十伶人困之，而身死国灭[9]，为天下笑。夫祸患常积于忽微，而智勇多困于所溺，岂独伶人也哉！作《伶官传》。

【注释】

〔1〕庄宗：李存勖消灭后梁，建立后唐，自立为皇帝，是为庄宗。

〔2〕晋王：指庄宗之父李克用，本为沙陀部族首领，因助唐镇压黄巢起义有功，被封为晋王。

〔3〕梁，吾仇也：梁太祖朱全忠曾在上源驿宴请李克用，阴谋放火将李烧死，未成，结怨。

〔4〕燕王，吾所立：刘仁恭，得李克用之助，崛起于燕，后投靠朱温，自封燕王。

〔5〕契丹，与吾约为兄弟：辽太祖耶律阿保机曾与李克用约为兄弟，共同攻梁。

〔6〕系燕父子以组：后梁乾化元年（911），刘仁恭之子刘守光自称大燕皇帝，李存勖攻燕，至乾化三年灭之，燕王父子被擒。

〔7〕函梁君臣之首：后梁龙德三年（923），李存勖攻梁，梁末帝朱友贞被其部将皇甫麟杀死，麟亦自杀，梁亡。

〔8〕一夫夜呼……泣下沾襟：后唐同光四年（926），一介武夫皇甫晖拥兵作乱，攻入邺都（今河南安阳），庄宗派李嗣源平乱，李嗣源到邺都后亦叛，引兵攻洛阳，庄宗仓皇东出，逃往汴州（今河南开封），诸军离散，狼狈不堪，仅亲信百余人拔刀断发，表示誓死效忠，君臣相对哭泣。

〔9〕数十伶人困之，而身死国灭：庄宗灭梁后，纵情声色，宠信伶人。同光四年，伶人郭从谦作乱，庄宗中流矢死。

【译文】

唉！历代兴亡盛衰的道理，虽然说是天命，难道不也是人为的原因吗？考证唐庄宗李存勖之所以得到天下与其所以失去天下的原因后，就可以知道了。

世人都说庄宗之父晋王李克用临死的时候，把三支箭赐给庄宗，告诉他说："梁国是我的仇敌，燕王是我亲手扶立起来的，契丹与我结为兄弟，但他们都背叛

李存勖

了晋而归附了梁国。这三件事是我的遗恨，给你三支箭，你一定不要忘记父亲的志向！"庄宗接受了箭，把它们珍藏在宗庙里。后来逢到用兵打仗，就派遣主事的人，用一只羊祷告于太庙，祭告祖先，请出三支珍藏的箭放在锦囊之中，背负上锦囊作为大军的先导。等到大军凯旋，仍然恭敬地把箭珍藏于宗庙。

当庄宗把燕王父子用绳子捆缚起来，把梁国君臣的首级装在木匣中，贡献在太庙里，缴还先王李克用的三支箭，敬告列祖列宗大功告成的时候，那种精神气概可以说是很雄壮的了！到了仇敌已经消灭，天下已经平定之际，一个人夜间大声呼喊，作乱的人就四方响应，庄宗仓皇起来向东逃去，还没有见到贼人，士卒就纷纷离开散去。君王臣子面面相觑，不知奔到何处，甚至对天发誓，割下头发，眼泪掉下来沾湿了衣襟，这时是多么衰弱颓败呀！难道真是得天下艰难，失天下容易吗？或者说追究庄宗成功与失败的事迹，都是出自人为的原因吗？

《尚书》上说："骄傲自满招致损失，谦虚谨慎得到利益。"忧虑辛劳可以兴盛国家，安逸享乐可以伤害身体，这是自然的道理。所以在他兴盛的时候，天下所有的豪杰都不能和他争雄；到他衰败时，几十个伶人围困他，就能把他杀死，后唐从此灭亡，成为天下人的笑柄。凡是祸患，常常积累于细微的事情，而智勇的人，多困陷于他所沉迷的事物之中，难道只有宠幸伶人才会这样吗？于是作《伶官传》。

相州昼锦堂记

【题解】

古人把富贵而归故乡，比作白昼穿锦，无比荣耀。韩琦功绩显赫，名重一时，却不以威风排场为荣，而志在"德被生民而功施社稷"，为此，韩琦在回家乡担任知州时特建"昼锦堂"，以表心态。对此，欧阳修极为赞叹，他在本文中围绕"昼锦"二字层层发挥，用苏秦、朱买臣等炫耀富贵的庸俗行为做陪衬，盛赞韩琦不同凡俗的品行与心态。

【原文】

仕宦而至将相，富贵而归故乡，此人情之所荣，而今昔之所同也。

盖士方穷时，困厄闾里，庸人孺子皆得易而侮之。若季子不礼于其嫂[1]，买臣见弃于其妻[2]。一旦高车驷马，旗旄导前而骑卒拥后，夹道之人，相与骈肩累迹，瞻望咨嗟；而所谓庸夫愚妇者，奔走骇汗，羞愧俯伏，以自悔罪于车尘马足之间。此一介之士，得志于当时，而意气之盛，昔人比之衣锦之荣者也。

惟大丞相魏国公则不然[3]。公，相人也，世有令德，为时名卿。自公少时，已擢高科，登显仕。海内之士闻下风而望余光者，盖亦有年矣。所谓将相而富贵，皆公所宜素有；非如穷厄之人侥幸得志于一时，出于庸夫愚妇之不意，以惊骇而夸耀之也。然则高牙大纛，不足为公荣；桓圭衮裳，不足为公贵。惟德被生民而功施社稷，勒之金石，播之声诗，以耀后世而垂无穷，此公之志，而士亦以此望于公也。岂止夸一时而荣一乡哉！

公在至和中[4]，尝以武康之节来治于相[5]，乃作昼锦之堂于后圃[6]。既又刻诗于石，以遗相人。其言以快恩仇、矜名誉为可薄，盖不以昔人所夸者为荣，而以为戒。于此见公之视富贵为何如，而其志岂易量哉！故能出入将相，勤劳王家，而夷险一节。至于临大事，决大议，垂绅正笏，不动声色，而措天下于泰山之安，可谓社稷之臣矣！其丰功盛烈，所以铭彝鼎而被弦歌者，乃邦家之光，非闾里之荣也。

余虽不获登公之堂，幸尝窃诵公之诗，乐公之志有成，而喜为天下道也。于是乎书。

【注释】

[1]季子：苏秦，字季子，战国时著名政治家，游说秦惠王不成，狼狈回家，嫂不为炊。后佩六国相印，路过家乡，其嫂跪迎。

[2]买臣：朱买臣，西汉吴人，家贫，砍柴为生，不忘读

书，其妻不耐贫苦，离婚另嫁。买臣后任会稽太守，回乡时，故妻羞愧自缢。

〔3〕大丞相魏国公：韩琦，字稚圭，北宋相州人，二十岁中进士，累官至宰相，历佐仁宗、英宗、神宗三朝，封魏国公，卒谥忠献。

〔4〕至和：宋仁宗年号（1054—1056）。

〔5〕武康之节：韩琦曾任武康军节度使知并州（山西太原）。

〔6〕昼锦之堂：项羽曾说："富贵不归故乡，如衣锦夜行。"韩琦知相州，为其故乡，因而改夜为昼，以"昼锦"名堂，以示荣耀。

【译文】

为官做到将军宰相，富贵了荣归故乡，这是人情所向往荣耀的事，在过去和现在都是相同的。

大概读书的士人在失意的时候，在乡里艰难困苦，就连没有见识的常人和儿童都轻视他，欺侮他。如战国时苏秦，其嫂子不以礼相待；汉朝的朱买臣，其妻因他贫穷离弃而去。士人一旦做了官，坐着四匹马拉的华贵车子，仪仗旗帜为前导开路，骑士兵卒簇拥在后，沿途百姓夹道观看，相互并肩比足，瞻望着，叹息羡慕。而那些被称为庸夫愚妇的人，东奔西走，惊恐得汗流浃背，羞愧得俯伏在地上，在车尘马足之间暗自悔罪。这是一个士人得志后盛气逼人的阵势，过去的人将其比作衣锦荣归。

只有大丞相魏国公韩琦不是那样。公是相州人，世代都有美好的德行，祖上是当时有名的公卿。公在少年的时候，就已经高中科第，做了显耀的大官。海内的士人，闻风下拜，瞻仰他的风采，也有很多年了。所谓的出将入相尊荣富贵，都是公所应当有的，并非像那些穷困的人，侥幸而一时得

苏秦

志，出于庸夫愚妇意料之外，以此夸耀于世间。如此说来，仪仗中的高大旗帜，不足以当作公的荣耀；朝廷中地位最尊贵的三公（司徒、司马、司空）手执的桓圭和礼服衮裳，不足以当作公的尊贵。只有把恩德施于百姓，有功于国家，将功绩刻在金石上，赞美的诗歌传遍天下，以光耀后世直至无穷，才是公的志向，而天下的士人也因此仰望魏公，岂止夸耀于一时而荣耀于一乡呢？

公在仁宗至和年间，曾经以武康节度使的身份做相州知州，当时便在后花园中修建了昼锦堂。后来又刻诗于石上，以留传给相州的百姓观看。诗中鄙视那些计较恩仇、夸耀浮名声誉的行为，不以过去的人所夸耀的事为光荣，反而引以为戒。以此可知公是怎样看待荣华富贵的，而公远大的志向岂是可以度量的？所以公能出将入相，为君王效力，不管天下太平与动乱，都是一样。面临国家疑难大事，果断地做出决议，垂下袍服的带子，双手执正了笏板，不动声色，将天下治理得稳如泰山，可说是以一己之身关系天下安危的大臣了！公的伟业丰功，因而被刻在彝鼎上，谱在弦歌中，这是国家的光荣，而不止一乡一里的荣耀。

我虽然没有登上公的庭堂，但有幸曾经私下诵读过公的诗文，为公的志向得以实现而快乐，并且欣然向天下人讲述公的事迹，于是写了这篇文章。

丰乐亭记

【题解】

丰乐亭位于安徽滁州丰山北麓，是欧阳修被贬到滁州后建造的，这篇文章写于此亭建成之时。文章的主旨是歌颂宋王朝统一中国，结束战乱，使人民能休养生息

的功德。文章运用今昔对比的手法，既描述此时滁州山高水清、民乐岁丰，又回顾百年前这里战乱的往事，在记叙中反复抒发感慨，写得很有感情。

【原文】

修既治滁之明年，夏，始饮滁水而甘。问诸滁人，得于州南百步之近。其上则丰山[1]，耸然而特立；下则幽谷，窈然而深藏；中有清泉，滃然而仰出。俯仰左右，顾而乐之。于是疏泉凿石，辟地以为亭，而与滁人往游其间。

滁于五代干戈之际，用武之地也。昔太祖皇帝[2]，尝以周师破李景兵十五万于清流山下，生擒其将皇甫晖、姚凤于滁东门之外，遂以平滁。修尝考其山川，按其图记，升高以望清流之关，欲求晖、凤就擒之所，而故老皆无在者。盖天下之平久矣。自唐失其政，海内分裂，豪杰并起而争，所在为敌国者，何可胜数？及宋受天命，圣人出而四海一。向之凭恃险阻，划削消磨。百年之间，漠然徒见山高而水清。欲问其事，而遗老尽矣。

今滁介于江淮之间，舟车商贾、四方宾客之所不至；民生不见外事，而安于畎亩衣食，以乐生送死。而孰知上之功德，休养生息，涵煦百年之深也！

修之来此，乐其地僻而事简，又爱其俗之安闲。既得斯泉于山谷之间，乃日与滁人仰而望山，俯而听泉。掇幽芳而荫乔木，风霜冰雪，刻露清秀，四时之景，无不可爱。又幸其民乐其岁物之丰成，而喜与予游也。因为本其山川，道其风俗之美，使民知所以安此丰年之乐者，幸生无事之时也。

夫宣上恩德，以与民共乐，刺史之事也。遂书以名其亭焉。

庆历丙戌六月日，右正言、知制诰、知滁州军州事欧阳修记。

【注释】

〔1〕丰山：在今安徽滁州西。

〔2〕太祖皇帝：指宋朝开国皇帝赵匡胤，本是周世宗的部将，曾奉命率周师攻南唐属地滁州。南唐元宗李璟命其将皇甫晖、姚凤守滁州。两军在滁州城西南的清流山下交战，唐兵败，周遂平滁。

【译文】

欧阳修治理滁州的第二年夏天，才发现滁州的水味道非常甘甜。于是去问滁人泉水的发源地，后在州城南百步之近的地方找到了泉水，泉水之上是高高耸立的丰山，下面是深远潜藏的幽谷，中间有清泉涌出，我上下左右观看，心旷神怡。于是开凿石头，疏通泉流，整平地面，建造了一个亭子，与滁州百姓在此地游乐。

滁州这个地方，在五代战乱的时候，是兵家必争的用武之地。过去宋太祖皇帝赵匡胤，曾经率领后周军队，于清流关山下大破南唐中主李璟的军队十五万人，活捉南唐军将领皇甫晖、姚凤于滁州东门之外，从而平定了滁州。修曾经考察过滁州的山川地理，按照滁州地图，登上高处瞭望清流关，想找到皇甫晖、姚凤被擒的地方，但是当地经历过此事的老人都去世了，一个也没有找到。大概天下太平的时间已很久了。自从唐朝末年政治腐败，海内分崩离乱，英雄豪杰四起相争，到处都是敌对的政权，简直数不过来。到了大宋朝承受天命，圣人出世而四海统一，一向凭借地势险要的割据都被削平消灭掉了。一百多年间，战乱的痕迹都不见了，只见到山高水清，山川依旧。想问以前的事，而遗老都不在人世了。

现在的滁州介于长江、淮河之间，是船只车马、商贾行贩、四方宾客都不到的地方，百姓看不到外面的事情，却安逸舒畅地耕种田地，取得衣食，愉快地生活并老死于此。哪里知道这是皇上的恩泽，让百姓休养生息，生儿育女，世代相传，已有百年之久呢！

我来到滁州，很喜欢此地偏僻，诸事简单，又爱民风民俗的安闲舒逸。既然于山谷之间得到了泉水，就每天和滁人向上仰望高山，向下听泉水的声音。春天采摘幽香的花草，夏天在高大的树木下乘荫凉。秋天可以体验风霜，冬天可以观赏冰雪，（一年之中）都呈现出美丽清秀，四时的景致，没有不可爱的。幸运的是当地百姓因年成好而高兴，喜欢和我一道游乐。所以我依据这里的山川地形，道说其风俗的淳朴，使百姓知道之所以能安享丰年的快乐，是因为有幸生在太平无事的年月。

宣扬皇上的恩德，以此与百姓共享快乐，是刺史本职的事情，遂写这篇文章来记载并命名这个亭子。

庆历丙戌六月日，右正言、知制诰、知滁州军州事欧阳修记。

醉翁亭记

【题解】

本文是欧阳修被贬为滁州太守后写的一篇近于赋体的山水游记。作者以精练、生动的语言，描述了自己与游客在醉翁亭中开怀畅饮的欢快情景，以及亭外变化多姿的自然风光，表达了"与民同乐"的思想情怀。

【原文】

环滁皆山也。其西南诸峰，林壑尤美。望之蔚然而深秀者，琅琊也[1]。山行六七里，渐闻水声潺

潺，而泻出于两峰之间者，酿泉也。峰回路转，有亭翼然临于泉上者，醉翁亭也。作亭者谁？山之僧智仙也。名之者谁？太守自谓也。太守与客来饮于此，饮少辄醉，而年又最高，故自号曰醉翁也[2]。醉翁之意不在酒，在乎山水之间也。山水之乐，得之心而寓之酒也。

若夫日出而林霏开，云归而岩穴暝，晦明变化者，山间之朝暮也。野芳发而幽香，佳木秀而繁阴，风霜高洁，水落而石出者，山间之四时也。朝而往，暮而归，四时之景不同，而乐亦无穷也。

至于负者歌于途，行者休于树，前者呼，后者应，伛偻提携，往来而不绝者，滁人游也。临溪而渔，溪深而鱼肥；酿泉为酒，泉香而酒洌；山肴野蔌，杂然而前陈者，太守宴也。宴酣之乐，非丝非竹，射者中，奕者胜，觥筹交错，起坐而喧哗者，众宾欢也。苍颜白发，颓然乎其间者，太守醉也。

已而夕阳在山，人影散乱，太守归而宾客从也。树林阴翳，鸣声上下，游人去而禽鸟乐也。然而禽鸟知山林之乐，而不知人之乐；人知从太守游而乐，而不知太守之乐其乐也。醉能同其乐，醒能述以文者，太守也。太守谓谁？庐陵欧阳修也[3]。

【注释】

〔1〕琅琊：山名，在今安徽滁州西南，相传东晋琅琊王司马睿曾避难于此，故名。

〔2〕醉翁：欧阳修别号，其《题滁州醉翁亭》诗说："四十未为老，醉翁偶题篇。醉中遗万物，岂复记吾年。"在《赠沈遵》中又说："我时四十犹强力，自号醉翁聊戏客。"反映了他遭贬来到滁州后的愤懑心情。

〔3〕庐陵：郡名，东汉置，宋改名吉州（今江西）。欧阳修为吉州吉水（今江西吉安）人，其先代为庐陵大族，故自称如此。

【译文】

　　滁州城的四面被山环绕着。城西南的许多山峰，树林壑谷尤其美丽。远远望去草木茂盛而深秀的地方，是琅琊山。沿着山路行走六七里，渐渐听到水声潺潺，从两个山峰之间泻出水流，即是酿泉。山峰回环，山路随着旋转，有一个亭子像鸟儿张开的翅膀一样，建在泉水之上，这就是醉翁亭。修造亭子的是谁？是山中的和尚智仙。为亭子命名的是谁？是太守自己。太守与众宾客来此地设宴饮酒，往往喝了少量的酒就醉了，而太守的年纪又最大，所以自号为"醉翁"。醉翁的本意并不在酒，在于山水之间。游山玩水的快乐，在心灵中得到感受，而寄寓于饮酒之中。

　　等到太阳升起，林中的雾气散开；白云飘来，山里的幽谷和岩洞便黑暗了，阴暗与明亮交替变化：这是山间的早晨和晚上。野花开放，发出阵阵幽香；佳木深秀，枝叶繁盛而有庇荫；风霜高而洁净；泉水落下而岩石现出：这是山间四时的景色。早晨出游，夜晚回家，春夏秋冬四时的景致不同，而乐趣也是无穷无尽的。

　　至于背负东西的人在路上边走边唱歌，行路的人在树下休息，前面的人呼喊，后面的人答应，老年人弯着腰走，小孩由大人挽扶着，来来往往不绝的，是滁人在游乐。面临着溪水钓鱼，溪水幽深而鱼儿肥大；以酿泉的水造酒，泉水清香而酒味清醇；把山里出产的野兽、蔬菜做成菜肴，交错着在桌上陈列，是太守设的宴席。酒宴酣畅的乐趣，不在于弹奏琴瑟、吹奏箫笛。玩投壶游戏，有人把箭投进了壶中；下起围棋，有人取胜；行起酒令，酒杯酒筹交错。有人坐着，有人立起，一片喧哗声，这就是众宾客欢乐的情景。容颜苍老，满头白发，倒伏在中间，这是太守吃酒醉了。

　　不久夕阳快要落山，人的影子凌乱四散，太守归去而宾客相从。树林浓密遮蔽成荫，鸟儿上上下下鸣叫，游人已离去而禽鸟在快乐地歌唱。然而禽鸟只知道山林中的快乐，而不知道人的快乐；滁人只知道跟着太守游玩的快乐，而不知道太守也以他们的快乐为快乐啊。醉酒时能和大家一起快乐，酒醒时能写文章记述此事的，是太守。太守是谁？就是江西庐陵的欧阳修。

秋声赋

【题解】

　　肃杀的秋景，常常是古代文人借以抒写感伤、惆怅心情的题材，《秋声赋》正是这一类作品的代表。作者把秋色写得可见可闻，由秋风的来临，联想到万物的凋零，继而联想到人生的易老，抒发出对于世事艰难、人生坎坷的感慨。本文写景、抒情、叙事、议论浑然一体，在句法上，整齐而富于变化，参差而不散乱，并善用独白来表达思想感情的波折与自我解脱，体现了散文赋的重要特点。

【原文】

　　欧阳子方夜读书，闻有声自西南来者，悚然而听之，曰："异哉！"初淅沥以萧飒，忽奔腾而砰湃，如波涛夜惊，风雨骤至。其触于物也，铮铮铮铮，金铁皆鸣；又如赴敌之兵，衔枚疾走，不闻号令，但闻人马之行声。予谓童子："此何声也？汝出视之。"童子曰："星月皎洁，明河在天，四无人声，声在树间。"

　　予曰："噫嘻，悲哉！此秋声也，胡为乎来哉？盖夫秋之为状也，其色惨淡，烟霏云敛；其容清明，天高日晶；其气栗冽，砭人肌骨；其意萧条，山川寂寥。故其为声也，凄凄切切，呼号奋发。丰草绿缛而争茂，佳木葱茏而可悦；草拂之而色变，木遭之而叶脱。其所以摧败零落者，乃其一气之余烈。

　　"夫秋，刑官也，于时为阴[1]；又兵象也[2]，于行为金[3]。是谓天地之义气[4]，常以肃杀而为心。天之于物，春生秋实，故其在乐也，商声主西方之音[5]，夷则为七月之律[6]。商，伤也，物既老而悲伤；夷，戮也，物过盛而当杀。

　　"嗟夫！草木无情，有时飘零。人为动物，惟物之灵；百忧感其心，万事劳其形；有动于中，必摇其精。而况思其力之所不及，忧其智之所不能！宜其渥然丹者为槁木，黟然黑者为星星。奈何以非金石之质，欲与草木而争荣？念谁为之戕贼，亦何恨乎秋声？"

　　童子莫对，垂头而睡。但闻四壁虫声唧唧，如助予之叹息。

【注释】

〔1〕"夫秋……为阴"：周朝以天、地、春、夏、秋、冬作为官名，秋官大司寇，掌管刑法。古人又以春夏为阳，秋冬为阴。春为阳中，万物以生；秋为阴中，万物以成。

〔2〕兵象：古代征伐多在秋季，故秋为兵象。

〔3〕于行为金：古人以金、木、水、火、土五行分属四季，秋季属金。

〔4〕义气：指寒凝之气。出自《礼记·乡饮酒义》，"天地严凝之气，始于西南，而盛于西北，此天地之尊严气也，此天地之义气也"。

〔5〕商声主西方之音：古人以五声（宫商角微羽）和四季相配，商为秋声。又以四方（东南西北）和四季相配，秋为西方。

〔6〕夷则：古人以十二律（黄钟、大吕、太簇、夹钟、姑洗、中吕、蕤宾、林钟、夷则、南吕、无射、应钟）和十二月相配，夷则为七月。

【译文】

欧阳子正在夜间读书，只听到有声音从西南方传来，惊恐地去听，说道："奇怪得很啊！"开始像淅淅沥沥的雨声，其中还夹杂着萧瑟的风声，后来又忽然如波浪奔腾汹涌，像是夜间的惊涛骇浪，暴风雨骤然而至。接触在物体之上，发出铁铁铮铮的声音，犹如铜铁金属相击的声音；又好像出发去和敌人打仗的兵士，嘴里衔着竹枚快速行走，听不到号令，只听得人和马的行走之声。我对书童说道："这是什么声音？你出去看一看。"书童返回来告诉我："明月星光皎洁，银河横在天上，四处没有人声，声音是从树木之间发出的。"

我说："哎呀！可悲哪！这是秋天的声音，它为什么来的呢？秋天的形状，它的颜色惨淡，烟气云气收敛；它的容色清明，天高而日光明亮；它的气候阴冷，刺人肌骨；它的意象萧条，山川冷清寥廓。所以它的声音凄凄切切，呼号声奋起。野草繁盛争荣，佳木郁郁葱葱，本十分可爱，然而秋风一到，拂过花草，花草的颜色就要改变，拂过树木，树木的叶子就要脱落。其之所以能使草木摧折败坏，是因为肃杀秋气的余威。

"秋天，是代表刑罚的官职，性质属阴；它是用兵之象，在五行上为金。这就是所谓的天地肃杀之气，经常以摧残杀死万物为本意。上天对于万物，春天萌生，秋天结出果实。所以在音乐方面，秋天为五音中的商声，商声是西方的音律，七月的律令是一年十二律令中的夷则之律。商声，是悲伤的意思，万物渐渐老去，接近死亡，使人悲伤；夷，是杀戮的意思，万物过了繁盛期，就会遭遇杀戮摧折。

"唉！草木无情，不时飘零沦落，人是一种动物，是万物中最有灵性的。千百种忧虑感动他的心，万般事务劳累他的形体。凡是能感动他的，必定会动摇他的精神。何况还要思考自己的力量办不到的事情，忧虑自己的智力不能解决的问题！于是满面红光的容貌，忽然变成了枯木一般，如漆一般光亮的黑发，忽然变得雪白。奈何并非金石质的形体，怎么能与草木争一日之荣？仔细思量自己到底被什么伤害摧残，又何必怨恨这秋天的声音呢？"

童子没有应答，已经低头睡着了。只听见四壁秋虫唧唧鸣叫，好像在呼应我的叹息声。

祭石曼卿文

【题解】

这是作者为悼念诗友石曼卿而作的一篇祭文。作者避免了一般祭文的呆板格式，内容不是为死者做平生概括，而是通过三呼曼卿，先称赞其声名不朽，再写其死后凄凉，特别是渲染墓地的悲凉景象，表达出作者对死者强烈的哀悼之情。文章大体押韵，句式灵活，情调凄婉，体现出作者真挚的感情。

【原文】

维治平四年[1]，七月日，具官欧阳修[2]，谨遣尚书都省令史李敡，至于太清[3]，以清酌庶羞之奠，致祭于亡友曼卿之墓下，而吊之以文，曰：

呜呼曼卿！生而为英，死而为灵。其同乎万物生死，而复归于无物者，暂聚之形；不与万物共尽，而卓然其不朽者，后世之名。此自古圣贤，莫不皆然，而著在简册者，昭如日星。

呜呼曼卿！吾不见子久矣，犹能仿佛子之平生。其轩昂磊落，突兀峥嵘，而埋藏于地下者，意其不化为朽壤，而为金玉之精。不然，生长松之千尺，产灵芝而九茎。奈何荒烟野蔓，荆棘纵横，风凄露下，走磷飞萤！但见牧童樵叟，歌吟而上下，与夫惊禽骇兽，悲鸣踯躅而咿嘤。今固如此，更千秋而万岁兮，安知其不穴藏狐貉与鼯鼪？此自古圣贤亦皆然兮，独不见夫累累乎旷野与荒城？

呜呼曼卿！盛衰之理，吾固知其如此，而感念畴昔，悲凉凄怆，不觉临风而陨涕者，有愧乎太上之忘情。尚飨！

【注释】

〔1〕治平：宋英宗年号（1064—1067）。

〔2〕具官：唐宋以来，公文函牍的底稿上，常将应写明的官爵品位简写为具官。

〔3〕太清：石曼卿的故乡，在今河南商丘东南。曼卿死后就葬在那里。

【译文】

在英宗治平四年七月某日，欧阳修差遣尚书都省令史李敭到太清，以清酒和各种美味的菜肴做奠仪，致祭于亡友石曼卿的墓前，并作一篇文章吊祭说：

曼卿呀！你在世时是英雄，死后成为神灵。同万物一道生死，最后又回归到无物的地方的，是暂时相聚的形体；不与万物一道灭亡，卓越挺立，永垂不朽的，是流传后世的英名。从古至今的圣贤们，没有不是如此的，那些留名于史册的姓名，像日月星辰一样明亮。

曼卿呀！我已经很久没有看见你了，还能依稀记得你生前的容貌。你气宇轩昂，光明磊落，品格超凡，意气峥嵘，虽然埋藏在地下，想来不会腐朽化为泥土，而会变成金玉的精华。如果不是这样，此地为什么会生长着高达千尺的松树，出产有九根茎的灵芝草？无奈荒烟野草，藤蔓缠绕，荆棘纵横；风雨凄凉，霜露下降；磷火飘动，飞萤明灭；只见牧童与老樵夫唱着山歌，上上下下；惊恐的飞禽与害怕的野兽，前后徘徊，发出悲切的鸣叫声。今天已经是这样，再过了千秋万岁，怎知道不会有狐狸、貉子、鼯鼠和黄鼠狼在此挖洞藏身？而自古以来，连圣贤都要遭遇这种情形，难道没看到远方那累累相连的旷野和荒城吗？

曼卿呀！古今盛衰的道理，我本来就知道是这样的，而思念从前的情景，越发悲凉凄惨，不觉要临风流泪，想来自己远没有达到古代圣贤那种忘情的境地，很惭愧。希望你能够来享用这祭礼！

泷冈阡表

【题解】

泷冈在今江西永丰的凤凰山，欧阳修的父亲死后就埋葬在这里，本文是欧阳修在他父亲死后六十年所作的墓表。在表文中，作者盛赞父亲的孝顺与仁厚，母亲的俭约与安于贫贱。本文言辞清新质朴，率意写出，用具体的琐事、琐谈，表现父母生前的美德，不尚空泛的溢美之词，这深刻影响到了明代归有光的家庭纪事小品。

【原文】

呜呼！惟我皇考崇公[1]，卜吉于泷冈之六十年，其子修，始克表于其阡。非敢缓也，盖有待也。

修不幸，生四岁而孤。太夫人守节自誓，居穷，自力于衣食，以长以教，俾至于成人。太夫人告之曰："汝父为吏廉，而好施与，喜宾客。其俸禄虽薄，常不使有余，曰：'毋以是为我累！'故其亡也，无一瓦之覆，一垄之植，以庇而为生。吾何恃而能自守耶？吾于汝父，知其一二，以有待于汝也。自吾为汝家妇，不及事吾姑，然知汝父之能养也。汝孤而幼，吾不能知汝之必有立，然知汝父之必将有后也。吾之始归也，汝父免于母丧方逾年。岁时祭祀，则必涕泣曰：'祭而丰，不如养之薄也。'间御酒食，则又涕泣曰：'昔常不足，而今有余，其何及也！'吾始一二见之，以为新免于丧适然耳。既而其后常然，至其终身，未尝不然。吾虽不及事姑，而以此知汝父之能养也。汝父为吏，尝夜烛治官书，屡废而叹。吾问之，则曰：'此死狱也，我求其生不得耳！'吾曰：'生可求乎？'曰：'求其生而不得，则死者与我皆无恨也；矧求而有得邪！以其有得，则知不求而死者有恨也。夫常求其生，犹失之死，而世常求其死也。'回顾乳者

抱汝而立于旁，因指而叹曰：'术者谓我岁行在戌将死。使其言
然，吾不及见儿之立也，后当以我语告之。'其平居教他子弟，
常用此语，吾耳熟焉，故能详也。其施于外事，吾不能知；其居
于家，无所矜饰，而所为如此，是真发于中者邪！呜呼！其心厚
于仁者邪！此吾知汝父之必将有后也。汝其勉之！夫养不必丰，
要于孝；利虽不得博于物，要其心之厚于仁。吾不能教汝，此汝
父之志也。"修泣而志之，不敢忘。

先公少孤力学，咸平三年[2]进士及第，为道州判官，
泗、绵二州推官；又为泰州判官，享年五十有九，葬沙溪
之泷冈[3]。太夫人姓郑氏，考讳德仪，世为江南名族。
太夫人恭俭仁爱而有礼，初封福昌县太君，进封乐安、安
康、彭城三郡太君。自其家少微时，治其家以俭约，其后常不使
过之，曰："吾儿不能苟合于世，俭薄所以居患难也。"其后修
贬夷陵，太夫人言笑自若，曰："汝家故贫贱也，吾处之有素
矣。汝能安之，吾亦安矣。"

自先公之亡二十年，修始得禄而养。又十有二年，列官于
朝，始得赠封其亲。又十年，修为龙图阁直学士、尚书吏部郎
中，留守南京。太夫人以疾终于官舍，享年七十有二。又八年，
修以非才，入副枢密，遂参政事。又七年而罢。自登二府[4]，
天子推恩，褒其三世[5]。盖自嘉祐以来[6]，逢国大庆，必加宠
锡。皇曾祖府君累赠金紫光禄大夫、太师、中书令。曾祖妣累封
楚国太夫人。皇祖府君赠金紫光禄大夫、太师、中书令，兼尚
书令。祖妣累封吴国太夫人。皇考崇公累赠金紫光禄大夫、太
师、中书令，兼尚书令。皇妣累封越国太夫人。今上初郊[7]，
皇考赐爵为崇国公，太夫人进号魏国。

于是小子修泣而言曰："呜呼！为善无不报，而迟速有
时，此理之常也。惟我祖考，积善成德，宜享其隆。虽不克有于
其躬，而赐爵受封，显荣褒大，实有三朝之锡命。是足以表见于

后世，而庇赖其子孙矣。"乃列其世谱，具刻于碑。既又载我皇考崇公之遗训，太夫人之所以教而有待于修者，并揭于阡。俾知夫小子修之德薄能鲜，遭时窃位，而幸全大节，不辱其先者，其来有自。

熙宁三年，岁次庚戌，四月辛酉朔，十有五日乙亥，男推诚、保德、崇仁、翊戴功臣，观文殿学士，特进，行兵部尚书，知青州军州事，兼管内劝农使，充京东东路安抚使，上柱国，乐安郡开国公，食邑四千三百户，食实封一千二百户，修表。

【注释】

〔1〕皇考：旧时对亡父的敬称。崇公：欧阳观因儿子欧阳修当了宰相，被追封为崇国公。

〔2〕咸平：宋真宗年号（998—1003）。

〔3〕沙溪：地名，在今江西永丰凤凰山北。

〔4〕二府：宋以枢密院掌军政，为西府；中书门下掌政务，为东府。合称二府，为最高国务机关。

〔5〕褒其三世：据《宋史·职官志》十赠官：宰相、中书令、侍中、枢密使，并赠三世。

〔6〕嘉祐：宋仁宗年号（1056—1063）。

〔7〕今上：指宋神宗。

【译文】

唉！想我先父崇国公，占卜选择吉地安葬于泷冈以后的六十年，他的儿子欧阳修才能够作了墓表，并刻在碑上竖立于墓道。这并不是敢有意拖延，而是因为有所期待。

我很不幸，生下来四岁，父亲就去世了，太夫人（母亲）发了誓愿守节，家境贫寒，她靠着自己的力量谋取衣食，抚养我，教育我，使我长大成人。太夫人告诉我说："你的父亲做官清廉，喜欢施与别人，又喜爱宾客。他的俸禄虽然微薄，常常没有剩余，可他却说：'不要让金钱连累了我的清白！'所以他去世后，没有留下一间房子、一亩地，让你赖以生活，我依靠什么自守呢？我对你的父亲，大概能知道一二，所以对你有所期待。自从我嫁到你家做媳妇，没有来得及侍奉婆婆，但知道你父亲是很孝敬老人的。你幼年丧父，我不能预料你将来有什么成就，但我相信你父亲一定后继有人。我到你家的时候，你父亲服满你祖母的丧，才过了一年，逢年过节祭祀祖先的时候，必然会哭泣说：'祭祀即使很丰盛，也比不上活着时薄薄地奉养啊！'有时他自己吃着酒食，又哭泣说：'从前常嫌酒食不够，现在有余了，但来不及供养母亲了！'我开始见到一两次，以为他是才服满了丧，偶然有所感慨罢了。但以后他也经常是这样，一直到他去世，没有不如此的。我虽然来不及侍奉婆婆，但从这些事也知道你父亲是孝顺供养你祖母的。你父亲做官，经常在夜里点着蜡烛，审理刑事案卷，屡次发出长长的叹息。我问起原因，他说：'这是要判死刑的案卷，我想放一条生路但办不到！'我说：'生路可以求吗？'他说：'放一条生路而办不到，那么死者和我都没有遗恨。何况去寻求有得到活路的呢？也确实有求一条生路，因而救活一个人的，就知道不去求生路而死者会有遗恨。就这样经常求生路，一不小心，仍旧会处死刑，而世上人常常希望这些人死去。'他回头看看，发现乳娘抱着你站在一旁，因而指着你叹息说：'占卦的人说我在年岁有戌的一年，将会死去。如果占卦人说的话是真的，我就见不到儿子长大成才了，以后你应当把我的话告诉儿子！'他平时在家教育子弟，常常说起此话，我听熟了，所以能详细地说给你听。他在外面办事，我不知道；在家中的时候，没有一点矜持文饰，不摆架子，之所以这样，是因为他是真正发于内心的仁人！唉！他的心地厚道而又注重仁义！这就是我知道你父亲必定后继有人的原因，你也应当勉励自己才对。供养长辈不在于丰厚，而在于孝顺；利益即使不能普及于万物，但也要心地厚道内存仁义。我没有什么可教导你的，这些都是你父亲的心愿。"修哭泣着，牢牢记住，永不敢忘。

先父自少年时便没有了父亲，但能坚持刻苦勤奋学习。他在真宗咸平三年考中进士，出任道州判官，泗、绵二州推官，又继任泰州判官，享年五十九岁，葬在沙溪的泷冈。太夫人姓郑，她父亲名德仪，世代为江南名门大族。太夫人恭顺节俭仁爱知礼，起初封为福昌县太君，又进封乐安、安康、彭城三郡太君。自从家贫时起，她就以节俭治理家务，后来家里过日子也不超过当初的标准，她说："我的儿子不能苟且以迎合世俗人，要俭朴节约，以预备有患难的时候。"后来我被贬官到夷陵，太夫人谈笑自若，说："咱们家原来是贫贱的，我已经过得习惯了。你能安心，我也能安心！"

先父死后二十年，我才得到朝廷的俸禄来奉养太夫人。过了十二年，才位列朝官，使父母获得封赠。又过了十年，我任职龙图阁直学士、尚书吏部郎中，留守南京，这时候太夫人因病逝世于官舍中，享年七十二岁。再过了八年，我这种没有才能的人，竟出任副枢密使，遂参与国家大政要事，又有七年才罢免职务。自从进入中书省、枢密院二府以来，天子推广他的恩德，褒扬我的三代，自嘉祐以来，逢到国家庆贺大典，必定予以宠幸，大加封赏。先曾祖父，累赠金紫光禄大夫、太师、中书令；先曾祖母，累封楚国太夫人。先祖父，累赠金紫光禄大夫、太师、中书令兼尚书令；先祖母，累封吴国太夫人。先父崇国公，累赠金紫光禄大夫、太师、中书令兼尚书令；先母累封越国太夫人。当今神宗皇帝第一次到郊外祭天，赐先父爵位为崇国公，太夫人进封号为魏国太夫人。

于是我哭泣着说："唉！行善没有不得善报的，只是迟早罢了，天理经常是这样的！我的祖先，积行善事成就了德行，应该享受这隆重的待遇。他们虽然不能活在世上享受，但赏赐封赠爵位，显示荣耀，褒扬光大，实在有三朝的宠幸诰封，足以扬名于后世，荫庇于子孙了！"所以序列世系家谱，刻在碑石上，后又记载先父崇国公的遗言训诫，以及太夫人所教导、希望我做到的话，一道揭示于墓表上。使大家知道我的德行浅薄，才能低小，逢到时运才窃取了官位，幸而能保全大节，没有辱没先人，其实是有原因的。

神宗熙宁三年，即庚戌年四月初一辛酉日，十五乙亥日，儿子推诚、保德、崇仁、翊戴功臣，观文殿学士，特进，行兵部尚书，知青州军州事兼管内劝农使，充京东路安抚使，上柱国，乐安郡开国公，食邑四千三百户，食实封邑一千二百户，欧阳修敬撰此表。

送徐无党南归序[1]

【题解】

皇祐年间徐无党以省试第一名考中进士，知名文坛，及第以后返回故乡，这是作者为他所写的临别赠序。徐生新科及第，名列前茅，不免会有骄矜得意之色，因此赠序中论述立德、立功、立言三者的关系，强调历久不朽，修身第一，感叹只靠文章是难以不朽的，终生在文字上用功夫是可悲的，

从中反映出道德重于文章的观点。这些看法，既是勉励他的学生，也是自我警诫，更见语意深挚。文中运用对比手法，显出文章传世之难；引用事例，精当明确；生发议论，自然生动。

【原文】

草木鸟兽之为物，众人之为人，其为生虽异，而为死则同，一归于腐坏澌尽泯灭而已[2]。而众人之中，有圣贤者，固亦生且死于其间，而独异于草木鸟兽众人者，虽死而不朽，逾远而弥存也。其所以为圣贤者，修之于身，施之于事，见之于言[3]，是三者所以能不朽而存也。

修于身者，无所不获；施于事者，有得有不得焉；其见于言者，则又有能有不能也。施于事矣，不见于言可也。自《诗》《书》《史记》所传，其人岂必皆能言之士哉？修于身矣，而不施于事，不见于言，亦可也。孔子弟子，有能政事者矣，有能言语者矣。若颜回者，在陋巷曲肱饥卧而已[4]，其群居则默然终日如愚人。然自当时群弟子皆推尊之，以为不敢望而及，而后世更百千岁，亦未有能及之者。其不朽而存者，固不待施于事，况于言乎？

予读班固《艺文志》、唐《四库书目》，见其所列，自三代、秦、汉以来，著书之士，多者至百余篇，少者犹三四十篇，其人不可胜数；而散亡磨灭，百不一二存焉。予窃悲其人，文章丽矣，言语工矣，无异草木荣华之飘风，鸟兽好音之过耳也。方其用心与力之劳，亦何异众人之汲汲营营[5]？而忽焉以死者，虽有迟有速，而卒与三者同归于泯灭^[6]。夫言之不可恃也盖如此。今之学者，莫不慕古圣贤之不朽，而勤一世以尽心于文字间者，皆可悲也。

东阳徐生，少从予学为文章，稍稍见称于人。既去，而与群士试于礼部，得高第^[7]，由是知名。其文辞日进，如水涌而山出。予欲摧其盛气而勉其思也，故于其归，告以是言。然予固亦喜为文辞者，亦因以自警焉。

【注释】

〔1〕徐无党：婺州永康（今浙江永康）人。曾从欧阳修学古文，并为其所撰《新五代史》作注。南归：徐及第后自京都回乡，故曰南归。

〔2〕一：全部。澌尽：消失净尽。澌，消解、融化。

〔3〕见：同"现"。

〔4〕曲肱：弯曲胳膊当作枕头。

〔5〕汲汲营营：不停地追求、经营，多贬义。

〔6〕三者：草木、鸟兽、众人。

〔7〕高第：名列前茅。徐无党以南省第一人登进士第。

【译文】

草木、鸟兽被归为"物"，芸芸众生被归为"人"，人与物在生存的时候是有区别的，但在死后却是相同的，那就是都会走向肉体的腐烂、精神的消亡，一切化为乌有。但是在茫茫人海中有称为圣贤的人，他们虽然也在天地间生存、死亡，但跟草木、鸟兽、普通人有着不同之处：即使死了也永垂不朽，时代越远越显示出他们存在的价值。他们成为圣贤的原因是：修养自身的品德，施展才能干一番事业，有言论著作流传于世，这三者就是圣贤之人能不朽的原因。

文章丽矣，言语工矣，无异草木荣华之飘风，鸟兽好音之过耳也

修养自身的品德，就一定会有收获；干一番事业，有的人能成功，有的人失败；言论著作，有的人能做到，有的人不能做到。若有的人干了一番事业，即使没有著书立说也可以。从《诗经》《尚书》《史记》等著作所记载来看，那些人难道一定都是善于言辞的人吗？修养自身的品德，却没有干一番事业，也没有用言辞表现出来，也是可以的。孔子的弟子中，有善于政事的人，有善于言辞的人。像颜回，住在陋巷之中，忍饥挨饿，弯着臂膀当枕头睡觉，和大家在一起时整天沉默寡言，貌似蠢笨无能。但是，在当时，孔门的弟子们都敬重他，认为自己远远落后于他，难以望其项背，就是他死后过了百年、千年，也没有人能赶上他。因此，不朽永存的原因，本来就不在于要干一番突出的事业，何况是言辞呢？

我读班固的《汉书·艺文志》和唐代的《四库书目》等著作，看到其中所列的夏、商、周、秦、汉以来的著书人士，写得多的达到百余篇，写得少的也有三四十篇，著书人更是不计其数；但他们的著作大都散失毁灭，流传下来的不到百分之一二。我私下为那些人感到悲痛：文章够华丽了，语言够工巧了，但这些东西就像草木的花朵随风飘散，鸟兽的叫声过耳即逝。当他们用尽精力写作的时候，又与别人为生计匆忙奔走有什么差别呢？而转眼间死去，虽然速度有快有慢，却最终要与草木、鸟兽、众人一样归于泯灭，看来言辞不足以依靠，大抵都是这样。现在的学者，没人不向往古代圣贤的不朽，但是把一生的精力全部都花在写文章上，真是可悲的事啊！

东阳郡的徐生，少年时跟随我学写文章，以后逐步得到人们的赞赏。他离开我以后，跟一群读书人在礼部参加进士考试，获得高第，因而出了名。他的文章言辞日益进步，好像水波滚滚，高山耸立。我想压抑一下他得意的神气，勉励他多多思考，所以在他南归回家的时候，用这些话来告诫他。而我自己本来也是喜欢写文章的人，因此也是用这篇文章来警诚自己啊。

与尹师鲁书

【题解】

这是欧阳修写给好朋友尹师鲁的信。尹师鲁本名尹洙，字师鲁，后因范仲淹牵连被贬到夷陵、郓州等地。在此信中，欧阳修向他表达了深切的慰藉之情，表示了自己坚守正道、勇于作为

的高尚气节和不因成败得失变易其志的坦荡襟怀，从而展示了一个倾向进步、为人正直的知识分子身处逆境时坚贞不渝的光辉人格。全文语言浅明，行文自然，直抒胸臆，亲切有味。

【原文】

某顿首，师鲁十二兄书记[1]：

前在京师相别时，约使人如河上。既受命，便遣白头奴出城，而还言不见舟矣。其夕，及得师鲁手简，乃知留船以待，怪不如约，方悟此奴懒去而见绐[2]。

临行，台吏催苛百端[3]，不比催师鲁人长者有礼，使人惶迫不知所为。是以又不留下书在京师，但深托君贶因书道修意以西[4]。始谋陆赴夷陵[5]，以大暑，又无马，乃作此行。沿汴绝淮[6]，泛大江，凡五千里，用一百一十程才至荆南[7]。在路无附书处，不知君贶曾作书道修意否？

及来此问荆人，云去郢止两程[8]，方喜得作书以奉问。又见家兄[9]，言有人见师鲁过襄州[10]，计今在郢久矣。师鲁欢戚不问可知，所渴欲问者[11]，别后安否？及家人处之如何，莫苦相尤否[12]？六郎旧疾平否[13]？

修行虽久，然江湖皆昔所游，往往有亲旧留连，又不遇恶风水。老母用术者言[14]，果以此行为幸。又闻夷陵有米、面、鱼，如京、洛[15]；又有梨、栗、橘、柚、大笋、茶荈[16]，皆可饮食，益相喜贺。昨日因参转运[17]，作庭趋[18]，始觉身是县令矣，其余皆如昔时。

师鲁简中言，疑修有自疑之意者，非他，盖惧责人太深以取直尔。今而思之，自决不复疑也。然师鲁又云暗于朋友[19]，此似未知修心。当与高书时，盖已知其非君子，发于极愤而切责之，非以朋友待之也，其所为何足惊骇？路中来，颇有人以罪出不测见吊者，此皆不知修心也。师鲁又云非忘亲[20]，此又非也。得罪虽死，不为忘亲，此事须相见可尽其说也。

五六十年来[21]，天生此辈，沉默畏慎，布在世间，相师成风。忽见吾辈作此事，下至灶间老婢，亦相惊怪，交口议之。不知此事古人日日有也，但问所言当否而已。又有深相赏叹者，此亦是不惯见事人也。可嗟世人不见如往时事久矣！往时砧斧鼎镬[22]，皆是烹斩人之物，然士有死不失义，则趋而就之，与几席枕藉之无异[23]。有义君子在傍，见有就死，知其当然，亦不甚叹赏也。史册所以书之者，盖特欲警后世愚懦者，使知事有当然而不得避尔，非以为奇事而诧人也。幸今世用刑至仁慈，无此物[24]，使有而一人就之，不知作何等怪骇也。然吾辈亦自当绝口不可及前事也[25]。居闲僻处，日知进道而已[26]。此事不须言，然师鲁以修有自疑之言，要知修处之如何，故略道也。

安道与予在楚州，谈祸福事甚详，安道亦以为然。俟到夷陵写去，然后得知修所以处之之心也。又常与安道言，每见前世有名人，当论事时，感激不避诛死，真若知义者，及到贬所，则戚戚怨嗟，有不堪之穷愁形于文字，其心欢戚无异庸人，虽韩文公不免此累[27]。用此戒安道慎勿作戚戚之文。师鲁察修此语，则处之之心又可知矣。近世人因言事亦有被贬者，然或傲逸狂醉，自言我为大不为小[28]。故师鲁相别，自言益慎职[29]，无饮酒，此事修今亦遵此语。咽喉自出京愈矣，至今不曾饮酒。到县后勤官[30]，以惩洛中时懒慢矣[31]。

夷陵有一路，只数日可至郢，白头奴足以往来。秋寒矣，千万保重，不宣。修顿首。

【注释】

〔1〕十二兄：师鲁在同辈排行十二，朋友之间以行弟相称，表示亲切。书记：尹洙当时任山南东道节度掌书记官衔。

〔2〕见绐：欺骗。

〔3〕台吏：御史台的吏卒。

〔4〕君贶（kuàng）：王拱辰，字君贶。

〔5〕夷陵：今湖北宜昌。

〔6〕沿汴绝淮：沿着汴河，横渡淮河。绝，横渡。

〔7〕荆南：今湖北江陵。

〔8〕郢：郢州，今湖北江陵等地。

〔9〕家兄：欧阳昞，字晦叔，欧阳修的异母兄。

〔10〕襄州：在今湖北襄阳。

〔11〕渴：急切。

〔12〕尤：埋怨，责备。

〔13〕六郎：指尹洙的儿子。

〔14〕术者：算命相面者。

〔15〕京、洛：开封、洛阳。

〔16〕荈（chuǎn）：茶的老叶。

〔17〕转运：这里指荆南节度使。

〔18〕庭趋：亦称庭参，下级谒见上级官员的礼节，需跪拜。

〔19〕暗于朋友：对朋友的品行看不清楚。

〔20〕忘亲：古人认为，子女犯罪，令父母亦蒙恶名，是不孝。尹洙安慰他说他"非忘亲"。

〔21〕五六十年：宋太宗从太平兴国元年（976）即位，到欧阳修写信时（1036）正好六十年。

〔22〕砧斧：砧板与斧钺，皆是古代杀人的刑具。砧，砧板。鼎镬：原是古代两种烹饪器具，此处指用鼎镬烹人的酷刑。

〔23〕几席：古代的炕桌和座席。这里用作动词，指赴宴。枕藉：枕头、草垫。这里用作动词，指睡卧。

〔24〕此物：指砧斧、鼎镬。

〔25〕前事：指范仲淹、尹洙、余靖、欧阳修同时被贬之事。

〔26〕进道：增进道德修养。

〔27〕韩文公：韩愈，谥号"文公"。此累：这种缺点。

〔28〕为大不为小：专注做大事而不拘小节。

〔29〕益慎职：更加谨慎地做好本职工作。

〔30〕勤官：工作勤奋。

〔31〕懒慢：指任西京留守推官时，与洛阳文人的游宴生活。

【译文】

欧阳修叩拜，师鲁兄：

前不久在京城分别的时候，你嘱我派人到河边。我按照你的嘱咐，派了一个老仆人出城，他回来却说看不到你的船。当天晚上，我收到了你亲手写的便条，才知道你停船靠岸等待，怪我没有实践约定。我这才知道是那个仆人偷懒没有去，用谎话来欺骗我。

我动身之时，御史台的官员使出各种苛刻手段来催促我动身，他们不像催你的人那么宽厚懂礼，使我匆匆忙忙、手足无措。因此，我没来得及给你留下书信，只好再三托付王君贶让他写信告诉你我的情况，我接着就向西出发上路了。开始我想走旱路去夷陵，但因为天气太热，又没有马匹，于是便走水路。我沿着汴河前进，渡过淮河，再渡过长江，一共走了五千里路，用了一百一十天才到达荆南。在途中没有寄信的地方，也就不知道君贶有没有给你写信说明我的情况。

等我到达荆南后问明了当地人，他们说距离郢州只有两天的路程，我

沿汴绝淮，泛大江，凡五千里

215

这才高兴地赶忙给你写信加以问候。又遇到我哥哥，他说有人看到你已经过了襄州，估计现在你早已到达郧州了。你现在是高兴还是忧愁，不问我也知道。我急于想问的是，你分别后身体还好吗？家里人如何看待这件事？有没有人苦苦埋怨你呢？你的儿子六郎的旧病好了吗？

我虽然在路上走了好久，但好在这些水路都是我从前曾游历过的地方，到处有老朋友和亲戚加以款待，又没有遇见大风大浪。我的老母亲很相信算命先生的话，认为这次旅途是幸运的。又听说夷陵出产稻米、麦子、鲜鱼，就像京都和洛阳一样；还出产梨、栗子、柑橘、柚子、竹笋、茶叶等，皆是适于食用的东西。于是我也为你感到高兴。昨天，因为去见转运使，行了下级对上级的参拜礼节，方才觉出自己确实被贬为县令了。其他的倒是和过去都一样。

你给我留的便条说怀疑我内心有后悔之意，没有别的事，只是担心对高司谏的责备太过分，说我有想获取忠直名声的嫌疑。现在我想清楚了，不再后悔自己的所作所为了。不过你说我对朋友的为人不清楚，这种看法好像是不了解我的。我给高某写信的时候，已经知道他不是君子了，但由于极度的愤慨必须抒发，才深深地责备他，并不是把他当作朋友对待，他后来的所作所为哪里值得我惊奇和害怕呢？自出发以来，人们用"料想不到的罪"来安慰我，其实他们都不了解我的内心。你又说这不算忘了父母的恩情，这也是说错了。由于坚持正义而受到处罚，即使是被杀，也不能算是忘了父母。这件事是要等相见后才能完全说清楚的。

五六十年来，上天造就了这么一批人，他们身为官吏却沉默不语，畏畏缩缩。这些人全国到处都有，互相模仿，形成了一股风气。现在，忽然看到我们几个人做出的事，就连烧饭的老女人都感到很惊异，异口同声地议论，却不知道这种事古人天天都在做，她们只问说的话是对还是不对。还有人对我们表示深深的赞赏，他们也是见识不多的人。如今世人已很久没有见到过古人那样的行为了。这倒是值得深深叹息。古代时，人们常用砧板、斧头、大鼎、大锅来杀害、烹煮正直敢言的人，但那些正直敢言的人宁可死也不牺牲正义。他们走向这些刑具就像去赴宴、睡觉那样从容。坚持正义的人在旁边看到有人慷慨就义，知道这是应该做的，并不十分惊讶感叹。史书上写下他们的行为，也不过是为了警诫后人中愚蠢软弱之人，好让他们知道这样做是对的而不能逃避，并不是因为他们的行为奇特而写下来令人惊诧。所幸的是，现在朝廷讲究仁慈，不再用砧板、斧头、大鼎、大锅这类的刑具，假如仍有这类刑具，一个人走上前去，不知大家要惊奇到什么地步。不过，我们这些人也绝口不再谈以往之事了。我们将会住在清静偏僻的地方，每天只注意加强自身的道德修养。这些事本来是不必说的，不过你信中以为我内心时时刻刻有疑虑，因此需要了解我对贬官之事的看法，所以我略微在这里说几句。

余安道同我在楚州相遇时，曾把人间祸福谈论得很详细，余安道也认为我们这次的行为是对的。等到了夷陵后再写信给你，这样就可以更好地让你了解我对这件事的态度了。我又常对余安道说，每当看到前代某些有名的人物，他们讨论政事慷慨激昂，不怕杀头的举止，俨然一副坚持正义之人的样子，可一到了贬谪的地方，就开始悲伤怨悔，那种不能忍受穷困的忧愁情绪便表现在了文字上。他们内心的喜乐哀伤竟和普通人没什么两样，即使像韩愈这样的人物，也存在这种缺点。我则用这种情况来提醒余安道，叫他切莫写这种悲切的文章。你考虑一下我这些话，就可以更好地了解我对这件事的态度了。近代也有因为正直敢言而被贬的人，但某些人被贬后便放荡不羁，痛饮大醉，还自称只注意大事，不拘小节。所以，我们相别时你告诉我"要更谨慎地尽本职之责，不要酗酒"，在这件事上，我也一直遵守你的话去做。出京城后我咽喉的病就已经好了，直到现在也从没喝酒。到夷陵后，我对本职工作也很勤奋，改掉了在洛阳时散漫的习惯。

夷陵有一条路可通郢州，几天就能到，这样老仆人就可以为我们往来送信了。秋天气候变冷，你千万要保重身体。想说的话表达不完，欧阳修叩拜。

与高司谏书

【题解】

任左司谏的高若讷（字敏之，并州榆次人），在范仲淹等人因直言进谏遭贬一事上，不但不敢主持公道，反而附和权奸，毁谤贤士，认为范仲淹等人当被斥逐。这使欧阳修义愤填膺，于是给高若讷写了此信，揭露他的自私卑鄙、趋炎附势的可耻面目，表现了富有正义感的知识分子疾恶如仇、刚直不阿的高尚气节。此文言词简明而锋利，行文曲折而晓畅，在深刻

剖析当中含有讽刺嘲骂，处处击中对方要害，具有战斗风貌。

【原文】

　　修顿首再拜，白司谏足下：某年十七时，家随州[1]，见天圣二年进士及第榜[2]，始识足下姓名。是时予年少，未与人接[3]，又居远方，但闻今宋舍人兄弟与叶道卿、郑天休数人者[4]，以文学大有名，号称得人[5]。而足下厕其间[6]，独无卓卓可道说者[7]，予固疑足下不知何如人也。

　　其后更十一年，予再至京师，足下已为御史里行[8]，然犹未暇一识足下之面，但时时于予友尹师鲁问足下之贤否[9]。而师鲁说足下正直有学问，君子人也。予犹疑之。夫正直者，不可屈曲；有学问者，必能辨是非。以不可屈之节，有能辨是非之明，又为言事之官，而俯仰默默[10]，无异众人，是果贤者耶？此不得使予之不疑也。

　　自足下为谏官来，始得相识。侃然正色，论前世事，历历可听，褒贬是非，无一谬说。噫！持此辩以示人，孰不爱之？虽予亦疑足下真君子也。

　　是予自闻足下之名及相识，凡十有四年，而三疑之。今者，推其实迹而较之[11]，然后决知足下非君子也[12]。

　　前日范希文贬官后[13]，与足下相见于安道家[14]，足下诋诮希文为人。予始闻之，疑是戏言；及见师鲁，亦说足下深非希文所为，然后其疑遂决[15]。希文平生刚正，好学通古今，其立朝有本末[16]，天下所共知；今又以言事触宰相得罪[17]，足下既不能为辩其非辜[18]，又畏有识者之责己，遂随而诋之，以为当黜，是可怪也。夫人之性，刚果懦软，禀之于天，不可勉强，虽圣人亦不以不能责人之必能。今足下家有老母，身惜官位，惧饥寒而顾利禄，不敢一忤宰相以近刑祸，此乃庸人之常情，不过作一不才谏官尔。虽朝廷君子，亦将闵足下之不能，而不责以必能也。今乃不然，反昂然自得，了无愧畏，便毁其贤以为当黜，庶乎饰己不言之过[19]。夫力所不敢为，乃愚者之不逮[20]；以智文其过[21]，此君子之贼也。

且希文果不贤邪？自三四年来，从大理寺丞至前行员外郎[22]，作待制日[23]，日备顾问，今班行中无与比者[24]。是天子骤用不贤之人[25]？夫使天子待不贤以为贤，是聪明有所未尽。足下身为司谏，乃耳目之官[26]，当其骤用时，何不一为天子辨其不贤，反默默无一语，待其自败，然后随而非之？若果贤邪，则今日天子与宰相以忤意逐贤人，足下何得不言？是则足下以希文为贤，亦不免责；以为不贤，亦不免责。大抵罪在默默尔。

昔汉杀萧望之与王章，计其当时之议，必不肯明言杀贤者也，必以石显、王凤为忠臣，望之与章为不贤而被罪也[27]。今足下视石显、王凤果忠邪？望之与章果不贤邪？当时亦有谏臣，必不肯自言畏祸而不谏，亦必曰当诛而不足谏也。今足下视之，果当诛邪？是直可欺当时之人，而不可欺后世也。今足下又欲欺今人，而不惧后世之不可欺邪？况今之人未可欺也！

伏以今皇帝即位以来[28]，进用谏臣，容纳言论。如曹修古、刘越，虽殁犹被褒称[29]。今希文与孔道辅皆自谏诤擢用。足下幸生此时，遇纳谏之圣主如此，犹不敢一言，何也？前日又闻御史台榜朝堂，戒百官不得越职言事，是可言者惟谏臣尔。若足下又遂不言，是天下无得言者也。足下在其位而不言，便当去之，无妨他人之堪其任者也。

昨日安道贬官，师鲁待罪，足下犹能以面目见士大夫，出入朝中称谏官，是足下不复知人间有羞耻事尔！所可惜者，圣朝有事，谏官不言，而使他人言之。书在史册，他日为朝廷羞者，足下也。《春秋》之法，责贤者备[30]。今某区区犹望足下之能一言者[31]，不忍便绝足下，而不以贤者责也。若犹以谓希文不贤而当逐，则予今所言如此，乃是朋邪之人尔。愿足下直携此书于朝，使正予罪而诛之，使天下皆释然知希文之当逐，亦谏臣之一效也[32]。

前日足下在安道家，召予往论希文之事，时坐有他客，不能尽所怀，故辄布区区，伏惟幸察。不宣[33]。修再拜。

【注释】

〔1〕家随州：欧阳修四岁丧父，母亲带他去随州（今湖北随州市）投靠叔父欧阳晔，遂定居于此。

〔2〕天圣二年：公元1024年。天圣，宋仁宗年号。

〔3〕接：交往。

〔4〕宋舍人兄弟：指宋庠、宋祁兄弟，均为北宋文学家。舍人，官名。

〔5〕得人：在进士考试中被录取的优秀人才。

〔6〕其间：置身其中。

〔7〕卓卓：突出的样子。

〔8〕御史里行：唐初时期官职名称。

〔9〕尹师鲁：尹洙，字师鲁，河南府（今河南洛阳）人，以提倡古文著称。

〔10〕俯仰默默：跟从别人，没有主见。

〔11〕推：推敲。实迹：实际行为。

〔12〕决：确切，断然。

〔13〕范希文：范仲淹，字希文，苏州吴县（今江苏苏州）人，北宋著名文学家、政治家。

〔14〕安道：余靖，字安道，韶州曲江（今广东韶关）人。

〔15〕疑遂决：疑问于是有了定论。

〔16〕立朝有本末：在朝做官行事有始终如一的原则。

〔17〕宰相：此处指宰相吕夷简。

〔18〕非辜：无罪。

〔19〕饰己不言之过：掩饰自己不进言的过错。

〔20〕不逮：不及，比不上。

〔21〕智文：巧妙地掩饰。

〔22〕大理寺丞：司法官。前行员外郎：指吏部员外郎。前行，唐宋时六部分为前行、中行、后行三等，吏部属前行。

〔23〕待制：宋朝于各殿阁皆设待制之官，备皇帝顾问之用。

〔24〕班行：指同僚。

〔25〕骤用：破格快速提升。

〔26〕耳目之官：指御史、谏官等，担任监察、弹劾、进谏等职，犹如人的耳目。

〔27〕望之：萧望之，字长倩，东海兰陵（今山东兰陵县）人。汉宣帝时任太子太傅，后受宣帝遗诏辅佐幼主（元帝）。被宦官弘恭、石显诬陷，废为庶人，服毒自杀。章：王章，字仲卿，钜平（今山东宁阳）人。汉成帝时为京兆尹。因论帝舅大将军王凤专权，被诬死于狱中。

〔28〕皇帝：指宋仁宗。

〔29〕曹修古：字述之，建州建安（今福建建瓯）人。刘越：字子长，大名（今属河北）人。曾上疏请章献太后还政。仁宗亲政时，二人已死，思其忠直，追赠曹为右谏议大夫，刘为右司谏。

〔30〕责贤者备：孔子作《春秋》的义法，对贤者求其全备。

〔31〕区区：诚恳的意思。

〔32〕亦谏臣之一效也：这也算作你做谏官的一件功劳。这里是讽语。

〔33〕不宣：旧时书信末尾的常用套语，指言不尽意。

【译文】

我恭恭敬敬地向司谏先生拜上两拜，向司谏报告：我十七岁时，全家定居随州，看到天圣二年的进士及第榜，才知道了您的姓名。当时我年纪尚轻，没有机会跟名人交往，又住在远离京城的偏僻地方，只听说那年中进士的宋舍人兄弟和叶道卿、郑天休等人都因文章出色，名声很大，所以人们称道那年的考试录取真是人才济济。但是，您名列其中，却唯独没有很突出而值得人们称道的，我本就怀疑，不知您到底是位什么样的人物。

那以后的十一年之间，我第二次到京城，您已经担任了御史里行之职，但我仍没有机会和您认识一下，只是经常向我的朋友尹师鲁说起您的为人好坏。师鲁说您正直有学问，是一位君子。不过我还是怀疑。所谓正直的人，是不可能屈服的；有学问的人，一定是能明辨是非的。凭着不屈服的品格，有能辨别是非的才智，您又担任着议论政事的官职，却随声附和，不敢直言进谏，跟普通人没有什么不同，这果真是贤人吗？这不能不使我怀疑啊！

从您担任谏官以来，我才与您认识。您刚正严肃，评论前代政事，思路十分清晰，表扬好的，批评错的，没有一点谬误。啊，用这种言论在众人面前显示，谁不敬爱呢？即使是我，也曾猜想您是一位真正的君子呢。

我从听说您的姓名到与您相识，经历十四年，对您曾有三次怀疑。现在，考察您的实际行为并与您平时的言论相对照，然后断然肯定您不是一位君子。

前几天，范希文被贬官以后，我和您在余安道家相见，您攻击、责备范希文的为人。我那时听到，怀疑是开玩笑的话；等到见了尹师鲁，他也说您对范希文的所作所为大加斥责，我的怀疑这才打消。然而范希文一生刚正、好学、通达古今，他在朝廷办事能始终如一坚持原则，这是天下人都知道的；现在他又因为讨论国事而触犯了宰相被定了罪，您既不能替他辩白无罪，又害怕有识之士责备自己，于是附和他人诋毁他，认为他应当罢免，这实在太让人吃惊了。人的性格，有的刚强，有的软弱，这是天生的，不可以勉强，即使圣人也不能要求别人去做他根本无法办到的事。现在，您家中有老母亲，自己又贪恋官位，害怕饥寒，贪恋利禄，不敢触犯宰相，害怕刑罚灾祸，这也是人之常情。您这样做，不过算一个不称职的谏官罢了。就是朝中的君子们，也会可怜您，不会要求您一定去做您不能办到的事。如今，您却并非如此，反而趾高气扬，自鸣得意，一点儿也不羞愧恐惧，并且肆意诋毁贤能的范希文，说他应该被贬，想要以此掩饰自己不进言的过错。有力量却不敢干，连愚人也不及；用小聪明来掩饰自己的过错，这便是君子中的败类啊。

再者，范希文果真不是贤能之人吗？近几年来，他从大理寺丞很快被提拔为吏部员外郎，他担任天章阁待制时，每天供皇帝咨询各种事，现在朝中同列的官员没有人能比得上他。难道皇上是错把不贤的人破格提升了吗？如果皇上把不贤的人当作贤德之人，那正是你们没有尽到使皇上耳聪目明的责任。您身为司谏，充当皇帝耳目，当范希文突然得到破格提拔时，为什么您一次也不向皇上声辩他的不贤，反而沉默，一言不发，等他被贬斥了，然后才随声附和攻击他呢？如果范希文果然贤德，那么，今天皇上与宰相因为违反自己意志就把好人赶出去，您为何不说话啊？这样看来，您认为范希文贤能，也逃不脱别人责备你；认为他不贤，也逃不脱别人的责备。总之，您的罪过就是不敢直言，没有尽到谏官的职责。

过去，西汉末年曾先后杀害了萧望之、王章，猜想当时的议论，一定不肯明白地说是杀害了贤德之人，而一定是把萧、王的敌人石显、王凤当成了忠臣，说萧、王是因为不贤而遭到刑罚。现在再看，您认为石显、王凤是忠臣吗？萧望之、王章不贤吗？当时也有谏官，他们一定不肯说自己因为贪生怕死而不敢谏言，也一定会说萧望之、王章该杀，不值得进谏劝阻。现在，您看果真该杀萧、王二人吗？这只能欺骗当时的人，不可能欺骗后世的人啊。现在，您又想欺骗现在的人，而不害怕后世是欺骗不了的吗？何况，现在的人也不会被您欺骗啊！

我认为现今的皇上即位以来，提拔任用谏官，广开言路。如谏官曹修古、刘越，尽管他们已死，还能受到表彰称赞。现在范希文与孔道辅都是从谏官提拔起来的。您幸运地生活在这个时代，遇到这样肯接受谏言的圣明皇上，还不敢说一句话，为什么呢？前天，又听说御史台在朝堂公布范希文同党的名字，警告百官不能越职议论这件事，这么看来，能说话的只有谏官。您作为谏官却不敢说一句话，这么一来，天下便没有能说话的人了。您担任这个职位却不开口，就应该自动离职，不要妨碍能担任这个职位的其他人。

昨天，余安道因议论这件事而被贬官，尹师鲁也因这件事等待处理。您却还厚着脸皮见士大夫，在朝廷上进进出出号称是谏官，阁下这样的表现，简直不知道人间还有羞耻之事！可惜的是，我大宋朝出了事，谏官不说话，却叫别人不得不说。此事写在史书上，将来是朝廷的耻辱，罪人就是您啊。《春秋》的记事原则，要求贤者道德必须完美。现在，我还是诚恳地希望您能出来说一句话，不忍心从此便与您断绝关系，不再按贤德之人的标准来要求您。您如果仍认为范希文不贤德，应该驱逐，那么像我今天这样的表现，就成为范希文的朋党。希望您马上带着这封信到朝堂上去，叫朝廷定我的罪名，处罚我，让天下的人们都清楚地知道范希文应当驱逐，那也是您做谏官的一件"功劳"呢。

前天，您在余安道家里叫我去讨论范希文被贬的事，当时在座的还有别的客人，我不便畅所欲言，所以写了这封信特地表达我的意见，希望您能明察。意思不能表达详尽，欧阳修拜陈。

答吴充秀才书

【题解】

　　吴充，字冲卿，建州浦城（今福建松溪北）人，应考进士来到京城（开封），写信作文向欧阳修请教。在给他的回信中，欧阳修阐述了对"文""道"关系的基本观点。主张文士应该努力提高自己的道德修养，关心现实生活中的"百事"，反对埋头于书斋之中，"弃百事不关于心"，这样才能"其充于中者足，而后发乎外者大以光"（《与乐秀才书》）。在这封答书中，作者强调"道胜者文不难而自至"，只是从"文"的角度论述"道"的重要，实际就是阐明现实生活对文学创作的决定作用，但绝不是说"有德者必有言"。作者不仅充分肯定了吴充在写作

上的成绩，而且指出对方这种追求上进的精神也使自己受到激励，处处体现了他的关怀青年、奖掖后进的热诚态度。

【原文】

修顿首白，先辈吴君足下[1]：

前辱示书及文三篇[2]，发而读之[3]，浩乎若千万言之多[4]，及少定而视焉[5]，才数百言尔。非夫辞丰意雄，霈然有不可御之势[6]，何以至此！然犹自患伥伥莫有开之使前者[7]，此好学之谦言也。

修材不足用于时，仕不足荣于世，其毁誉不足轻重[8]，气力不足动人。世之欲假誉以为重[9]，借力而后进者，奚取于修焉[10]！先辈学精文雄，其施于时，又非待修誉而为重，力而后进者也。然而惠然见临[11]，若有所责[12]，得非急于谋道[13]，不择其人而问焉者欤？

夫学者未始不为道，而至者鲜焉[14]，非道之于人远也，学者有所溺焉尔[15]。盖文之为言[16]，难工而可喜，易悦而自足。世之学者往往溺之，一有工焉[17]，则曰："吾学足矣！"甚者至弃百事不关于心，曰："吾，文士也，职于文而已[18]。"此其所以至之鲜也。

昔孔子老而归鲁[19]，六经之作[20]，数年之顷尔。然读《易》者如无《春秋》，读《书》者如无《诗》，何其用功少而至于至也！圣人之文虽不可及，然大抵道胜者文不难而自至也。故孟子皇皇[21]，不暇著书[22]，荀卿盖亦晚而有作[23]。若子云、仲淹[24]，方勉焉以模言语，此道未足而强言者也。后之惑者，徒见前世之文传，以为学者文而已，故愈力愈勤而愈不至。此足下所谓"终日不出于轩序[25]，不能纵横高下皆如意"者，道未足也。若道之充焉，虽行乎天地，入于渊泉，无不之也[26]。

先辈之文浩乎沛然，可谓善矣。而又志于为道，犹自以为未广，若不止焉，孟、荀可至而不难也。修学道而不至者，然幸不甘于所悦，而溺于所止。因吾子之能不自止[27]，又以励修之少进焉。幸甚幸甚！修白。

【注释】

〔1〕先辈：敬称。

〔2〕辱：表谦辞。

〔3〕发：展开。

〔4〕浩乎：此处指文章很有气势。

〔5〕少：稍微。

〔6〕霈然：同"沛然"，盛大的样子。御：阻挡。

〔7〕伥伥（chāng chāng）：无所适从的样子。

〔8〕轻重：如说分量。用为动词，是说能使（对方文名）有所升降。

〔9〕假：凭借，借助。

〔10〕奚：疑问代词，用法同"何"。

〔11〕惠然：表示谦敬之词。

〔12〕责：讨求。

〔13〕得非：副词，表示推测或反诘。

〔14〕鲜（xiǎn）：极少。

〔15〕溺：沉迷。

〔16〕盖：副词，大概。

〔17〕工：善，好。

〔18〕职：专门从事。

〔19〕昔孔子老而归鲁：《史记》记载，孔子五十六岁离开鲁国，十四年后回国，从事著述。

〔20〕六经：《诗》《书》《礼》《乐》《易》《春秋》。

〔21〕皇皇：同"遑遑"。奔走四方，匆忙不定。

〔22〕不暇：没有空闲。

〔23〕荀卿盖亦晚而有作：荀卿由齐至楚，春申君（黄歇）任他为兰陵令。后来春申君失势死去，荀子被免官，晚年著书。

〔24〕子云、仲淹：西汉扬雄（字子云）和隋代王通（字仲淹）。扬雄模仿《易经》著《太玄》，模仿《论语》著《法言》。王通模仿《论语》著《中说》。

〔25〕轩序：指屋子。轩，有窗的长廊。序，房子中堂两旁的隔墙。

〔26〕之：往，到。

〔27〕吾子：比称"子"更为亲切。

扬雄

【译文】

欧阳修拜上，先辈吴君足下：

前些日子，荣幸地接到您的书信和三篇文稿，展开读了，觉得很有气势，如汪洋恣肆，似有千言万语，等到稍微平静下来再看，只有几百字罢了。如果不是这些文章词汇丰富，意蕴雄厚，有不可阻挡之势，怎么会到这种程度！然而，您还自己担忧方向不明，没有人来引导自己继续前进，这是因为好学而讲出来的谦虚之辞啊。

我的才能不值得被现时所任用，官职不值得让人觉得光荣，不管对人做出好的坏的评论都没有作用，本身的力量不能提携别人。世人想要凭借别人的声誉来提高自己地位的，想要凭借别人的力量求得晋升的，能从我这里取得什么呢？先辈学问精深，文章雄健，在现时社会上已发挥作用，不是靠我的赞誉来得到士子们的尊重的，而是靠先辈自己的努力而取得的。可是您却肯跟我接近，似乎有所讨求，恐怕正是急于探求为文之道，顾不上精挑细选，急切地想请教吧？

学习写作的人未尝不是在探求圣人之道，可是达到这一目标的人是很少的。并不是大道跟人离得太远，只是学习写作的人有沉迷不悟之处罢了。文学在所有著述中，很难达到完美而令人喜爱，却很容易使作者沾沾自喜。世上学习写作的人往往沉迷在现有成绩中不再进取，一旦有了成绩，就说："我的学习已经足够了！"甚至抛弃一切实际工作不予过问，说："我是文人，专门从事文学写作罢了。"这就是他们之中很少有人达到目标的原因。

从前孔子到了老年才回到鲁国，六经的编纂，只有几年的工夫罢了。然而人们读到《易经》之时，好像不知道还有《春秋》，人们读到《尚书》之时，好像不知道还有《诗经》。他所用之功是多么少而达到的境界却是多么高啊！圣人的文章虽然不能赶上，然而想以大道取胜的文章一定不难写好。所以，孟子周游列国，匆忙奔走，没有空闲著书，荀子据说也是晚年才有所著述。至于扬雄、王通，他们只是勉强靠语言形式模仿圣人，这些都是道德不足却勉强要写作的文人。后世被迷惑的人们，只是看到前代的文章流传下来，就以为文人只要努力写作就足够了，因而越是努力越是勤奋越达不到效果。这就是足下信中所说的，"整天不出书斋，下笔之时还是不能随心所欲、挥洒自如"，这是因为道德不够充足啊。假如道德已经充盈于心，即使驰骋天地之间，潜入深泉之中，也没有到达不了的。

先辈的文章气势浩大，犹如江河奔泻，可以说是写得很好了。同时又有志于探求道理，自己仍然不自我满足，如果继续努力不肯停顿，达到孟子、荀子那样的高峰并不困难。我虽是一个修习道德却没有达到高境界的人，然而所幸并没有因为有了成绩就自我满足，也没有陷溺在现有的成绩中不再进取。您能不肯停顿，从而又激励我使我稍有进步，十分荣幸，十分荣幸！欧阳修敬上。

樊侯庙灾记[1]

【题解】

为破除迷信，作者写下此文。文中对荒唐可笑的"显灵"说，反复进行诘问和驳斥，有理有据，足以服人。但是文中承认自然灾害是上天惩戒政事失措的唯心观点，有其局限性。此文欲擒故纵，笔法灵巧；转折顿挫，气势逼人。结尾一句，似做退让，实含讥讽，更加显得余味无穷。

【原文】

郑之盗，有入樊侯庙刳神象之腹者。既而大风雨雹，近郑之田，麦苗皆死。人咸骇曰："侯怒而为之也！"

余谓樊侯本以屠狗立军功，佐沛公至成皇帝，位为列侯，邑食舞阳[2]，剖符传封[3]，与汉长久[4]，《礼》所谓"有功德于民则祀之"者欤？舞阳距郑既不远，又汉、楚常苦战荥阳、京、索间，亦侯平生提戈斩级所立功处，故庙而食之，宜矣。方侯之参乘沛公[5]，事危鸿门[6]，瞋目一顾[7]，使羽失气，其勇力足有过人者，故后世言雄武称樊将军，宜其聪明正直，有遗灵矣。

然当盗之剚刃腹中[8]，独不能保其心腹肾肠，而反贻怒于无罪之民[9]，以骋其恣睢[10]，何哉？岂生能万人敌，而死不能庇一躬邪[11]？岂其灵不神于御盗，而反神于平民以骇其耳目邪？风霆雨雹，天之所以震耀威罚有司者[12]，而侯又得以滥用之邪？

盖闻阴阳之气，怒则薄而为风霆[13]；其不和之甚者，凝结而为雹。方今岁且久旱，伏阴不兴[14]，壮阳刚燥，疑有不和而凝结者，岂其适会民之自灾也邪？

不然，则喑呜叱咤[15]，使风驰霆击，则侯之威灵暴矣哉！

【注释】

[1] 樊侯庙：为纪念因功封舞阳侯的樊哙，后人在舞阳（今河南舞阳）立此庙。

[2] 邑：封地。

[3] 剖：剖开。符：封侯时的凭信。古时以金、玉、铜或竹、木做成符，上刻封文，剖为两半，朝廷与受封者各持一半。

[4] 长久：樊哙的后代在汉永享爵位。

〔5〕方：当。参乘：古
代乘车，尊者居左，御者居
中，又有一名武士居右，防止
车子倾斜，一般称参乘。

樊
哙

〔6〕鸿门：项羽驻扎军
队的地方。

〔7〕瞋目：瞪眼睛。

〔8〕刿（zì）：插，刺入。

〔9〕贻怒：迁怒。

〔10〕恣睢：凶暴。

〔11〕庇：保护。躬：身体。

〔12〕有司：管理机构的官吏。

〔13〕薄：逼迫。

〔14〕伏阴：潜伏着的阴气。

〔15〕叱咤：发怒呼喝。

【译文】

　　郑地有个强盗闯入了樊侯庙中，把樊哙神像的腹部剖开。
不久，刮起了大风，下起了冰雹，郑地一带农民种的麦苗都被
砸死了。人们都很惊恐地说："这是樊侯发怒了，降下这场灾
害。"

　　我认为，樊哙本是以杀狗屠夫的身份立的军功，辅佐沛公
做皇帝，被封为侯，把舞阳定为封地，剖符作为封赐的凭证，世
代相传，与汉代一样长久，这便是《礼记》上所说的"对百姓有
功德的人便受到祭祀"吧？他的食邑封地舞阳离郑地不远，而且
汉、楚两军常在荥阳、京、索一带激战，舞阳也是樊侯指挥征战
杀敌立功的地方，所以立庙祭祀他是应该的。当年樊侯给沛公当
参乘的时候，在鸿门宴上的危急时刻，他瞪眼怒视，竟使楚霸王

项羽害怕，可见他的勇猛与气力大大超过常人，因此后人讲到人英武勇猛时，都会称赞说像樊哙将军。人们说他聪明正直，难怪死后会显灵。

但是，当强盗将刀插入他神像的肚子时，他保不住自己的五脏，却把怒气迁到无罪的百姓头上，来放纵他的凶暴，这是为什么呢？难道说活着的时候可以力敌万人，死了连自己的躯体也不能保护了吗？难道说他的威灵不能对盗贼显示，却反而对普通百姓显示，以此使百姓为之惊恐吗？大风大雨、雷电冰雹，上天用来显示威力、惩罚官吏的东西，樊侯又怎能随便使用呢？

听说阴阳二气突然爆发，互相逼近才形成了风和雷电，当它们冲击到极点时便凝结成冰雹。今年长期干旱，潜伏的阴气不能散发，而阳气却猛烈而干燥。我猜想一定是阴阳二气产生巨大冲击，凝结形成了冰雹，大概是正好碰到樊侯这件事，怎么能说是百姓自己导致的灾害呢？

不然的话，如果樊哙大声怒吼，就能使得狂风大作，雷电交加，那么他的威灵就太残暴了。

苏　洵

苏洵（1009—1066），宋代著名散文家。眉州眉山（今四川眉山）人，字明允，号老泉，年二十七始发愤为学。闭门读书五六年，遂通六经百家之说，下笔顷刻千言。嘉祐元年（1056）与二子苏轼、苏辙同至汴京。张方平荐其父子于宰相韩琦、翰林学士欧阳修。欧阳修上其文二十二篇于仁宗，受到赏识。士大夫争传之，一时学者竟效苏氏为文章，授秘书省校书郎。不久，以霸州文安县主簿参加修纂建隆以来礼书。成《太常因革礼》一百卷，又更定《谥法》三卷。英宗治平三年卒。长于古文，曾巩称其为"其雄壮俊伟，若决江河而下也；其辉光明白，若引星辰而上也"。与苏轼、苏辙并称"三苏"。有《嘉祐集》。

管仲论

【题解】

本文强调"荐贤"对国家长治久安的重要作用，批评管仲临死不能推荐贤人代替自己，因而给小人以可乘之机，留下齐国内乱的祸根。在高度专权的封建社会，一个有影响力的政治家的去世，往往影响政局的稳定，作者提出荐贤自代的主张是有见地的。

【原文】

管仲相桓公[1]，霸诸侯，攘夷狄，终其身齐国富强，诸侯不敢叛。管仲死，竖刁、易牙、开方用[2]，桓公薨于乱，五公子争立[3]，其祸蔓延，讫简公，齐无宁岁。

夫功之成，非成于成之日，盖必有所由起；祸之作，不作于作之日，亦必有所由兆。故齐之治也，吾不曰管仲，而

齐桓公

曰鲍叔[4]；及其乱也，吾不曰竖刁、易牙、开方，而曰管仲。何则？竖刁、易牙、开方三子，彼固乱人国者，顾其用之者，桓公也。夫有舜而后知放四凶[5]，有仲尼而后知去少正卯。彼桓公何人也？顾其使桓公得用三子者，管仲也。仲之疾也，公问之相。当是时也，吾以仲且举天下之贤者以对，而其言乃不过曰竖刁、易牙、开方三子，非人情，不可近而已。

呜呼！仲以为桓公果能不用三子矣乎？仲与桓公处几年矣，亦知桓公之为人矣乎？桓公声不绝于耳，色不绝于目，而非三子者，则无以遂其欲。彼其初之所以不用者，徒以有仲焉耳。一日无仲，则三子者，可以弹冠而相庆矣。仲以为将死之言，可以絷桓公之手足耶？夫齐国不患有三子，而患无仲。有仲，则三子者，三匹夫耳；不然，天下岂少三子之徒？虽桓公幸而听仲，诛此三人，而其余者，仲能悉数而去之耶？呜呼！仲可谓不知本者矣！因桓公之问，举天下之贤者以自代，则仲虽死，而齐国未为无仲也，夫何患三子者？不言可也。

五霸莫盛于桓、文[6]。文公之才不过桓公，其臣又皆不及仲；灵公之虐[7]，不如孝公之宽厚[8]。文公死，诸侯不敢叛晋。晋袭文公之余威，得为诸侯之盟主者百余年。何者？其君虽不肖，而尚有老成人焉。桓公之薨也，一乱涂地，无惑也，彼独恃一管仲，而仲则死矣。

夫天下未尝无贤者，盖有有臣而无君者矣。桓公在焉，而曰天下不复有管仲者，吾不信也。仲之书，有记其将死，论鲍叔、宾胥无之为人^[9]，且各疏其短。是其心以为是数子者，皆不足以托国，而又逆知其将死，则其书诞谩，不足信也。吾观史鳅，以不能进蘧伯玉而退弥子瑕，故有身后之谏^[10]；萧何且死，举曹参以自代^[11]。大臣之用心，固宜如此也。夫国以一人兴，以一人亡。贤者不悲其身之死，而忧其国之衰，故必复有贤者，而后可以死。彼管仲者，何以死哉?

【注释】

〔1〕桓公：齐桓公，前685年至前643年在位，为春秋时五霸中的第一位霸主。

〔2〕竖刁、易牙、开方：三人皆桓公宠信的近臣，竖刁为了进入内宫便阉割自己，易牙为了取得信任曾杀子做羹献给桓公，开方本卫国公子，抛弃父母到齐国求官。三人都违背了人之常情。

〔3〕五公子争立：齐桓公生前立公子昭（后来的孝公）为继承人，死后其他五个公子（武孟、元、潘、商人、雍）也来争位，齐国大乱。继齐桓公之后的是孝公（公子昭）、昭公（公子潘）、懿公（公子商人）、惠公（公子元）、顷公、灵公、庄公、景公、悼公，然后是简公，上距桓公之死，已经一百六十多年了。

〔4〕鲍叔：鲍叔牙，少时与管仲相友，在公子小白与公子纠的争权斗争中，他佐小白，管仲佐纠。小白胜利做了国君，是为齐桓公，任他为卿，他辞谢，荐举管仲，齐国大治。

〔5〕四凶：传说舜为部落联盟首领时，四个凶人（共工、三苗、驩兜、鲧）作乱，被舜放逐。

〔6〕五霸：春秋时期，齐桓公、晋文公、宋襄公、秦穆公、楚庄王五人先后称霸，其中以齐桓公、晋文公为最盛。

〔7〕灵公：指晋灵公，晋文公之孙。

〔8〕孝公：指齐孝公，齐桓公之子。

　〔9〕宾胥无：齐国大夫，桓公时贤臣。

　〔10〕史鳅：春秋时卫国大夫。卫灵公不用蘧伯玉而任弥子瑕，史鳅数谏不从，病将卒，命其子以尸谏，灵公悟，从之。

　〔11〕萧何：汉高祖和惠帝时的宰相，虽与曹参不和，但临终时仍推参为相，称"死无恨矣"。参继相后全遵何制，史称"萧规曹随"。

【译文】

　　管仲辅佐齐桓公，称霸诸侯，排斥夷狄，直到他死，齐国都很强盛，诸侯都不敢背叛。管仲一死，竖刁、易牙、开方受到重用，结果致使齐桓公于动乱中死去，五位公子争着继承王位，这个祸乱不断蔓延，直到简公即位，齐国没有安宁过一年。

　　功业的成就，并不是成在宣告成功的那一天，一定有它的起因；祸乱的发生，不是发生在发生的那一天，也一定有它的迹象。因此，齐国的强盛安定，我认为不是管仲的功劳，而是鲍叔牙的功劳；齐国的祸乱，我认为不是竖刁、易牙、开方的罪过，而是管仲的罪过。为什么呢？竖刁、易牙、开方三个人，他们固然是搅乱国家的人，但任用他们的却是齐桓公。有了舜帝，然后才知道流放四个坏人；有了仲尼，然后才知道杀掉少正卯。那齐桓公是什么人呢？但是使齐桓公能够任用这三个人的却是管仲啊。管仲病危的时候，齐桓公问他宰相的人选。在这个时候，我以为管仲会以推举天下的贤明之士来回答，可他却不过说"竖刁、易牙、开方三个人，不近人情，不可信用"罢了。

　　唉！管仲以为齐桓公真的能不重用那三个人吗？管仲与齐桓公相处多少年了，也该了解齐桓公的为人吧？齐桓公是个音乐在耳畔不能停止，女色在眼前不能断绝的人，如果没有这三个人，就没有办法满足他的欲望。齐桓公最初不重用他们，只是因为有管仲罢了。一旦没有了管仲，那三个人便可以弹去帽子上的灰尘相互庆贺将受重用了。管仲认为临终前的遗言，就能够缚住桓公的手脚吗？齐国不怕有这三个人，只怕没有管仲。如果管仲在的话，这三个人不过是三个平常人罢了。否则，天下难道还缺少像这三个人一样的人吗？即使齐桓公有幸听从管仲的话，杀掉这三个人，但其余的这种人，管仲能够把他们全都除掉吗？唉！管仲可以说是个不懂得治本的人啊。假如趁齐桓公询问之际，推举天下的贤人来接替自己，那么，管仲虽然死了，齐国也并不是没有管仲那样的人才啊。这三个人有什么可怕的呢？这中间的道理即使不说世人也都明白。

五霸之中，没有比齐桓公、晋文公时更强盛的了。晋文公的才能，超不过齐桓公，他的臣下又都比不上管仲；晋灵公是个暴君，不如齐孝公宽容仁厚。晋文公死后，各诸侯国不敢背叛晋国，晋国凭晋文公留下的威力，还能够做各国的盟主一百多年。为什么呢？因为晋国的国君虽然无能，但还有一些老成持重的臣下在呢。齐桓公死后，齐国却一败涂地，没有什么好疑惑的，因为他仅仅靠一个管仲，而管仲却已经死了。

天下从不曾缺少贤能的人，只是有贤臣而没有英明的君主重用他。齐桓公在世的时候，却说天下不再有管仲那样的人，我是不相信的。管仲的书中有记载他快去世时，评论鲍叔牙、宾胥无的为人，并分别指明了他们的短处。这是他自己心里认为这几个人都不足以托付治理国家的重任，并且又预料到自己将要死亡，可见这本书荒诞无稽，不值得相信。我看史鳅，因为生前未能劝卫灵公进用蘧伯玉而斥退弥子瑕，所以有死后的尸谏；萧何将死，推举曹参来接替自己。大臣的用心，本来就应该这样啊。国家因为一个人而兴盛，又因为一个人而灭亡。贤能的人不担心自己的死亡，而担忧他的国家衰弱，所以一定要再推举出贤明的人来接替自己，然后才能够放心死去。那管仲，怎能没有做到这一点就死去了呢？

心 术

【题解】

　　《权书》是苏洵的一组策论，共十篇，本文是其中一篇。作为用兵策论，本文强调"治心"，即将帅的思想与军事素养，所以标题为"心术"。本文分别从治心、尚义、养士、智愚、料敌、审势、出奇、守备八个方面阐述了战争的战略策略思想，其中包含着一些朴素的辩证法观点，但也有"怀其欲而不尽""士欲愚"之类的封建权术。

　　文章每节自成段落，各有中心，又有内在的联系，逻辑很严密。

苏洵

为将之道，当先治心。泰山崩于前而色不变[1]，麋鹿兴于左而目不瞬，然后可以制利害，可以待敌。

凡兵上义；不义，虽利勿动。非一动之为害，而他日将有所不可措手足也。夫惟义可以怒士，士以义怒，可与百战。

凡战之道，未战养其财，将战养其力，既战养其气，既胜养其心。谨烽燧，严斥堠，使耕者无所顾忌，所以养其财；丰犒而优游之，所以养其力；小胜益急，小挫益厉，所以养其气；用人不尽其所欲为，所以养其心。故士常蓄其怒、怀其欲而不尽。怒不尽则有余勇，欲不尽则有余贪。故虽并天下，而士不厌兵，此黄帝之所以七十战而兵不殆也[2]。不养其心，一战而胜，不可用矣。

凡将欲智而严，凡士欲愚。智则不可测，严则不可犯，故士皆委己而听命，夫安得不愚？夫惟士愚，而后可与之皆死。

凡兵之动，知敌之主，知敌之将，而后可以动于险。邓艾缒兵于蜀中[3]，非刘禅之庸，则百万之师可以坐缚，彼固有所侮而动也。故古之贤将，能以兵尝敌，而又以敌自尝，故去就可以决。

凡主将之道，知理而后可以举兵，知势而后可以加兵，知节而后可以用兵。知理则不屈，知势则不沮，知节则不穷。见小利不动，见小患不避，小利小患，不足以辱吾技也，夫然后有以支大利大患。夫惟养技而自爱者，无敌于天下。故一忍可以支百勇，一静可以制百动。

兵有长短，敌我一也。敢问："吾之所长，吾出而用之，彼将不与吾校；吾之所短，吾蔽而置之，彼将强与吾角，奈何？"曰："吾之所短，吾抗而暴之，使之疑而却；吾之所长，吾阴而养之，使之狎而堕其中。此用长短之术也。"

善用兵者，使之无所顾，有所恃。无所顾，则知死之不足惜；有所恃，则知不至于必败。尺棰当猛虎，奋呼而操击；徒手遇蜥蜴，变色而却步，人之情也。知此者，可以将矣。袒裼而按剑，则乌获不敢逼[4]；冠胄衣甲，据兵而寝，则童子弯弓杀之矣。故善用兵者以形固。夫能以形固，则力有余矣。

【注释】

〔1〕泰山：在今山东泰安北，为五岳之一，古人以泰山为最高的山。

〔2〕黄帝：传说中我国中原各族的共同祖先，本为部落首领，曾打败炎帝，杀死蚩尤，被拥戴为部落联盟首领。

〔3〕邓艾：三国时魏国大将，率兵攻蜀，选择艰险的山路进军，山高谷深，缒绳而下，邓艾以毡裹身滑滚下山，乘蜀兵不备，直抵成都城下，蜀主刘禅出降。

〔4〕乌获：战国时秦国武士，相传能力举千钧，受到秦王信任。

邓艾

【译文】

作为将领的原则，应当首先锻炼和培养精神与意志。即使泰山在面前突然崩塌也能面不改色，麋鹿在身旁跑过也能不眨眼睛，这样才能够控制战局，从而趋利避害，才能够对付敌军。

大凡用兵，崇尚正义。如果不合乎正义，即使有利可图也不要轻举妄动。并不是怕这一次行动会失败，而是怕造成以后手足无措、进退维谷的被动局面。只有正义才能够激励士兵，士兵因为正义而同仇敌忾，就可以连续作战。

大凡作战的原则是：尚未开战时，要发展生产储备物资；将要开战时，要使士兵养精蓄锐；战斗开始后，要使士兵保持锐气；打了胜仗后，要使士兵保持进取精神。谨慎地做好警报工作，严密地做好侦察瞭望工作，让种田人放心生产，用这个办法来积蓄物资；给士兵丰厚的犒劳，使他们充分休息，从而养精蓄锐；打了小胜仗要教育士兵不松劲，遭到小挫折要鼓励士兵不泄气，从而提高士气；用人时不要完全满足他的欲望，以便使他保持进取精神。这样，士兵们经常保持高昂的斗志，满怀希望从而富有进取精神。义愤填膺就会勇气十足，愿望未满足就会继续追求。所以，即使统一了天下，士兵也不会厌战，这就是黄帝经过七十场战争而士兵仍不懈怠的原因。如果不培养和锻炼士兵的精神和意志，打一次胜仗之后就无法再用了。

凡是做将领的要睿智威严，凡是做士兵的要忠厚老实。睿智使人无法测度，威严使人不敢冒犯，因此士兵都愿舍身相随而冲锋陷阵，怎能不忠厚老实呢？只有士兵忠厚老实，这样他们才会同将领一起拼命作战。

凡是行军打仗，必须了解敌军的主帅和将领，然后才可以冒险行动。邓艾用绳子拴住士兵从山顶放下去偷袭蜀国，若不是刘禅昏庸无能，那么纵使有百万大军入侵，也定叫他们束手就擒，邓艾是看准了刘禅，所以才冒险袭击的。所以古时候贤明的将帅，能够用一部分兵力去试探敌人，而且能够通过敌人来检验自己的不足，所以能够正确地决定进退行止。

大凡做主将的原则是：通晓事理才可以出兵作战，了解形势才可以参加战斗，懂得节制才可以指挥军队。通晓事理就不会蒙受耻辱，了解形势就不会失败，懂得节制就不会陷于绝境。见小利不妄动，见小害不躲避；小利小害，不值得我施展本领。只有这样才能够从容自如地应付大利大害的局面。只有善于练好本领而且自爱的人，才能够无敌于天下。所以，一忍能够抵挡多次勇猛的冲击，一静能够制服多次盲目的行动。

军队都有长处和短处，无论敌我都是一样的。试问："我军的长处，我拿出来运用它，敌军不与我较量；我军的短处，我掩盖而不暴露，敌军却偏要与我较量，怎么办呢？"回答说："我军的短处，我有意暴露出来，使敌军疑惑不定而退却；我军的长处，我要暗中隐藏，精心培养它，使敌军大意而落入我的手中。这就是运用长处和短处的技巧。"

善于用兵的人，能够使士兵无所顾虑而有所倚仗。没有顾虑，士兵就不怕死；有所倚仗，士兵就相信打仗不至于必然失败。拿着短棍，碰上老虎，也可以大声呼喊奋力打击；空着两手，即使遇到蜥蜴，也会吓得变颜失色不敢前进，这是人之常情。明白这个道理，就能统率军队了。光着脊梁手握利剑，即使古代的大力士乌获也不敢靠近；戴着头盔穿着铠甲，却靠在武器上睡觉，就是小孩也能射箭杀死他。所以，善于用兵的人能利用形势来巩固自己的力量。能利用形势来巩固自己力量的人，那么他的力量就会绰绰有余了。

六国论

【题解】

本篇选自苏洵《嘉祐集·权书》。这是其中的第八篇，历史上论述六国破灭的文章很多，本文是比较著名的一篇。作者抓

住"六国破灭，弊在赂秦"这一个侧面，进行了十分严密的论述，借古讽今，提醒北宋统治者应接受历史的教训，不要重蹈六国灭亡的覆辙。

本文立论缜密，结构严谨，论理透彻，全文一气贯通，紧凑严密，具有不可辩驳的说服力。另外，文章叙议相间，笔法多变，叙述则生动形象，议论则雄辩滔滔，其中"六国破灭，非兵不利，战不善，弊在赂秦"更是名句典范。因此，本篇多少年来一直被人们当作范文，广为传诵。

【原文】

六国破灭[1]，非兵不利，战不善，弊在赂秦。赂秦而力亏，破灭之道也。或曰："六国互丧，率赂秦耶[2]？"曰："不赂者以赂者丧，盖失强援，不能独完，故曰'弊在赂秦'也。"

秦以攻取之外，小则获邑，大则得城。较秦之所得，与战胜而得者，其实百倍；诸侯之所亡，与战败而亡者，其实亦百倍。则秦之所大欲，诸侯之所大患，固不在战矣。思厥先祖父[3]，暴霜露，斩荆棘，以有尺寸之地。子孙视之不甚惜，举以予人，如弃草芥[4]。今日割五城，明日割十城，然后得一夕安寝。起视四境，而秦兵又至矣。然则诸侯之地有限，暴秦之欲无厌，奉之弥繁，侵之愈急[5]，故不战而强弱胜负已判矣。至于颠覆，理固宜然。古人云："以地事秦，犹抱薪救火，薪不尽，火不灭。"此言得之。

齐人未尝赂秦，终继五国迁灭，何哉？与嬴而不助五国也。五国既丧，齐亦不免矣。燕、赵之君，始有远略，能守其土，义不赂秦。是故燕虽小国而后亡，斯用兵之效也。至丹以荆卿为计，始速祸焉。赵尝五战于秦，二败而三胜。后秦击赵者再，李牧连却之。洎牧以谗诛[6]，邯郸为郡，惜其用武而不终也。且燕、赵处秦革灭殆尽之际，可谓智力孤危，战败而亡，诚不得已。向使三国各爱其地，齐人勿附于秦，刺客不行，良将犹在，则胜负之数、存亡之理[7]，当与秦相较，或未易量。

呜呼！以赂秦之地，封天下之谋臣，以事秦之心，礼天下之奇才，并力西向，则吾恐秦人食之不得下咽也。悲夫！有如此之势而为秦人积威之所劫[8]，日削月割，以趋于亡。为国者无使为积威之所劫哉！

夫六国与秦皆诸侯，其势弱于秦，而犹有可以不赂而胜之之势。苟以天下之大，下而从六国破亡之故事[9]，是又在六国下矣。

【注释】

〔1〕六国：指韩、赵、魏、齐、楚、燕。破灭：灭亡。后文的“迁灭”“革灭”都是这个意思。

〔2〕率：全都，一概。

〔3〕厥（jué）：其，他的。

〔4〕草芥（jiè）：小草。言其轻微。

〔5〕奉之弥繁，侵之愈急：送给秦国的越多，秦国对六国的侵犯就越厉害。第一个“之”代秦国，第二个“之”代六国。

〔6〕洎（jì）：等到，及至。

〔7〕数：命运。

〔8〕劫：胁迫，挟制。

〔9〕故事：旧例。

【译文】

六国灭亡，不是兵器不锋利，仗打得不好，弊病在于拿着土地去贿赂秦国。贿赂秦国而国力亏损，这是灭亡的原因。有人说："六国相继灭亡，全都是因为割地贿赂秦国吗？"回答是："不贿赂秦国的国家，因为贿赂秦国的国家而灭亡。因为这些国家失去了强有力的援助，不能独自保全。所以说'弊病在于贿赂秦国'啊。"

秦国除了用战争取得土地之外，还能通过他国的贿赂，小则得到邑镇，大则得到城池。比较一下秦国由于六国行贿而得到的土地，与战争取胜而得到的土地，实际数目前者要多百倍；六国由于贿赂秦国而失去的土地，比他们由于战败而失去的土地，实际数目也要多百倍。秦国的最大欲望，六国的最大祸患，本来就不在于战争。想想他们的祖辈父辈，冒着霜露，披荆斩棘，才得到这么一点点的土地。子孙却不爱惜，拿来送给人，如同丢弃草芥一般。今天割让五座城，明天割让十座城，然后换取一夜的安稳觉。第二天起来环视四周的边境，秦兵又到了。但是六国的土地是有限的，暴虐的秦国的欲望是没有满足的。六国奉送给秦国的土地越多，秦国侵犯六国也就越急。所以，不用作战，谁强谁弱，谁胜谁负，就已经分明了。最终六国到了灭亡的地步，那也是理所当然的了。古人说："用土地来侍奉秦国，如同抱着柴火去救火，柴不烧尽，火就不灭。"这话说得太对了。

齐国人没有割地贿赂秦国，最后也跟着五国一起灭亡，为什么呢？这是他们结交秦国而不帮助五国的缘故。五国已经灭亡，齐国也免不了。燕国和赵国的君主，开始还有远大的谋略，能够守住他们的国土，坚持正义而不贿赂秦国。所以燕国虽然是个小国而后灭亡，这是用兵作战的功效啊。等到燕太子丹以荆轲行刺秦王作为对付秦国的策略，才招致祸害。赵国曾经五次跟秦国作战，两次失败而三次胜利。后来，秦国两次攻打赵国，李牧连续击退秦军。等到李牧由于谗言而被杀，赵都邯郸这才成为秦国的一个郡，可惜赵国运用了武力而没有坚持到底。况且燕国、赵国处在秦国将要把各国消灭殆尽的时候，可以说是智谋穷竭、力量孤单，作战失败而灭亡，实在是不得已。假使当初三国能够各自爱惜他们的土地，齐国不亲附秦国，燕国的刺客不去刺秦王，赵国的良将李牧仍然健在，那么概率上是胜是负，理论上是存是亡，六国与秦国相较量，结局或许很难估量。

唉！如果六国用贿赂秦国的土地来分封天下的谋臣，用侍奉秦国的心来礼遇天下的奇才，合力向西对付秦国，恐怕秦国人连饭也吃不下去了。可悲呀！有这样的形势，却被秦国长久累积的威势所挟制，一天天一月月地削割下去，以至于走向灭亡。治理国家的人不要被积蓄的威势挟制啊！

六国和秦国都是诸侯国，他们各自的势力比秦国弱，但仍然有能够不贿赂秦国而胜过它的可能。如果以（现今）偌大的天下，而重蹈六国灭亡的覆辙，那就又在六国之下了。

广　士

【题解】

广士，即广泛地招纳天下的奇士贤才。本文讲述了当时用人路线的弊病，明确提出了广开才路，任人唯贤的正确主张。关于用人方法，作者认为应当尊重人才，爱护人才，择之以才，待之以礼；尤其强调要从具有丰富政治经验并且深察地方

民情风俗的下级官吏中选用人才。以上不仅对封建时代改革政治很有针对性，而且对今天如

何选拔人才、使用人才也有启发性。文章征引古今，反复论证，显示了苏洵政论雄辩遒劲的独特风格。

【原文】

古之取士，取于盗贼，取于夷狄。古之人非以盗贼、夷狄之事可为也，以贤之所在而已矣。夫贤之所在，贵而贵取焉，贱而贱取焉。是以盗贼下人、夷狄异类，虽奴隶之所耻，而往往登之朝廷、坐之郡国，而不以为怍[1]；而绳趋尺步、华言华服者，往往反摈弃不用[2]。何则？天下之能绳趋而尺步、华言而华服者，众也，朝廷之政、郡国之事，非特如此而可治也。彼虽不能绳趋而尺步、华言而华服，然而其才果可用于此，则居此位可也。

古者天下之国大而多士大夫者，不过曰齐与秦也。而管夷吾相齐，贤也，而举二盗焉；穆公霸秦[3]，贤也，而举由余焉。是其能果于是非，而不牵于众人之议也。未闻有以用盗贼、夷狄而鄙之者。今有人非盗贼、非夷狄而犹不获用，吾不知其何故也。

夫古之用人，无择于势。布衣寒士而贤则用之，公卿之子弟而贤则用之，武夫健卒而贤则用之，巫医方技而贤则用之，胥史贱吏而贤则用之。今也，布衣寒士持方尺之纸，书声病、剽窃

之文，而至享万钟之禄；卿大夫之子弟，饱食于家，一出而驱高车、驾大马，以为民上；武夫、健卒有洒扫之力，奔走之旧，久乃领藩郡、执兵柄；巫医方技，一言之中，大臣且举以为吏。若此者，皆非贤也，皆非功也，是今之所以进之之途多于古也。而胥史贱吏独弃而不录，使老死于敲搒趋走[4]，而贤与功者不获一施。吾甚惑也！不知胥吏之贤优而养之，则儒生、武士或所不若。

昔者汉有天下，平津侯、乐安侯辈[5]，皆号为儒宗，而卒不能为汉立不世大功。而其卓绝隽伟、震耀四海者，乃其贤人之出于吏、胥中者耳。夫赵广汉[6]，河间之郡吏也；尹翁归[7]，河东之狱吏也；张敞[8]，太守之卒史也；王尊[9]，涿郡之书佐也。是皆雄隽明博，出之可以为将，而内之可以为相者也，而皆出于吏胥中者，有以也。夫吏胥之人，少而习法律，长而习狱讼，老奸大豪，畏惮慑伏。吏之情状、变化、出入，无不谙究。因而官之，则豪民猾吏之弊，表里毫末毕见于外，无所逃遁。而又上之人择之以才，遇之以礼，而其志复，自知得自奋于公卿，故终不肯自弃于恶，以贾罪戾而败其终身之利。故当此时，士君子皆优为之。而其间自纵于大恶者，大约亦不过几人；而其尤贤者，乃至成功如是。

今之吏胥则不然，始而入之不择也，终而遇之以犬彘也[10]。长吏一怒，不问罪否，袒而笞之[11]，喜而接之，乃反与交手为市。其人常曰："长吏待我以犬彘，我何望而不为犬彘哉！"是以平民不能自弃为犬彘之行，不肯为吏矣，况士君子而肯俯首为之乎？然欲使之谨饰[12]，可用如两汉，亦不过择之以才，待之以礼，恕其小过，而弃绝其大恶之不可贳忍者[13]，而后察其贤有功，而爵之、禄之、贵之，勿弃之于冗流之间[14]，则彼有冀于功名，自尊其身，不敢匄夺，而奇才绝智出矣。

夫人固有才智奇绝而不能为章句、名数、声律之学者，又有不幸而不为者。苟一之以进士制策，是使奇才绝智有时而穷也。使吏胥之人得出为长吏，是使一介之才无所逃也。进士制策网之于上，此又网之于下，而曰天下有遗才者，吾不信也。

【注释】

〔1〕怍（zuò）：惭愧。

〔2〕摈（bìn）弃：挑除，抛弃。

〔3〕穆公：春秋五霸之一。德公之第三子。名任好，谥穆。勤求贤士，得由余、百里奚、蹇叔、丕豹、公孙支等贤臣，遂霸西戎，攻灭十二国，开地千里。在位三十九年。

〔4〕敲榜：棒打鞭打。

〔5〕平津侯、安乐侯：平津侯，公孙弘。字季，汉淄川（郡治在今山东寿光县）薛人。少时曾为狱吏，后累官为丞相，封平津侯。乐安侯，匡衡。汉东海承（今山东枣庄市东南）人，字稚圭。常夜读书，凿壁以借邻舍之光。元帝时，累官太子少傅，为丞相，封乐安侯。

〔6〕赵广汉：汉代蠡吾（今河北博野西南）人，字子都。宣帝时为京兆尹，发奸摘伏如神，盗贼屏迹，名闻匈奴。

〔7〕尹翁归：汉代平阳（今山西临汾）人，字子兄（音况）。宣帝时为东海太守。后担任右扶风。以清廉闻名。

〔8〕张敞：汉代平阳（今山西临汾）人，字子高。宣帝时为京兆尹，后拜冀州刺史。

〔9〕王尊：汉代高阳（今河北高阳县）人，字子赣。为益州刺史。成帝时为京兆尹，被诬免官，吏民多称惜之。后复为徐州刺史，迁东郡太守。

〔10〕终而遇之以犬彘也：对待他们终究只像对待猪狗那样。彘（zhì），猪。

〔11〕袒而笞之：袒露出身体来鞭打。笞（chī），用鞭、杖、竹板等来抽打。

〔12〕谨饰（shì）：谨小慎微地来矫饰、掩盖。

〔13〕贳（shì）忍：宽纵而忍让。

〔14〕冗（rǒng）流：庸陋而不堪任事的人。

【译文】

古代选拔人才，有的选自盗贼，也有的从夷狄里选拔。古代的人并不是以为盗贼、夷狄的行为是可取的；只是认为他们之中有贤良之才罢了。贤良之才身处贵位的那就从贵位中间选拔，身处贱位的，那就从贱位中间选拔。于是盗贼这些低下的人，夷狄这些异族，虽然连奴隶都瞧不起他们，但他们往往可登上朝廷之要职，或到郡国担负重任，却不当作惭愧的事。相反，那些走起路来都讲求架势，说着华美辞藻、穿着华贵服饰的人，倒往往被摈弃而不受重用。这是为什么呢？普天之下能迈高雅步伐，循规蹈矩，能穿华贵服饰的人很多，而朝廷的政事、郡国的公务，并不是仅仅这样就能治理好的。而那些盗贼、夷狄中贤能的人虽不能迈高雅步伐，不说华美辞藻，不穿华贵服饰，他们的才能却能胜任要职，那么就可以处在这个职位上。

古时候，天下的国家之中，国家很大而且拥有很多士大夫的，不过齐国和秦国两个国家。而管夷吾出任齐国之宰相，可谓是贤者了，却荐举了两个盗贼；秦穆公使秦国称霸，也可谓是贤者了，却提拔任用了由余等辈。这是他们对是非敢于判断，不受群臣议论牵制的缘故。还没听说过因为用了盗贼、夷狄而使国家卑微的。现在有的贤人并不是盗贼，并不是夷狄，但是仍然未被重用，我真不知是什么缘故。

古代用人，并不看其人是否有权势。布衣寒士只要他们贤能，就重用；公卿贵胄的子弟只要他们贤能，也能得到重用；武夫健卒贤良，也重用他们；巫医方技只要他们贤良，也能重用；胥史、小吏只要贤良，一样可以重用。而今天呢，布衣寒士只要

秦穆公

管仲

拿得出方尺之纸，写些规避声病甚至剽窃别人的文章，倒可以坐享万钟的俸禄；那些公卿的子弟们什么好事也没干，终日饱食于家，一旦出门，却能乘坐高贵的车，驾着高大的马，凌驾于民众之上；那些武夫健卒只有洒扫的本领，做一些奔走的事，干得久了就能镇守边防州郡，执掌兵权；而巫医、方技等辈，只要一句话说中了，大臣便可举荐他们去做官。像这样的人，都不是贤良，都不是有功之人，这正是现在进入仕途的路子多于古代的缘故啊。而那些文书小吏却被忽视不被任用，让他们老死也只能做卑微的差使，他们中的贤良有功的人，却始终得不到施展才能的机会。我为此感到万分困惑啊！殊不知文书小吏辈中的贤良者要是得到培养的话，往往儒生、武士辈有的还比不上他们呢。

过去汉朝得天下，平津侯、乐安侯等辈都号称是儒家的正宗，然而最终没能为汉朝立下盖世的功业。相反，那些功绩卓著、才艺超群，能威震四海、光耀天下的人，倒都是出自身份低微的文书小吏的贤士。那时的赵广汉，是河间郡的郡吏；尹翁归，是河东的监狱官吏；张敞，本来是太守手下的卒史；王尊，不过是涿郡的书佐。然而他们都雄强隽伟，精明广博，在外都可担任将军之职，在内则可做宰相，要论他们的出身，还都不过是文书小吏等辈而已。这些当文书小吏的人，年轻时就研习法律，长大后又熟读官司狱讼，所以老奸巨猾的大族富豪们见了他们都畏惧敬伏，不敢胡作非为。关于官场的情况现状、变化、出入等，没有他们所不熟悉、不知底细的。因此让这等吏胥来当官，富豪大户、刁猾官吏们的弊端，一丝一毫也瞒不过他们，无处隐藏。如果上面的人能选择他们中有才能的，对待他们以应有的礼遇，那么他们的志向更会成倍增长，他们都自知，必须自我奋斗于仕途，决不能自暴自弃去作恶，因为犯下了罪孽会毁掉自己终身的功名利禄。所以在这样的时候，君子们都能好自为之。他们之中放纵自己终于成为罪大恶极的，大概只有几个人；而他们之中的佼佼者，却能得到这样大的成功。

现在的吏胥们可不是这样，刚入仕途时没有人去选拔他们，始终对待他们像猪狗一般。只要上级官僚一生气，不问问他们是否有罪，便一顿鞭打；长官高兴的时候就和他们交往，反而在大庭广众之下和他们拱手礼让。所以吏胥们常常说："长官对待我们就像对待猪狗一样，我们还有什么希望不成为猪狗呢！"因此平民辈凡是不想自暴自弃为猪狗的，都不肯去做吏胥，更何况德才兼备的有志之士，又有谁肯去降低身份而做吏胥呢？要是能让他们谨慎从事，能像两汉时候那样去重用他们，也不过就是选择他们中有才能的予以使用，给他们一定的礼遇，饶恕他们的一些小过失，清除掉他们当中犯过大罪不可饶恕的，从而明察他们中贤能而有功的，给他们爵位、俸禄，使他们贵重起来，而不是把他们抛弃到庸陋的人群中去，那么他们就都感到有希望功成名就，自己看重自己，就不敢出去勒索强夺，于是怀有奇才绝智的自然就会涌现出来。

人们之中本来有怀奇才、具绝智但却不擅于章句、名数、声律等方面学问的，也有不幸不去做这些的。要是都通过进士科举的方式选拔他们，那么有奇才绝智的人有时就会一个也找不到了。假如让吏胥之辈升迁做长官，那么任何一个有才之人都不会被埋没。上面用科举取士的方法，下面又用这种方式网罗有才之人，要是再有人说天下有被遗弃的人才，我可不相信啊。

上欧阳内翰第一书[1]

【题解】

本文作于仁宗嘉祐元年，是苏洵给当时的翰林学士欧阳修的一封求见信。

史载苏洵少年不学，二十七岁时才开始发愤读书。嘉祐元年，他同两个儿子苏轼、苏辙一同进京，晋谒翰林学士、文坛领袖欧阳修，希望得到引荐，于是写了这封信。欧阳修看了他的书信、文章，认为他的文章超过了汉朝贾谊、刘向之文，大加赏识，并把他的二十二篇文章呈献皇帝。苏洵之名遂大振。这篇书信是使苏洵后来置身仕途至为关键的一封信。

【原文】

内翰执事：洵布衣穷居，尝窃有叹，以为天下之人，不能皆贤，不能皆不肖。故贤人君子之处于世，合必离、离必合。往者天子方有意于治，而范公在相府，富公为枢密副使，执事与余公、蔡公为谏官[2]，尹公驰骋上下[3]，用力于兵革之地。方是之时，天下之人，毛发丝粟之才，纷纷然而起，合而为一。而洵也，自度其愚鲁无用之身，不足以自奋于其间，退而养其心，幸其道之将成，而可以复见于当世之贤人君子。不幸道未成，而范公西，富公北，执事与余公、蔡公分散四出，而尹公亦失势，奔

走于小官。洵时在京师，亲见其事，忽忽仰天叹息，以为斯人之去，而道虽成，不复足以为荣也。既复自思，念往者众君子之进于朝，其始也，必有善人焉推之；今也，亦必有小人焉间之。今之世无复有善人也，则已矣！如其不然也，吾何忧焉？姑养其心，使其道大有成而待之，何伤？退而处十年，虽未敢自谓其道有成矣，然浩浩乎其胸中若与曩者异。而余公适亦有成功于南方，执事与蔡公复相继登于朝，富公复自外入为宰相，其势将复合为一。喜且自贺，以为道既已粗成，而果将有以发之也。既又反而思，其向之所慕望爱悦之而不得见者，盖有六人焉，今将往见之矣。而六人者，已有范公、尹公二人亡焉，则又为之潸然出涕以悲。呜呼，二人者不可复见矣！而所恃以慰此心者，犹有四人也，则又以自解。思其止于四人也，则又汲汲欲一识其面，以发其心之所欲言。而富公又为天子之宰相，远方寒士，未可遽以言通于其前；余公、蔡公，远者又在万里外，独执事在朝廷间，而其位差不甚贵，可以叫呼扳援而闻之以言[4]。而饥寒衰老之病，又痼而留之，使不克自至于执事之庭。夫以慕望爱悦其人之心，十年而不得见，而其人已死，如范公、尹公二人者；则四人之中，非其势不可遽以言通者，何可以不能自往而遽已也！

执事之文章，天下之人莫不知；然窃自以为洵之知之特深，愈于天下之人。何者？孟子之文，语约而意尽，不为巉刻斩绝之言[5]，而其锋不可犯。韩子之文，如长江大河，浑浩流转，鱼鼋蛟龙，万怪惶惑，而抑遏蔽掩，不使自露；而人望见其渊然之光，苍然之色，亦自畏避，不敢迫视。执事之文，纤余委备，往复百折，而条达疏畅，无所间断，气尽语极，急言竭论，而容与闲易，无艰难劳苦之态。此三者，皆断然自为一家之文也。惟李翱之文[6]，其味黯然而长，其光油然而幽，俯仰揖让，有执事之态。陆贽之文[7]，遣言措意，切近的当，有执事之实；而执事之才，又自有过人者。盖执事之文，非孟子、韩子之文，而欧阳子之文也。夫乐道人之善而不为谄者，以其人诚足以当之也；彼不知者，则以为誉人以求其悦己也。夫誉人以求其悦己，洵亦不为也；而其所以道执事光明盛大之德，而不自知止者，亦欲执事之知其知我也。

虽然，执事之名满于天下，虽不见其文，而固已知有欧阳子矣。而洵也，不幸堕在草野泥涂之中。而其知道之心，又近而粗成。而欲徒手奉咫尺之书，自托于执事，将使执事何从而知之，何从而信之哉？洵少年不学，生二十五岁，始知读书，从士君子游。年既已晚，而又不遂刻意厉行，以古人自期，而视与己同列者，皆不胜己，则遂以为可矣。其后困益甚，然后取古人之文而读之，始觉其出言用意，与己大异。时复内顾，自思其才，则又似夫不遂止于是而已者。由是尽烧曩时所为文数百篇，取《论语》、《孟子》、韩子及其他圣人、贤人之文，而兀然端坐，终日以读之者，七八年矣。方其始也，入其中而惶然，博观于其外而骇然以惊。及其久也，读之益精，而其胸中豁然以明。若人之言固当然者，然犹未敢自出其言也。时既久，胸中之言日益多，不能自制，试出而书之。已而再三读之，浑浑乎觉其来之易矣，然犹未敢以为是也。近所为《洪范论》《史论》凡七篇，执事观其如何？噫！区区而自言，不知者又将以为自誉，以求人之知己也。惟执事思其十年之心如是之不偶然也而察之。

【注释】

　　〔1〕欧阳内翰：欧阳修。当时他任翰林学士，身居朝廷要职，专掌内命，参与机要，故称之为内翰。

　　〔2〕余公：余靖。字安道，号武溪，韶州曲江（今广东省韶关市）人。北宋政治家。蔡公：蔡襄。字君谟，兴化仙游（今属福建）人。天圣进士，官至端明殿学士。

　　〔3〕尹公：尹洙。字师鲁，河南（今河南洛阳）人。天圣进士。

　　〔4〕扳（bān）援：援引，牵引，挽起。

　　〔5〕巉（chán）刻斩绝：犹言尖刻阴毒。巉刻，原义为高峻，此处转义为尖刻。

　　〔6〕李翱（áo）：字习之，唐代陇西成纪（今甘肃静宁西南）人，一说赵郡人。贞元进士。

　　〔7〕陆贽（zhì）：字敬舆，唐代嘉兴（今属浙江）人。年十八登进士第，以博学宏词登科。

【译文】

　　内翰执事：我本是乡野平民，生活贫困，曾经私下叹息，觉得天下的人不可能都是贤明的，也不可能都是不贤明的。所以贤明正直的人处在世上，有聚合必有分离，有分离又必有聚合。过去正当天子有意于把国家治理好的时候，范仲淹公任宰相府，富弼公当枢密副使，执事您与余靖公、蔡襄公任谏官，尹洙公奔走于上上下下，在边防要塞施展才能。其时，天下的人，有一丝一毫的才干，都纷纷起来，合成一股力量。而我自认为自己愚笨无用，没有能力自我奋起，参与到众人之间，所以退下来修养身心，寄希望于在道德学问方面有所成就，就可以再次见到当代的贤人、君子们。不幸的是，我自己的道德学问还没有修养好，范仲淹公西去，富弼公北上，执事您与余靖公、蔡襄公等，又被

蔡襄

分别派到四面八方去，而尹洙公也失去了权势，四处奔走充任小官。我那时正在京城中，亲眼见到了这些事情，无可奈何地仰天长叹，认为这些人离开朝廷，即使自己道德学问有成，也不足以引以为荣了。进而我又想，过去众位君子能够被朝廷任用，一开始，必然是有贤人推荐的；现如今，又必然是有坏人离间的。当今的时势，要是不再有贤人，那就完了啊！而如果不是这样，我又有什么可担忧的呢？姑且继续修养我的心性，使自己的道德学问有更大的进步，期待着任用的日子，又有什么妨碍呢？退下来又过了十年，虽不敢说道德学问已有所成，但是胸中自有一股浩浩荡荡之气，好像与过去不一样了。而余靖公正好在南方有所成功，执事您和蔡襄公又相继登上了朝廷，富弼公又从外任调入朝廷当宰相，这样的形势又可合成一股力量了。真让人高兴，值得祝贺，我自以为道德学问已经略有所成并且真将有施展的机会了。接着又回过头思考，过去所仰慕爱戴的，但始终未能见到的贤人，约有六位，现在有机会拜见他们了。但这六位之中，范公、尹公二位已经去世，我不禁为他们二位暗暗流泪，感到悲伤。唉！这两位再也见不到了，而尚可安慰我心的是，还有四位在，则又正可宽慰自己。想到只剩四位了，所以又急急地想见他们一面，以便把心里想说的话向他们一吐为快。而富弼公又出任了天子的宰相，我这样的边远地方的贫寒之士，不能马上在他面前说上话；而余靖公、蔡襄公，远的还在万里之外，只有执事您身在朝廷，您的地位还不是最高贵，可以通过高声呼喊，扳着您的轿子，而让您听听我的陈述。

然而饥寒衰老，疾病缠身，叫我不能亲自到执事您的门庭来拜谒。我以渴慕盼望、爱戴喜悦这几位的心情，十年而不得一见，而他们已有去世的，像范公、尹公二位；剩下四位之中，不是因为其威势不能通以言谈，我又怎么可以因为不能亲自前往拜谒而作罢呢！

执事您的文章，天下的人没有不知道的；但我自以为我知道得特别深刻，是超过了天下之人的。为什么这样说？孟子的文章，语言简约而意思详尽，他不说尖刻阴毒的文辞，然而其犀利的锋芒谁也不敢侵犯。韩愈的文章，好比长江黄河，浑然浩荡，奔流婉转，像是鱼鳖蛟龙、万种精怪，令人惶惶惑惑，却能遏制隐蔽而掩藏起来，不让它们自露于外；而人们远远望见它们渊深的光芒、苍茫的色彩，也就都自我畏惧而去躲避它们，不敢接近它们、正视它们。而执事您的文章，委婉详备，来来回回多曲折变化，却条理清晰，疏朗而通畅，文意没有隔断，气势充沛而语言繁富，行文急促，极力论争，却又从容闲适而平易，毫无艰苦费力的表现。这三人的文章，全都能自成一家。只有李翱的文章，味道淡泊而隽永，光彩油然而幽静，典雅谦让，颇有执事您的文章的仪态风貌。陆贽的文章，用词与达意，切近事理，准确恰当，颇近执事您的文章的切实；而执事您的才华，又自有超过别人的地方。大致执事您的文章，不是孟子、韩子的文章，而是您欧阳子的文章。乐于称道人善良而不谄媚于别人，是因为他的为人确实经得起这样的称道；那些不知情的人，则认为赞誉人是为了求得别人的欢欣。赞誉人以求人喜欢的事，我是不那样做的；之所以要称道执事您的光明盛大的道德，而不能自我控制的原因，也是为了想让执事您知晓我是了解您的。

尽管如此，执事您的大名，早已遍知于天下，即使没读过您文章的人，也都早就知道有个欧阳先生了。而我却不幸，沦落在草野泥泞的地方。而自己的道德修养，近来粗有所成。

想空手奉上不满一尺的书信，把自己托付给执事您，将怎么能让执事您了解我，并相信我呢？我年轻时不学习，活到二十五岁，才知道要读书，和有学问的人一起交往学习。年龄已经老大了，却又不去刻意严格付诸行动，期望自己效仿古人，但看到和自己同列的人，又都不如自己，于是觉得自己可以了。后来文思困窘得更加严重，就拿古人的文章来读，才开始觉得古人所发言论，与自己的有很大的不同。我常常反省自己，自觉一己之才能，又好像还不仅仅只是这些。于是我把旧时所写的文章几百篇悉数烧掉，而拿起《论语》、《孟子》、韩愈以及其他伟人、贤士的文章，整天正襟危坐地阅读，花了有七八年时间。刚开始，我读进去只觉惶惶然，从外面通览博观这些圣贤的文章，感到惊慌失措。时间长了，读得也更精细了，胸中豁然开朗，似乎明白了。好像人家的话本来就该是这样的，但我还是不敢提笔也这样写。时间更久了，胸中想说的话更多了，不能克制自己，便试着把它们写出来。以后又一而再、再而三地读它们，只觉得文思泉涌，好像写出来是很容易的，然而还不敢自以为是啊。近日所作的《洪范论》《史论》等一共七篇，执事您看看，究竟写得怎样？啊！区区一己的言说，不明白的人又会把它看作在自我赞誉，以求得别人来了解自己。只有执事您会念我十年的心血不是偶然，从而来了解我吧。

木假山记

【题解】

本篇是从树木成长过程的变化中喻写到人生命运的沧桑历程。北方有石假山，南方有木假山。树木被风刮倒，被水冲没，经长时间浪击虫蛀，形如山石嶙峋，置于庭院，可供观赏。作者这篇记述，采用借喻手法，表面是写院中三座假山的曲折遭遇和幸运结局，实际是以三峰喻"三苏"，抒发父子三人浮沉世间、际遇难期的感慨，同时表现他们刚正不阿、凛然不屈的节操。

【原文】

木之生，或蘖而殇[1]，或拱而夭[2]。幸而至于任为栋梁则伐；不幸而为风之所拔，水之所漂，或破折，或腐；幸而得不破折，不腐，则为人之所材，而有斧斤之患；其最幸者，漂沉汩

没于湍沙之间〔3〕，不知其几百年，而其激射啮食之余，或仿佛于山者，则为好事者取去，强之以为山，然后可以脱泥沙而远斧斤，而荒江之濆，如此者几何？不为好事者所见，而为樵夫野人所薪者，何可胜数？则其最幸者之中，又有不幸者焉。

予家有三峰，予每思之，则疑其有数存乎其间。且其蘖而不殇，拱而不夭，任为栋梁而不伐，风拔水漂而不破折，不腐；不破折，不腐，而不为人所材，以及于斧斤；出于湍沙之间，而不为樵夫野人之所薪，而后得至乎此，则其理似不偶然也。

然予之爱之，非徒爱其似山，而又有所感焉；非徒爱之，而又有所敬焉。予见中峰，魁岸踞肆，意气端重，若有以服其旁之二峰。二峰者，庄栗刻削〔4〕，凛乎不可犯；虽其势服于中峰，而岌然决无阿附意。吁！其可敬也夫！其可以有所感也夫！

【注释】

〔1〕蘖（niè）：树木的新芽。殇（shāng）：未长成而夭折。

〔2〕拱（gǒng）：树干长到双手能合抱那么粗，称为拱。夭：死亡。

〔3〕湍（tuān）沙：急流经过的沙滩。

〔4〕庄栗刻削：庄严险峻，似刻削而成者。

【译文】

树木的生长，有的刚长出嫩芽就夭折了，有的长到双手合拱那么粗时死了。幸而能长成栋梁之材了，就遭到砍伐；不幸的就被飓风连根拔起，被大水冲走，有的被破坏折断，有的就腐烂了；侥幸能够不折断不腐烂的，就被人当木材用，于是就要面临刀斧之灾；其中最幸运的，漂流埋没在急流经过的沙滩之中，不知过了几百年，被激流冲击、害虫啃啮剩下的，有的仿佛像座山，就被好事的人拿了去，把它加工做成假山，然后倒可以脱离泥沙，远离斧子的祸害，但荒芜的江河边，像这样的能有几棵呢？不被好事的人发现，而被樵夫野汉砍伐去当柴的，又怎能数得清呢？那么所谓最幸运的树木当中，也还有不幸的啊。

我家里有三座木制假山，我每当想到它们，就怀疑它们也是有命运在起着作用。且说它们在萌芽时没死，合拱粗时没夭折，可做栋梁之材时又没遭砍伐，被风拔起，被水冲走，也没被破坏折断，没有烂掉；既没被破坏折断，没烂掉，而又没被人看中做材料，以至于遭斧头的难；被冲出来到了急流经过的沙滩，却又没被樵夫野汉砍去当柴，而后才得以来到此地，那么其中包含的道理似乎看上去不像是偶然的巧合。

然而我之所以爱它们，绝非单单爱它们像座山，而是另有所感；不仅仅是爱它们，而是对它们更有崇敬之情。我看到中间那座山峰，魁伟而傲岸，稳健而恣肆，意态气度既端厚又凝重，好像有能镇服左右两座山峰的气概。而左右两峰呢，庄严而险峻，酷似刻削而成，凛然宛如不可侵犯的样子；虽然在形势上像是对中间那座峰表示钦服，而其巍然耸立的神态又绝无阿谀附和的意思。啊！它们真令人敬重啊！它们真能令人有所感慨啊！

老翁井铭

【题解】

此文作于嘉祐二年（1057）作者回乡安葬其妻之时。苏洵在一生中长期受到压抑，很不得志。当作者求官未遂，丁酉这年在京城得到妻子病故的消息回到家乡后，仕途的挫跌和家庭的灾

难，使他身心猛受打击，心情趋于消沉。在为亡妻卜葬时，听到有关老翁井的一段传说，于是记述此事。作者借着这则泉边老人的民间传说，抒写他的厌倦世俗，表达自己甘愿终老泉边，追求超脱的清高思想。

【原文】

丁酉岁[1]，余卜葬亡妻，得武阳安镇之山[2]。山之所从来甚高大壮伟，其末分而为两股，回转环抱，有泉垒然出于两山之间[3]，而北附右股之下，畜为大井，可以日饮百余家。卜者曰：吉，是在葬书为神之居。盖水之行常与山俱，山止而泉冽，则山之精气势力自远而至者，皆畜于此而不去，是以可葬，无害。

他日，乃问泉旁之民，皆曰：是为老翁井。问其所以为名之由，曰："往岁十年，山空月明，天地开霁，则常有老人，苍颜白发，偃息于泉上；就之，则隐而入于泉，莫可见。盖其相传以为如此者久矣。"

因作亭于其上，又甃石以御水潦之暴[4]，而往往优游其间，酌泉而饮之，以庶几得见所谓老翁者，以知其信否。然余又闵其老于荒榛岩石之间，千岁而莫知也，今乃始遇我而后得传于无穷。遂为铭曰：

山起东北，翼为南西。涓涓斯泉，垒溢以弥[5]。敛以井，可饮万夫。汲者告我，有叟于斯。里无斯人，将此谓谁？山空寂寥，或啸而嬉。更千万年，自洁自好。谁其知之，乃讫遇我。惟我与尔，将遂不泯。无溢无竭，以永千祀。

【注释】

〔1〕丁酉岁：宋嘉祐二年（1057）。苏洵之妻于是年四月谢世。

〔2〕武阳：在今四川彭山东十里。

〔3〕坌（bèn）：细末飞撒的样子。

〔4〕甃（zhòu）石：用石块垒井、砌池。

〔5〕弥（mí）：弥漫。

【译文】

嘉祐丁酉二年，我为了安葬亡妻占卜选择墓地，发现武阳安镇地方的一座山。这座山迎面观看高大而壮伟，它的末尾分成两股，山势回转，环抱着全山，其中有股泉水喷雾似的涌出于两山之间，向北靠着右侧山岗下，泉水积存起来形成了一口大水井，足够每天供给一百多家人饮用。占卜的人说：这里吉祥，这是风水书说的是神仙所居住的地方。一般水的走向常常和山的走向一致，山终止了，泉水便清冽，那么山的精气势力从远处来的，都积蓄在这里存住不动，所以宜于

因作亭于其上，又甃石以御水源之暴

葬在这里，没有害处。

后来有一天，我问泉旁的居民，都说：这是老翁井。我又问他们这个名字的由来，他们说："几十年前，在天地开阔、山空月明的时候，常有一个老头儿，容颜苍老，头发银白，在泉边仰卧着憩息；人们走近他，他便隐去不见，好似藏进泉中，没有人能看见。大概相传都这么说已很久了吧。"

我因此在泉的上方修筑了一个亭子，用石块砌了井围，用来防御井水的突然暴涨，于是常常在那里消闲，舀起泉水来喝，期望也许能见到那个老头儿，以便知道此事可信不可信。然而我又可怜他在这布满荒芜榛荆的岩石当中，一年年老去而始终不被人知，今天遇到了我，而后可以流传下去直至无穷无尽了。于是我写了篇铭文说：

山势起于东北，两翼伸向西南。泉水涓涓而流，汇成溪流满满。终聚敛成为井，足供饮人千万。汲水的人告诉我，有一老翁常现身井畔。村子里并没这老翁，到底是人是仙？山谷空空而寂寥，常有人长啸嬉戏其间。或许已过了千万年，他自洁自爱不变。有谁知道他呢？遇到我才流传。只有我和你，永远留在世间。井既不满也不枯，永远为人所纪念。

送石昌言为北使引 [1]

【题解】

本文作于嘉祐元年九月，是一篇赠序。宋仁宗嘉祐元年（1056）八月，刑部员外郎、知制诰石扬休出使北国前往契丹，

庆贺契丹国母生辰。苏洵给他这篇赠序，就是让他借鉴历史经验，不怕强敌威胁，发扬民族正气，夺取外交胜利。文章首段回忆他们之间的亲密交往，感佩扬休奉使强虏实现平生抱负，寄予莫大信任，充满劝勉之情；第二段回顾历史情况，剖析强虏本质，指出藐视强虏是唯一正确的态度。

【原文】

　　昌言举进士时，吾始数岁，未学也。忆与群儿戏先府君侧，昌言从旁取枣栗啖我；家居相近，又以亲戚故，甚狎。昌言举进士，日有名。吾后渐长，亦稍知读书，学句读、属对、声律，未成而废。昌言闻吾废学，虽不言，察其意，甚恨。后十余年，昌言及第第四人，守官四方，不相闻。吾日益壮大，乃能感悔，摧折复学。又数年，游京师，见昌言长安，相与劳苦，如平生欢。出文十数首，昌言甚喜称善。吾晚学无师，虽日为文，中甚自惭；及闻昌言说，乃颇自喜。今十余年，又来京师，而昌言官两制，乃为天子出使万里外强悍不屈之虏，建大旆[2]，从骑数百，送车千乘，出都门，意气慨然。自思为儿时，见昌言先府君旁，安知其至此？富贵不足怪，吾于昌言独有感也！大丈夫生不为将，得为使，折冲口舌之间足矣。

　　往年彭任从富公使还[3]，为我言曰："既出境，宿驿亭。闻介马数万骑驰过，剑槊相摩，终夜有声，从者怛然失色[4]。

及明，视道上马迹，尚心掉不自禁。"凡虏所以夸耀中国者，多此类。中国之人不测也，故或至于震惧而失辞，以为夷狄笑。呜呼！何其不思之甚也！昔者奉春君使冒顿[5]，壮士健马皆匿不见，是以有平城之役。今之匈奴，吾知其无能为也。孟子曰："说大人则藐之。"况于夷狄！请以为赠。

【注释】

〔1〕石昌言：石扬休，字昌言，宋代眉州（今四川眉州市）人。少孤力学，登进士。累官刑部员外郎，知制诰。仁宗朝上疏力请广言路，尊儒术，防壅蔽，禁奢侈。其言皆有益于国，时人称之。石、苏两家均为眉州大户，世有通家之谊。"引"本应作"序"，苏洵父名序，避家讳而改。

〔2〕大旆（pèi）：一种末端呈燕尾状之大旗。

〔3〕彭任：宋代岳池人。富公：指富弼。庆历初富弼使辽，彭任与之偕行。

〔4〕怛（dá）然：畏惧惊愕的样子。

〔5〕奉春君：刘敬。汉代齐国卢（今济南长清）人。本姓娄，高祖在洛阳，敬献西都关中之策，赐姓刘氏，号为奉春君。冒顿（mò dú）：汉初匈奴族一个单于的名字。

【译文】

昌言考进士的时候，我才只有几岁，还没开始学习。回忆当年我跟一群孩子在父亲身边嬉戏玩耍，昌言也在旁边，还曾拿来枣儿栗子给我吃；两家住得很近，又因为是亲戚的缘故，所以彼此十分亲昵。昌言考进士那时期，一天比一天出名。我后来渐渐长大，也稍稍懂得要读书，学习句读、对对子、四声格律，结果没有学成就废弃了。昌言听说我废弃了学习，虽然没有说我什么，而细察他的意思，是很遗憾的。后来过了十多年，昌言进士及第，考中第四名，便到各地去做官，彼此也就断了音讯。我日益长大，才感到荒废学业的悔恨，便痛改前非而恢复学习。又过了几年，我游历京城，在汴京遇见了昌言，便彼此慰劳，畅叙平生以来的欢乐。我拿出文章十多篇，昌言看了很高兴，并且夸我写得好。我很晚才发奋读书，又没有老师指导，虽天天作文，内心一直十分惭愧；等听到昌言的话后，才颇为自喜。到现在又十多年过去了，我再次来到了京城，而昌言已经身居两职，他作为朝廷使者，要出使到万里以外的强悍不屈的契丹朝廷，要树立大旌旗，跟随的骑士多达几百，送行的车辆上千，走出京城大门，情绪慷慨激昂。我自思忖，孩童时代见到昌言在先父身旁，那时怎么会料想他会走到这一步呢？一个人富贵起来并不奇怪，而我对昌言的富贵特别有所感触啊！大丈夫活着不去当将军，能当一名使臣，用口舌辞令在外交上战胜敌人，就足够了。

前些年彭任跟随富弼公出使契丹回来，曾对我说："出了国境之后，住宿在驿亭。听到披甲战马几万骑驰骋而过，宝剑和长矛互相撞击，整夜不绝于耳，跟随的使臣惊慌失色。等到天亮了，看见道路上的马蹄印了，心中的余悸还难平息，好像心要跳出来似的。"大凡契丹用来向中原炫耀武力的手段，多似这样。中原去的使者，没有识透他们这类手段，所以有的人甚至震惊害怕而哑口无言，让外族人嗤笑。唉！这是多么没有思考力啊！古代奉春君刘敬出使匈奴，匈奴把壮士大马都藏起来不让他看见，因此才有平城之战的胜利。现在的匈奴（契丹），我深知他们是没有什么能力与作为的。孟子说："面对诸侯国君谈话，就得藐视他。"更何况对待外族呢！请把上述的话权作临别赠言吧。

谏论上 [1]

【题解】

本文探讨的是臣子进谏的方式方法。作者对孔子提出的讽谏之说提出疑义，并做出补充，主张用游说之术弥补进谏方法之不足，要求进谏之臣机智勇辩如

游说之士。文章列举出游说之术在五个方面值得借鉴——理谕之，势禁之，利诱之，激怒之，隐讽之——并且引用历史上由这五法成功的例子，来证明自己的观点。作者虽然认为游说之术可用，但同时又强调它只是手段，赤诚之心才是臣子进谏的根本，必须以忠臣之心，兼游说之术，才能构成完整的进谏之道。作者精研发明，独抒己见，文势圆活，气势也异常壮阔。

【原文】

古今论谏，常与讽而少直 [2]。其说盖出于仲尼 [3]。吾以为讽、直一也 [4]，顾用之之术何如耳 [5]。伍举进隐语，楚王淫益甚 [6]；茅焦解衣危论，秦帝立悟 [7]。讽固不可尽与 [8]，直亦

未易少之[9]。吾故曰：顾用之之术何如耳。

然则仲尼之说非乎[10]？曰：仲尼之说，纯乎经者也[11]；吾之说，参乎权而归乎经者也[12]。如得其术，则人君有少不为桀、纣者[13]，吾百谏而百听矣[14]，况虚己者乎[15]？不得其术，则人君有少不若尧、舜者[16]，吾百谏而百不听矣，况逆忠者乎[17]？

然则奚术而可[18]？曰：机智勇辩，如古游说之士而已[19]。夫游说之士，以机智勇辩济其诈[20]；吾欲谏者[21]，以机智勇辩济其忠。请备论其效[22]：周衰[23]，游说炽于列国，自是世有其人[24]，吾独怪夫谏而从者百一[25]，说而从者十九[26]，谏而死者皆是[27]，说而死者未尝闻[28]。然而抵触忌讳[29]，说或甚于谏[30]。由是知不必乎讽，而必乎术也[31]。

说之术，可为谏法者五[32]：理谕之[33]，势禁之[34]，利诱之[35]，激怒之[36]，隐讽之之谓也[37]。

触龙以赵后爱女贤于爱子，未旋踵而长安君出质[38]；甘罗以杜邮之死诘张唐[39]，而相燕之行有日；赵卒以两贤王之意语燕，而立归武臣[40]：此理而谕之也。子贡以内忧教田常，而齐不得伐鲁[41]；武公以麋鹿胁顷襄，而楚不敢图周[42]；鲁连以烹醢惧垣衍，而魏不果帝秦[43]：此势而禁之也。

甘
罗

田生以万户侯启张卿，而刘泽封[44]；朱建以富贵饵闳孺，而辟阳赦[45]；邹阳以爱幸悦长君，而梁王释[46]：此利而诱之也。

苏秦以牛后羞韩，而惠王按剑太息[47]；范雎以无王耻秦，而昭王长跪请教[48]；郦生以助秦凌汉，而沛公辍洗听计[49]：此激而怒之也。

苏代以土偶笑田文[50]，楚人以弓缴感襄王[51]，蒯通以娶妇悟齐相[52]：此隐而讽之也。

五者，相倾险诐之论[53]；虽然，施之忠臣，足以成功。何则？理而谕之，主虽昏必悟；势而禁之，主虽骄必惧；利而诱之，主虽怠必奋[54]；激而怒之，主虽懦必立[55]；隐而讽之，主虽暴必容。悟则明，惧则恭，奋则勤，立则勇，容则宽。致君之道[56]，尽于此矣[57]。

吾观昔之臣，言必从，理必济，莫如唐魏郑公[58]。其初实学纵横之说[59]，此所谓得其术者欤？噫！龙逢、比干不获称良臣[60]，无苏秦、张仪之术也[61]；苏秦、张仪不免为游说，无龙逢、比干之心也。是以龙逢、比干，吾取其心，不取其术；苏秦、张仪，吾取其术，不取其心，以为谏法[62]。

【注释】

〔1〕谏：规劝，用于下对上，此指规劝君王。

〔2〕与：嘉许，肯定。讽：讽谏，即不直指其事，而用委婉曲折的语言对上进行规劝。少：与"与"对，做批评或不赞成讲。直：直谏，即直接指出，毫不隐晦。

〔3〕其说：这种说法。指"常与讽而少直"。盖：原来。《孔子家语》载孔子之语："忠臣之谏君，有五义焉：一曰谲谏，二曰戆谏，三曰降谏，四曰直谏，五曰风谏。唯度主而行之，吾从其风谏乎。"

〔4〕一：一样的。

〔5〕顾：只是。术：技术，方法。何如：怎么样。

〔6〕伍举：楚庄王之臣。进：献上，此作讲述。隐语：不把本意直接说出而借别的词语来暗示的话。《史记·楚世家》载："（楚）庄王即位三年，不出号令，日夜为乐，令国中曰：

'有敢谏者死无赦!'伍举入谏。庄王左抱郑姬,右抱越女,坐钟鼓之间。伍举曰:'愿有进隐。'曰:'有鸟在于阜,三年不蜚不鸣,是何鸟也?'庄王曰:'三年不蜚,蜚将冲天;三年不鸣,鸣将惊人。举退矣,吾知之矣。'居数月,淫益甚。"

〔7〕茅焦解衣危论,秦帝立悟:秦王政因其母亲不贞,迁之萯阳宫,并下令曰:以太后事谏者,戮而杀之,蒺藜其脊。谏而死者二十七人。齐客茅焦愿以太后事谏。秦王欲烹之。焦曰:"迁母萯阳宫,有不孝之行;从蒺藜于谏士,有桀纣之治。今天下闻之,尽瓦解,无向秦者,臣窃恐秦亡,为陛下危之。"言完,解衣赴镬,王悟,自迎太后还,立茅焦为傅,并封为上卿。见刘向《说苑》。

〔8〕讽固不可尽与:讽谏本来是不可以完全肯定的。

〔9〕未易:不要轻易。少之:批评它。

〔10〕然则:那么。

〔11〕纯乎经:完全合于经。

〔12〕参乎权而归乎经者:参用权变而又合于正理。

〔13〕少不为桀、纣者:比桀、纣稍好一点的。

比干

〔14〕"吾百"句:规劝一百次,而能听一百次。

〔15〕虚己:虚心准备听受。

〔16〕少不若:稍差一点。

〔17〕逆忠:不接受臣下的忠言。

〔18〕奚:何,什么。可:可以,好。

〔19〕游说之士:古代被称为游说之士的政客,奔走各国,凭着口才劝说君主采纳他的主张。

〔20〕诈:奸诈,诡诈。

〔21〕吾欲谏者:我希望讽谏的人。

〔22〕备:完,尽。效:效验。

〔23〕周衰：周朝衰微。

〔24〕自是：从这以后。

〔25〕谏而从者：采用讽谏方法进行规劝而君主听从的。百一：百个中只有一个。

〔26〕"说而"句：采用直说方法规劝而君主听从的十个中有九个。

〔27〕"谏而"句：因讽谏而被处死的各代均有。

〔28〕未尝闻：没有听说过。

〔29〕抵触忌讳：触犯君主的禁忌。

〔30〕或：有时，有的，有些。

〔31〕必乎术：一定要讲究规劝的办法。

〔32〕可为：可以作为。

〔33〕理谕之：以道理来劝谕他。

〔34〕势禁之：以形势来禁止他。

〔35〕利诱之：以利益来引诱他。

〔36〕激怒之：刺激他使他警醒。

〔37〕隐讽：用隐语来规劝他。

〔38〕"触龙……出质"：秦攻赵，赵求救于齐。齐曰："必以长安君为质，兵乃出。"太后不肯。触龙求见，终于使太后同意以长安君为质。赵后，指惠文王后。长安君，太后少子。旋踵，指时间短暂。

〔39〕甘罗：古代神童，年十二，事秦相文信侯吕不韦。秦想要使张唐去相燕，唐不肯。经过甘罗之劝，张唐才去相燕。见《史记·甘茂列传》。

〔40〕"赵卒……武臣"：秦亡后，楚汉相争之际，武臣曾为陈涉率张耳、陈余北略赵地，后自立为赵王，以陈余为大将军，以张耳为右丞相。一次赵王间出，为燕军所得，囚之以求赵地。有厮养卒（从事杂役的兵士）见燕将说：武臣、张耳、陈余攻下赵地数十城，三人都想称王，只因其势初定，未可三分为王，今囚赵王，张耳、陈余必分赵自立；现在一个赵，尚易对付

燕，又何况是两贤王呢？那时，两人出兵讨伐囚禁赵王之罪，灭燕是很容易的。于是燕国释放赵王，厮养卒驾车，同赵王归还。见《史记·张耳陈余列传》。

〔41〕"子贡……伐鲁"：田常欲作乱于齐，怕高、国、鲍、晏四人，所以移其兵，欲以伐鲁。孔子听说后，遣子贡前去对田常说：忧在内者攻强，忧在外者攻弱。今君忧在内，吾闻君三封而三不成者，大臣有不听者也。你应伐强大的吴国而不应伐弱小的鲁国。见《史记·仲尼弟子列传》。子贡，姓端木，名赐，卫人，孔子弟子。

〔42〕"武公……图周"：楚欲图西周之地，周赧王使武公谓楚相昭子曰：西周之地，绝长补短，不过百里，虽名为天下共主，但裂其地，不足以肥国；得其众，不足以劲兵。而攻之者，名为弑君。何以有人欲攻之呢？因祭器在也。……现在楚伐周，诸侯正好发兵灭楚，既可裂楚地肥国，又得尊主之名。见《史记·楚世家》。武公，周臣。顷襄，楚王。

〔43〕"鲁连……帝秦"：魏使新垣衍说赵，共尊秦为帝。鲁仲连与赵平原君去见新垣衍说："吾将使秦王烹醢梁王（魏王）。"后来新垣衍被鲁仲连说服，未尊秦为帝。见《史记·鲁仲连列传》。鲁连，鲁仲连，齐人。新垣衍，魏之使臣。

〔44〕"田生……刘泽封"：田生曾劝张卿，讽诸大臣以

鲁仲连

闻太后，请立太后兄之子吕产为吕王，太后果封之，赐张卿金千斤。田生又对张卿说，吕产王，诸大臣未服，可言太后封刘泽为王，泽得王，离去，诸吕王更加巩固了。太后封刘

泽为琅琊王。见《史记·荆燕世家》。田生，齐人。刘泽，汉高祖刘邦兄弟。

〔45〕"朱建……避阳赦"：西汉时辟阳侯得幸吕后，有人向孝惠帝告发，帝大怒，欲诛之。朱建乃劝说闳孺，最后辟阳侯得出狱。见《史记·郦生陆贾列传》。朱建，楚人。闳孺，汉孝惠帝幸臣。辟阳，县名。

〔46〕"邹阳……梁王释"：梁王曾希望为汉嗣，爰盎等人反对。梁王怒，令人刺杀盎。汉景帝疑梁王杀之，遣人责梁王。后梁王之谋事败，恐诛。邹阳往说王信曰：长君之弟得幸于后宫，太后又厚德长君，如通过你向皇帝言梁王事，两宫皆信任你，其荣永固。于是长君言于景帝，帝怒才消除。见《汉书·邹阳传》。邹阳，齐人。长君，王信，汉景帝王后兄。梁王，梁孝王，名武，景帝弟。

〔47〕"苏秦……太息"：惠王欲事秦，苏秦劝曰：宁为鸡口，无为牛后……臣窃为大王羞之。于是韩王勃然作色，攘臂瞋目，按剑仰天太息曰："寡人虽不肖，必不能事秦。"见《史记·苏秦列传》。苏秦，字季子，东周洛阳（今河南洛阳市东）人。惠王，韩宣惠王。

〔48〕"范雎……请教"：范雎到秦国后，认为太后、穰侯、华阳、高陵权倾秦国，于昭王不利，为此，昭王曾屏退左右，多次长跪向范雎请教。见《史记·范雎蔡泽列传》。

〔49〕"郦生……听计"：沛公不好儒，至高阳，召郦生。郦入见，长揖不拜。沛公乃整衣以礼相见。见《史记·郦生陆贾列传》。郦生，陈留高阳人。沛公，刘邦。

〔50〕苏代：一说苏秦兄，一说苏秦弟。以土偶笑田文：用土偶人笑木偶人的例子来说服田文。田文，齐孟尝君。

〔51〕"楚人"句：庄辛对襄王说，黄鹄散游江上，食鱼吃水草，奋翮游于天空，自以为无忧，哪知射鸟的人正向它瞄准。现在襄王你日耽娱乐，哪里知道秦国正在派人来灭掉楚国

呢？见《战国策》。楚人，指庄辛。缴，系在箭上的生丝绳，此指弓箭。襄王，指楚顷襄王。

〔52〕"蒯通"句：曹参礼贤下士，请蒯通为客。蒯通劝说曹参将东郭先生、梁石君等隐士待为上宾。见《汉书·蒯通传》。蒯通，汉范阳人。齐相，指曹参，当时为齐悼惠王之相。

〔53〕险诐：邪恶不正。

〔54〕怠：懒惰。

〔55〕懦：怯弱。立：立志发愤。

〔56〕致君之道：求得规劝君主的道理、方法。

〔57〕尽于此矣：完全在这里了。

〔58〕魏郑公：魏徵，字玄成，唐太宗时拜谏议大夫、检校侍中。徵敢于直谏，所言多被唐太宗采纳，封郑国公。

〔59〕纵横：合纵连横的简称。战国时弱国联合起来攻击强国，称为合纵；随从强国去进攻其他弱国，称为连横。

〔60〕龙逄、比干：分别为桀和纣的臣下，因强谏而被杀。

〔61〕张仪：魏人，与苏秦俱事鬼谷先生，学纵横之术。苏秦主合纵，联合六国以拒秦，后为六国相；张仪主张连横，说六国以事秦，后为秦相。

〔62〕以为谏法：我认为这就是规劝君主的方法。

【译文】

不论在古代还是现代，人们议论进谏，都赞成讽谏，而贬低直谏的方式。这种说法大概是由孔子首先提出来的。我认为，讽谏、直谏，是一样的，只看使用的方法怎么样罢了。伍举使用隐语进谏，楚王荒淫放纵更加厉害；茅焦解开衣服，直言进谏，秦帝立即省悟过来。讽谏本来不能一概赞成，直谏也不能轻易贬低。所以我说：只看使用的方法怎么样罢了。

那么，孔子的说法错了吗？我答道：孔子的说法，完全是按照经典理论定式提出的；我的说法，是灵活运用，求得实效，归根结底还要合乎经典。如果能掌握适当的方法，君主比夏桀、商纣稍强一些，我进谏一百次他都会采纳，何况是虚心纳谏的君主呢？如果不能掌握适当的方法，那么君主比唐尧、虞舜稍差一些，我进谏一百次他会一百次不听从，何况是拒绝忠言的君主呢？

那么什么方法才可以呢？我答道：机智、灵活、勇敢、善辩，就像古代游说诸侯的策士那样就可以了。那般游说诸侯的策士，靠着机智、灵活、勇敢、善辩助成他的诡诈；我希望讽谏的人，靠着机智、灵活、勇敢、善辩助成自己的忠贞。让我全面论述一下它的实际效果吧！周朝衰落，游说之风在诸侯各国间兴盛起来，从此以后，各个地区各个时代都出现这样游说的人。我只是对这种现象感到奇怪：进谏君主而被听从的仅有百分之一，游说君主而被听从的却占十分之九，因为直言相谏而遭杀头之祸的人多得是，游说君主而丧命的却没有听说过。然而触犯君主的禁忌，戳到君主的痛处，有时游说比进谏还严重呢。这样就不难发现，关键不一定在讽谏上，而一定在方法方式上。

游说的方法，可作为进谏时取法的有五种：讲清道理开导他，用形势禁止他，用利益引诱他，刺激他以便警醒他，含蓄委婉地讽喻他，这五种就是可供进谏的方法。

触龙认为赵太后爱女儿胜过爱儿子，没有多久长安君就去做了别国的人质；甘罗拿武安君死在杜邮这件事诘问张唐，张唐答应去做燕相并且定了出发日期；赵国役卒把两个贤王要分裂赵国的野心告诉燕将，赵王武臣立即就被放回来了。这些就是讲清道理开导他的事例呀。子贡用国内的忧患告谏田常，于是齐国就不征伐鲁国了；武公用麋鹿披上虎皮，必将招来众人攻击的例子威胁顷襄王，于是楚国就不敢再谋划进攻周朝了；鲁连用下油锅、剁肉酱的酷刑来使新垣衍害怕，于是魏王果真放弃了尊奉秦王为帝的打算。这些就是从形势上禁止他的事例呀。

田生用万户侯打动张卿，让他按照吕后的意图暗示群臣，把吕产封为王，并且建议吕后加封刘泽，巩固吕产的地位，于是刘泽被封王了；朱建用富贵引诱闳孺，让他劝说惠帝释放辟阳侯，于是辟阳侯就被赦免了；邹阳用得到宠幸来说得长君高兴，使梁王得到赦免。这些就是使用利益来引诱的事例呀。

苏秦用韩国本是大国，却落了个"牛后"的名义羞辱韩惠王，韩惠王于是拔出宝剑，向天发誓不依附秦国；范雎用四大贵人独断专行，秦国简直等于没有国王来耻笑秦昭王，于是秦昭王跪下请教；郦生说刘邦是在帮助秦朝来欺凌诸侯，用以激怒他，于是沛公停止洗脚，向他道歉，听取意见。这些就是刺激某人以警醒他的事例呀。

苏代用土偶人至死不离故土的故事讥笑田文，楚国人用搭弓射箭的比喻来触动顷襄王，蒯通用婆媳妇应娶为丈夫守贞节的女人启发齐相。这些就是含蓄委婉地讽喻他的事例呀。

上面说的这五种方法，都是见解偏颇、不够公平的说法。即使是这样，让贤臣来运用它，完全可以成功。什么缘故呢？讲清道理开导他，君主即使昏庸，也一定会省悟；从形势上禁止他，君主即使骄傲，也一定会害怕；使用利益引诱他，君主即使怠惰，也一定会振奋起来；刺激他以警醒他，君主即使懦弱，也一定会坚强起来；含蓄委婉地讽喻他，君主即使凶暴，也一定会接受意见。省悟就会明白，害怕就会谨慎，振奋就会勤劳，坚强就会勇敢，接受就会宽容。辅助君主的正确方法，全都在这里了。

照我看来，从前做臣子的，提出意见君主必定听从，治理政事必定成功，没有谁比得上唐代的魏徵。当初，他其实就是学的纵横家的学说，大概这就是能够熟练掌握灵活运用方式方法的人。唉！龙逢、比干进谏国君，惹来了杀头的祸端，也不能称为好臣子，因为他们没有苏秦、张仪的得力方法；苏秦、张仪游说国君，取得功名利禄，可是不免被人讥为游说之徒，因为他们没有龙逢、比干的耿耿忠心。因此，对于龙逢、比干，我肯定并学习他们的心地，但是却不学习他们的方法；对于苏秦、张仪，我肯定并学习他们的方法，但是却不学习他们的心地，我认为这就是规劝君主的方法。

谏论下

【题解】

《谏论上》是从臣子角度立论，而本篇是从君主角度立论。作者认为君主要想臣子进谏，必须用刑赏立法，使勇者、勇怯参半者、怯者都不得不谏。文中用前临深渊、后有猛虎作比，阐述促谏之法，引喻极当。作者曾指出宋朝"赏数而加于无功"，谏官多次被逐，臣下视相府如传舍等诸多不正常现象，可见这篇论纳谏的文字，并非空发议论，而是有所针对的。联系上篇，储欣曾评论道："上篇标一'术'字，下篇标一'势'字，是两篇关键处。"（《评注苏老泉集》）可见二篇虽分论进谏、纳谏，而其以求治理天下的目的却是一致的。

【原文】

　　夫臣能谏，不能使君必纳谏，非真能谏之臣；君能纳谏，不能使臣必谏，非真能纳谏之君。欲君必纳乎，向之论备矣[1]；欲臣必谏乎，吾其言之。

　　夫君之大，天也；其尊，神也；其威，雷霆也[2]。人之不能抗天、触神、忤雷霆，亦明矣。圣人知其然[3]，故立赏以劝之，《传》曰"兴王赏谏臣"是也[4]。犹惧其选耎阿谀[5]，使一日不得闻其过，故制刑以威之。《书》曰"臣下不正，其刑墨"是也[6]。人之情非病风丧心，未有避赏而就刑者[7]，何苦而不谏哉？赏与刑不设，则人之情又何苦而抗天、触神、忤雷霆哉？自非性忠义，不悦赏，不畏罪，谁欲以言博死者[8]？人君又安能尽得性忠义者而任之？

　　今有三人焉：一人勇，一人勇怯半[9]，一人怯。有与之临乎渊谷者[10]，且告之曰：能跳而越此谓之勇，不然为怯。彼勇者耻怯，必跳而越焉，其勇怯半者与怯者则不能也。又告之曰：跳而越者予千金，不然则否。彼勇怯半者奔利，必跳而越焉，其怯者犹未能也。须臾，顾见猛虎暴然向逼[11]，则怯者不待告，跳而越之如康庄矣[12]。然则人岂有勇怯哉？要在以势驱之耳[13]。

　　君之难犯，犹渊谷之难越也。所谓性忠义、不悦赏、不畏罪者，勇者也，故无不谏焉。悦赏者，勇怯半者也，故赏而后谏焉。畏罪者，怯者也，故刑而后谏焉[14]。先王知勇者不可常得，故以赏为千金，以刑为猛虎，使其前有所趋，后有所避[15]，其势不得不极言规失[16]，此三代所以兴也。末世不然，迁其赏于不谏，迁其刑于谏，宜乎臣之噤口卷舌[17]，而乱亡随之也。间或贤君欲闻其过，亦不过赏之而已。呜呼！不有猛虎，彼怯者肯越渊谷乎？此无他，墨刑之废耳。三代之后，如霍光诛昌邑不谏之臣者^[18]，不亦鲜哉！

今之谏赏，时或有之；不谏之刑，缺然无矣。苟增其所有，有其所无，则谀者直，佞者忠，况忠直者乎！诚如是，欲闻谠言而不获^[19]，吾不信也。

【注释】

〔1〕向之论备矣：前面的论述已经详备了。向之论，指《谏论上》。

〔2〕"夫君"六句：意思是说天子威严不可侵犯。古人称皇帝为天子，是天帝的儿子，受上天委派到人间来统治天下，所以说他理应拥有天下之大，其尊贵如神，其威仪如雷霆，不可侵犯。

〔3〕圣人知其然：圣贤的先哲知道这种原因（指人不能违抗天子）。

〔4〕兴王赏谏臣：此语出于《国语·晋语》，意思是励精图治的国君会赏赐勇于进谏的臣子。兴王，指励精图治、有意向上的国君。

〔5〕选耍阿谀：任用的大臣软弱无能或者只知阿谀奉承（因而得不到他们的谏言）。

〔6〕臣下不正，其刑墨：见《尚书·伊训》，原文为"臣下不匡，其刑墨"。意思是君主有罪过，臣子不去指出来，使他改正，就应该对臣子执行"墨"的刑罚。墨，古代在犯人额上刺字并涂墨的严刑。

〔7〕"人之情"二句：按人之常情，不是丧心病狂的话，没有人不想获得赏赐，却愿意去受处罚。人之情，一般人的思想感情。病风，即"病疯"，因病发疯，疯狂的意思。丧心，失去理智。

〔8〕以言博死：用言语去换取死罪，指因进谏触犯君主获死罪。博，换取，取得。

〔9〕勇怯半：勇敢和胆怯各占一半，指有勇气但心存顾忌的人。

〔10〕与之临乎渊谷：使他们（勇者、勇怯半、怯者）面临深渊幽谷。临，面临，站到边沿上。

〔11〕"顾见"句：回头看见凶猛的老虎恶狠狠地扑过来。顾，回头看。暴然，凶狠的样子。

〔12〕康庄：四通八达的大道。古时以五通的道路为康，六通的道路为庄。

〔13〕势驱之：用情势来驱使他们。

〔14〕"畏罪"三句：怕因进谏获罪的大臣，就是那种临深渊而胆怯的人，所以要对他们实行一定的制裁，他们才会进谏。刑，用刑罚的方式逼迫。

〔15〕"先王"五句：这几句是说明赏罚分明的效用。前有所趋，指人若向前走则趋向千金之赏。后有所避，指人若后退，必将考虑如何避免猛虎一般的严刑。

〔16〕极言规失：想尽一切办法规劝君主的失误。极言，用尽所有的话。规，规劝，规谏。失，此指君主的失误。

〔17〕噤口卷舌：将嘴闭起来，将舌头卷起来，此指不向君主进谏。

〔18〕"如霍光"句：据《汉书·霍光金日磾传》载，霍光废除了昌邑王，同时认为他的大臣们都没有尽到谏诤主上以使主上改正错误的职责，于是就将昌邑王的二百多臣子都杀了。

〔19〕谠（dǎng）言：谏言。谠，正直的话。

【译文】

作为臣子能够做到进谏，可是不能够使君主一定接纳进谏，这还不能称为是真正能够进谏的臣下；作为君主能够接纳进谏，可是不能够使臣下进谏，这还不算真正能够接纳进谏的君主。要让君主一定接纳进谏吗？前面的论说已经详备了。想让臣下一定进谏吗？我来讲讲这个问题。

君主的地位，高如上天；君主的尊贵，犹如神明；君主的威严，犹如雷霆。人不能对抗上天，触犯神明，冲撞雷霆，这是非常明显的。古代圣人知道情况如此，所以用赏赐来勉励他们。史书上说的"兴盛时代，君主赏赐进谏的臣下"，就是说的这个。但是，还是担心人们软弱怯懦，迎合奉承，致使君主们每日听不见别人指出自己所犯下的错误和过失，所以制定刑罚来强制他们。《尚书》中说"臣下不能纠正君主的过失，那就处以墨刑"，就是说的这个。人之常情，如果不是丧心病狂，失掉理智，谁也不会看见赏赐不接受却主动去受刑罚，何必自找麻烦，不进谏呢？如果不明确赏罚的标准，那么，人之常情，又何必自找麻烦而去做对抗上天、触犯神明、冲撞雷霆的事呢？如果不是心性忠诚正直，不喜欢赏赐，不畏惧惩治，谁愿意用议论政治来换取一死呢？做君主的，又怎么能把心性忠诚正直的人全都选取出来然后加以任用呢？

现在有三个人：一个勇敢，一个勇敢与怯懦各占一半，一个怯懦。有人跟他们三个一起走到深渊边上，并且告诉他们说："能够跃过深渊的，才叫勇敢；不能，就是怯懦。"那勇敢的人羞于落个怯懦的名声，一定跳过去了；那既有些勇敢又有怯懦之心的人和怯懦的人，就不能了。又告诉他们说："能跳过去的，赏给千金；不能，那就不给。"那勇敢怯懦各占一半的人追求赏金，一定跳过去了；那怯懦的，还是没能跳过去。过一会儿，回头看见猛虎突然向他逼近，那么，这时那怯懦的人不等别人告诉，就跳过这条深渊去，好像走过平坦大道那样。情况如此，那么人难道真有勇敢怯懦的绝对不同吗？关键在于用形势来驱使他们罢了。

君主的难以触犯，犹如深渊难以越过。所谓心性忠诚正直、不喜欢赏赐、不畏惧惩治的人，是勇敢的人，所以没有什么不肯进谏的。喜欢赏赐的，是那半勇敢又半怯懦的人，所以赏赐在前，进谏在后。害怕惩治的，是怯懦的人，所以刑罚在前，进谏在后。古代的先王知道勇敢的人是不能经常得到的，所以把赏赐当作人们贪求的千金，把刑罚当作人们畏惧的猛虎，使得他们前面有所要追求的，后面有所想躲避的，在这种形势下，自然想尽一切办法来规劝君主的过失。这就是三代所以兴盛的原因呀。将近没落的时代是不会这样的，完全弄颠倒了，把赏赐授予不进谏的人，把刑罚加给进谏的人。结果当然就变成了臣子都不进谏，什么都不说了，不敢吭声，而动乱灭亡也就随着到来！有时贤明君主想要听到人们议论自己的过失，也不过赏赐一下进谏的人罢了。唉！没有猛虎逼近，那怯懦的肯越过深谷吗？这没有旁的原因，是因为废除墨刑罢了。三代之后，像霍光以不能规谏的罪名处死昌邑王的臣下的那种事情，不也太少见了吗？

现在鼓励进谏的赏赐，有时还有；惩治不肯进谏的刑罚，却彻底废除了。如果增加现在所有的赏赐，建立现在所没有的刑罚，那么，阿谀奉承的臣子也会变得诚实正直，虚伪奸诈的臣子也会变得忠诚，何况本来就忠诚耿直的臣子呢？如果真像这样，想要听到正直的话却办不到，我不相信。

曾巩

曾巩（1019—1083），字子固，建昌南丰（今江西南丰）人，故后人称之为"南丰先生"。他十二岁就能写文章，"始冠，游太学，欧阳公一见其文而奇之"（《墓志》）。宋仁宗嘉祐二年（1057）中进士，曾长期编校史馆书籍和担任知州。官至中书舍人。曾巩笃于友爱，其父亡后，他对四弟九妹的教养尽心尽力，在古代传为佳话。他在做地方官时能体恤民情，政绩卓然。

　　曾巩的文学主张和古文风格都和欧阳修相近。曾言"文章之得失，岂不系于治乱哉"（《王子直文集序》），又说"夫道之大归非他，欲其得诸心、充诸身，扩而被之国家天下而已，非汲汲乎辞也。其所以不已乎辞者，非得已也"（《答李沿书》）。这就是他的文道观。他的文章从容周密而有条理，很早就得到欧阳修的赏识。著有《元丰类稿》五十卷。

寄欧阳舍人书

【题解】

宋仁宗庆历六年，欧阳修为曾巩的祖父曾致尧写了一篇墓志铭。这是曾巩答谢的书信。欧阳修当时任中书舍人，故尊称为欧阳舍人。文章从铭体的价值说起，并批评了阿谀墓中人的不良习气，然后才向欧阳修表示感谢，在感谢中称颂了欧阳修的才德和影响，行文舒缓委曲而周密有致，体现了曾巩的写作风格。

【原文】

巩顿首再拜，舍人先生：

去秋人还，蒙赐书，及所撰先大父墓碑铭[1]，反复观诵，感与惭并。

夫铭志之著于世，义近于史，而亦有与史异者。盖史之于善恶无所不书，而铭者，盖古之人有功德材行志义之美者，惧后世之不知，则必铭而见之。或纳于庙，或存于墓，一也。苟其人之恶，则于铭乎何有？此其所以与史异也。其辞之作，所以使死者无有所憾，生者得致其严。而善人喜于见传，则勇于自立；恶人无有所纪，则以愧而惧。至于通材达识，义烈节士，嘉言善状，皆见于篇，则足为后法。警劝之道，非近乎史，其将安近？

及世之衰，为人之子孙者，一欲褒扬其亲，而不本乎理。故虽恶人，皆务勒铭以夸后世。立言者既莫之拒而不为，又以其子孙之所请也，书其恶焉，则人情之所不得，于是乎铭始不实。后之作铭者，当观其人。苟托之非人，则书之非公与是，则不足以行世而传后。故千百年来，公卿大夫至于里巷之士，莫不有铭，而传者盖少。其故非他，托之非人，书之非公与是故也。

然则孰为其人而能尽公与是欤？非畜道德而能文章者，无以为也。盖有道德者之于恶人，则不受而铭之，于众人，则能辨焉。而人之行，有情善而迹非，有意奸而外淑，有善恶相悬而不可以实指，有实大于名，有名侈于实。犹之用人，非畜道德者，恶能辨之不惑，议之不徇？不惑不徇，则公且是矣。而其辞之不工，则世犹不传，于是又在其文章兼胜焉。故曰：非畜道德而能文章者，无以为也。岂非然哉？

然畜道德而能文章者，虽或并世而有，亦或数十年或一二百年而有之。其传之难如此，其遇之难又如此。若先生之道德文章，固所谓数百年而有者也。先祖之言行卓卓，幸遇而得铭其公与是，其传世行后无疑也。而世之学者，每观传记所书古人之事，至于所可感，则往往蕴然不知涕之流落也，况其子孙也哉？况巩也哉？其追晞祖德，而思所以传之之由，则知先生推一赐于巩，而及其三世。其感与报，宜若何而图之？

抑又思若巩之浅薄滞拙，而先生进之，先祖之屯蹶否塞以死，而先生显之，则世之魁闳豪杰不世出之士，其谁不愿进于门？潜遁幽抑之士，其谁不有望于世？善谁不为，而恶谁不愧以惧？为人之父祖者，孰不欲教其子孙？为人之子孙者，孰不欲宠荣其父祖？此数美者，一归于先生。

既拜赐之辱，且敢进其所以然。所论世族之次，敢不承教而加详焉。愧甚，不宣。巩再拜。

【注释】

〔1〕先大父：祖父。曾巩的祖父曾致尧，字正臣，太宗时中进士，官至吏部郎中，性格刚直，喜好言事，屡遭贬黜。欧阳修撰《曾公神道碑铭》载《欧阳文忠公集》卷二十一。

【译文】

曾巩叩头再次拜上，舍人先生：

去年秋天我派去的人回来，带回了您赐给我的一封书信和您为先祖父所撰写的墓碑铭文，我反复拜读后，既感激又惭愧。

铭志一类的文章在世上流传，它的意义与史书相近，但也有与史书不一样的地方。史书对于善恶之事全部写入，而碑铭之类的文章，则是古代有功业品德、才能操行、理想节义的人，怕后世的人不知道，就一定篆刻铭文来昭显于后世。或把它放置在祠堂中，或把它竖立在坟墓内，其意义都是一样的。如果那是个坏人，有什么可铭刻的呢？这就是碑铭与史书不同的地

后之作铭者，当观其人

293

方。碑铭的写作，是使死去的人没有什么恨憾，使活在世上的人能表达他们的敬意。好人乐于被后世传颂，就会勇于发愤而有所建树；坏人没有值得彰扬的事迹可记，就会惭愧而恐惧。至于那些才智渊博通达的有识之士、忠义节烈的人，他们的美好言行，都在铭文中显现出来，这就足以成为后世学习的楷模。铭文这种警诫劝化的作用，不与史书相近，那么又与什么相近呢？

等到世风衰败以后，为人子孙的，却都一味地颂扬自己死去的尊长，而不顾实际情理。所以即使是坏人，也都一定要把铭文刻于碑石以向后世夸耀。那些写铭文的人，既不能拒绝去写，又因为逝者子孙的请求，如果直写逝者的恶行，那在情面上过不去，因此铭文便开始不真实了。后代想为亲人写碑铭的人，应当首先看一下作者的为人。假若所托的人不合适，那写出来的东西就会失去公正和真实，那么铭文便不会在世上流传下去。所以千百年来，虽说从公卿大夫到乡里小民，死去后没有不写碑铭的，但流传下来的却很少。原因不是别的，正是所委托的人不合适，所写的铭文失去公正与真实啊。

那么，什么人为逝者写碑铭能做到公正与真实呢？我认为不具备很高的道德修养并善于写文章的人，是不能做到的。具有很高道德修养的人，不会接受给坏人写碑铭的差事，对于普通人也能分辨清楚。而人们的行为，有心地善良而事迹不见得好的；有内心奸诈而外表贤淑的；有善恶相差很大，不能具体指明的；有实绩高于名声的；有名声超过实绩的。就像使用人才那样，不具备很高的道德修养，又怎么能区分清楚而不被迷惑，评议公正而不徇私情呢？不被迷惑不徇私情，就会公正而且实事求是了。但是倘若文章辞藻不精美，那么还是不能流传于世，因此写铭文的人必须擅长写文章。所以说，不具备很高的道德修养并善于写文章的人，是不能写好铭文的。难道不是这样吗？

然而具备很高的道德修养并善于写文章的人，即使可能有，也可能几十年或一二百年才有一位。铭文的流传如此之难，而遇到能很好地写铭文的人又更难了。像先生您的道德和文章，本来就是几百年才会出现的。先祖父的言语行为卓越高尚，幸而遇到您，才得以有了这篇公正而实事求是的铭文，这篇铭文流传于当代和后世是毫无疑问的了。世上的读书人，每看到传记文章记载的古人的事迹，到了感动人心的地方，就往往会激动得不知不觉间流下眼泪，何况是逝者的子孙呢？更何况是我曾巩呢？从我自己追念仰慕先祖的德行，到虑及铭文流传于世的根由，就知道先生您将碑铭赐给我，将会使我家祖孙三代蒙受恩惠。这种感激与报答之情，我应该怎样表达呢？

转而又想到像我这样学识浅薄、呆滞笨拙的人，先生尚能提拔勉励，像先祖父这样命途多舛、穷困潦倒而死去的人，先生还写了碑铭来彰扬他，那么，世上的雄伟豪杰及才能卓绝的人，哪个不愿投于先生的门下呢？那么避世隐居、潜居山林的读书人，哪个不希望声名流传于世呢？有谁会不去做善事呢？而做恶事的人谁会不惭愧并且恐惧呢？当父亲、祖父的，哪个不想教诲自己的子孙呢？做子孙的，哪个不想尊崇荣显自己的父亲、祖父呢？这几种善德的兴起，全都归功于先生。

既拜领了您的赐予，又冒昧向您陈述我感激不尽的原因。信中所论及的我的家族系统的次序，怎敢不遵照您的教诲而详细地增补呢？十分惭愧，不再多言。曾巩再拜上。

赠黎、安二生序

【题解】

本文针对黎生提出写古文遭到当时人嘲笑一事，提出作文要志于道，不取悦于世俗的主张，勉励黎、安二生坚持学习古文，反对只迎合流俗的时文。文章从"迂阔"二字生发出议论，结合自己的体会娓娓而谈，循循善诱。

【原文】

赵郡苏轼[1]，余之同年友也。自蜀以书至京师遗余，称蜀之士曰黎生、安生者。既而黎生携其文数十万言，安生携其文亦数千言，辱以顾余。读其文，诚闳壮隽伟，善反复驰骋，穷尽事理，而其材力之放纵，若不可极者也。二生固可谓魁奇特起之士，而苏君固可谓善知人者也。

顷之，黎生补江陵府司法参军[2]，将行，请余言以为赠。余曰："余之知生，既得之于心矣，乃将以言相求于外邪？"

黎生曰：“生与安生之学于斯文，里之人皆笑以为迂阔。今求子之言，盖将解惑于里人。”余闻之，自顾而笑。

夫世之迂阔，孰有甚于余乎？知信乎古，而不知合乎世；知志乎道，而不知同乎俗。此余所以困于今而不自知也。世之迂阔，孰有甚于余乎？今生之迂，特以文不近俗，迂之小者耳，患为笑于里之人。若余之迂大矣，使生持吾言而归，且重得罪，庸讵止于笑乎？然则若余之于生，将何言哉？谓余之迂为善，则其患若此；谓为不善，则有以合乎世，必违乎古，有以同乎俗，必离乎道矣。生其无急于解里人之惑，则于是焉必能择而取之。遂书以赠二生，并示苏君，以为何如也。

【注释】

[1]赵郡：后魏置，宋初称赵州，今属河北。唐朝武则天时担任宰相的苏味道，是赵郡人，贬为眉州（今四川眉山）刺史，子孙世居眉州。苏轼就是他的后裔。曾巩本文称赵郡苏轼，是指他的祖籍。

[2]江陵府：治所在今湖北江陵。司法参军：官名，州府官的属员。

【译文】

赵郡人苏轼，是与我同榜考中进士的朋友。他从四川写信给我，称赞四川的两个年轻人黎生、安生。不久黎生带着自己几十万字的文章，安生也带着自己几千字的文章，来看望我。读他们的文章，确实气势宏壮，意味深远，善于纵横反复，把事理说得很透彻，而且他们的才华自由奔放，好像望不到尽头。两个年轻人可称得上是奇特杰出的人才，而苏先生当然可以说是善于发现人才的了。

不久，黎生补授江陵府司法参军，将要赴任的时候，请我赠给他几句话。我说："我对于你，可以说已经了解到内心深处了，还有必要在语言上表达出来吗？"黎生说："我和安生学习古文，乡里的人都讥笑我们，认为我们的做法不合时宜。现在求您写几句话，是想解除他们的疑惑啊。"我听了他的话，回头想了想自己，不由自主地笑了起来。

世上拘泥固执、不合时宜的，有谁会超过我呢？只知取信于古人，而不知迎合当世；只知有志于圣贤之道，而不知和世俗同流合污。这就是我现在困穷而且还不醒悟的原因。世上拘泥固执而不合时宜的，有超过我的吗？如今你们的不合时宜，仅仅是文章不与世俗相近而已，这只是不合时宜里面的小问题，你却害怕被同乡的人讥笑。而我的不合时宜就更厉害了，倘若你拿了我写的文章回去的话，将会加重你的过错，哪里会只是讥笑呢？那么我应该对你们说什么呢？把我的不合时宜当作正确的，就会有如此之祸患；不当作正确的，就会与世俗同流，那么一定会违于古人，有和世俗同流的东西，就一定违背圣贤之道了。所以，我认为你们先不要急于去解除乡人的疑惑，这样你们就一定能够通过选择而获得正确的东西。于是我写下这段话送给两个年轻人，并且拿给苏先生看，不知道他会认为怎么样。

唐　论

【题解】

在这篇史论中，曾巩以所谓"先王之治"为最高标准，分别从治国的志向、才能、成效三方面，评论了唐太宗的政

治、经济和军事制度的是非得失。最后归结为即使像初唐这样千载难逢的太平盛世，也远远不如古代的"先王之治"。其用意却在于以此颂古非今，影射北宋政治混乱，慨叹自己生不逢时。文章篇幅不长，却容量极大，中心突出，简繁得当。笔调有时从容舒缓，有时急迫紧凑，有时奔放飘逸；再以长短、奇偶和排比等句式相配合，使文章具有跌宕起伏的节奏和高瞻远瞩的气势。这是本文的价值所在。

【原文】

成、康殁而民生不见先王之治[1]，日入于乱，以至于秦[2]，尽除前圣数千载之法。天下既攻秦而亡之，以归于汉。汉之为汉，更二十四君[3]，东西再有天下，垂四百年[4]。然大抵多用秦法，其改更秦事，亦多附己意，非放先王之法而有天下之志也[5]。有天下之志者，文帝而已[6]。然而天下之材不足，故仁闻虽美矣，而当世之法度，亦不能放于三代[7]。汉之亡，而强者遂分天下之地；晋与隋虽能合天下于一，然而合之未久而已亡，其为不足议也。

代隋者唐，更十八君[8]，垂三百年，而其治莫盛于太宗之为君也。诎己从谏[9]，仁心爱人，可谓有天下之志。以租庸任民[10]，以府卫任兵[11]，以职事任官，以材能任职，以兴义任俗，以尊本任众[12]。赋役有定制，兵农有定业；官无虚名，职无废事；人习于善行，离于末作。使之操于上者，要而不烦；取于下者，寡而易供。民有农之实，而兵之备存；有兵之名，而农之利在。事之分有归，而禄之出不浮；材之品不遗，而治之体相承。其廉耻日以笃，其田野日以辟[13]。以其法修，则安且治；废则危且乱。可谓有天下之材。行之数岁，粟米之贱，斗至数钱[14]。居者有余蓄，行者有余资，人人自厚，几致刑措[15]。可谓有治天下之效。

夫有天下之志，有天下之材，又有治天下之效，然而不得与先王并者，法度之行，拟之先王未备也；礼乐之具，田畴之制，庠序之教[16]，拟之先王未备也。躬亲行阵之间[17]，战必胜，攻必克，天下莫不以为武，而非先王之所尚也。四夷万里[18]，古所未及以政者，莫不服从，天下莫不以为盛，而非先王之所务也。太宗之为政于天下者，得失如此。

由唐、虞之治[19]，五百余年而有汤之治[20]；由汤之治，五百余年而有文、武之治[21]；由文、武之治，千有余年而始有太宗之为君。有天下之志，有天下之材，又有治天下之效，然而又以其未备也，不得与先王并，而称极治之时。是则人生于文、武之前者，率五百余年而一遇治世；生于文、武之后者，千有余年而未遇极治之世也。非独民之生于是时者之不幸也。士之生于文、武之前者，如舜、禹之于唐，八元、八恺之于舜[22]，伊尹之于汤[23]，太公之于文、武[24]，率五百余年而一遇；生于文、武之后，千有余年，虽孔子之圣、孟轲之贤而不遇，虽太宗之为君，而未可以必得志于其时也。是亦士民之生于是时者之不幸也！故述其是非得失之迹，非独为人君者可以考焉，士之有志于道，而欲仕于上者，可以鉴矣！

【注释】

〔1〕成：指周成王姬诵。康：指周康王姬钊。殁：死亡。先王之治：指尧、舜、禹、汤、文、武等古代圣明君主的太平盛世。

〔2〕秦：指秦朝。

〔3〕更：经历，经过。二十四君：二十四个皇帝，即西汉高祖、惠帝、文帝、景帝、武帝、昭帝、宣帝、元帝、成帝、哀帝、平帝，东汉光武帝、明帝、章帝、和帝、殇帝、安帝、顺帝、冲帝、质帝、桓帝、灵帝、少帝、献帝。

〔4〕垂：共计。

〔5〕放：通"仿"，效仿。

〔6〕文帝：刘恒，公元前179—前157年在位。

〔7〕三代：指夏、商、周三代。

〔8〕十八君：指唐代的十八个皇帝。实际上共有二十一个皇帝，即高祖、太宗、高宗、武后、中宗、睿宗、玄宗、肃宗、代宗、德宗、顺宗、宪宗、穆宗、敬宗、文宗、武宗、宣宗、懿宗、僖宗、昭宗、哀帝。

〔9〕诎己：委屈自己。

〔10〕租庸：唐初实行的租庸调制，是向受田课丁（人丁）征缴的田租、力役、户调三种赋役的合称。

〔11〕府卫：府兵制，唐代兵役制。凡充当府兵的，平日务农，农隙教练，征发时自备兵器资粮，分番轮流宿卫京师，防守边境。

〔12〕本：指农业。封建社会以农业为本，工商业为末。

〔13〕辟：开辟。

〔14〕斗：一斗米。

〔15〕刑措：指刑罚弃置不用。措，废置。

〔16〕庠序：古代官办学校名。商代称"序"，周代称"庠"。

〔17〕躬亲：亲自。

〔18〕四夷：我国古代对四方的少数民族的泛指。

〔19〕唐：唐尧。虞：虞舜。

〔20〕汤：商汤，商朝开国之君。

〔21〕文、武：指周文王姬昌、周武王姬发。

〔22〕八元：古代传说中的八个才子。《左传·文公十八年》："高辛氏有才子八人，伯奋、仲堪、叔献、季仲、伯虎、仲熊、叔豹、季狸，忠肃共懿，宣慈惠和，天下之民谓之八元。"八恺：古代传说中的八个才德之士。《左传·文公十八年》："昔高阳氏有才子八人，苍舒、隤敳、梼戭、大临、尨降、庭坚、仲容、叔达，齐圣广渊，明允笃诚，天下之民谓之八恺。"

〔23〕伊尹：名挚，佐商汤灭夏桀，建立了商。

〔24〕太公：名尚，字子牙，本姓姜，因先祖封于吕，又姓吕。辅佐周武王灭商纣。

【译文】

自从周成王、周康王离世之后，百姓就见不到古代先王的太平盛世了，天下一天天地陷入混乱，一直到了秦朝，把前代圣王几千年的治国之法全部废除。天下群雄起义，灭亡了秦朝，使天下被汉朝统一。汉朝建立之后，经历了二十四位皇帝，西汉、东汉两度统治天下，共计四百年。可是汉朝大体上仍然沿用秦朝的法令制度，即使更改一些秦的旧法，也多是根据自己的意愿，并不是仿效先王的制度而有治理天下的志向。有治理天下的志向的君主，只有文帝一人而已。可是文帝没有足够的才能治理天下，所以虽然有仁政爱民的美名，但他当时施行的法度，也不是仿效夏、商、周三代的先王之法。汉朝灭亡，几个强大的势力分割天下，形成三国鼎立的局面。晋朝与隋朝虽然能够统一天下，但都没有多久便灭亡了，是不值得评价的。

汉文帝

　　唐朝取代了隋，前后共经历十八位君主，共计三百年，而最为强盛的莫过于唐太宗时代。唐太宗能够委屈自己听从谏议，仁心爱人，可以说他有治理天下的志向。他实行租庸调制均衡百姓的赋税徭役，实行府兵制保养军队，根据职责事务需要设置官位，根据能力大小委任官职，用仁义教化改良风俗，用重视农业调动百姓。赋税徭役有一定的制度，军士农夫有固定的业务；官位没有虚衔冗职，在职官员没有不称职责的；人民习惯于做善事，而很少有恶劣的行为。这样便使得掌管政务的人办事简洁明快有效率，百姓纳税服役量少而容易完成。人民既能切实务农，国家的军备又得以储存；军队设置既能保持，又有务农的实力。职事分工明确各有归属，俸禄支出合理不虚；各种合格人才各得所用，没有遗漏，治国的政令制度一体相承。人们的礼义廉耻之心日益深入笃实，国家的土地日益开垦增加。这是因为建立了完备的制度，社会就长治久安；如果废弃，就会动乱。因此，可以说唐太宗有治理天下的才能。实行这套法令制度几年之后，粮食价格低廉，一斗米只要几个钱。居家的人都有剩余积蓄，出门的人也身有余钱，人人都厚道自重，几乎到了可以废置刑罚的程度。因此，可以说他有治理天下的成效。

　　唐太宗虽然有治理天下的志向，有治理天下的才能，又有治理天下的成效，可是仍然不能跟先王相提并论，这是因为他施行法度还不如先王完善；恢复礼乐典章，制定农业政策，设立学校教育也不如先王完善。他亲临战场指挥打仗，战必胜，攻必克，天下没有人不认为他武功盖世，但这却不是先王主张的。四方万里之外的异族，古代政令没有到达的地方，没有不归附臣服的，天下没有人不认为他治理的国家强盛，但这并不是先王的目标。唐太宗治理天下的得失就是这样。

从唐尧、虞舜的太平盛世，经历五百多年才有商汤的太平盛世；从商汤的太平盛世，经历五百多年才有周文王、周武王的太平盛世；从周文王、周武王的太平盛世，经历一千多年才有唐太宗这位贤明君主。唐太宗有治理天下的志向，有治理天下的才能，有治理天下的效果，但又因为他制度不完备，不能跟先王相提并论而称得上最太平的时代。这样看来，生活在周文王、周武王之前的人，大概五百年遇到一次太平盛世；生活在周文王、周武王之后的人，经历一千多年也未必能赶上最完美的太平盛世。这就不仅仅是生在这个时代的百姓的不幸了。生在周文王、周武王之前的读书人，就像舜和禹遇到唐尧，"八元""八恺"遇到虞舜，伊尹遇到商汤，太公遇到文王、武王，大概都是五百多年才遇到一代盛世圣君。生在周文王、周武王之后的读书人，一千多年里，即使像孔子这样的圣人、孟子这样的贤人也遇不到贤明的君主，即使是唐太宗做他们的国君，他们也不一定能够发挥才能实现理想。这也是生在那个时代的读书人的不幸啊！所以论述唐太宗的是非得失，不单单作为国君可以用来考察得失，有志于先王之道，而又想为朝廷出力的读书人，也可以从中得到教训。

书魏郑公传

【题解】

文章从唐太宗与魏徵的关系说起，提出君与臣之间应以"大公至正之道"为行动准则，认为君主不应"灭人言以掩己过"，臣下不应"取小亮以私其君"。同时作者以史实为例，从正反两方面说明了把诤谏之事载入史册，将会产生积极的政治效果和深远的历史影响，然后逐条批驳隐瞒君主过错和掩盖历史真相等封建伦理观念，在君臣关系上提出"诚信"二字，在撰述历史上主张"不欺万世"。文章见解深刻，议论晓畅，确实可称杰作。

【原文】

予观太宗常屈己以从群臣之议[1]，而魏郑公之徒[2]，喜遭其时，感知己之遇，事之大小，无不谏诤。虽其忠诚所自至，亦得君以然也。则思唐之所以治，太宗之所以称贤主，而前世之君不及者，其渊源皆出于此也。能知其有此者，以其书存也。及观郑公以谏诤事付史官[3]，而太宗怒之，薄其恩礼，失终始之义，则未尝不反覆嗟惜，恨其不思[4]，而益知郑公之贤焉。

夫君之使臣与臣之事君者何？大公至正之道而已矣。大公至正之道，非灭人言以掩己过[5]，取小亮以私其君[6]，此其不可者也。又有甚不可者，夫以谏诤为当掩，是以谏诤为非美也，则后世谁复当谏诤乎？况前代之君有纳谏之美，而后世不见，则非惟失一时之公，又将使后世之君，谓前代无谏诤之事，是启其怠且忌矣[7]。太宗末年，群下既知此意而不言，渐不知天下之得失。至于辽东之败[8]，而始恨郑公不在世，未尝知其悔之萌芽出于此也。

夫伊尹、周公何如人也[9]？伊尹、周公之谏切其君者，其言至深，而其事至迫也。存之于《书》，未尝掩焉。至今称太甲、成王为贤君[10]，而伊尹、周公为良相者，以其书可见也。令当时削而弃之，成区区之小让[11]，则后世何所据依而谏，又何以知其贤且良与？桀、纣、幽、厉、始皇之亡[12]，则其臣之谏词无见焉，非其史之遗，乃天下不敢言而然也。则谏诤之无传，乃此数君之所以益暴其恶于后世而已矣。

或曰："《春秋》之法[13]，为尊亲贤者讳，与此其戾也[14]。"夫《春秋》之所以讳者，恶也，纳谏诤岂恶乎？"然则焚稿者非欤？"曰：焚稿者谁欤？非伊尹、周公为之也，近世取区区之小亮者为之耳，其事又未是也。何则？以焚其稿为掩君之过，而使后世传之，则是使后世不见稿之是非，而必其过常在于君，美常在于己也，岂爱其君之谓欤？孔光之去其稿之所言[15]，其在正邪，未可知也，其焚之而惑后世，庸讵知非谋己之奸计乎[16]？或曰："造辟而言[17]，诡辞而出[18]，异乎此。"曰：此非圣人之所尝言也。令万一有是理[19]，亦谓君臣之间，议论之际，不欲漏其言于一时之人耳，岂杜其告万世也[20]。

噫！以诚信持己而事其君[21]，而不欺乎万世者，郑公也。益知其贤云，岂非然哉！岂非然哉！

【注释】

〔1〕太宗：唐太宗（599—649），即李世民。

〔2〕魏郑公：魏徵（580—643），字玄成，唐朝著名政治家，封郑国公。

〔3〕"及观郑公"句：《旧唐书·魏徵传》载，"徵又自录前后诤谏言辞，往复以示史官起居郎褚遂良。太宗知之愈不悦。先许以衡山公主降其长子叔玉，于是手诏停婚。"

〔4〕恨：遗憾。

〔5〕灭：灭绝，堵塞。掩：掩盖，遮没。

〔6〕小亮：小聪明。

〔7〕怠：疏慢。忌：避忌，讳饰，掩盖。

〔8〕辽东之败：唐太宗进攻辽东，损失惨重。

〔9〕伊尹：名挚，商初大臣，助汤灭桀，汤去世后又佐继位者。周公：姬旦，文王之子，武王之弟，辅武王伐纣，统一天下，又佐成王开创盛世。

〔10〕太甲：成汤孙，即位三年间暴虐乱德，伊尹放之于桐宫（成汤葬地）；三年后悔过反善，被接回复位。见《史记·殷本纪》。成王：武王子姬诵。

〔11〕让：谦让。

〔12〕桀：夏末代君主。纣：商末代君主。幽：西周末代君主。厉：周厉王，即姬胡。始皇：秦始皇（前

魏徵

259—前210），嬴政，前221年统一中国。

〔13〕《春秋》之法：春秋文字简短，每于一字间寓褒贬，后世即称此为春秋笔法。《春秋》，编年体史书，相传为孔子依鲁国史官所编《春秋》整理修订而成，载鲁隐公元年（前722）至鲁哀公十四年（前481）间计二百四十二年史事。

〔14〕戾：违反，背叛。

〔15〕孔光：字子夏，鲁人，孔子十四代孙，西汉末年大臣。

〔16〕庸讵：反诘之词，难道，哪里。

〔17〕造辟：朝见君主。

〔18〕诡辞而出：用假话敷衍，不泄露实情。

〔19〕令：即令，即使。

〔20〕杜：断绝，阻碍。

〔21〕持己：要求自己。

【译文】

我看到唐太宗常常委屈自己，听从群臣的意见，而魏郑公这些人为碰上了好时代而高兴，感激太宗的知遇之恩，因此事情不论大小，没有不直言进谏的。虽然这是由于他们的忠诚，但也是因为能遇上圣明的君主的结果！那么，我想唐代之所以是太平盛世，唐太宗之所以被称为贤君，前代的君主之所以比不上太宗，根本原因都出在这里啊！能够知道这些，是因为相关史书有记载。等我看到魏郑公把谏诤的事记录下来交付给史官，太宗因此大怒，减轻了对他的恩宠礼遇，丧失了始终如一的君臣道义，我没有一次不反复叹惜，遗憾唐太宗不慎重思考，而更加理解郑公的贤良了。

君王任用臣子与臣子侍奉君王的原则是什么呢？只是遵循公正罢了。公正，不是抹杀别人的话来掩盖自己的过失，不是用小聪明来讨好自己的君主，这样做是不合适的。还有更不可以做的事：认为谏诤是应当掩饰的，这是把谏诤当作不好的事情，那么后代谁还会再去当面谏诤呢？况且前代的君主有纳谏的美德，可是后代看不见，那就不只是掩住一时的公正，还将使后代的君主误以为前代没有谏诤的情况，这是开启了惰怠和忌讳进谏的风气。唐太宗晚年，群臣已经知道了他掩盖进谏之事，就都不说，使得太宗慢慢地不知道天下的得失利害了。一直到了辽东战事失败，他才开始憾恨魏郑公已经不在人世，还不曾知道他悔恨的萌芽就产生于这件事情上。

伊尹、周公是什么样的人物？伊尹、周公对君主恳切地劝谏，言辞极其深刻，事情又非常紧迫。这些保存在《尚书》里，不曾湮没。到现在，人们还称颂太甲、成王为贤君，伊尹、周公为良相，是因为他们的谏书还能见得到。假使当时就把谏书删减毁弃，成就小小的谦让的名声，那么后世依据什么来谏诤，又根据什么知道他们的贤能和杰出呢？夏桀、商纣、周幽王、周厉王、秦始皇灭亡，他们臣子的谏词就看不到，不是当时史官遗漏没记，而是天下人都不敢进言的结果。那么谏诤之事没有载入史册传下来，正是更加暴露这几个国君的恶行罢了。

有人说："《春秋》记史的原则是为君主、父母、贤德之人掩饰隐瞒过错，与你的说法正好相反。"《春秋》里所掩饰、隐瞒的都是缺点、不好的方面，接受谏诤怎么能说是缺点呢？又说："既然如此，是焚毁谏稿的人不对吗？"我说：焚稿的人是谁？这不是伊尹、周公做的，而是近世的人为了显示一点点小聪明而干的，这种事情又不对。为什么？因为他们把焚稿当作替君主掩饰过错的美德，又在世上流传。这就使得后世看不到谏言奏章是否正确，一定认为过错通常在君主，而美德常常在焚稿者身上，怎么能说是爱他们的君主呢？孔光删去他奏章的内容，究竟是正直还是邪僻，已经不清楚了；而那些用焚稿来迷惑后世的人，又怎么知道不是为了实现他们自己的个人私利呢？又有人说："到君主面前说的话，出来不把实话告诉别人，这也与你的观点不同。"我说：这不是圣人说过的话。即使万一有这样的道理，也是说君臣之间议论国家大事，不想对当时的人泄露他们的话语罢了，怎么会是禁止留言于万世！

唉！用忠诚守义要求自己、侍奉君主，而且也不欺瞒万世的人，就是魏郑公啊！我在前面说过"更加理解了他的贤良"这样的话，难道不是这样吗？难道不是这样吗？

战国策目录序

【题解】

在这篇序言中，作者极力维护儒家正统的政治思想原则，对战国游士的政治和军事策略思想不加具体的历史分析，一概斥之为迎合时主需要的异端邪说，亡国亡身的巨大祸根。这显然是一种思想偏见。但他认为作为治国之方的"法"可以因时而异，而作为基本原则的"道"绝对不能动摇。这种认识具有一定的思

想价值。他还认为，对有影响的异端邪说，必须"明其说于天下"，使人人"皆知其说不可从"，而不能采取禁绝销毁的简单办法。这也是一种有效的政治思想斗争策略。文章的论点明晰，结构紧凑，语言简洁，对《战国策》篇目的考核也很精确。

【原文】

刘向所定《战国策》三十三篇[1]，《崇文总目》称第十一篇者阙[2]。臣访之士大夫家，始尽得其书，正其误谬，而疑其不可考者，然后《战国策》三十三篇复完。

叙曰：向叙此书，言"周之先，明教化，修法度[3]，所以大治；及其后，谋诈用，而仁义之路塞，所以大乱"。其说既美矣。卒以谓"此书，战国之谋士度时君之所能行，不得不然"，则可谓惑于流俗而不笃于自信者也[4]。

夫孔、孟之时[5]，去周之初已数百岁，其旧法已亡，旧俗已熄久矣。二子乃独明先王之道，以谓不可改者，岂将强天下之主，以后世之所不可为哉？亦将因其所遇之时、所遭之变，而为当世之法，使不失乎先王之意而已。二帝三王之治[6]，其变固殊，其法固异，而其为国家天下之意，本末先后[7]，未尝不同也。二子之道，如是而已。盖法者，所以适变也，不必尽同；道者，所以立本也，不可不一，此理之不易者也。故二子者守此，岂好为异论哉？能勿苟而已矣。可谓不惑乎流俗而笃于自信者也。

战国之游士则不然[8]，不知道之可信，而乐于说之易合，其设心注意[9]，偷为一切之计而已[10]。故论诈之便而讳其败[11]，言战之善而蔽其患。其相率而为之者，莫不有利焉，而不胜其害也；有得焉，而不胜其失也。卒至苏秦、商鞅、孙膑、吴起、李斯之徒以亡其身[12]，而诸侯及秦用之者，亦灭其国，其为世之大祸明矣，而俗犹莫之寤也。惟先王之道，因时适变，为法不同而考之无疵、用之无弊，故古之圣贤，未有以此而易彼也。

或曰："邪说之害正也，宜放而绝之，则此书之不泯其可乎？"对曰："君子之禁邪说也，固将明其说于天下，使当世之人皆知其说之不可从，然后以禁，则齐；使后世之人皆知其说之不可为，然后以戒，则明。岂必灭其籍哉！放而绝之，莫善于是。是以孟子之书，有为神农之言者，有为墨子之言者，皆著而非之。至于此书之作，则上继《春秋》，下至楚、汉之起，二百四五十年之间，载其行事，固不可得而废也。"

此书有高诱注者二十一篇，或曰三十二篇，《崇文总目》存者八篇，今存者十篇云。

【注释】

〔1〕刘向：前77—前6，本名更生，字子政，沛（今江苏沛县）人。西汉经学家、目录学家、文学家。著有《说苑》《新序》《列女传》等书。《战国策》：书成于战国末年，刘向整理为三十三篇。该书主要记载战国时期各国游说之士的策谋、言论和活动，反映的是纵横家的思想。该书按国别排列，依次为东周、西周、秦、齐、楚、赵、魏、韩、燕、宋、卫、中山。

〔2〕《崇文总目》：宋代时国家的书目总集。由翰林学士王尧臣等人编撰而成。书目共分六十六卷，著录崇文院（皇家藏书院）所藏书三万零六百六十九卷，按类排列，下附叙释。

〔3〕修：修治。法度：制度，规矩。

〔4〕笃：深厚坚定。

〔5〕孔、孟之时：孔、孟分别生活在公元前六世纪、四世纪，距西周初期为五百年到七百年。

〔6〕二帝：指唐尧、虞舜。三王：指夏禹、商汤、周文王。

〔7〕本末：指树木的根本和树梢，引申为主次。

　　〔8〕游士：游说之士。

　　〔9〕设心注意：指用意企图。

　　〔10〕偷：苟且。一切之计：权宜之计。

　　〔11〕便：便宜，指有好处。讳：忌讳，隐讳。

　　〔12〕苏秦：字季子，东周洛阳人，战国时著名政治家，纵横家代表人物。他主张"合纵"共同对付秦国，身佩六国相印，为从约长。后被齐人所杀。商鞅：战国时卫国人，姓公孙氏。他帮助秦孝公变法，使秦国得以富强。后被车裂。

【译文】

　　刘向所编定的《战国策》共三十三篇，《崇文总目》说第十一篇缺失。我访求了一些士大夫家，才得到了全书，校正了书中的谬误，对那些一时无法查考的问题存疑，这样一来，《战国策》三十三篇又恢复完整。

　　序言说：刘向给这部书作序，说"周朝初期，实行了教育感化，修整了法令制度，因此天下大治；到了后期，盛行阴谋欺骗，推行仁义的道路堵塞了，因此天下大乱"。这种说法已经很高明了。但最后却说"这本书是战国时期的谋臣策士揣摩当时的君主能够做得到的事情，才不得不这样说"，这种说法可以说是被流俗迷惑，而缺少坚定的自信了。

　　孔子、孟子的时代，距离周朝初年已有几百年了，旧的法令制度早已不存在了，旧的风俗也已绝灭很久了。他们二位却独独宣扬先王的政治，认为是不可改变的，难道他们是要强迫天下的君主去做后世做不成的事情吗？也只是要根据他所生活的历史时代、所遭逢的变化去制定当时的法令制度，使它不失去先王的治国原则罢了。二帝三王治理天下的时候，他们的时代固然不同，他们的办法固然不同，但是他们治理国家天下的基本原则，什么是根本，什么是末事，什么先做，什么后做，都是一样的。

孔、孟二位的主张，只是这样罢了。"法"是用来适应变化的，不一定完全相同；"道"是用来确立根本的原则，不能不一样。这是不可以变更的道理。所以他们二位恪守这个主张，难道是喜欢标新立异、与众不同吗？他们能不随波逐流、随声附和罢了。他们确实可以称得上是不被世俗迷惑而坚于自信的人啊！

战国时期的游说之士却不这样，不知道"道"的不容置疑，却乐于迎合国君的心意，他们的用意企图，只不过是侥幸谋划权宜之计罢了。所以他们高谈阔论诡谋欺诈的便利，而讳言欺诈的失败；大肆宣扬战争的好处，而竭力掩盖它的祸患。那些个个这样做的，都有一点小利，但是不会超过它的害处；个个有所得，却抵不上它的损失。最后到苏秦、商鞅、孙膑、吴起、李斯这些人，因此而丧生，而任用他们的诸侯和秦国也都灭亡了。这些人是世上的大祸害，是很清楚了，可是世俗之人却仍然执迷不悟。只有先王之道，随着时势适应变化，制定不同的法制，考察它没有发现缺点，实施它没有出现弊病，所以古代的圣贤，从来没有人拿先王之道来换取游士的权宜之计的。

有人说："邪说会妨害正道，应当完全抛弃它、彻底禁绝它，那么，这部书不加销毁行吗？"我回答说："君子禁绝邪说，一定要揭露它的谬误，使它大白于天下，使得当世的人都知道这种邪说为什么是不可听信跟从的，然后再加以禁止，这样大家的认识就统一了。使得后世的人都知道这种邪说是不能推行的，然后加以警戒，这样就使大家有明确的看法。难道一定要销毁那些书籍？摒弃而杜绝邪说，没有比这办法更高明的了。所以，孟子的书中，有研究神农学说的，有研究墨子学说的，都记载下来而加以批驳。至于这本书，上和《春秋》相接，下到楚、汉之争的开始，记载了二百四十五十年间各国纵横家的事迹，本来就不可能废弃的。"

这本书高诱作注的有二十一篇，也有的说是三十二篇，

《崇文总目》记载的只存有八篇，现在保存了十篇。

谢杜相公书

【题解】

曾巩之父曾易占，从江西来汴京途中，在河南安阳忽患重病。杜衍前往探视，多方营救；易占死后，杜衍又帮助料理后事，使曾巩摆脱了孤立无援的困境。事隔多年之后，曾巩抱着满怀辛酸与感激的心情写了这封信，诉说自己当时孤独无依，哀苦无告，大祸临头，束手无策的感觉，对杜衍的及时援助和热情关怀表示真诚的谢意。本文赞扬了杜衍虽然不在相位，但仍然"爱育天下之人才"的高尚品德。最后作者表示，既然杜衍能以关心天下大事的政治责任感爱护人才，他也要用同样的态度加以报答。

【原文】

伏念昔者[1]，方巩之得祸罚于河滨，去其家四千里之远。

南向而望，迅河大淮，埭堰湖江[2]，天下之险，为其阻厄。而以孤独之身，抱不测之疾，茕茕路隅[3]，无攀缘之亲、一见之旧，以为之托；又无至行上之可以感人利势，下之可以动俗。惟先人之医药，与凡丧之所急，不知所以为赖，而旅榇之重[4]，大惧无以归者。明公独于此时[5]，闵闵勤勤，营救护视，亲屈车骑，临于河上，使其方先人之病，得一意于左右，而医药之有与谋。至其既孤，无外事之夺其哀，而毫发之私，无有不如其欲，莫大之丧，得以卒致而南。其为存全之恩，过越之义如此！

窃惟明公相天下之道，吟讼推说者穷万世[6]，非如曲士汲汲一节之善[7]。而位之极，年之高，天子不敢烦以政，岂乡闾新学[8]，危苦之情，蒙细之事[9]，宜以彻于视听[10]，而蒙省察？然明公存先人之故，而所以尽于巩之德如此！盖明公虽不可起而寄天下之政[11]，而爱育天下之人才，不忍一夫失其所之道，出于自然，推而行之，不以进退。而巩独幸遭明公于此时也！

在丧之日，不敢以世俗浅意，越礼进谢[12]；丧除，又惟大恩之不可名，空言之不足陈，俳徊迄今，一书之未进。顾其惭生于心[13]，无须臾废也。伏惟明公终赐亮察[14]！夫明公存天下之义，而无有所私，则巩之所以报于明公者，亦惟天下之义而已。誓心则然，未敢谓能也。

【注释】

〔1〕伏念：恭敬地想。古代敬辞。伏，趴在地上，表示恭敬。

〔2〕埭（dài）：土筑的河堤。堰（yàn）：河堰，比堤小。

〔3〕茕（qióng）茕：孤独无依。隅（yú）：角落。

〔4〕旅榇（chèn）：在旅居之地停放灵柩。榇，棺材。

〔5〕明公：古代对高级官员的尊称，这里指杜衍。

〔6〕吟（yín）讼：同"吟颂"，讴歌颂扬。推说：推崇称道。

〔7〕曲士：见识不广的人。

〔8〕乡闾：乡里。

〔9〕藂：同"丛"，杂乱。

〔10〕彻：贯通。引申为充塞，灌注。

〔11〕盖：发语词。

〔12〕越礼：违礼。古人在守孝期间，不得拜亲会友。

〔13〕顾：只是。

〔14〕伏惟：祈祷，祈愿。亮察：明鉴，谅解。

【译文】

　　回想当年，正是我在黄河边遭受灾祸的时候，离家乡有四千里之远。向南眺望，只见迅猛的黄河，宽阔的淮水，连绵不断的土堤水堰、江河湖泊，都是天下的艰险之地，我被这些山川险阻所困，无法顺利回乡送葬。我孤身一人，对着意想不到的灾难，孤单无依，徘徊路旁，没有可以投靠的亲戚和一面之交的朋友能作为生活的依托；对上既没有卓越的品行可以感动官僚绅士，对下也没有财富和权势可以动用一般的人。连先父需用的医药和所有治理丧事急需的物资，也不知道应该依赖谁，而且寄存异乡的灵柩又这样沉重，我非常害怕无法把它运回。唯独您在这个时候，殷勤帮忙，营救看护，亲自屈驾前来，到黄河岸上，使我在先父病重期间，能够在他身边专心致志地护理侍奉，而医药之事也有人一同商量了。直到先父过世之后，没有杂事干扰我为先父尽哀，就连一些微小的内心欲望也没有不如愿的，才使得我家的大丧能回到南方家乡去完成。您对我体恤成全的恩德，是这样的超越常情啊！

　　我私下认为您辅佐天下的道义，都会受到千秋万世的讴歌颂扬、推崇称道，并非仅仅对我这样的一个普通人的小恩小惠而已。您的地位到了顶点，而且年事已高，皇上也不敢用政事去打扰您，难道我这个来自穷乡僻壤的后生，应当用危急痛苦的心情，杂乱细小的事务，去充塞您的耳目，承蒙您的体贴吗？但是您却念及先父的旧情，尽力援助我，这是多么大的恩情啊！您虽然不能重新掌握天下的政事，但是您那爱护培育天下人才，不忍心让一个人流离失所的道义，都是出于自然的天性，而且继续坚持推行，并不由于任职或退休而有变化。而我唯独在这个时候有幸遇到了您！

在我守丧期间，不敢按照世俗的浅薄人情，违背俗礼去向您表示谢忱；服丧期满后，又想到您对我的大恩无法形容，几句空话不足以详尽地表达我的心意，反复考虑，直到现在，连一封信也没有进献。只是觉得心里很惭愧，一刻也不能忘记。悬望明公体谅明察！您坚守胸怀天下的道义，没有一点私心杂念，那么我用来报答您的东西，也只能是胸怀天下的道义罢了。我发自内心如此真诚地许愿，但不敢说肯定能实现。

王安石（1021—1086），字介甫，号半山，抚州临川（今江西抚州临川）人。北宋杰出的政治家、思想家和文学家。二十二岁中进士，仁宗嘉祐三年（1058）曾上万言书，主张改革政治。神宗熙宁二年（1069），任参知政事，次年任同中书门下平章事（宰相），积极推行青苗、均输、市易、免役、农田、水利等新法，改革学校科举制度，以期富国强兵，缓和阶级矛盾。这些改革在客观上是有利于社会发展的，但由于触犯了大官僚地主和豪商的特权，遭到了保守派的激烈反对，于熙宁九年（1076）罢相，变法失败。晚年谪居江宁（今江苏南京），不问政事。后被封为舒国公，后又改封为荆国公，所以人们也称他"王荆公"。王安石在我国文学史上占有很重要的地位，他的诗词有其独特的风格，著有《王临川集》。

读《孟尝君传》

【题解】

　　这篇短文是王安石读《史记·孟尝君列传》后写的随笔，也是一篇短小精悍的读后感。孟尝君一向以广纳人才、手下人才济济为人称道，王安石则一反世俗之见，指出鸡鸣狗盗之徒并不能作为国家栋梁之"士"，提出延揽人才应从政治大局着眼的主张。全文仅八十九个字，却抑扬吞吐、字字警策。

【原文】

　　世皆称孟尝君能得士，士以故归之，而卒赖其力，以脱于虎豹之秦。

　　嗟乎！孟尝君特鸡鸣狗盗之雄耳，岂足以言得士？不然，

擅齐之强，得一士焉，宜可以南面而制秦，尚何取鸡鸣狗盗之力哉？鸡鸣狗盗之出其门，此士之所以不至也。

【译文】

世人都称孟尝君善于搜罗有才能的人，有才能的人因此都去投奔他，而他终于依靠那些人的力量，从如虎豹一样凶残的秦国逃脱出来。

唉！孟尝君只不过是那些鸡鸣狗盗之徒的头目罢了，哪里能够称得上善于搜罗有才能的人呢？如果不是这样，那么他凭借齐国的强大国力，即使得到一个具有真才实学的人，也应该能够制服秦国而使齐国称霸，哪里还用得上那些鸡鸣狗盗之徒的力量呢？鸡鸣狗盗之徒出现在他的门下，这就是真正的人才不投奔他的原因啊。

同学一首别子固

【题解】

这篇文章是王安石二十三岁时写给朋友曾巩的。当时，两人都年少而怀经纶济世之志，他们互相慰勉，以期携手共进。本文扣住"同学"二字立意。同学，便是共同学习圣贤之道、志同道合的意思。本文作为一篇送别文章，从志同道合上立意，更显示出友谊基础的牢固。

【原文】

江之南有贤人焉，字子固，非今所谓贤人者，予慕而友之。淮之南有贤人焉，字正之[1]，非今所谓贤人者，予慕而友之。

二贤人者，足未尝相过也，口未尝相语也，辞币未尝相接也。其师若友，岂尽同哉？予考其言行，其不相似者何其少也！曰：学圣人而已矣。学圣人，则其师若友必学圣人者。圣人之言行，岂有二哉？其相似也适然。

予在淮南，为正之道子固，正之不予疑也。还江南，为子固道正之，子固亦以为然。予又知所谓贤人者，既相似，又相信不疑也。子固作《怀友》一首遗予，其大略欲相扳以至乎中庸而后已。正之盖亦尝云尔。

夫安驱徐行，轥中庸之庭[2]，而造于其室，舍二贤人者而谁哉？予昔非敢自必其有至也，亦愿从事于左右焉尔，辅而进之，其可也。

噫！官有守，私有系，会合不可以常也。作《同学一首别子固》，以相警，且相慰云。

【注释】

[1] 正之：孙侔（1019—1084），字正之，吴兴（今属浙江）人，为文奇古，与王安石、曾巩为友，名倾一时。终身不仕，客居江淮间，士大夫敬畏之。

[2] 轥（lìn）：经过。

【译文】

　　长江之南有一位贤人，字子固，他不是当今世俗所说的贤人，我敬慕他，和他成为朋友。淮河之南有一位贤人，字正之，他不是当今世俗所说的贤人，我敬慕他，和他成为朋友。

　　这二位贤人，从未互相交往过、从未互相交谈过、从未互相赠过钱物。他们的老师和朋友难道都是相同的吗？我考察他们的言语行为，不相似的地方是何等少啊！我说，这恐怕是他们都向圣人学习的结果吧！他们学习圣人，那么他们的老师和朋友也一定是向圣人学习了。圣人的言语行为难道会有两种样子吗？所以，他们二人的相似也是必然的。

　　我在淮河之南，向正之谈及子固，正之不怀疑我说的话。我回到长江之南，向子固谈及正之，子固也认为我说的话确实有道理。因此，我又知道了所谓的圣贤之人，既很相似，又相互信任，从不猜疑。子固作了一首《怀友》诗赠送给我。意思大概是希望我们能相互勉励，一直到达中庸的境界才罢休。正之也曾经说过类似的话。

　　驾着车子安稳行进，通过中庸的门庭而到达内室，除了这二位贤人还会有谁呢？我过去不敢肯定自己一定会达到这种境界，不过也愿意跟在他们的左右努力去做，通过他们的帮助使我进入这种境界，应该是可能的。

　　唉！做官有自己的职守，私下又有别的事牵累，我们的聚会不可能是经常的。因此，我作了这篇《同学一首别子固》，以相互警策，并相互劝勉。

游褒禅山记

【题解】

本篇是游记形式的说理文，作者通过记游褒禅山说明治学的道理：一是反对浅尝辄止，

提倡深入探索，并精辟地分析了"志""力""物"三个条件及其相互关系；二是反对道听途说，以讹传讹，主张探本溯源、深思慎取。这两点虽只讲治学，但不乏普遍的思想深意，在今天仍有启发意义。本文以具体形象的记游来论证抽象的道理，叙事议论互相呼应，紧密结合，在写作上也是别具一格的。

【原文】

褒禅山亦谓之华山。唐浮图慧褒始舍于其址[1]，而卒葬之，以故其后名之曰"褒禅"。今所谓慧空禅院者，褒之庐冢也。距其院东五里，所谓华山洞者[2]，以其乃华山之阳名之

也。距洞百余步，有碑仆道，其文漫灭，独其为文犹可识，曰"花山"。今言"华"如"华实"之"华"者，盖音谬也。

其下平旷，有泉侧出，而记游者甚众，所谓"前洞"也。由山以上五六里，有穴窈然，入之甚寒，问其深，则其好游者不能穷也，谓之"后洞"。余与四人拥火以入，入之愈深，其进愈难，而其见愈奇。有怠而欲出者，曰："不出，火且尽。"遂与之俱出。盖余所至，比好游者尚不能十一，然视其左右，来而记之者已少。盖其又深，则其至又加少矣。方是时，余之力尚足以入，火尚足以明也。既其出，则或咎其欲出者，而余亦悔其随之，而不得极夫游之乐也。

于是余有叹焉。古人之观于天地、山川、草木、虫鱼、鸟兽，往往有得，以其求思之深而无不在也。夫夷以近，则游者众；险以远，则至者少。而世之奇伟、瑰怪、非常之观，常在于险远，而人之所罕至焉，故非有志者不能至也。有志矣，不随以止也，然力不足者，亦不能至也。有志与力，而又不随以怠，至于幽暗昏惑而无物以相之，亦不能至也。然力足以至焉，于人为可讥，而在己为有悔；尽吾志也，而不能至者，可以无悔矣，其孰能讥之乎？此余之所得也。

余于仆碑，又以悲夫古书之不存，后世之谬其传而莫能名者，何可胜道也哉！此所以学者不可以不深思而慎取之也。

四人者：庐陵萧君圭君玉、长乐王回深父、余弟安国平父、安上纯父[3]。至和元年七月某甲子，临川王某记。

【注释】

〔1〕慧褒：唐太宗时的高僧，喜欢安徽含山县北山麓的胜景，于是在那儿结庐而居，寒暑不出，当时的人不能测其踪迹。圆寂后，葬于此山。

〔2〕华山洞：一本作"华阳洞"。据《读史方舆纪要》

《含山县志（康熙）》诸书，城北十五里有华山，又东五里有华阳山，亦名兰陵山，山有华阳洞。明人戴重有《褒禅寺记》《华阳洞记》，较详。

〔3〕萧君圭：字君玉，北宋庐陵（江西吉安）人，生平事迹不详。王回：字深父，长乐（福建福州）人，敦行孝友，质直平恕，不求名誉，曾中进士，称病免官。安国（1028—1074）：字平父，王安石的四弟。熙宁初，以才行召试及第，历任西京国子教授、崇文院校书、秘阁校理。安上：字纯父，王安石的七弟。

【译文】

褒禅山也称作华山。唐代的和尚慧褒起初在这个地方建造了房舍，死后又埋葬在这里，因此后人就把这座山叫作褒禅山。今天所说的慧空禅院，就是慧褒的房舍和坟墓的所在地。距慧空禅院东边五里，有个叫华山洞的地方。之所以叫"华山洞"，是因为它在华山南面。离洞一百余步，有块碑石倒在路上，上边的文字已经看不清楚了，只从残存的文字中还可以辨出"花山"二字。而今天将"华"读作"华实"的"华"，大概是读音错了。

洞的下边平坦而开阔，有一股泉水从洞旁涌出，在这里游览和留字纪念的人很多，这就是被称作"前洞"的地方。由此向山上五六里的地方，有个洞穴很幽深，进入里边非常寒冷，打听它的深度，就是那些喜好游览的人也不能够走到它的尽头，人们把它称为"后洞"。我与其他四人拿着火把进去，进入越深，就越难行走，但所看到的景色就更加奇异。有个人懈怠了，想出去，就对大家说："再不出去，火把就要熄灭了。"于是，大家就和他一起出来了。大概我们所到的地方，还不到那些喜好游览的人的十分之一，然而看左右的墙壁，来题字留念的人已经很少了。恐怕进入再深一点，到的人就更加少了。当时，我的力气还可以再深入一些，火把还足够照明。已经出来了，就有人责备那个提议退出的人，而我也后悔跟着他出来，而没能尽情享受游览的乐趣。

因此，我颇有感慨。古人对天地、山川、草木、虫鱼、鸟兽的观察，往往有所收获，这是因为他们对问题探索思考得深刻，没有什么不加以体察的。平坦而近的地方，游览的人就多；艰险而僻远的地方，到达的人就少。而世上奇特雄伟、壮丽怪异、不同寻常的景色，常常在艰险而僻远、一般人很少到达的地方，所以没有毅力的人是不能到达的。有毅力，不随别人停止，但体力不足的，也不能到达。有毅力和体力，又不随别人而懈怠，到了幽深黑暗、令人迷惑的地方，若没有什么东西帮助，也不能到达。但是，体力尚可到达的地方（自己却没有到达），不仅会受到他人的讥笑，并且自己也会后悔；尽了自己的努力而不能到达，就没有什么后悔的了，谁还能讥笑呢？这是我从这件事上受到的启发。

我对于那块倒在地上的碑石，又感叹古书没有记录，而后世的人以讹传讹，难以弄清真相的事，怎么能说得完呢？这就是做学问的人不能不深刻地思考并谨慎地选取资料的原因啊。

同游的四个人是：庐陵的萧君圭、长乐的王回、我的弟弟王安国和王安上。至和元年七月某日，临川人王某记。

泰州海陵县主簿许君墓志铭

【题解】

许平是个终生不得志的普通官吏。在这篇墓志铭中，作者主要哀悼许平有才能而屈居下

位的悲剧。第一段写许君有大才却终不得用的事实；第二段以离俗独行之士和趋势窥利之士的不遇，来衬托许君的不得志；第三段写许君的后事；第四段铭文只二十余字，概括许平一生的遭遇，隐含强烈的悲愤。全文议论较多，基调慷慨悲凉。

【原文】

君讳平，字秉之，姓许氏。余尝谱其世家，所谓今泰州海陵县主簿者也。君既与兄元相友爱称天下[1]，而自少卓荦不羁，善辩说，与其兄俱以智略为当世大人所器。宝元时[2]，朝廷开方略之选，以招天下异能之士。而陕西大帅范文正公、郑

文肃公[3]，争以君所为书以荐，于是得召试，为太庙斋郎[4]，已而选泰州海陵县主簿。贵人多荐君有大才，可试以事，不宜弃之州县。君亦尝慨然自许，欲有所为，然终不得一用其智能以卒。噫！其可哀也已！

士固有离世异俗，独行其意，骂讥笑侮，困辱而不悔；彼皆无众人之求，而有所待于后世者也，其龃龉固宜。若夫智谋功名之士，窥时俯仰，以赴势利之会，而辄不遇者，乃亦不可胜数。辩足以移万物，而穷于用说之时；谋足以夺三军，而辱于右武之国，此又何说哉？嗟乎！彼有所待而不悔者，其知之矣！

君年五十九，以嘉祐某年某月某甲子[5]，葬真州之扬子县甘露乡某所之原[6]。夫人李氏。子男瑰，不仕；璋，真州司户参军；琦，太庙斋郎；琳，进士。女子五人，已嫁二人：进士周奉先[7]，泰州泰兴令陶舜元[8]。

铭曰：有拔而起之，莫挤而止之。呜呼许君！而已于斯，谁或使之？

【注释】

〔1〕元：许元（989—1057），字子春，其祖先为歙人，后寓居宣城（今安徽宣城），因父亲做官，而官至江淮、两浙、荆湖发运判官，历知扬、越、泰三州。

〔2〕宝元：宋仁宗年号（1038—1040）。

〔3〕范文正公：范仲淹，字希文，谥号文正，苏州吴县（今江苏苏州）人。宝元三年（1040）五月己卯，任陕西经略安抚副使。郑文肃公：郑戬，字天休，谥号文肃，苏州吴县人。庆历三年（1043）四月甲辰，任陕西四路马步军都部署兼经略安抚招讨等使。

〔4〕为太庙斋郎：据《续资治通鉴长编》卷一百四十一，

许平为太庙斋郎的时间是仁宗庆历三年五月乙未。

〔5〕嘉祐：宋仁宗年号（1056—1063）。

〔6〕真州：宋时州名。扬子县：宋时真州的治所，在今江苏仪征。

〔7〕周奉先：生平不详。

〔8〕陶舜元：生平不详。

【译文】

先生名平，字秉之，姓许。我曾经编过他的家谱，他就是家谱上边所载的现泰州海陵县主簿。先生不但与兄长许元相互友爱，被天下称赞，而且从少年时就超出一般人，他性格豪放不受约束，擅长辩论，与哥哥都因富有才智谋略而被当世的大人物所器重。仁宗宝元年间，朝廷开设方略科，以招纳天下具有特异才能的人才。当时陕西大帅范文正公、郑文肃公争着拿先生所写的文章来推荐，因此，他被征召进京应试，结果被任命为太庙斋郎，不久被选派做泰州海陵县主簿。朝中的大臣多荐举先生有雄才大略，应该任用他做重要的事以考验他，不应该把他放置在州、县做一般的官吏。先生也曾经意气慷慨地称许自己，想有一番作为，但终究没能有一次显示自己才智的机会就死去了。唉！这多么令人哀伤啊。

士固有离世异俗，独行其意

读书人当中本来就有那种远离尘世，与世俗不合，只按自己的意图行事的人，即使受到讽刺、谩骂、嘲笑、侮辱，终生穷苦愁困都不后悔。他们都没有一般人那种对名利的营求之心，而对后世有所期望，因此他们的失意、不合时宜本来也是应该的。至于那些富有机智谋略、追求功名利禄的读书人，窥测时局善于应变，去营求权势和物利，却往往不能得志的，也是难以计数的。然而，辩才足以改变万物，却在重用游说的时代遭受困窘；智谋足以夺取三军统帅，却在崇尚武力的国家遭受屈辱，这种情况又怎么解释呢？唉！那些对后世有所期待、遭受困厄却不后悔的人，大概知道其中的原因吧！

先生享年五十九岁，在仁宗嘉祐某年某月某日，葬在真州扬子县甘露乡某地的原上。夫人姓李。长子名瑰，没有做官；次子名璋，任真州司户参军；三子名琦，任太庙斋郎；四子名琳，中了进士。五个女儿，已经出嫁的有两个：一个嫁于进士周奉先，一个嫁于泰州泰兴县县令陶舜元。

墓碑上的铭文是：有人提拔而任用他，没有谁排挤而阻碍他。唉！许先生！他却死在小小的海陵县主簿的官位上，是什么人使他这样的呢？

答司马谏议书 [1]

【题解】

作为王安石的一篇驳论名篇，本文是他给时任翰林学士兼侍读学士、右谏议大夫的司马光的答书，针锋相对地驳斥了保

守派的污蔑攻击，毫不含糊地表明了打破苟且习气，坚决改革政治的信念。由于作者深信变

法事业的正确性与必要性，并且认清他与守旧势力存在根本的分歧，这封答书措辞简洁、干净利落，又能抓住要害，深刻犀利。置身新旧党争的旋涡之中，面对非难新法的一片喧嚣，这位厉行改革的政治家和一代文豪的倔强而又自信的性格，理直自然气壮的魄力，令人深为感动。

【原文】

某启[2]：昨日蒙教。窃以为与君实游处相好之日久[3]，而议事每不合[4]，所操之术多异故也[5]。虽欲强聒[6]，终必不蒙见察，故略上报，不复一一自辩[7]。重念蒙君实视遇厚[8]，于反复不宜卤莽[9]，故今具道所以，冀君实或见恕也。

盖儒者所争，尤在于名实，名实已明，而天下之理得矣。今君实所以见教者，以为侵官、生事、征利、拒谏[10]，以致天下怨谤也[11]。某则以谓受命于人主，议法度而修之于朝廷，以授之于有司，不为侵官；举先王之政，以兴利除弊，不为生事；为天下理财[12]，不为征利；辟邪说[13]，难壬人[14]，不为拒谏。至于怨诽之多，则固前知其如此也。人习于苟且非一日，士大夫多以不恤国事、同俗自媚于众为善[15]，上乃欲变此，而某不量敌之众寡，欲出力助上以抗之，则众何为而不汹汹然[16]？

盘庚之迁[17]，胥怨者民也[18]，非特朝廷士大夫而已。盘庚不为怨者故改其度[19]，度义而后动[20]，是而不见可悔故也。

如君实责我以在位久，未能助上大有为，以膏泽斯民[21]，则某知罪矣；如日今日当一切不事事[22]，守前所为而已，则非某之所敢知[23]。无由会晤[24]，不任区区向往之至[25]。

【注释】

[1] 司马谏议：司马光（1019—1086），字君实，陕州夏县（今山西夏县）人。官至尚书左仆射兼门下侍郎，封温国公。在政治上，他是反对王安石变法的守旧派领袖，执政时，曾废弃一切新法。新党执政，他便闭门主编《资治通鉴》。新法推行时，司马光为翰林学士兼侍读学士、右谏议大夫，他曾三次致书王安石反对新法，本文是作者给司马光《与王介甫书》的回信。

[2] 某：古人写信，起草时常以"某"代替自己的名字，正式抄录时，再写上全名。启：书信用语，陈述。

[3] 游处：交往相处。作者早年曾与司马光同为群牧司判官。

[4] 不合：司马光信中亦云："曩者与介甫议论朝廷事，数相违戾。"

[5] 操：持。

[6] 强聒：强作解释。

[7] 辩：申辩。

[8] 视遇：看待。

[9] 反复：指书信往来。卤莽：粗疏草率。

[10] 侵官：侵犯其他官吏的职责。王安石变法，设"制置三司条例司"管理财政，司马光认为这样做侵夺了原来主管财政的盐铁、度支、户部三司的职权。他在给王安石的信中说："夫侵官，乱政也，介甫更以为治术而先施之。""财利不以

司马光

委三司而自治之……是知条例一司已不当置而置之。"生事：制造事端。司马光在信中指责王安石派人"使行新法于四方"，是"骚扰百姓""生事扰民"。征利：求利。司马光在信中说："今介甫为政，首建制置条例司，大讲财利之事。又命薛向行均输法于江、淮，欲尽夺商贾之利；又分遣使者散青苗钱于天下而收其息，使人人愁痛，父子不相见，兄弟妻子离散。"拒谏：拒绝规劝。司马光在信中说："及宾客僚属谒见论事，则唯希意迎合，曲从如流者，亲而礼之；或所见小异，微言新令之不便者，介甫辄艴（fú）然加怒，或诟骂以辱之，或言于上而逐之，不待其辞之毕也。明主宽容如此，而介甫拒谏乃尔，无乃不足于恕乎？"

〔11〕怨谤：埋怨、指责。司马光在信中说："介甫从政治期年，而士大夫在朝及四方来者，莫不非介甫，如出一口；下至闾阎细民、小吏走卒，亦窃窃怨叹，人人归咎于介甫。"

〔12〕理财：管理财政。

〔13〕辟：排除。

〔14〕难：反驳。壬人：巧言谄媚的人。

〔15〕恤：忧虑。同俗：附和世俗之见。

〔16〕汹汹然：喧闹的样子。

〔17〕盘庚：商代中兴之主，汤的九世孙。从汤到盘庚，商迁都五次。盘庚将都城从奄（今山东曲阜）迁到亳之殷地（今河南安阳）时，曾遭到贵族和被贵族鼓动起来的一些人的反对。文中"盘庚之迁"二句出自《尚书·盘庚·序》："盘庚五迁，将治亳殷，民咨胥怨。"

〔18〕胥怨：相与埋怨。

〔19〕度：计划。

〔20〕度义：考虑到理由正当。

〔21〕膏泽：恩泽，这里作动词用。

〔22〕事事：办事。

〔23〕知：领教。

〔24〕由：缘由，机会。

〔25〕不任：不胜。区区：指自己，自谦词。向往：仰慕。

【译文】

鄙人王安石请启：昨日承蒙您来信指教。我私下认为自己与您交往相处友好的日子很长，但议论政事却老是意见不合，这是因为我们所持的主张不同。虽然我想强作解释，最后一定不能蒙受您考虑我的意见，所以只在信中做简略回复，不打算为自己一一辩解了。又想到您对我的重视厚遇，在书信往来中不应该草率粗疏，所以今天我详细说明一下原因，希望君实您或许能够原谅我吧。

大概儒家学者所争论的，最突出的就是事物的名分和实际情况是否相符的问题。名分和实际情况的关系明确以后，那天下一切道理也就认清了。如今君实指教我的无非是认为我推行新法侵夺了官吏们的职权，扰民生事，征敛财利，拒绝接受不同的意见，因而招来了天下人的埋怨和诽谤。我却认为我是从君主那里接受命令，议订法令制度又在朝廷上修正，再把它们交给负有专责的官吏去执行，这不是侵夺官吏的职权；实行先王的政策，来兴办有利的事业，革除有害的陋习，不能说是生事扰民；为国家管理财政，这不是与百姓争夺财利；批驳不正确的言论，批驳谄媚之徒的花言巧语，这不能说是拒绝劝告。至于招来这么多的怨恨和诽谤，本来事先我就料到会出现这样的情况。人们习惯于得过且过不止一天了，士大夫们大都不为国事忧虑，随声附和，讨好众人，把这些当作处世良方，因此皇上想改变这种状况，而我不估量反对的人是多是少，准备献出力量帮助皇上和他们对抗，那这班人怎么会不气势汹汹地喧闹呢？盘庚迁都的时候，埋怨他最多的是广大百姓，不只是朝廷里的士大夫反对。盘庚没有因为有人埋怨他而改变迁都的计划，这是他考虑到这样做合适，然后才行动的，因此看不出他有丝毫的后悔。

如果君实您责备我担任宰相时间久了，未能帮助皇上有大的作为，好让人民得到更多的恩惠，那我承认自己的罪过；如果说现在应当一切事情都不要去做，只是墨守成规就行了，那就不是我所肯认可的了。没有机会与您会面，我对您思念、仰慕到极点的心情实在无法表达啊。

上人书

【题解】

作者在本篇里表达了他对文学和社会的关系、思想内容和艺术技巧的关系的看法。作为一位积极入世、热心改革的政治家，王安石的文学主张确有许多可取之处。"且所谓文者，务为有补于世而已矣"，这是认为文章要为社会现实服务，成为推行政教的工具，比起所谓"明圣人之道"的传统观点更强调实用性。"所谓辞者，犹器之有刻镂绘画也"，这是认为艺术技巧是由政治内容所决定的，处于从属地位。但是，他把文章的作用仅仅限制在礼教、政治的范围内，这就未免过于狭隘。而且视艺术技巧为器物上的绘画，可有可无，比喻不妥，容易导致忽略艺术，失之片面，过于绝对。

【原文】

尝谓文者，礼教治政云尔[1]。其书诸策而传之人，大体归然而已[2]。而曰"言之不文，行之不远"云者[3]，徒谓"辞之不可以已也"，非圣人作文之本意也[4]。

自孔子之死久，韩子作[5]，望圣人于百千年中[6]，卓然也[7]。独子厚名与韩并，子厚非韩比也，然其文卒配韩以传，亦豪杰可畏者也[8]。韩子尝语人文矣，曰云云，子厚亦曰云云。疑二子者，徒语人以其辞耳，作文之本意，不如是其已也。孟子曰："君子欲其自得之也。自得之，则居之安；居之安[9]，则资之深；资之深，则取之左右逢其源。"独谓孟子之云尔，非直施于文而已，然亦可托以为作文之本意。

且所谓文者，务为有补于世而已矣。所谓辞者，犹器之有刻镂绘画也。诚使巧且华，不必适用；诚使适用，亦不必巧且华。要之以适用为本[10]，以刻镂绘画为之容而已。不适用，非所以为器也。不为之容，其亦若是乎？否也。然容亦未可已也，勿先之，其可也。

某学文久，数挟此说以自治[11]。始欲书之策而传之人，其试于事者，则有待矣。其为是非邪，未能自定也。执事正人也，不阿其所好者[12]，书杂文十篇献左右，愿赐之教，使之是非有定焉。

【注释】

〔1〕礼教：封建社会中关于礼法条规和道德标准的教育，称为礼教。治政：治理政事，亦可解为政治。

〔2〕大体：大致。归然：归于此，这里指归于礼教治政。

〔3〕而曰……云者：引文见《左传·襄公二十五年》，孔子的话，原文是"言之无文，行而不远"。不文，没有文采。

〔4〕圣人：指孔子。

〔5〕韩子：指韩愈。作：兴起，出现。

〔6〕望：仰望，敬慕，这里有学习、继承的意思。

〔7〕卓然：高超、高远的样子。

〔8〕可畏：值得敬畏。

〔9〕安：安稳，牢固。

〔10〕要之：总之。本：根本。

〔11〕自治：这里指用以指导自己的写作。

〔12〕阿：曲从。

【译文】

我曾说过，文章不过是推行礼教、政治的工具罢了。那些写在书上并传授给人阅读的，大致归到这几个方面罢了。所谓"要是文章不加修饰，流传就不会长远"的说法，只是说"修辞藻饰不能废弃而已"，但这不是圣人写作文章的本来意义。

在孔子死去很久之后，出现了韩愈，继承了相隔千百年的圣人的伟业，真是高超不凡。只有柳宗元能和韩愈齐名。实际上柳宗元的成就并不能与韩愈相比，然而他的文章最终与韩愈的文章匹敌并流传，也是位值得敬畏的豪杰。韩愈曾经告诉别人这样写文章，说是应该如此这般，柳宗元也说应该这样那样。我怀疑这两人所说的只是告诉别人修辞藻饰罢了，至于写文章的根本意义，不是像这样就可以的。孟子说："君子是要在学问上通过主观努力有所收获，就要求他自己有心得。自己有心得的就能稳当牢固地掌握；稳当牢固地掌握，就能积蓄深厚；积蓄深厚，便能取之不尽，左右逢源。"孟子的这些话，不仅适用于怎么写文章，而且也可以用来说明写文章的根本意义。

我所认为的文章，一定要做到有益于社会。所说的修辞藻饰，好比器具上有雕刻绘画。器具实在精巧而又华丽，不一定适用；器具果真适用，也不一定要精巧华丽。总之，以适用为根本，以雕刻绘画作为它的外表装饰罢了。不适合使用，器具也就不能成为器具了。不装饰它的外表，器具难道就不能成为器具了吗？不是的。然而美观的外表也是不能不要的，只是不要把它放在第一位就可以了。

我学写文章为时已久，经常依照这一观点来指导自己的写作。现在才想把这些写成文章传授给别人，至于在实际中的成效，那还有待于时日。这些文章究竟是对还是错，我自己不能够确定。阁下是位正直的人，不是屈从别人喜好的人。我抄了十篇杂文献给您，希望您能指教，使这些文章的是非好坏有个评定。

伤仲永

【题解】

这篇散文，是以明了流畅的语言记述"神童"的故事。"神童"方仲永幼时聪明过人，操笔成诗，受到乡人称赞；长大以后，由于没有得到培养、教育，学习得不到提高，成了平庸之

辈。这生动地说明了后天教育是人才成长的重要条件。聪明颖悟如方仲永，一旦放弃学习，最终也一事无成。至于普通人，不肯努力学习，后果更不堪设想。文章类似传记的形式，前半部分记述人物事迹，简洁凝练，后半部分发表评论，含义深刻。文中承认世上真有"生而知之"的所谓"神童"，陷入唯心主义的先验论，暴露了他在哲学思想上的不彻底性，但是文中的主要观点是正确、积极的。

【原文】

金溪民方仲永[1]，世隶耕[2]。仲永生五年，未尝识书具[3]，忽啼求之。父异焉，借旁近与之[4]，即书诗四句，并自为其名。其诗以养父母、收族为意[5]，传一乡秀才观之[6]。自是指物作诗立就，其文理皆有可观者。邑人奇之[7]，稍稍宾客其父[8]，或以钱币乞之[9]。父利其然也[10]，日扳仲永环谒于邑人[11]，不使学。

予闻之也久。明道中[12]，从先人还家[13]，于舅家见之，十二三矣。令作诗，不能称前时之闻[14]。又七年，还自扬州，复到舅家问焉。曰："泯然众人矣[15]！"

王子曰[16]：仲永之通悟[17]，受之天也。其受之天也，贤于材人远矣[18]。卒之为众人[19]，则其受于人者不至也[20]。彼其受之天也，如此其贤也；不受之人，且为众人[21]。今夫不受之天，固众人，又不受之人，得为众人而已邪？

【注释】

〔1〕金溪：县名，现江西金溪。

〔3〕隶：属于。

〔3〕书具：写字的工具，指笔、墨、纸、砚。

〔4〕旁近：邻居。

〔5〕以……为意：以……作为诗的内容。

〔6〕秀才：指一般学识优秀的士人。

〔7〕邑人：同乡人。

〔8〕宾客其父：用待宾客的礼节款待他的父亲。宾客，把……当成宾客。

〔9〕乞：讨取。

〔10〕利：以……为利。

〔11〕扳：领着。环谒：到处拜访。

〔12〕明道：宋仁宗（赵祯）的年号（1032—1033）。

〔13〕先人：作者死去的父亲，即王益。

〔14〕称：相称，相当。

〔15〕泯然：才华尽灭的样子。

〔16〕王子：作者自称。

〔17〕通悟：通达聪慧。

〔18〕材人：指后天培养起来的人才。

〔19〕卒：最终。

〔20〕受于人：受教育。

〔21〕且：尚且。

【译文】

金溪乡民方仲永，家里世代务农。仲永长到五岁时，还不曾认得笔、墨、纸、砚，一天忽然哭着要这些东西。他的父亲感到奇怪，就从邻居家借来给他，他立刻写了四句诗，并且写上了

其受之天也，贤于材人远矣

自己的名字。那诗以奉养父母、和睦本族为内容，传给全乡有学识的人看。从此，人们只要指定某一件物品作诗题，他立刻就能写成，诗的文采、内容都有许多可取之处。同乡人都把他看作奇才，渐渐有人以宾客之礼款待他的父亲，也有人用钱购买仲永的诗作。他的父亲以为这样有利可图，就每天领着仲永到处去拜访乡人，却不让他学习。

我听到这件事已经很久了。明道年间，我跟随先父回家乡，在舅舅家里见到过方仲永，他已经十二三岁了。叫他作诗，已经比不上过去人们传说的那样好了。又过了七年，我从扬州回来，再到舅舅家，问起仲永的情况，回答说："他的才华已经消失了，和普通人一样了！"

王某认为：仲永的通达聪慧，是先天赋予的。他的天赋比后天培养成才的人优越得多。他最终成为普通的人，是后天没有受到教育的缘故。像他这样天赋才华如此优异，没有受到教育，尚且要沦为普通人；如今那些没有天赋，本来就平庸的人，如果又不接受教育，恐怕会连个普通人都不如吧？

苏　轼

苏轼（1037—1101），北宋著名文学家，书画家。字子瞻，号东坡居士，眉山（今四川眉山）人。曾短期任京官，知密州、徐州、湖州。因反对王安石变法，以作诗"谤讪朝廷"罪贬为黄州团练副使。后又官任翰林学士，并再度被贬至惠州、儋州，最后病死于常州。苏轼在政治上属旧党，但他又有改革弊政的要求，并与旧党有政见分歧。苏轼的文章明白畅达、汪洋恣肆，与其父苏洵、弟苏辙并称"三苏"，同时列入"唐宋八大家"。其诗清新豪健，善用夸张比喻，艺术风格独特。其词豪迈奔放，开"豪放派"一代词风。此外，苏轼在书法及绘画方面均有很高的造诣。今有苏轼诗文一百余卷，收入《东坡全集》。

苏　轼

刑赏忠厚之至论

【题解】

　　《刑赏忠厚之至论》是苏轼参加进士考试的论文。文章先列举古代贤君明主"爱民之深，忧民之切"，有善即赏、不善则罚的同时又"哀矜"，极尽忠厚之事；继而以尧的两件事来具体证明；最后论及以忠厚行刑赏之事可以使天下之人都回到宽仁忠厚。这是对儒家"重赏轻罚""仁政"主张的宣扬，举例精当、论述有力、语言明快，因而得到了当时的主考官、古文运动领袖欧阳修的赏赏。

【原文】

　　尧、舜、禹、汤、文、武、成、康之际，何其爱民之深，忧民之切，而待天下以君子长者之道也！有一善，从而赏之，又从而咏歌嗟叹之，所以乐其始而勉其终；有一不善，从而罚之，又从而哀矜惩创之，所以弃其旧而开其新。故其吁俞之声，欢休惨戚，见于虞、夏、商、周之书[1]。成、康既没，穆王立而周道始衰[2]，然犹命其臣吕侯[3]，而告之以祥刑。其言忧而不伤，威而不怒，慈爱而能断，恻然有哀怜无辜之心，故孔子犹有取焉。

《传》曰[4]："赏疑从与，所以广恩也；罚疑从去，所以慎刑也。"当尧之时，皋陶为士，将杀人。皋陶曰"杀之"，三。尧曰"宥之"，三。故天下畏皋陶执法之坚，而乐尧用刑之宽。四岳曰[5]："鲧可用。"尧曰："不可，鲧方命圮族。"既而曰："试之！"何尧之不听皋陶之杀人，而从四岳之用鲧也？然则圣人之意，盖亦可见矣。《书》曰[6]："罪疑惟轻，功疑惟重。与其杀不辜，宁失不经。[7]"呜呼！尽之矣。可以赏，可以无赏，赏之过乎仁；可以罚，可以无罚，罚之过乎义。过乎仁，不失为君子；过乎义，则流而入于忍人。故仁可过也，义不可过也。

古者赏不以爵禄，刑不以刀锯。赏之以爵禄，是赏之道行于爵禄之所加，而不行于爵禄之所不加也。刑以刀锯，是刑之威施于刀锯之所及，而不施于刀锯之所不及也。先王知天下之善不胜赏，而爵禄不足以劝也；知天下之恶不胜刑，而刀锯不足以裁也。是故疑则举而归之于仁，以君子长者之道待天下，使天下相率而归于君子长者之道。故曰忠厚之至也。

《诗》曰[8]："君子如祉，乱庶遄已；君子如怒，乱庶遄沮。[9]"夫君子之已乱，岂有异术哉？时其喜怒，而无失乎仁而已矣。《春秋》之义，立法贵严，而责人贵宽。因其褒贬之义以制赏罚，亦忠厚之至也。

【注释】

〔1〕虞、夏、商、周之书：指《尚书》中的《虞书》《夏书》《商书》和《周书》。

〔2〕穆王：康王之孙，昭王之子，为周朝第五代天子。

　　〔3〕吕侯：周穆王时的大臣，曾制《吕刑》，用刑较轻。

　　〔4〕《传》：指孔安国《尚书传》。苏轼引文意义虽同，字句稍误。

　　〔5〕四岳：尧时四方部落的首领，也有人认为是当时掌管祭祀和历法的官员。

　　〔6〕《书》：指《尚书》。

　　〔7〕"罪疑惟轻"四句：语出《尚书》。

　　〔8〕《诗》：指《诗经》。

　　〔9〕"君子如祉"四句：语出《诗经·小雅·巧言》。

【译文】

　　唐尧、虞舜、夏禹、商汤、周文王、周武王、周成王、周康王在位的时候，那是多么无微不至地爱护百姓，深切地为百姓担忧，是用君子长者的态度来对待黎民百姓。有人做了一件好事，便奖赏他，还用诗歌的形式来赞扬他，以此肯定他的做法并勉励他坚持下去；有人做了一件坏事，便惩罚他，并满怀怜悯、痛心地教训他，用这种方式来使他弃恶从善、悔过自新。所以，人们表示赞成或反对的感叹声，喜悦欢欣或悲伤忧愁的感情，在虞、夏、商、周的书里都有记载。周成王、周康王去世以后，周穆王继承王位而周朝开始衰败，但是他仍然召见他的大臣吕侯，告诫吕侯要谨慎地使用刑罚。他的话忧愁而不悲伤，威严而不愤怒，慈爱而又果断，对无辜者充满了同情和怜悯，所以孔子认为有可取之处。

　　《尚书传》上说："对将要奖赏的人即使有所怀疑，也还是照样奖赏他，这是为了推广恩德啊；对将要处罚的人若有疑惑，要免于处罚，这是为了谨慎地使用刑罚啊。"尧在位的时候，皋陶担任法官，将要处决犯人。皋陶三次说"杀"，尧帝却三次说"赦免"。所以百姓都畏惧皋陶执法的坚决，而庆幸尧帝量刑的宽大。四岳建议说："鲧可以用。"尧帝说："不行。鲧常常违抗命令，毁谤同族。"过后又说："就试用一下吧。"为什么尧帝不同意皋陶处决犯人的意见，却接受四岳用鲧的建议呢？圣人的用意，从这里大致也能看到了。《尚书》上说："对罪行有疑惑，只能从轻发落；对功绩有疑惑，仍要重奖。与其杀死一个无辜的人，宁可自己承担执法不严的罪责。"唉！再没有比这更仁至义尽的了。既可以奖赏，也可以不奖赏，奖赏他就过于仁厚了；既可以处罚，也可以不处罚，处罚他又过分严厉了。过于仁厚，仍不失为君子；过分严厉，就会成为残酷无情的人。所以仁厚可以过分，严厉却不能过分。

古时候奖赏不单纯用爵位和俸禄，刑罚不单纯用刀锯。用爵位和俸禄作奖赏，那奖赏的作用只局限在能够得到爵位、俸禄的人之中，而无法奖赏这个范围之外的人；用刀锯来处罚，这只能把刑法的威力施加在罪犯头上，而对不致受刀锯之刑的人则无威慑力可言。过去的帝王深知天下做好事的人多得赏不胜赏，如果用有限的爵位和俸禄做奖赏是根本不够奖赏的；也深知天下做坏事的人多得罚不胜罚，光用刀锯是无法制裁的。所以凡是对赏罚对象有所怀疑的都一概用仁人之心来处理，用仁人君子的宽厚仁慈对待黎民百姓，使黎民百姓都回到君子长者的忠厚仁爱之道上来，所以说这是忠厚到了极点啊。

《诗经》说："君子如果喜欢纳谏，祸乱就会迅速止息；君子如果怒斥谗言，祸乱就会很快平定。"君子使祸乱迅速平定，难道有什么奇招异术吗？无非就是使其喜怒始终不违背仁义罢了。《春秋》一书的要点便是，制定法律贵在严厉，而处罚人则贵在宽恕。根据其褒贬的原则来把握赏罚的尺度，这也是忠厚到了极点啊。

留侯论

【题解】

留侯，即张良，字子房，相传为城父（今安徽亳县）人，是刘邦重要的谋士，辅助刘邦灭秦、灭项羽。建汉后，封于留（今江苏徐州附近），故称留侯。后退隐。张良一生为刘邦设计良谋无数，从历史的角度来看，这是张良成就功名之所在。本文论张良，却不以此为重点，而是论张良之所以能成为张良的原因，在于他放弃了以一击刺秦王的匹夫之勇，而接受了圯上老人的试探、警诫，"小忍而就大谋"，不仅成就了自己的功名，而且因此影响了高祖，助其成就帝王大业。

【原文】

古之所谓豪杰之士者，必有过人之节，人情有所不能忍

者。匹夫见辱，拔剑而起，挺身而斗，此不足为勇也。天下有大勇者，卒然临之而不惊，无故加之而不怒，此其所挟持者甚大，而其志甚远也。

夫子房受书于圯上之老人也[1]，其事甚怪。然亦安知其非秦之世有隐君子者，出而试之？观其所以微见其意者，皆圣贤相与警戒之义。而世不察，以为鬼物，亦已过矣！且其意不在书。当韩之亡，秦之方盛也，以刀锯鼎镬待天下之士。其平居无罪夷灭者，不可胜数。虽有贲、育[2]，无所获施。夫持法太急者，其锋不可犯，而其势未可乘。子房不忍忿忿之心，以匹夫之力，而逞于一击之间。当此之时，子房之不死者，其间不能容发，盖亦已危矣！千金之子，不死于盗贼。何者？其身之可爱，而盗贼之不足以死也。子房以盖世之才，不为伊尹、太公之谋[3]，而特出于荆轲、聂政之计[4]，以侥幸于不死。此圯上老人之所为深惜者也，是故倨傲鲜腆而深折之。彼其能有所忍也，然后可以就大事。故曰："孺子可教也。"

楚庄王伐郑[5]，郑伯肉袒牵羊以逆。庄王曰："其君能下人，必能信用其民矣。"遂舍之。勾践之困于会稽[6]，而归臣妾于吴者，三年而不倦。且夫有报人之志，而不能下人者，是匹夫之刚也。夫老人者，以为子房才有余而忧其度量之不足，故深折其少年刚锐之气，使之忍小忿而就大谋。何则？非有平生之素，卒然相遇于草野之间，而命以仆妾之役，油然而不怪者，此固秦皇之所不能惊，而项籍之所不能怒也[7]。

观夫高祖之所以胜，而项籍之所以败者，在能忍与不能忍之间而已矣。项籍唯不能忍，是以百战百胜，而轻用其锋。高祖忍之，养其全锋而待其弊，此子房教之也。当淮阴破齐而欲自王，高祖发怒[8]，见于词色。由此观之，犹有刚强不忍之气，非子房其谁全之？

太史公疑子房以为魁梧奇伟[9]，而其状貌乃如妇人女子，不称其志气。呜呼！此其所以为子房软！

【注释】

〔1〕子房受书：张良在下邳（今属江苏睢宁县）时，在桥上散步，遇一老人故意将鞋落到桥下，老人命他拾起，替自己穿在脚上。老人经过反复考验，见他能忍耐，认为孺子可教，遂授予兵书，相传即《黄石公兵法》。张良终以此成大业。

〔2〕贲、育：孟贲、夏育，皆战国时的著名勇士。

〔3〕伊尹：商初大臣，助商汤灭夏，建立商朝。太公：姜太公吕尚，为周文王和周武王的大臣，助周灭殷，建立周朝。

〔4〕荆轲：战国时刺客，为燕太子丹刺秦王，不中，被杀。聂政：战国时韩人，为严仲子刺韩相韩傀，事成后自杀。

〔5〕楚庄王：春秋时五霸之一。公元前597年，率兵伐郑，郑国的君主襄公卑辞谢罪，避免了一场战争。

〔6〕勾践：春秋末年越国君主。公元前494年被吴王夫差战败，被俘，质于吴国，受尽屈辱。三年后回国，卧薪尝胆，发愤图强，终于灭吴。

〔7〕项籍：项羽。

〔8〕高祖发怒：汉高祖刘邦派韩信平齐（今山东），韩信成功后派人给刘邦送信，要求封王，刘邦大怒。张良用脚示意其息怒，附耳轻语，刘邦省悟，封韩信为齐王，避免了韩信的叛变。

〔9〕太史公：司马迁自称。他在《史记·留侯世家》中说了关于张良的这段话。

【译文】

古时候所说的英雄人物，一定有超过一般人的气度，有能忍受一般人所无法忍受的度量。一般人受到侮辱，拔剑而起，挺身上前搏斗，这不足以被称为勇士。天下有豪杰气概的人，大

圯上受书

祸突然降临却不震惊，无缘无故地怪罪他却不恼怒，这是因为他所负的使命很重大，而他的志向也很远大。

张子房在桥上老人那里得到赠书，这件事很奇怪。但又怎么知道那位老人不是秦朝时隐居的高士，出来试探、考验他呢？观察那老人从细节体现出来的用心，都是古圣先贤们相互提醒、警诫的道理。可是世人不用心思考，竟认为他是鬼神，也就大错特错了。何况他的用意并不仅在于赠书一事。当韩国灭亡，秦国正强盛的时候，秦国用残酷的刑罚来对待天下的读书人。那些平时足不出户，没有任何罪过却无故被屠杀的人，多得数不胜数。即使有孟贲、夏育那样的人，也无法获得施展本领的机会。执法过于严厉的人，他的锋芒是不能触犯的，而且他的势头是不可阻挡的。张子房忍耐不住愤怒的心情，想凭借个人的力量，通过一椎猛击达到杀死秦始皇的目的。当时，张子房虽然侥幸未被抓住杀死，但与死亡之门的距离小得几乎容不下一根头发，这也太危险了。家财万贯的人，决不肯与盗贼死拼硬斗。为什么呢？因为他生命宝贵，觉得死在盗贼手里太不值得。张子房凭着盖世无双的才能，不去筹划伊尹、太公那样的治世大计，却反而实施荆轲、聂政的暗杀下策，只是出于侥幸才没有被秦始皇捉住杀死。这也是桥上老人替他深深惋惜的啊。所以桥上老人才用傲慢无礼的态度来使他经受磨砺。他在这种情况下能隐忍不发，以后就能够成就一番大事业。所以老人才说："这孩子是可以教导的。"

楚庄王攻打郑国，郑伯光着上身牵着羊来迎接。庄王说："郑国的君主能谦卑地对待人，也必定能够得到百姓的信任。"于是，他放弃了原来的打算。越王勾践被围困在会稽山，被迫投降，像奴仆一样为吴国服役，历经三年而不倦怠。如果有复仇的决心，却不能暂时忍耐着屈居人下，这只是普通人的刚强。那位老人认为，张子房才能有余，而担心他的度量不够，所以有意深深地挫折他那年轻人特有的刚强锐利之气，使他忍住小怒以成就大事业。为什么要那样做呢？一个与老人素昧平生的人，突然在荒郊野地与老人相逢，却被命令做奴仆婢妾所干的事情，他却若无其事而不见怪，这个人自然是秦始皇吓不倒、项籍也无法激怒的了。

汉高祖胜利的原因，项籍失败的缘故，在于是否能够忍耐罢了。项籍仅仅因为不能忍耐，所以在战争中百战百胜却轻率地消耗自己的兵力；汉高祖敛心收性，养精蓄锐而耐心地等待对方的疲惫衰竭，这是张子房给他出的主意啊。当韩信打败齐国想要自立为王时，高祖大为恼火，言辞和脸色都充满着愤怒。从这里来看，汉高祖也有刚强不能忍耐的脾性，如果不是张子房，还有谁能够成全他呢？

太史公本以为张子房一定长得高大魁梧，却不料他长得竟然宛若妇人女子，与他的志向、气度不相称。啊！这大概就是子房之所以成为子房的原因吧。

贾谊论

【题解】

贾谊（前200—前168），西汉政论家、文学家。洛阳人，时称贾生。本文一反常人认为贾谊不得志的原因主要是汉文帝不能用人的成论，提出贾谊不为汉文帝重用，是因为他"志大而量小""不能自用其才""不善处穷"，而希图一次谋划就被重用，郁闷忧伤，终至自残早逝。作者论贾谊，一是告诫有志之士应胸怀开阔，学会等待和利用时机，从而实现自己的抱负；二是提醒为人君者对贾谊这样的人一定要理解，从而任用之。

【原文】

非才之难，所以自用者实难。惜乎！贾生王者之佐，而不能自用其才也。

夫君子之所取者远，则必有所待；所就者大，则必有所忍。古之贤人，皆负可致之才，而卒不能行其万一者，未必皆其时君之罪，或者其自取也。

愚观贾生之论，如其所言，虽三代何以远过？得君如汉文[1]，犹且以不用死，然则是天下无尧舜，终不可有所为耶？仲尼圣人，历试于天下，苟非大无道之国，皆欲勉强扶持，庶几一日得行其道。将之荆[2]，先之以冉有[3]，申之以子夏[4]。君子之欲得其君，如此其勤也。孟子去齐，三宿而后出昼[5]，犹曰："王其庶几召我。"君子之不忍弃其君，如此其厚也。公孙丑问曰[6]："夫子何为不豫？"孟子曰："方今天下，舍我其谁哉？而吾何为不豫？"君子之爱其身，如此其至也。夫如此而不用，然后知天下之果不足与有为，而可以无憾矣。若贾生者，非汉文之不能用生，生之不能用汉文也。

夫绛侯亲握天子玺而授之文帝[7]，灌婴连兵数十万，以决刘、吕之雌雄，又皆高帝之旧将。此其君臣相得之分，岂特父子骨肉手足哉？贾生，洛阳之少年，欲使其一朝之间，尽弃其旧而谋其新，亦已难矣。为贾生者，上得其君，下得其大臣，如绛、灌之属，优游浸渍而深交之，使天子不疑，大臣不忌，然后举天下而唯吾之所欲为，不过十年，可以得志。安有立谈之间，而遽为人"痛哭"哉？观其过湘，为赋以吊屈原，萦纡郁闷，趯然有远举之志。[8]其后卒以自伤哭泣，至于夭绝，是亦不善处穷者也。夫谋之一不见用，则安知终不复用也？不知默默以待其变，而自残至此。呜呼！贾生志大而量小，才有余而识不足也。

古之人，有高世之才，必有遗俗之累。是故非聪明睿哲不惑之主，则不能全其用。古今称苻坚得王猛于草茅之中[9]，一朝尽斥去其旧臣，而与之谋。彼其匹夫略有天下之半，其以此哉！愚深悲贾生之志，故备论之。亦使人君得如贾生之臣，则知其有狷介之操，一不见用，则忧伤病沮，不能复振。而为贾生者，亦谨其所发哉！

【注释】

〔1〕汉文：汉文帝（前179—前157在位）。在位时采取了一些进步措施，与民休息，无为而治，稳定政局，促进了社会经济的发展，为封建时代的明君。

〔2〕荆：楚国，原建国于荆山，故称荆楚。

〔3〕冉有：冉求，字子有，孔子的学生。

〔4〕子夏：卜商的字，孔子的学生。

〔5〕昼：齐国边境的一个小地名。

〔6〕公孙丑：孟子的学生。据今本《孟子·公孙丑下》，这句话是另一个学生充虞问的。

〔7〕绛侯：周勃。与后文灌婴二人皆是随汉高祖刘邦起兵的旧将，为汉初元老重臣。惠帝时，诸吕恃吕后之势乱政。吕后死，周勃、灌婴和陈平等共诛诸吕，迎立文帝。

〔8〕观其……之志：贾谊贬长沙，过湘水，作《吊屈原赋》，有"凤缥缥其高逝兮，夫固自引而远去"句，意欲高飞退隐。

〔9〕符坚：十六国时前秦皇帝（357—385在位）。王猛：字景略，隐居华山，应符坚之召为其主谋。

【译文】

并不是具备才能难，而是如何把自己的才能施展出来才的确很难。可惜呀！贾谊是个辅佐帝王的人才，却不善于使用自己的才能。

君子要想实现远大的志向，就必须等待时机；要想建立伟大的功业，就必须忍辱负重。古时候的贤士，都有建功立业的才能，但最后能够实现的往往不过万分之一，这不一定都是当时君主的过错，也可能是他自己造成的。

我考察贾谊的言论，像他所说的那种美好设想，即便是三代盛世又怎能超过它呢？遇到汉文帝那样贤明的君主，尚且因为未被重用抑郁而死，那么，如果天下没有尧、舜那样圣明的君主，就永远不能有所作为吗？孔仲尼是圣人，曾周游列国多次试求任用，如果不是极其无道的国家，都想尽力扶持，希望有朝一日能推行自己的政治主张。孔子将去楚国时，先派冉有去联系，接着又派子夏去落实。君子想得到君主的重用，是这样的辛勤啊。孟子离开齐国时，住了三夜才离开昼地，还说："齐王也许会召见我。"君子不忍心离开他的君主，是这样的感情深厚啊。公孙丑问道："先生为什么不高兴？"孟子说："如今这种时候，除了我还有谁能负起治理国家的重任呢？我为什么要不高兴？"君子爱惜自己，到达这样的地步。如果做到了这种程度而仍然得不到重用，那么就彻底明白天下真的不值得自己去做什么了，从而就能够毫无遗憾了。像贾谊这个人，并非汉文帝不重用他，而是他本人不能让汉文帝来重用自己啊。

绛侯周勃亲手捧着皇帝的玉玺交给汉文帝，灌婴联合几十万兵力决定过刘、吕两大政治势力的胜败，他们又都是高祖时的老将。这种君臣之间生死与共、相互投合的情分，哪里只是父子兄弟之间的骨肉关系所能比拟的呢？贾谊只是洛阳的一个年轻人，却想在一朝一夕之间，使文帝完全放弃旧的国策而制定新的国策，也太强人所难了。作为贾生本人，应该上面取得君主的信任，下面取得绛侯、灌婴等元老大臣的支持，应该从容地、慢慢地与他们深交，使皇帝不猜疑，大臣不忌恨，这样，整个国家就能按照自己的主张治理，用不了十年，就能实现自己的理想。哪里有短时间内就迫不及待地向人家"痛哭"的道理呢？看他路过湘水时所作的凭吊屈原的辞赋，心绪烦乱，忧郁愤懑，大有远走高飞、退隐山林之意。此后他又因自怨自艾而常常哭泣，终于短命而死，这也是不善于正确对待逆境啊。所提的建议第一次未被采纳，又怎能知道将来最终不会再被采纳呢？不懂得静静地等待事情的变化，却自我摧残到这种地步。唉！贾谊志向远大而气量狭小，才能有余而见识短浅啊。

古时候的人，如果具有超出当时一般人的才能，也一定有不被世俗理解的烦恼。所以如果遇不到聪明睿智不糊涂的君主，便无法充分施展他的才能。自古到今人们称道苻坚在草野百姓中慧眼识人得到了王猛这个人才，很快就把昔日的老臣尽数撇在一边，而只与他商讨治国大计。苻坚以一个普通人而几乎占有了天下的一半，大概就是因为这个原因吧！我深深地为贾谊的抱负未能实现而悲哀，所以才详细地议论此事。也希望做君主的如果得到像贾谊这样的臣子，能够理解其孤傲耿介的性格，他们一旦不被重用，就会忧伤、沮丧，不能再振作起来。而像贾谊这样的才子，也应该谨慎地发泄自己的情感啊！

晁错论

【题解】

晁错（前200—前154），西汉政论家，景帝时为御史大夫。在七个诸侯国联合以"诛晁错"为名叛乱时，为袁盎所谮，被杀。本文在总结晁错削藩失败的原因时，对晁错之被杀，是惋惜的，但作者认为其被杀的根本原因却不是袁盎进谗，而是"自祸"。为什么呢？作者紧紧抓住当景帝起兵镇压诸藩之乱时，晁错欲使天子将兵征伐而自己留守这件事进行分析，说明欲"自全"正是晁错"自祸"的原因，它既使天子为难，亦使袁盎有机可乘。作者还从晁错的身上引申出欲成大事者需具备的一些品格要求。

【原文】

　　天下之患，最不可为者，名为治平无事，而其实有不测之忧。坐观其变，而不为之所，则恐至于不可救。起而强为之，则天下狃于治平之安，而不吾信。惟仁人君子、豪杰之士，为能出身为天下犯大难，以求成大功。此固非勉强期月之间，而苟以求名者之所能也。天下治平，无故而发大难之端。吾发之，吾能收之，然后有以辞于天下，事至而循循焉欲去之，使他人任其责，则天下之祸，必集于我。

　　昔者晁错尽忠为汉，谋弱山东之诸侯[1]。山东诸侯并起，以诛错为名。而天子不察，以错为说。天下悲错之以忠而受祸，而不知错之有以取之也。

　　古之立大事者，不惟有超世之才，亦必有坚忍不拔之志。昔禹之治水，凿龙门[2]，决大河，而放之海。方其功之未成也，盖亦有溃冒冲突可畏之患。惟能前知其当然，事至不惧，而徐为之所，是以得至于成功。夫以七国之强，而骤削之，其为变岂足怪哉？错不于此时捐其身，为天下当大难之冲，而制吴、楚之命，乃为自全之计，欲使天子自将而己居守。且夫发七国之难者谁乎？己欲求其名，安所逃其患？以自将之至危，与居守之至安，己为难首，择其至安，而遗天子以其至危，此忠臣义士所以愤怨而不平者也。当此之时，虽无袁盎[3]，错亦未免于祸。何者？己欲居守，而使人主自将。以情而言，天子固已难之矣，而重违其议，是以袁盎之说，得行于其间。使吴、楚反，错以身任其危，日夜淬砺，东向而待之，使不至于累其君，则天子将恃之以为无恐。虽有百袁盎，可得而间哉？

嗟夫！世之君子，欲求非常之功，则无务为自全之计。使错自将而击吴、楚，未必无功。惟其欲自固其身，而天子不悦，奸臣得以乘其隙。错之所以自全者，乃其所以自祸欤！

【注释】

〔1〕山东：秦汉时称崤山或华山以东的地区为山东。山东诸侯指吴王刘濞、楚王刘戊、赵王刘遂、胶西王刘卬、济南王刘辟光、菑川王刘贤、胶东王刘雄渠七个诸侯王。

〔2〕龙门：山名，在今山西河津西北，黄河流经此处，两岸峭壁对峙，形如阙门，相传为禹所开，故又名禹门口。

〔3〕袁盎：本为游侠，历任齐相、吴相，素与晁错不和，景帝信任晁错，以盎受吴王财物为由废为庶人。吴楚七国发动叛乱，晁错说袁盎与吴王同谋，欲治其罪，他先发制人，通过贵戚窦婴诬告晁错，称其逼反七国，请诛晁错以谢天下，七国自可退兵。景帝误信，命晁错穿朝服到东市受斩。

【译文】

天下的祸患，最难处理的是表面上社会安定没有祸乱，而实际上却存在着不安定的因素。消极地看着祸乱发生，却不去想方设法对付它，那么恐怕祸乱就会发展到无可挽回的地步。要起来坚决地制止它，又担心天下人已经习惯于这种安定的表象，而不相信我。只有那些仁人君子、豪杰人物，才能够挺身而出，为国家安定而冒天下之大不韪，以求得成就伟大的功业。这本来就不是能够在短时间内一蹴而就的，更不是企图追求名利的人所能做到的。国家安定平静，无缘无故地触发巨大祸患的导火线，我触发了它，我又能制止它，然后才能有力地说服天下人。祸乱发生时却想躲躲闪闪地避开它，让别人去承担平定它的责任，那么天下人的责难，必定要集中到我的身上。

　　从前晁错殚精竭虑效忠汉室，建议景帝削弱崤山以东各诸侯国的实力。于是崤山以东各诸侯国借着诛杀晁错的名义，共同起兵。可是景帝没有洞察到他们的用心，就把晁错杀了来说服他们退兵。天下人都为晁错因尽忠而遭杀身之祸而痛心，却不明白其中部分的原因却是晁错自己造成的。

　　自古以来凡是做大事的人，不仅有出类拔萃的才能，也一定有坚忍不拔的意志。从前大禹治水，凿开龙门，疏通黄河，使洪水东流入海。当他的整个工程尚未最后完成时，可能也时有决堤、漫堤等可怕的祸患发生。只是他事先就预料到会这样，祸患发生时就不惊慌失措，而能从从容容地治理它，所以能够最终取得成功。七国那样强大，却突然想削弱它，他们起来叛乱难道值得奇怪吗？晁错不在这个时候豁出自己的性命，为天下人抵挡大难，从而控制吴、楚等国的命运，却为了保全自己的性命，想让景帝御驾亲征平定叛乱，而自己留守京城。再说挑起七国之乱的是谁呢？自己想赢得削藩强国的美名，又怎么能躲避这场祸患呢？拿亲自带兵平定叛乱的极度危险与留守京城的极度安全相比，自己是引发祸乱的主谋，选择最安全的事情去做，却把最危险的事情留给皇帝去做，这就是让忠臣义士们愤怒不平的原因啊。在这个时候，即使没有袁盎，晁错也不可能免于杀身之祸。为什么呢？自己想要留守京城，却叫皇帝御驾亲征，按情理来说，皇帝本来已经觉得这是勉为其难的事情，又加上很多人不同意他的建议，这样正好给袁盎以进谗言的机会，使他的目的能够得逞。假若吴、楚等七国叛乱时，晁错豁出性命承担这一危险的平叛重担，夜以继日像淬火磨刀似的训练军队，向东边严阵以待，让自己的君主不至于受到烦忧，那么皇帝就会放心依靠他，而不觉得七国叛乱有什么可怕。纵使有一百个袁盎，哪里能有机会离间他们君臣呢?

唉!世上的君子如果想要建立伟大的功业,那就不要太过考虑保全性命的计策。假如晁错自己亲自带兵去讨伐吴、楚等七国,不一定就不会成功。只因他一心想保全自身,而惹得皇帝不高兴,奸臣正好趁此钻了空子。晁错企图保全自己的性命,正是他招致杀身之祸的原因啊!

上梅直讲书

【题解】

梅直讲,即梅尧臣,字圣俞,北宋诗人。苏轼以《刑赏忠厚之至论》中试时,梅为参评官。苏写此信时,梅为国子监直讲,故称"梅直讲"。苏轼在信中以孔子行圣贤之道之乐,来衬托自己得欧、梅赏识而成为知己之乐。作者在夸赞了欧、梅作为主考和参评官实事求是地为人的同时,也表明了自己行圣贤之道的抱负。这样一篇表述私人感情的文章,却无谀辞逢迎,写得脱俗超凡。

【原文】

轼每读《诗》至《鸱鸮》，读《书》至《君奭》，常窃悲周公之不遇[1]。及观《史》，见孔子厄于陈、蔡之间而弦歌之声不绝[2]，颜渊、仲由之徒相与问答。夫子曰："'匪兕匪虎，率彼旷野。'吾道非耶？吾何为于此？"颜渊曰："夫子之道至大，故天下莫能容。虽然，不容何病？不容然后见君子。"夫子油然而笑曰："回！使尔多财，吾为尔宰。"夫天下虽不能容，而其徒自足以相乐如此，乃今知周公之富贵，有不如夫子之贫贱。夫以召公之贤，以管、蔡之亲，而不知其心[3]，则周公谁与乐其富贵？而夫子之所与共贫贱者，皆天下之贤才，则亦足与乐乎此矣。

轼七八岁时，始知读书。闻今天下有欧阳公者[4]，其为人如古孟轲、韩愈之徒；而又有梅公者[5]，从之游而与之上下其议论。其后益壮，始能读其文词，想见其为人，意其飘然脱去世俗之乐，而自乐其乐也。方学为对偶声律之文，求斗升之禄，自度无以进见于诸公之间。来京师逾年，未尝窥其门。今年春，天下之士群至于礼部，执事与欧阳公实亲试之。轼不自意，获在第二。既而闻之，执事爱其文，以为有孟轲之风。而欧阳公亦以其能不为世俗之文也而取焉。是以在此。非左右为之先容，非亲旧为之请属，而向之十余年间，闻其名而不得见者，一朝为知己。退而思之，人不可以苟富贵，亦不可以徒贫贱。有大贤焉而为其徒，则亦足恃矣。苟其侥一时之幸，从车骑数十人，使闾巷小民聚观而赞叹之，亦何以易此乐也！传曰"不怨天，不尤人"[6]，盖"优哉游哉，可以卒岁"[7]。执事名满天下，而位不过五品，其容色温然而不怒，其文章宽厚敦朴而无怨言。此必有所乐乎斯道也，轼愿与闻焉。

【注释】

〔1〕周公之不遇：周公旦辅助武王灭殷，建立周朝。武王死，成王即位，年幼，周公与召公共辅之。流言周将篡位，周公作《鸱鸮》（本诗现存于《诗经·豳风》）献成王以明心志。又作《君奭》（本文现存于《尚书》）向召公表白自己，希望释去怀疑，共辅成王。

〔2〕孔子厄于陈、蔡：据《史记·孔子世家》记载，孔子久留陈蔡之间，不得用，楚王派人来请，陈蔡大夫恐不利于己，发兵困孔子于郊外，孔子久不得行，绝粮，仍坚持讲学，弦歌之声不绝，师生对答，说了许多安于贫贱的话。

〔3〕不知其心：指周公辅成王，管叔和蔡叔散布流言，说周公"将不利于孺子"，召公竟然也对周公产生了误会。

〔4〕欧阳公：指欧阳修。

〔5〕梅公：指梅尧臣。

〔6〕传：泛指经书和解释经书的书。不怨天，不尤人：本句出自《论语·宪问》。

〔7〕优哉游哉，可以卒岁：本句出自《左传·襄公二十一年》。

【译文】

我每次读到《诗经》的《鸱鸮》篇，读《尚书》的《君奭》篇，常常暗暗地为周公不被人理解而悲叹。后来读《史记》，见孔子被困在陈国和蔡国之间，但弹琴、唱歌的声音却没有中断过，并常常与颜回（字子渊）、仲由（字子路）等门生相互问答。孔子说："'不是犀牛，不是老虎，却顺着那空旷的田野到处奔走。'难道是我奉行的学说错了吗？为什么会落到这般地步？"颜回说："先生的学说极其深远广大，所以不被天下人所容纳。即使这样，不被容纳又有什么关系？不被容纳才显现出君子的德范！"孔子不禁笑着说："颜回啊，假使你发了财，我就去做你的管家。"孔子的学说虽然不被天下人所接受，但他与他的门生却能够这样自足自乐，于是我现在才知道像周公那样的富贵，尚有不及孔子贫贱的地方。像召公那样的贤明，像管叔、蔡叔那样的骨肉之亲，尚且不能知道周公的用心，那么周公能与谁一起享受那富贵的快乐呢？而与孔子一起过贫贱生活的，都是天下的贤能之士，那么在这种情况下也确实值得乐在其中了。

　　我到七八岁时，才懂得读书。听说现今天下有位欧阳公，他的为人像古代的孟子、韩愈一类人；又有位梅公跟他交游，同他谈古论今。到后来年纪渐长，我才能读到他们的文章词篇，从中好像见到了他们的为人，想到他们已飘然地脱去了那尘世间的欢乐，而自得其乐了。那时，我刚刚学习写作诗篇辞赋一类讲究声律对仗的文章，以期求得一官半职，自己估量难得有机会见欧公、梅公一面。所以到京师一年多了，还没有登门拜见。今年春天，全国的读书人群集礼部应进士试，梅公您与欧阳公亲自主持考试。我没想到自己居然会获得第二名。后来听说梅公您欣赏我应试写的文章，认为有孟子的遗风，而欧阳公也因为我不去写世俗间流行的文章而录取了我，使我能置身于这里。没有先请您身边的人通融介绍，也不是亲戚故友替我求了情，而过去的十多年间，只闻听大名但没有机会见面的人，现在突然间却成为知己。高兴之余我不由得想到，人不能苟且于富贵，但也不能白白贫贱一生。有大贤德的人在世而自己能做他的门生，那就足够值得骄傲了。如果仅凭一时的侥幸做了官，后边有数十个骑马乘车的人跟随，让乡间村舍的百姓相聚观看而赞叹，这怎么能和我与大贤相知的乐趣交换呢！《论语》上说"不抱怨上天，不怪罪他人"，是因为"悠然自得，也能安然度过一生"。梅公您声名传遍天下，但官位不过五品，您却能面色温和安然没有怒容，文章也宽阔深厚、诚恳质朴而没有怨恨之言，这中间一定有您乐于此道的原因，我希望能够听听您的指教啊。

喜雨亭记

【题解】

苏轼于宋仁宗嘉祐六年（1061）十二月到凤翔府任签判。喜雨亭在凤翔府城东北。文章开头说明命名之由，也指明了文章的主旨，扣一"喜"字而写；第二段主要写"雨"，带出"亭"；后两段写游亭之感。全文写透一个"喜"字，得雨之喜，建亭之喜，而喜中流露出的却是对人民生活的深切关怀，无枯燥说教之感，十分轻松幽默。

【原文】

亭以雨名，志喜也。古者有喜，则以名物，示不忘也。周公得禾[1]，以名其书；汉武得鼎[2]，以名其年；叔孙胜狄[3]，以名其子。其喜之大小不齐，其示不忘一也。

予至扶风之明年[4]，始治官舍。为亭于堂之北，而凿池其南，引流种树，以为休息之所。是岁之春，雨麦于岐山之阳[5]，其占为有年。既而弥月不雨，民方以为忧。越三月乙卯，乃雨；甲子，又雨，民以为未足；丁卯[6]，大雨，三日乃止。官吏相与庆于庭，商贾相与歌于市，农夫相与忭于野。忧者以乐，病者以愈，而吾亭适成。

于是举酒于亭上，以属客而告之，曰："五日不雨可乎？"曰："五日不雨则无麦。""十日不雨可乎？"曰："十日不雨则无禾。""无麦无禾，岁且荐饥，狱讼繁兴，而盗贼滋炽，则吾与二三子，虽欲优游以乐于此亭，其可得耶？今天不遗斯民，始旱而赐之以雨，使吾与二三子得相与优游而乐于此亭者，皆雨之赐也！其又可忘耶？"

既以名亭，又从而歌之，曰："使天而雨珠，寒者不得以为襦；使天而雨玉，饥者不得以为粟。一雨三日，繄谁之力？民曰太守，太守不有；归之天子，天子曰不然；归之造物，造物不自以为功；归之太空，太空冥冥，不可得而名，吾以名吾亭。"

【注释】

[1]周公得禾：相传，成王的弟弟唐叔得到一株长得特别的嘉禾，两苗合生一穗，认为是一种祥瑞，把它献给成王，成王又把它送给正在东土的周公，周公写了一篇文章，名叫《嘉禾》，纪念此事。本文现已失传，《尚书》仅存篇名。

[2]汉武得鼎：汉武帝在公元前116年，得宝鼎于汾水上，遂改年号，以该年为元鼎元年。

[3]叔孙胜狄：春秋时，鲁文公十一年（前616）冬，北狄犯鲁，文公命叔孙得臣击之，获其首领侨如，得臣因名其子为侨如。

[4]扶风：古郡名，宋为凤翔府，治所在今陕西凤翔。苏轼在仁宗嘉祐六年任凤翔府签书判官。称凤翔为扶风，为习用

旧称。

　　〔5〕雨麦：下了一场麦雨。

　　〔6〕丁卯：我国古代以干支纪时。嘉祐七年（1062）三月初一为戊申，则乙卯为初八，甲子为十七日，丁卯为二十日。

【译文】

　　这座亭子用雨来命名，是为了纪念当时下雨这件喜事。古时候有了什么让人喜庆的事，就用它来命名事物，表示永远不会忘记的意思。当初周公接到周成王赏赐的嘉禾，便用它作为自己文章的篇名；汉武帝获得从汾阴发现的宝鼎，便用它做了自己的年号；战国时鲁国的将领叔孙得臣俘获了敌人侨如，便把自己的儿子改名侨如。虽然他们的喜事大小不一样，但表示他们永不忘记的心志却是一致的。

　　我到扶风的第二年，才开始建造官邸。在堂屋的北面修了一座亭子，在南面开凿了一口池塘，引来流水，栽种树木，把它作为休息的场所。这年春天，在岐山之南下了一场麦雨，占卜后说是丰年的征兆。然而之后整整一个月没有下雨，百姓因此忧虑起来。时节过了农历三月八日，才下了雨；三月十七日，又下了雨，而百姓们认为雨下得还不够；到了三月二十日，天降大雨，一连三日才停。官吏们在衙门里一起庆贺，商人们在集市上一起唱歌，农民们在田野中一起欢笑。忧愁的人因此高兴，生病的人因此痊愈，而我的亭子正好在这时建成了。

　　于是，我便在亭子里设宴，向客人们敬酒并问他们："五天不下雨可以吗？"回答说："五天不下雨就收获不到麦子了。""十天不下雨可以吗？"回答说："十天不下雨就收获不到稻子了。""收不到麦子、稻子，就会出现灾荒，诉讼案件就会增多，而盗贼会愈加猖獗，那么我与诸君即使想悠然从容地在这个亭子里玩乐，难道能够如愿吗？现在上天不遗弃这里的百姓，才显旱象就赐降大雨，使我与诸君能一起在这个亭子里悠闲地从容游乐，都是这从天而降的喜雨赏赐的啊！这又怎么能够忘记呢？"

　　既以"喜雨"命名亭子，又接着歌咏此事，歌词说："即使上天降下珍珠，受寒的人也不能把它当作短袄来穿；即使上天降下宝玉，饥饿的人也不能把它当作粮食来吃。一连下了三天大雨，这是谁的力量？百姓说是太守，太守说他不曾有这样的力量；归功于天子，天子也否认；归功于造物之主，造物主不认为是自己的功劳；归功于太空，太空深远缥缈，不能够命名，我便用'喜雨'命名我的亭子吧。"

凌虚台记

【题解】

　　本文是苏轼任凤翔判官时，为当时的太守所筑的一个名为凌虚的土台子所作的记。文章前半部分记了筑台的原因、过程及命名的原因。后半部分是重点，作者借台子从无到有以至恍然如山，抒发事物的废兴成毁是不能预先知道的，事物如此，历史的兴衰更是如此。正因如此，作者得出不可以一台之得"夸世而自足""世有足恃者，而不在乎台之存亡也"的结论，"足恃者"为何？苏轼没说，很显然，应该是有益于世的功业。

【原文】

国于南山之下，宜若起居饮食与山接也。四方之山，莫高于终南；而都邑之丽山者，莫近于扶风[1]。以至近求最高，其势必得。而太守之居，未尝知有山焉。虽非事之所以损益，而物理有不当然者。此凌虚之所为筑也。

方其未筑也，太守陈公杖履逍遥于其下[2]。见山之出于林木之上者，累累如人之旅行于墙外而见其髻也。曰："是必有异。"使工凿其前为方池，以其土筑台，高出于屋之檐而止。然后，人之至于其上者，恍然不知台之高，而以为山之踊跃奋迅而出也。公曰："是宜名凌虚。"以告其从事苏轼，而求文以为记[3]。

轼复于公曰："物之废兴成毁，不可得而知也。昔者荒草野田，霜露之所蒙翳，狐虺之所窜伏。方是时，岂知有凌虚台耶？废兴成毁，相寻于无穷，则台之复为荒草野田，皆不可知也。尝试与公登台而望，其东则秦穆之祈年、橐泉也[4]，其南则汉武之长杨、五柞[5]，而其北则隋之仁寿、唐之九成也[6]。计其一时之盛，宏杰诡丽，坚固而不可动者，岂特百倍于台而已哉？然而数世之后，欲求其仿佛，而破瓦颓垣，无复存者。既已化为禾黍荆棘丘墟陇亩矣，而况于此台欤？夫台犹不足恃以长久，而况于人事之得丧，忽往而忽来者欤？而或者欲以夸世而自足，则过矣。盖世有足恃者，而不在乎台之存亡也。"

既已言于公，退而为之记。

【注释】

〔1〕扶风：古郡名，宋称凤翔府，即今陕西凤翔。

〔2〕太守陈公：陈希亮，字公弼，眉州青神（今四川青神）人，天圣进士，曾为京东转运使，于嘉祐八年（1063）正月，移知凤翔府。岁饥，发仓粟贷民，秋熟，以新易旧，官民皆便。为人清静寡欲。王公贵人皆严惮之。所至，奸民猾吏，易心改行。然出于仁恕，故严而不残。

〔3〕求文以为记：苏轼于嘉祐六年十二月到凤翔，任签书判官。其初知府为宋选。至八年正月，陈希亮接任知府，应陈之请，写作本文。

〔4〕祈年、橐泉：据《汉书·地理志》注："橐泉宫，孝公起；祈年宫，惠公起。"

〔5〕长杨、五柞：据《三辅黄图》卷一："长杨宫，在今周至县东三十里，本秦旧宫，至汉修饰之，以备行幸。宫中有垂杨数亩，因以宫名。"据《三辅黄图》卷三："五柞宫，汉之离宫也，在扶风周至。宫中有五柞，因以为名。"

〔6〕仁寿：据《隋书·食货志》："（开皇）十三年，（隋文）帝命杨素出，于岐州北造仁寿宫。"九成：据《唐会要》卷三十九：九成宫，在陕西麟游西，本隋仁寿宫。唐太宗贞观五年重修，为避暑之所，以山有九重，改名九成。

【译文】

　　州城建造在终南山下，城里的人日常生活应该时常与山接触。州城四面的山，没有高过终南山的，而城市靠着终南山的，没有比扶风更近的。以最近的去眺望最高的，是一定能够做到的。但是太守居住在扶风，却不曾知道眼前还有座终南山。这虽然与治理政事的好坏没有什么关联，但从事理上来说却是不应该的。这就是建造凌虚台的原因。

　　在还没有筑台的时候，太守陈希亮公拄着手杖在山下面自由自在地散步，突然看见树林上面露出一些山峰的影子，一个接一个地就像人行走在墙外只能看到他的发髻那样，便说："这里一定有特异的景致。"于是便派人在前边挖了一口方形的池塘，用挖出的土筑起一座台子，台子的高度只稍稍高过人家的屋檐。这样，人走在台上，恍惚之间忽略了台子的高度，却认为山峰是突然腾跃出来的。陈公说："这个台应该起名为凌虚。"就把这个意思告诉他的属官苏轼，要他写篇文章记下来。

　　苏轼回复陈公说："一座建筑物的兴盛与衰败，是不能够预料的。过去，这里的荒草野田，是霜雪雨露覆盖遮蔽的地方，是狐狸毒虫潜来窜去的地方。那时，哪里能料到会有座凌虚台呢？兴盛与衰败，是相互循环无穷无尽的，那么凌虚台是否又会变迁为荒草野田，都是不能预料的。我曾经试着和您登台眺望，东边是秦穆公所建的祈年宫、橐泉宫，南边是汉武帝建造的长杨宫、五柞宫，北边是隋文帝建造的仁寿宫、唐太宗建造的九成宫。估计这些盛极一时的建筑物，它们的宏伟杰出、奇异壮丽，坚固到不可动摇的程度，何止超过这个台子的一百倍呢！然而经过几代之后，想要寻求它们的大概形状，却连破瓦断墙也不复存在了，已经变成种庄稼的田亩和长满荆棘的废墟了，更何况这个台子呢？台子尚且不能依靠什么得以长久存在，何况人事方面的得与失本就来去匆匆？倘若有人想通过类似的东西在世上夸耀而自满，那就错了。因为世上真有可以依凭的东西，但和台子之类的存亡是没有关系的。"

我把这些话说给陈公后，回来就写了这篇文章。

放鹤亭记

【题解】

作者借云龙山人放鹤引申发挥，认为放鹤和饮酒这两种嗜好，可以致祸，也可以为乐，关键是谁行之。为君者可因之而

败亡丧国，为隐者却可以因之怡情全真。作者的言外之意很清楚：南面为君不如山林隐居之乐。这是一种典型的出世思想，也是作者政治上失意后消极情绪的反映。放鹤亭，在今江苏徐州云龙山，宋神宗（赵顼）元丰元年（1078）张天骥建，张即文中的"云龙山人"。

【原文】

熙宁十年秋[1]，彭城大水[2]，云龙山人张君之草堂[3]，水及其半扉。明年春，水落，迁于故居之东，东山之麓。升高而望，得异境焉，作亭于其上。彭城之山，冈岭四合，隐然如大环，独缺其西一面，而山人之亭，适当其缺。春夏之交，草木际天；秋冬雪月，千里一色。风雨晦明之间，俯仰百变。山人有二鹤，甚驯而善飞。旦则望西山之缺而放焉，纵其所如，或立于陂田，或翔于云表，暮则傃东山而归，故名之曰"放鹤亭"。

郡守苏轼[4]，时从宾客僚吏，往见山人，饮酒于斯亭而乐之。揖山人而告之曰："子知隐居之乐乎？虽南面之君，未可与易也。《易》曰：'鸣鹤在阴，其子和之。[5]'《诗》曰：'鹤鸣于九皋，声闻于天。[6]'盖其为物清远闲放，超然于尘垢之外，故《易》《诗》人以比贤人君子。隐德之士，狎而玩之，宜若有益而无损者，然卫懿公好鹤则亡其国[7]。周公作《酒诰》[8]，卫武公作《抑》戒[9]，以为荒惑败乱，无若酒者，而刘伶、阮籍之徒[10]，以此全其真而名后世。嗟夫！南面之君，虽清远闲放如鹤者，犹不得好，好之则亡其国。而山林遁世之士，虽荒惑败乱如酒者，犹不能为害，而况于鹤乎？由此观之，其为乐未可以同日而语也。"

山人忻然而笑曰："有是哉！"乃作放鹤、招鹤之歌，曰："鹤飞去兮西山之缺。高翔而下览兮择所适。翻然敛翼，宛将集兮，忽何所见，矫然而复击。独终日于涧谷之间兮，啄苍苔而履白石。鹤归来兮，东山之阴。其下有人兮，黄冠草履，葛衣而鼓琴。躬耕而食兮，其余以汝饱。归来归来兮，西山不可以久留。"

元丰元年十一月初八日记。

【注释】

〔1〕熙宁：宋神宗年号。

〔2〕彭城：北宋时徐州的治所在彭城县，即今江苏徐州。

〔3〕云龙山：在今徐州云龙，因山出云气，蜿蜒如龙而得名。宋时张天骥隐居于此，号云龙山人。苏轼徙知徐州时，与其交往甚密。

〔4〕郡守苏轼：苏轼在熙宁十年（1077）四月到任徐州太守，七月河决，洪水围徐州，轼组织军民筑堤救城，十月河复故道。

〔5〕"鸣鹤"二句：引自《易经·中孚》。

〔6〕"鹤鸣"二句：引自《诗经·小雅·鹤鸣》。

〔7〕卫懿公好鹤：据《左传·闵公二年》：卫懿公喜欢鹤，让鹤坐大夫的车子。北狄入侵，国人皆曰："鹤实有禄位，让鹤去打仗吧，我们何必去呢？"懿公战死，卫国遂亡。

〔8〕周公作《酒诰》：殷纣王酗酒，妹邦这个地方受其影响，好酒成为风气。殷亡，武王将此地封给康叔，周公作《酒诰》告诫他。

〔9〕卫武公作《抑》戒：春秋时，卫武公作《抑》以自做。现存于《诗经·大雅》，其中有两句说："颠覆厥德，荒湛于酒。"

〔10〕刘伶：字伯伦，曾为建威参军。阮籍：字嗣宗，曾为步兵校尉。他们都是西晋"竹林七贤"中人，因对当时政治不满，又恐遭受迫害，常以纵酒沉醉做掩饰，保全性命。

【译文】

宋神宗熙宁十年秋天，彭城一带暴发洪水，大水已淹至云龙山人张君居住的草堂大门一半高的地方。第二年春天，洪水才退落而去，云龙山人即向东迁居至东山脚下。他登上高处眺望，寻得一处景致奇异的地方，就在上面建造了一座亭子。彭城周围的山势，山冈大岭四面围拢，隐约像一个大圆环，而唯独在西面有个缺口，山人的亭子就恰好建在这个缺口上。每年春夏相交之际，山草树木，接天而生；秋冬之时，清亮的月光，洁白的雪花，使得大地银装素裹，千里一色。而在刮风下雨、天阴天晴的日子里，其景色更是瞬息万变。山人有两只鹤，很驯服，又很会飞。每天清早，山人在亭上向西山缺口处放鹤，任凭仙鹤飞翔。仙鹤或站立在池塘边、田野上，或飞翔于层云之外，傍晚则向东山飞回。因此，山人便给亭子起名为"放鹤亭"。

彭城郡守苏轼，时常带领幕僚宾客前去看望云龙山人，在这座亭子上随意饮酒并以此为乐。苏轼斟了杯酒对山人说："您知道隐居的乐趣吗？即使是面南称尊的皇帝，也是不能和他交换的。《易经》上说：'仙鹤在阴暗的地方鸣叫，雏鹤在旁边应和着。'《诗经》上说：'仙鹤在幽深的沼池鸣叫，它的声音传到了天上。'大概是因为仙鹤的性情清高旷远、悠闲安逸，超脱于尘世之外，所以《易经》《诗经》的作者把它比作有才有德的人。隐居的有德之士，与仙鹤亲近、嬉戏，应该是于性情有益而无损的，然而战国时卫懿公十分喜好鹤却丧失了自己的国家。周公作《酒诰》的文章，卫武公作引以自戒的诗篇《抑》，都认为荒废事业、惑乱性情、败坏祸乱国家的，没有比酒更厉害的，然而魏晋时的刘伶、阮籍等人，却因饮酒保全了名节，从而名传后世。唉！面南称尊的帝王，即使如清高旷远、悠闲安逸的鹤，也不能喜好，喜好它们便丧失了国家。然而隐迹山林、远离尘世的人，即使是像酒那样最能荒废事业、迷惑性情、败坏祸乱国家的东西，却不能对他们构成危害，更何况那性情美好的仙鹤呢？由此看来，朝廷上的帝王与山林中隐士的快乐，是不能相提并论的啊！"

山人高兴地笑着说："真有这样的道理啊！"于是我便作了放鹤、招鹤的歌，道："仙鹤从西山的缺口一飞而去，在高空中翱翔，向下巡视可供栖息的地方。翻身而下，收起翅膀，仿佛将要栖止，不知看到了什么，忽然又矫健地扇起翅膀一飞冲天。整天独自在涧溪、山谷间来往，嘴啄着青色的苔藓，足踩着洁白的山石。仙鹤归来啊，飞回东山的北面，那下边有个人啊，头戴着黄色的帽子，脚上穿着草鞋，身披葛布衣，在那里弹琴。他吃自己亲自耕种而收获的粮食，剩余的东西就能喂饱你。回来吧，快回来吧，西山那个地方不能长久地停留。"

元丰元年十一月初八日记。

石钟山记

【题解】

作者由于怀疑世人所传石钟山命名的原因，便亲自探访石钟山，经过实地调查而得出自己的结论。作者写作此文的目的主要还不在于将石钟

山命名的真正原因告之于世，而在于批评"事不目见耳闻，而臆断其有无"的主观作风。虽然有人对苏轼关于石钟山命名原因的结论提出了异议（有人认为是因山形如覆盖之钟且中空而得名），但文中阐明的道理却是富有启发意义的。石钟山，在今江西湖口。

【原文】

《水经》云[1]："彭蠡之口[2]，有石钟山焉。"郦元以为下临深潭[3]，微风鼓浪，水石相搏，声如洪钟。是说也，人常疑之。今以钟磬置水中，虽大风浪不能鸣也，而况石乎？至唐李渤[4]，始访其遗踪，得双石于潭上。扣而聆之，南声函胡，北音清越，枹止响腾，余韵徐歇，自以为得之矣。然是说也，余尤疑之。石之铿然有声者，所在皆是也，而此独以钟名，何哉？

元丰七年，六月丁丑，余自齐安舟行，适临汝。[5]而长子迈将赴饶之德兴尉[6]，送之至湖口，因得观所谓石钟者。寺僧使小童持斧，于乱石间择其一二扣之，硿硿焉，余固笑而不信也。至其夜月明，独与迈乘小舟，至绝壁下。大石侧立千仞，如猛兽奇鬼，森然欲搏人。而山上栖鹘，闻人声亦惊起，磔磔云霄间。又有若老人咳且笑于山谷中者，或曰此鹳鹤也。余方心动欲还，而大声发于水上，噌吰如钟鼓不绝。舟人大恐。徐而察之，则山下皆石穴罅，不知其浅深，微波入焉，涵澹澎湃而为此也。舟回至两山间，将入港口，有大石当中流，可坐百人，空中而多窍，与风水相吞吐，有窾坎镗鞳之声，与向之噌吰者相应，如乐作焉。因笑谓迈曰："汝识之乎？噌吰者，周景王之无射也[7]；窾坎、镗鞳者，魏庄子之歌钟也[8]。古之人不余欺也！"

事不目见耳闻，而臆断其有无，可乎？郦元之所见闻，殆与余同，而言之不详；士大夫终不肯以小舟夜泊绝壁之下，故莫能知；而渔工水师，虽知而不能言。此世所以不传也。而陋者乃以斧斤考击而求之，自以为得其实。余是以记之，盖叹郦元之简，而笑李渤之陋也。

【注释】

〔1〕《水经》：我国古代专记江河水道的地理书，相传为汉代桑钦或晋代郭璞所著。据清代学者考证，作者约为三国时人，其详已不可知。

〔2〕彭蠡：湖名，今鄱阳湖。

〔3〕郦元：郦道元，北魏范阳（今河北涿州）人，字善长，曾任御史中尉、关石大使，博览群书，遍游各地，著有《水经注》四十卷，注文二十倍于原书，为我国古代地理学名著之一。

〔4〕李渤：字浚之，唐代洛阳人，宪宗元和年间任江州（今江西九江）刺史，通过寻访，作《辩石钟山记》，认为石钟山是因"奇石"而得名。

〔5〕余自齐安舟行，适临汝：苏轼于元丰三年（1080）贬官黄州（今湖北黄冈）团练使，至元丰七年（1084）奉神宗手札移汝州（今河南汝州）。遂从齐安（今湖北省黄冈市黄州区）沿江而下，于当年六月丁丑（初九日），经过湖口。

〔6〕迈：苏轼长子名迈，字维康，这时将去饶州（今江西鄱阳）担任德兴（当时属饶州，今属江西）县尉。

〔7〕周景王：东周时天子（前544—前520在位），曾铸钟名"无射（yì）"。

〔8〕魏庄子：春秋时晋国大夫，名绛，因有功，晋悼公赐给他歌钟（编钟）一套（计十六件）。

【译文】

《水经》上说："彭蠡湖的出口，有一座石钟山。"郦道元给它所作的注释中认为，石钟山的下面是一个很深的水潭，

381

微风吹动湖面掀起波浪，水与石相撞击，发出的声音像大钟一样洪亮。这种说法，人们常常怀疑它。现在把钟磬一类的器物放在水中，即使是大风大浪也不能使它发出声响，更何况是座石山呢？到唐代时，有个叫李渤的人，才探寻到它的遗迹，并在深潭的两边选了两块石头，用鼓槌敲打而仔细地听，结果潭南的石头声音低沉而模糊，潭北的石头声音清亮而激越，鼓槌停止敲击后，石头发出的余音很长时间才停息，他便自认为得到了石钟山得名的原因。但这种说法，我更为怀疑。敲打石头发出的铿锵之声，到哪个地方都是一样的，唯独此处却用"钟"来命名，这是什么原因呢？

宋神宗元丰七年六月初九，我从齐安乘船到临汝，而我的大儿子苏迈也要去饶州的德兴县任县尉。我送他去湖口，因此有机会到了传说中的石钟山。寺庙里的和尚派一个小童拿了斧头，在湖边的乱石丛中选了一两处敲击，结果发出了"硿硿硿"的声音，我只是笑了笑，并不认为它正确。到晚上月亮明亮的时候，我单独与长子苏迈乘坐小船来到湖中的绝壁之下。山石耸立岸边，有千尺之高，犹如凶猛的野兽、奇异的鬼怪，阴冷可怕的样子像要扑击人似的。而山上栖息的鹘鸟，听到人声也忽地惊飞起来，在云霄间"磔磔"地鸣叫。我们又听到一种像老人在山谷中边咳边笑的声音，有人说，这就是所说的鹳鹤。正在我心惊肉跳而想返回之际，忽然听到水上发出一种很大的声音，轰轰隆隆像不断敲击钟鼓而发出的声音一样，船夫很害怕。我慢慢地观察它，才发现山下都是石头形成的洞穴和缝隙，难以探得它的深浅，微小的波浪进入其中，流转激荡而发出这种声音。把船绕至两山之间，将要进入港口的时候，忽见一块大石头挡立在水中间，上边可坐百人左右，大石的里面是空的并有许多洞眼，微风和波浪冲进其中又激荡返回，发出窾坎镗鞳的声响，与刚才轰轰隆隆的钟鼓声相呼应，犹如演奏乐器一般。我因此笑着对苏迈说："你知道吗？轰隆的声音，就像是周景王的无射钟发出的；窾坎、镗鞳的声音，像是魏庄子的歌钟发出的。古人并没有欺骗我们啊！"

　　事情没有经过自己的眼睛所见、耳朵所闻就凭空判断其是否存在，这可以吗？郦道元的所见所闻和我大致相同，但他说得并不详尽；一般士大夫到底不会乘小船夜间停在绝壁之下，所以也不会知道其中的详情；而渔夫船工虽然知道详情，却难以用话准确地表达出来。这就是石钟山得名的真相没有在世间流传的原因。而见识鄙陋的人却用斧头之类的器械敲击石头去探求它，自认为得到了真实的情况。因此我写文章把这件事记下来，为的是叹惜郦道元记录的简略，讥笑李渤见识的浅薄啊。

潮州韩文公庙碑

【题解】

　　宋哲宗元祐七年（1092），潮州知府王涤重修韩愈庙，请苏轼撰写了这篇庙碑文。文章高度颂扬了韩愈在张扬儒家学说、倡导古文运动方面的历史贡献，也表

彰了他被贬潮州后的政绩及潮州人对他的深切怀念之情。当然，其中也寄托了作者的身世之感。

韩文公，即韩愈，唐代文学家。他所倡导的古文运动为其主要历史功勋，因上书谏宪宗迎佛骨而被贬为潮州刺史。

【原文】

匹夫而为百世师，一言而为天下法，是皆有以参天地之化，关盛衰之运。其生也有自来，其逝也有所为。故申、吕自岳降[1]，傅说为列星[2]，古今所传，不可诬也。

孟子曰[3]："我善养吾浩然之气。"是气也，寓于寻常之中，而塞乎天地之间。卒然遇之，则王公失其贵，晋、楚失其富[4]，良、平失其智[5]，贲、育失其勇[6]，仪、秦失其辩[7]。是孰使之然哉？其必有不依形而立，不恃力而行，不待生而存，不随死而亡者矣。故在天为星辰，在地为河岳，幽则为鬼神，而明则复为人。此理之常，无足怪者。

自东汉以来，道丧文弊，异端并起，历唐贞观、开元之盛[8]，辅以房、杜、姚、宋而不能救[9]。独韩文公起布衣，谈笑而麾之，天下靡然从公，复归于正，盖三百年于此矣。文起八代之衰[10]，而道济天下之溺，忠犯人主之怒[11]，而勇夺三军之帅[12]。此岂非参天地、关盛衰、浩然而独存者乎？

盖尝论天人之辨，以谓人无所不至，惟天不容伪。智可以欺王公，不可以欺豚鱼；力可以得天下，不可以得匹夫匹妇之心。故公之精诚，能开衡山之云[13]，而不能回宪宗之惑；能驯鳄鱼之暴[14]，而不能弭皇甫镈、李逢吉之谤[15]；能信于南海之民[16]，庙食百世，而不能使其身一日安于朝廷之上。盖公之所能者天也，其所不能者人也。

始潮人未知学，公命进士赵德为之师[17]。自是潮之士，皆笃于文行，延及齐民。至于今，号称易治。信乎孔子之言："君子学道则爱人，小人学道则易使也。〔18〕"

潮人之事公也，饮食必祭，水旱疾疫，凡有求必祷焉。而庙在刺史公堂之后，民以出入为艰。前太守欲请诸朝作新庙，不果。元祐五年〔19〕，朝散郎王君涤来守是邦〔20〕，凡所以养士治民者，一以公为师。民既悦服，则出令曰："愿新公庙者，听！"民欢趋之，卜地于州城之南七里，期年而庙成。

或曰："公去国万里，而谪于潮，不能一岁而归。没而有知，其不眷恋于潮也，审矣。"轼曰："不然！公之神在天下者，如水之在地中，无所往而不在也。而潮人独信之深，思之至，焄蒿凄怆，若或见之。譬如凿井得泉，而曰水专在是，岂理也哉？"

元丰元年〔21〕，诏封公昌黎伯，故榜曰："昌黎伯韩文公之庙。"潮人请书其事于石，因作诗以遗之，使歌以祀公。其辞曰："公昔骑龙白云乡〔22〕，手抉云汉分天章。天孙为织云锦裳〔23〕，飘然乘风来帝旁。下与浊世扫秕糠，西游咸池略扶桑〔24〕。草木衣被昭回光，追逐李、杜参翱翔〔25〕。汗流籍、湜走且僵〔26〕，灭没倒景不得望。作书诋佛讥君王，要观南海窥衡、湘，历舜九嶷吊英、皇〔27〕。祝融先驱海若藏〔28〕，约束蛟鳄如驱羊。钧天无人帝悲伤，讴吟下招遣巫阳〔29〕。犦牲鸡卜羞我觞，于粲荔丹与蕉黄。公不少留我涕滂，翩然被发下大荒。"

【注释】

〔1〕申：申伯，周宣王时功臣。吕：吕侯，辅周穆王有功。《诗经·大雅·崧高》："维岳降神，生甫及申。"

〔2〕傅说：商王武丁时的大臣，治国有方，奄有天下，得天道，死后升天，比于列星。

〔3〕孟子：名轲，战国时的思想家。有《孟子》一书传世。"我善养吾浩然之气"见《孟子·公孙丑上》。

〔4〕晋、楚：为春秋时两个富强的国家，晋文公和楚庄王曾分别为春秋五霸之一。

〔5〕良、平：张良和陈平，都是刘邦的重要谋士，对汉朝的建立起了重要的作用。

〔6〕贲、育：孟贲和夏育，都是古代著名的勇士。据说孟贲"水行不避蛟龙，陆行不避虎兕"，夏育能"力拔牛尾""叱骇三军"。

〔7〕仪、秦：张仪和苏秦，都是战国时著名的纵横家，他们善于辞辩。

〔8〕贞观、开元之盛：唐太宗的贞观年间（627—649）、唐玄宗的开元年间（713—741），政治经济状况较好，被认为是"盛世"。

〔9〕房、杜：房玄龄和杜如晦，是唐太宗时的宰相。姚、宋：姚崇和宋璟，是唐玄宗时的宰相。以上四人分别对"贞观之治"和"开元之治"起了重要的作用。

〔10〕八代：东汉、魏、晋、宋、齐、梁、陈、隋八个朝代，流行骈体文，文风绮丽，华而不实。

〔11〕忠犯人主之怒：唐宪宗信佛，迎佛骨入宫，韩愈上《谏迎佛骨表》，有"事佛渐谨，年代尤促"等句，宪宗大怒，欲加死罪，经朝臣挽救，贬潮州。

〔12〕勇夺三军之帅：唐穆宗时，镇州兵变，杀节度使田弘正，另立王廷凑，韩愈奉旨前往抚慰，王陈兵接待，加以威胁，韩愈毫不畏惧，劝王归顺朝廷，不应从递造反，王感悟，以礼送韩回朝。

〔13〕衡山：在湖南衡山西，为五岳之一。

〔14〕驯鳄鱼之暴：韩愈有《祭鳄鱼文》，为到潮州后不久所作，历数鳄鱼之罪，表明了自己为民除害的决心。

〔15〕弭皇甫镈、李逢吉之谤：韩愈贬潮州后，宪宗有悔意，宰相皇甫镈说他狂疏，阻其回朝。另一宰相李逢吉则在韩愈和李绅之间制造矛盾，使他们两败俱伤。

〔16〕南海：潮州。当地民众怀念韩愈，立庙祭祀。

〔17〕命进士赵德为之师：韩愈有《潮州请置乡校牒》，称赞赵德"沉雅专静，颇通经，有文章，能知先王之道，论说且排异端而宗孔氏，可以为师矣"，因而推荐他"专勾当州学，以督生徒"。

〔18〕"君子学道"二句：引自《论语·阳货》。

〔19〕元祐：宋哲宗年号。

〔20〕王君涤：王涤，字长源，莱州人，从学于韩愈，知潮州时，曾造新的韩愈庙。

〔21〕元丰：宋神宗年号。

〔22〕白云乡：《庄子·天地》："乘彼白云，至于帝乡。"被视为仙乡。

〔23〕天孙：指织女，她是天帝之孙女。

〔24〕咸池：《离骚》："饮余马于咸池兮，总余辔乎扶桑。"扶桑：日所出之处。

〔25〕李、杜：李白与杜甫。

〔26〕籍：张籍，韩愈的好朋友。湜：皇甫湜，韩愈的学生。两人都是中唐时期的文学家。

〔27〕九嶷：九嶷山，在今湖南宁远南，相传舜葬于此山。英、皇：女英和娥皇，为尧之女，后为舜妻。舜死，二女溺

娥皇
女英

于湘江。

〔28〕祝融：南海神。海若：北海神。

〔29〕巫阳：古巫师名。

【译文】

一个普通人却能成为后世千百代人学习的表率，他说出的一句话就成为天下人学习的准则，这种人物能参与天地万物的化育，关系着国家兴盛或衰败的时运。他的出生是有来历的，他的去世也是有缘由的。西周的重臣申伯、吕侯是山神而降至凡世，商代的贤相傅说死后化为星宿，这是从古到今传说的事，不可能凭空捏造啊。

孟子说："我善于养护我的盛大刚正之气。"这种气，寄托在一般事物当中，又充塞于广阔的天地之间。突然遇上它，王公会失去他们的尊贵，晋国、楚国会失去他们的富有，张良、陈平会失去他们的智慧，孟贲、夏育会失去他们的勇力，张仪、苏秦会失去他们雄辩的才能。是什么使他们这样的呢？这其中一定有不依靠形体就能站立、不凭借力气就能行走、不依恃生命就能存在、不随死亡而消逝的东西吧。所以它在天上便是日月星辰，在地上便是河流山岳，在幽暗处便是鬼魅神灵，而在光明的地方便成为人。这是通常的道理，没有什么值得奇怪的。

自东汉以来，道德沦丧，文风败坏，杂说异端并行而起，虽经历了唐代贞观、开元年间的盛世，又有房玄龄、杜如晦、姚崇、宋璟等名相辅佐，但还没能得以救治。唯独韩文公在普通人中兴起，谈笑间挥动古文运动的大旗，天下的人纷纷倾倒而遵从韩文公，道德文章重新归于正道，到现在差不多三百年了。韩文公在文章方面振起了东汉、曹魏、两晋、宋、齐、梁、陈、隋八个朝代的衰落，在道德方面提倡儒家思想而挽救了天下人的沉沦，在忠诚方面敢于冒犯皇帝，在勇力方面曾折服过三军的元帅。这难道不是参与天地万物的化育、关系国家兴盛衰败的命运、盛大刚正之气独存于其身的巨人吗？

我曾经议论过天与人的分别，认为人是没有什么事做不到的，而天只是不容人弄虚作假。人的智慧可以用来欺骗至尊的王公，但不可能欺骗小猪和鱼这样纯然天性的动物；人的勇力可以获得天下，但不可得到普通百姓的真诚之心。所以韩文公的精忠诚恳，虽能消散衡山之上的层云，却不能挽回唐宪宗那颗受迷惑的心；虽能使凶暴的潮州鳄鱼驯服，却不能消除皇甫铸、李逢吉对他的诽谤；虽能取信于南海的百姓，接受他们后代百世立庙建祠的祭祀，却不能在朝廷上安稳地度过一天。所以说韩文公所能顺应的是天道，他所不能顺应的是人事啊。

当初，潮州人还不知道学习圣贤之道，韩文公派进士赵德做他们的老师。从此潮州的读书人，都专心学习文章，修养品性，并逐渐影响到一般的百姓。直到今天，潮州仍有易于治理的声名。孔子的话确实令人信服："君子学习了道理，就知道爱护别人；百姓学习了道理，就易于治理。"

潮州人侍奉韩文公，吃喝时必定先祭祀，有了洪涝旱灾，或是出现了疾病瘟疫，凡是有所要求，都一定要到韩文公的庙祠里去向他祷告。可是韩文公的庙祠建在刺史官衙大堂的后边，百姓觉得出出进进很不方便。前任太守想把这个情况报告给朝廷，另建一座新庙，但没有付诸实施。哲宗元祐五年，朝散郎王涤来这里当太守，凡是可以用来养护读书人、治理百姓的办法，全都以韩文公为榜样。百姓既已心悦诚服，他就发布命令说："愿意重新为韩文公立庙的人来听从我的吩咐。"百姓很高兴，纷纷来参加这项工程。于是在城南七里选了一块地，满一年后新庙就落成。

有人说："韩文公被贬谪于离都城有万里之遥的潮州，不到一年就返回了。即使死后还有灵知，他不会眷念怀恋潮州的情状也是很明显的了。"我说："这种看法不对！韩文公的神灵在天上，犹如潜行地下的水一样，没有哪里不存在。而唯有潮州的百姓信仰得深厚，想念得真切，人们怀着深厚的感情去祭祀他，在香烟缭绕之中，好像看见了他的形貌。又譬如，凿井的时候得到了涌出的泉水，就说水是专门齐集于此的，这难道合乎情理吗？"

元丰元年，宋神宗诏封韩文公为昌黎伯，所以在新建的庙额上写"昌黎伯韩文公之庙"。潮州民众请我把这件事记下来刻于石碑上，于是我作了首诗送给他们，让他们歌唱，以祭祀韩文公。歌词是："韩文公从前骑着龙翱翔于天上的白云之间，用手挑动银河，区分出日月星辰的文采。织女为他织出云锦的衣裳，他飘飘然乘着轻风来到天帝的身旁。天帝让他降临凡世扫除天下的庸俗文风，韩文公在西边游览了太阳洗浴的咸池，向东巡视了太阳升起的扶桑。他的光辉四散，连草木也受到了教化。韩文公追随李白、杜甫，和他们一起飞翔，与他同时代的张籍和皇甫湜汗流浃背地在后边追赶不及，快要跌倒了，却连韩文公的背影也无法仰望。韩文公上书斥责崇佛、讥刺君王，结果被贬谪潮州，他顺路观赏了衡山、湘水的景色，并游历了虞舜死后所葬的九嶷山，凭吊了娥皇、女英的遗迹。南海之神祝融在前开路，海若神也率众怪敛迹而藏，韩文公驱逐鳄鱼如同驱赶羊群一般。天上缺少人才，天帝为之悲伤，特遣巫师巫阳从下界召韩文公回去。如今以微薄的祭品而向公敬酒，另备有鲜红的荔枝和黄亮的香蕉。可是韩文公却不肯稍微停留一下就去了，我们伤心得涕泪交流，真诚地希望韩文公翩然飞临大荒，享受我们微薄的祭献。"

乞校正陆贽奏议进御札子

【题解】

陆贽为唐德宗时宰相，著名的政论家。他的奏议往往切中时弊，为后世所推崇。本文写于宋哲宗即位不久，当时旧党上台，而王安石推行的新法被吕惠卿等人弄得面目全非，弊端百出，新旧党之争依然激烈，国无宁日。苏轼进此札子，乞校正陆贽奏议，并建议哲宗反复熟读，从中得到治国的启发。文章认为，陆贽的札子虽当世每不为德宗所用，但已是如"经效于世间"的良药，为"治乱之龟鉴"，若为哲宗熟读，"必能发圣性之高明，成治功于岁月"。文章写得真切动人。

【原文】

臣等猥以空疏，备员讲读。圣明天纵，学问日新。臣等才有限而道无穷，心欲言而口不逮，以此自愧，莫知所为。

窃谓人臣之纳忠，譬如医者之用药，药虽进于医手，方多传于古人。若已经效于世间，不必皆从于己出。

伏见唐宰相陆贽，才本王佐，学为帝师。论深切于事情，言不离于道德。智如子房而文则过[1]，辨如贾谊而术不疏[2]。上以格君心之非，下以通天下之志。但其不幸，仕不遇时。德宗以苛刻为能[3]，而贽谏之以忠厚；德宗以猜疑为术，而贽劝之以推诚；德宗好用兵，而贽以消兵为先；德宗好聚财，而贽以散财为急。至于用人听言之法，治边驭将之方，罪己以收人心，改过以应天道，去小人以除民患，惜名器以待有功，如此之流，未易悉数。可谓进苦口之药石，针害身之膏肓。使德宗尽用其言，则贞观可得而复[4]。

臣等每退自西阁，即私相告言，以陛下圣明，必喜贽议论。但使圣贤之相契，即如臣主之同时。昔冯唐论颇、牧之贤[5]，则汉文为之太息；魏相条晁、董之对[6]，则孝宣以致中兴。若陛下能自得师，则莫若近取诸贽。

夫六经三史、诸子百家，非无可观，皆足为治。但圣言幽远，末学支离，譬如山海之崇深，难以一二而推择。如贽之论，开卷了然。聚古今之精英，实治乱之龟鉴。臣等欲取其奏议，稍加校正，缮写进呈。愿陛下置之坐隅，如见贽面；反覆熟读，如与贽言。必能发圣性之高明，成治功于岁月。

臣等不胜区区之意，取进止。

【注释】

〔1〕子房：张良，字子房，为汉高祖刘邦的主要谋士。

〔2〕贾谊：西汉初年年轻有为的政论家，因受众臣嫉恨诽谤而未获重用，后三十三岁即抑郁而死。

〔3〕德宗：唐德宗李适。

〔4〕贞观：唐太宗年号。

〔5〕冯唐：西汉安陵（今陕西咸阳东北）人，文帝时任中郎署长，向文帝讲述战国时赵国名将廉颇与李牧的故事，文帝听后以得不到如二人者为将而叹息。

〔6〕魏相：西汉定陶（今属山东）人，举贤良，历任州县官，宣帝时官至宰相，经常引用西汉前期著名政治家董仲舒、晁错、贾谊等人的言论，整顿吏治，使西汉后期的政局有所好转，史称"宣帝中兴"。

【译文】

臣等依凭空虚浅薄的才学，在翰林院侍讲、侍读的职位上充个数目。皇上的聪明睿智是上天赋予的，学问一天比一天深厚。臣等才学有限，然而圣贤之道没有穷尽，心中虽然想表述清楚，可口头上表达不出来，因此自己感到很惭愧，不知道该怎么办才好。

臣等认为作为臣子向皇帝进献忠诚，就像医生对准病症去用药一样，药虽然经医生之手传过去，但药方多是从古人那里留下来的。如果药方在世间证明确实很灵验，那么就不一定都要由医生自己创造出来才可用。

臣等听说唐德宗时的宰相陆贽，才能足可辅佐帝王，学问足可成为帝王的老师。他的议论深刻而切合物事人情，言语从不偏离圣贤的道德规范。智慧与西汉的张良齐肩而文才却要胜过他，议论的才能像西汉的贾谊而方法却不粗疏。对上可以纠正皇帝想法上的错误，对下能够贯通天下人的心志，但他不幸的是做官没能赶上良好的时机。唐德宗以严厉刻薄为能事，陆贽就以忠厚去规谏；唐德宗以猜疑忌恨去对人，陆贽就以诚恳去劝说；唐德宗喜好用兵打仗，陆贽则认为消除战事是当时首先要做到的；唐德宗喜好敛聚财物，陆贽则认为散财于民最为迫切。至于任用人才、接受意见的方法，整治边防、驾驭将帅的策略，归罪于自身以收拢人心，改正过错以顺应天道，斥去小人以消除人民的祸患，珍惜爵位、宝器以授予有功的人，像这类合理的建议，很难列举完。陆贽真可以说是进献了苦口的良药，去诊治危害身体的重病。假使唐德宗能完全按陆贽的进言去实行，那么贞观之治的盛况便会再一次出现。

臣等每次从皇帝听讲的西阁退出，都私下相互议论，认为您是圣明的天子，一定喜欢陆贽的议论。只要使像您这样的圣明天子和像陆贽那样的贤能大臣意见相吻合，那就像圣君和贤臣处于同一时代一样了。当初冯唐高度赞扬战国时廉颇、李牧的贤能，汉文帝则为不能得到这样的良将而深深叹息；魏相陈述了西汉晁错、董仲舒应对当时皇帝的言语，汉宣帝就按这些言语施政而成就了汉室中兴的功业。如果陛下能自己寻求老师，就不如从近一点的唐朝选取陆贽。

那《诗》《书》《礼》《易》《乐》《春秋》六部经书，《史记》《汉书》《后汉书》三部史书以及诸子百家的著作，并不是没有可以效仿的，而且依照这些史籍所阐述的道理都足以治理好国家。然而六经当中的圣贤言论精深奥妙，而史书、子书中存留的圣贤学说却颇不完整，犹如高山大海那样高峻深远，很难从中选择出多少可以直接推广运用的东西。像陆贽的议论，一打开书本就非常明了清楚，汇聚了古往今来的学说精华，确实是国家治乱的一面镜子。臣等想把他向皇帝进言的文章稍微加以整理校对，重新抄好进呈给陛下。希望陛下把它放在自己的座位旁边，就像亲眼见到陆贽的面容一样；反复熟读它，就像和陆贽当面谈话一样。这样，一定能启发陛下的圣明天资，在不长的时间内就能成就强盛国家的功业。

臣等说不尽愚陋的心意，请陛下决定是否采用。

前赤壁赋

【题解】

宋神宗元丰二年（1079），苏轼被贬为黄州（在今湖北黄冈）团练副使。在黄州期间，他曾两次游览城外的赤壁，并写下了《前赤壁赋》和《后赤壁赋》。他所游的赤壁，并非三国时周瑜大破曹操的赤壁，作者却假托为与曹操相关，在借景抒怀的同时，借凭吊古人的兴亡而抒发关于人生的感叹。文章运用了主客问答的形式，其实无论主还是客，所言均是苏轼的内心感慨。一方面，他感叹人生短暂、变化无常、现实苦闷；但另一方面，他最终从苦闷中摆脱出来，阐发了变与不变的哲理，表现了一种旷达乐观的人生态度。

【原文】

壬戌之秋[1]，七月既望，苏子与客泛舟游于赤壁之下。清风徐来，水波不兴。举酒属客，诵明月之诗[2]，歌窈窕之章[3]。少焉，月出于东山之上，徘徊于斗牛之间。白露横江，水光接天。纵一苇之所如，凌万顷之茫然。浩浩乎如冯虚御风，而不知其所止；飘飘乎如遗世独立，羽化而登仙。

于是饮酒乐甚，扣舷而歌之。歌曰："桂棹兮兰桨，击空明兮溯流光。渺渺兮予怀，望美人兮天一方。"客有吹洞箫者，倚歌而和之。其声呜呜然，如怨如慕，如泣如诉，余音袅袅，不绝如缕。舞幽壑之潜蛟，泣孤舟之嫠妇。

苏子愀然，正襟危坐而问客曰："何为其然也？"客曰："'月明星稀，乌鹊南飞'[4]，此非曹孟德之诗乎？西望夏口[5]，东望武昌[6]，山川相缪，郁乎苍苍，此非孟德之困于周郎者乎[7]？方其破荆州，下江陵[8]，顺流而东也，舳舻千里，旌旗蔽空，酾酒临江，横槊赋诗，固一世之雄也，而今安在哉？况吾与子渔樵于江渚之上，侣鱼虾而友麋鹿，驾一叶之扁舟，举匏樽之相属，寄蜉蝣于天地，渺沧海之一粟。哀吾生之须臾，羡长江之无穷。挟飞仙以遨游，抱明月而长终。知不可乎骤得，托遗响于悲风。"

苏子曰："客亦知夫水与月乎？逝者如斯，而未尝往也；盈虚者如彼，而卒莫消长也。盖将自其变者而观之，则天地曾不能以一瞬；自其不变者而观之，则物与我皆无尽也，而又何羡乎？且夫天地之间，物各有主。苟非吾之所有，虽一毫而莫取。惟江上之清风，与山间之明月，耳得之而为声，目遇之而成色，取之无禁，用之不竭，是造物者之无尽藏也，而吾与子之所共适。"

客喜而笑，洗盏更酌。肴核既尽，杯盘狼藉。相与枕藉乎舟中，不知东方之既白。

【注释】

〔1〕壬戌：古代历法以干支纪年，宋神宗时的壬戌年为元丰五年，即公元1082年。

〔2〕明月之诗：指《诗经·陈风·月出》。

〔3〕窈窕之章：《诗经·陈风·月出》第一章有"月出皎兮，舒窈纠兮，劳心悄兮"句，"窈纠"即"窈窕"。

〔4〕月明星稀，乌鹊南飞：为曹操《短歌行》中的名句。

〔5〕夏口：汉水入长江处，古称夏口，又称汉口。

〔6〕武昌：今湖北鄂州。三国时，孙权曾迁都于此。

〔7〕周郎：孙权的将领，任中郎将时年仅二十四岁，人称周郎。

〔8〕破荆州，下江陵：建安十三年（208），曹操率大军南攻荆州（治所在今湖北襄阳），刘琮投降；又打败刘备，进军江陵（今属湖北）。

【译文】

宋神宗元丰五年的秋天，农历七月十六日，我与客人划着小船，在赤壁之下游览。这时，清爽的凉风缓缓吹来，江面上水波平静。我举起酒杯向客人劝酒，朗诵《月出》之诗，唱起"窈窕"的篇章。过了一会儿，月亮从东边山上升起，在斗宿和牛宿之间徘徊不定。白蒙蒙的水汽笼罩着江面，江水的白光与天上的月光相连接。我们放纵小船，任凭它漂来漂去，行驶在茫茫无边的江面上。江面多么宽阔，浩浩荡荡如同凌空驾风一样，而不知道船儿漂到了什么地方；轻飘飘的如同远离尘世，了无牵挂，化为轻举飞升的神仙。

于是，大家欢畅地喝着酒，我不由得敲着船舷唱起歌来。

歌词说："桂木做的船棹啊兰木做的船桨，划开清亮的江水啊迎着江面上浮动的月光。我的心思悠悠怀远啊，盼望的美人远在天的另一边。"客人中有个善吹洞箫的人，依照我的歌声而吹箫相和。箫声呜呜地响着，像是怨恨着什么，又像企盼着什么，像是在哭泣，又像是在诉说，箫声停止了而余音仍在悠扬回荡，很长时间不能断绝，犹如用丝缕相连。箫声使得幽居水底的蛟龙跳起舞来，又使得独守空船的寡妇饮泣流泪。

我顿时面有忧凄之色，整理好衣服，端坐着问客人道："箫声为什么如此悲凉呢？"客人回答说："'月明星稀，乌鹊南飞'，这不是曹孟德《短歌行》里的诗句吗？向西望去是夏口，向东望去是武昌，山水在这中间相互环绕，而草木茂盛，一片苍茫，这不是曹孟德被周瑜围困的地方吗？当时曹操刚刚攻破了刘表据有的荆州，又攻下江陵，顺江流向东而进的时候，战船首尾相连，浩浩荡荡，有千里之长，军中的旗帜遮蔽了天空。他面对大江端起酒杯，横握长矛赋下新诗，确实称得上是一代英豪，但是现在他又在哪里呢？况且我与您在江边捕鱼打柴，以鱼虾为伴侣，以麋鹿为朋友，驾起一只小船，举起酒杯互相祝福，就像一生短暂的蜉蝣寄生于不生不灭的天地间一样，渺小得像大海里的一粒米。哀叹人生的短促，羡慕长江的无穷无尽。希望与天上的神仙一块遨游，怀抱明月而永世长存。知道这些都不可能实现，只有把洞箫的余音吹进这悲凉的秋风中。"

我对客人说："您也知道那江水和明月的妙处吗？江水是如此滔滔不绝向东而去，但对长江本身而言却不曾流去啊；月亮有圆时有缺时，但对月亮本身而言却不曾增长或减减。所以说从事物变化的角度去看的话，那么天地间的一切就连一眨眼的时间都不曾保持过原貌；从事物不变的角度去看的话，那么事物连同我们自己都是无穷无尽的，又有什么值得羡慕的呢？再说天地之间的东西，都有它们各自的主人。倘若不是我所有的，即使一丝一毫我也不会去取来。只有这江面上清爽的凉风，与那山间皎洁的月光，耳朵听到就有了声音，眼睛看见就有了颜色，取它没有人会禁止，消用它不会穷尽，这是造物所赐予的无尽宝藏啊，而成为我与您共同享受的东西。"

客人高兴得笑了起来，于是洗了酒盏重新斟酒。菜肴和果品已经吃完，杯子、盘子也杂乱地放在一边。我与客人互相枕靠着挤在船中睡着了，不知不觉间东方已经发白，天就要亮了。

后赤壁赋

【题解】

在第一次游赤壁后不久，苏轼再游赤壁，并写下《赤壁赋》的姐妹篇。本篇以记游为序，描写了冬夜赤壁的景色，不仅与前赋所写的景物特色不同，而且所表达的思想感情亦有异。前赋所写景物安谧幽静，本篇写赤壁之景寂寥幽深的同时，更多的还有一种惊险迷离。作者正是借此恍惚之境界，来衬托自己悲伤的情怀。文章最后道士化鹤的幻觉，更是给全文笼上一层缥缈的色彩，带上了浓重的消极处世

情调和人世不可捉摸的虚无之感。

【原文】

是岁十月之望[1]，步自雪堂[2]，将归于临皋[3]。二客从予，过黄泥之坂[4]。霜露既降，木叶尽脱。人影在地，仰见明月。顾而乐之，行歌相答。已而叹曰："有客无酒，有酒无肴。月白风清，如此良夜何？"客曰："今者薄暮，举网得鱼，巨口细鳞，状如松江之鲈[5]，顾安所得酒乎？"归而谋诸妇，妇曰："我有斗酒，藏之久矣，以待子不时之需。"

于是携酒与鱼，复游于赤壁之下。江流有声，断岸千尺，山高月小，水落石出。曾日月之几何，而江山不可复识矣！予乃摄衣而上，履巉岩，披蒙茸，踞虎豹，登虬龙，攀栖鹘之危巢[6]，俯冯夷之幽宫[7]。盖二客不能从焉。划然长啸，草木震动，山鸣谷应，风起水涌。予亦悄然而悲，肃然而恐，凛乎其不可留也。反而登舟，放乎中流，听其所止而休焉。

时夜将半，四顾寂寥。适有孤鹤，横江东来。翅如车轮，玄裳缟衣，戛然长鸣，掠予舟而西也。

须臾客去，予亦就睡。梦一道士，羽衣蹁跹，过临皋之下，揖予而言曰："赤壁之游乐乎？"问其姓名，俯而不答。"呜呼噫嘻！我知之矣。畴昔之夜，飞鸣而过我者，非子也耶？"道士顾笑，予亦惊寤。开户视之，不见其处。

【注释】

〔1〕是岁：苏轼初游赤壁在元丰五年七月，作《前赤壁赋》。本文（《后赤壁赋》）首称"是岁"，亦当是元丰五年。

〔2〕雪堂：苏轼贬官黄州时所建的住宅，在今湖北黄冈东，堂在大雪中建成，四壁皆绘雪景，因以名"雪堂"。

〔3〕临皋：亭名，在今湖北黄冈南，长江边上。苏轼初到

黄州时寓居的地方。

〔4〕黄泥之坂：今黄冈东面的山坡名，又称东坡，苏轼在此建雪堂，自号东坡居士。

〔5〕松江之鲈：松江在今苏州东南，所产鲈鱼，以四鳃著名，肉白如雪，味异他处。曹操宴客，曾以缺少鲈鱼为憾。晋时张翰借口思食鲈鱼归隐。

〔6〕栖鹘：睡在树上的鹘鸟。据《东坡志林·赤壁洞穴》："断崖壁立，江水深碧，二鹘巢其上。"

〔7〕冯夷：水神。据《史记·滑稽列传》注："河伯，华阴潼乡人，姓冯氏，名夷，浴于河中而溺死，遂为河伯也。"

【译文】

　　这一年的十月十五日，我从雪堂步行出发，准备回临皋亭。有两位客人跟着我，一起走过黄泥坂。这时，霜露已经降过，树木的叶子全部脱落。人的影子映在地上，抬头望见明月当空。大家看到这种景色，都很快乐，不由得边行走边吟诗，互相酬答。过了一会儿，我叹息道："有客人却没有酒，有酒却没有菜肴。面对明月高悬、微风清爽的美好夜晚，怎么度过好呢？"客人说："今天傍晚，我刚用网捕了一尾鱼，宽嘴巴，细鳞片，就像松江的鲈鱼一样，但是从哪里能弄到酒呢？"回家后我与妻子商量，妻子说："我有一斗好酒，藏了很长时间，以备你随时需要。"

　　于是，我们就带着酒，拿了鱼，再一次划小船到赤壁之下游览。长江的流水发出阵阵响声，岸边的绝壁耸立千尺。抬头仰望，四周的山显得又高又大，而皎洁的月亮却显得很小；江流在秋天水位低落，原来淹在水中的礁石则显露了出来。距上次游览才相隔几天，可江景山色却变得认不出来了。我便撩起衣服离开舟船，踏上险峻的山岩，分开丛生的杂草，蹲在像虎豹形状的怪石上休息一会儿，又拉着像虬龙一样的藤条，攀上鹘鸟做巢栖息的悬崖，俯视水神冯夷居住的神宫。这些都是两位客人不能随我一起玩赏的。站在高处，我长啸一声，周围的草木为之震撼，山谷中激荡着我的回声，随之风刮了起来，水也泛起了波浪。我也不由自主地悲伤起来，感到恐惧而静默屏息，觉得这里使人害怕不敢再停留了。返回登上小船，划到江中，任它漂流在什么地方就在什么地方歇息。

当时将到夜半，向四周望望，一片清冷寂静。正在此时，有一只鹤从东边顺着江面横飞而来，翅膀有车轮那般大，尾部的黑羽毛如同黑色的裙子，身上的白羽毛如同白色的衣衫，嘎嘎地鸣叫着，掠过我们的小船向西飞走了。

不一会儿客人走了，我也回家睡觉。梦中见一位道士，穿着羽衣，似飞似舞地来到临皋亭中，向我拱拱手说："赤壁之游很快乐吧？"我问他的姓名，他低着头不予回答。"噢，哎呀！我知道了！昨天晚上，鸣叫着从我身边飞过去的，不就是你吗？"道士回头笑笑，我就从梦中惊醒过来。推开门一看，却没有了他的踪影。

苏 轼

方山子传

【题解】

方山子是苏轼的老朋友陈慥（zào），字季常，宋代永嘉（今浙江永嘉）人。仁宗嘉祐七年，其父陈希亮为凤翔知府时，苏轼为凤翔判官，与陈季常结为好友。作者为老朋友方山子作传，极概括性地写了他少年慕游侠，壮年折节读书而不遇，晚年归隐的经历，突出其不慕荣利、舍弃功名而甘愿隐遁贫贱的品格，写得形象鲜明、光彩照人。本文写于苏轼因"乌台诗案"而贬至黄州时，作者心情难免郁闷。方山子归隐是由于"不遇"，这一点正与作者仕途不顺相通。

【原文】

　　方山子[1]，光、黄间隐人也[2]。少时慕朱家、郭解为人[3]，闾里之侠皆宗之。稍壮，折节读书，欲以此驰骋当世，然终不遇。晚乃遁于光、黄间，曰岐亭[4]。庵居蔬食，不与世相闻；弃车马，毁冠服，徒步往来山中，人莫识也。见其所著帽，方耸而高，曰："此岂古方山冠之遗像乎[5]？"因谓之方山子。

　　余谪居于黄，过岐亭，适见焉。曰："呜呼！此吾故人陈慥季常也，何为而在此？"方山子亦矍然，问余所以至此者。余告之故。俯而不答，仰而笑。呼余宿其家。环堵萧然，而妻子奴婢，皆有自得之意。

　　余既耸然异之，独念方山子少时，使酒好剑，用财如粪土。前十有九年，余在岐山[6]，见方山子从两骑，挟二矢，游西山。鹊起于前，使骑逐而射之，不获；方山子怒马独出，一发得之。因与余马上论用兵及古今成败，自谓一时豪士。今几日耳，精悍之色，犹见于眉间，而岂山中之人哉？

　　然方山子世有勋阀[7]，当得官，使从事于其间，今已显闻。而其家在洛阳[8]，园宅壮丽，与公侯等；河北有田[9]，岁得帛千匹，亦足以富乐。皆弃不取，独来穷山中，此岂无得而然哉？

　　余闻光、黄间多异人，往往阳狂垢污，不可得而见。方山子傥见之欤？

【注释】

　　〔1〕方山子：姓陈名慥，字季常，为太常少卿陈希亮之子。

　　〔2〕光：光州，治所在今河南潢川。黄：黄州，治所在今湖北黄冈。

　　〔3〕朱家：西汉时游侠，鲁（今山东曲阜）人，喜为人解

救急难。郭解：亦西汉游侠，轵（今河南济源）人，以德报怨，救人性命而不居功。

〔4〕岐亭：宋时镇名，在今湖北麻城西南。

〔5〕方山冠：汉代乐师所戴的帽子，前高后低，以五色绉纱制作，唐宋之时隐士喜戴。

〔6〕岐山：今陕西岐山。宋属凤翔府。苏轼在嘉祐七年（1062）任凤翔府判官，当时陈慥的父亲陈希亮任知府。从那时到苏轼贬谪黄州为十九年。

〔7〕世有勋阀：陈慥的父亲陈希亮（字公弼），官至太常少卿，卒赠工部侍郎。苏轼在《陈公弼传》中说："当荫补子弟，轼先其族人，卒不及其子慥。"

〔8〕洛阳：北宋时的西京。陈希亮任太常少卿时，分管西京的工作，故在洛阳有住宅。

〔9〕河北：指黄河的北岸。

【译文】

　　方山子，是光州、黄州一带的隐士。年少时他仰慕西汉时的游侠朱家、郭解的为人，乡里讲侠义的人都尊重推崇他。年纪稍大之后，他改变以前的志向，转而潜心读书，想通过这条途径在当世干一番事业，但终究没有遇到机会。晚年他便隐居于光州、黄州一带名叫岐亭的镇上。住着茅草搭成的窝棚，吃着粗茶淡饭，不过问社会上的事情；丢弃原有的车子马匹，毁掉原来的衣服和帽子，平日在山中总是徒步往来，没有人认识他。人们因看到他所戴的帽子，方方正正地耸起好高，说："这莫不是古代方山冠的老样式吧？"因此就称他为方山子。

　　我被贬谪到黄州，路过岐亭镇，正巧碰上他。我惊奇地说："哎呀，这不是我的老朋友陈慥（字季常）吗？怎么会在这个地方呢？"方山子也很吃惊，问我为什么到了这里。我把缘故告诉了他。他低头没有回答，又仰头大笑起来，招呼我住在他家。只见他家四壁空空，显得寂寞冷清，但他的妻子儿女和奴婢都有自得其乐的神态。

我既惊奇于他变成今天这个样子，又想到了他年少时放情饮酒、喜好刀剑、挥钱如土的情形。十九年前，我在岐山做官，曾看到方山子带领两个骑马的随从，背着两副弓箭游猎于西山。见有鸟鹊在前边惊飞而起，他便让随从追逐而用箭去射，结果没有射中。方山子驱马奔驰，单独出击，一箭就射中飞鹊。于是他与我在马上谈论用兵之术以及古往今来成功与失败的道理，自认为是当代的豪杰之士。那离现在没有多少日子，而且精明强悍的神色还显露在眉宇之间，他怎么能是山间隐居的人呢？

方山子家中世代建有功勋，按理他也可受到荫庇而做官，倘若让他走这条路子，恐怕到现在已经有地位、有声望了。并且他的家在洛阳，府第园林宏伟华丽，与公侯家一样。在黄河北岸还有田产，每年可得丝帛千匹之多，也足可享受富贵之乐了。可是他把这些都放弃了，却偏偏来到这穷困的山乡之中，这难道不是因为他独有会心之处才会如此吗？

我听说光州、黄州一带多有异人隐居，他们往往佯装疯癫而浑身污垢，使世人不能看到他们的真实面目。恐怕方山子见过他们吧！

答谢民师书

谢民师，名举廉，新淦（今江西新干）人，元丰八年（1085）进士，善诗文。元符三年（1100），苏轼遇赦，自儋州（今海南儋州）北归，途

经广州。当时谢民师任广州推官，曾携诗文拜见苏轼，深受苏轼赏识。本文是苏轼离开广州后，答谢民师的第二封信。文中着重阐明对"辞达"的理解：一是崇尚自然活泼，不拘一格。作文要像"行云流水"，行于所当行，止于所当止，达到"文理自然，姿态横生"的艺术境界；二是正确理解"文"与"达"的关系，"辞达"不是轻视文采，也不仅是文辞通顺，而是要把客观事物的奥妙充分表现出来。这样的"辞述"，就是最高水平的文采，二者并不矛盾。三是反对模拟与雕琢。无论散文或辞赋，语言必须明白晓畅、平易近人。故作艰深，务求华丽，往往是为了掩饰思想内容的浅薄。实现以上要求，必须经历一

个从"了然于心"到"了然于口与手"的艺术体验过程。就是说，作家对于客观事物的特征既要有全面深刻的认识，又要能加以生动形象的再现。这是作者一生文学创作经验的总结。全文或论文理，或谈行迹，或叙心绪，均能做到随意挥洒、流转自然、亲切有味，确如天上之行云，山间之流水。

【原文】

近奉违[1]，丞辱问讯[2]，具审起居佳胜[3]，感慰深矣。某受性刚简[4]，学迂材下[5]，坐废累年[6]，不敢复齿缙绅[7]。自还海北[8]，见平生亲旧，惘然如隔世人，况与左右无一日之雅[9]，而敢求交乎？数赐见临，倾盖如故[10]，幸甚过望，不可言也。

所示书教及诗赋杂文，观之熟矣。大略如行云流水，初无定质[11]，但常行于所当行，常止于所不可不止，文理自然[12]，姿态横生。孔子曰："言之不文，行而不远。"又曰："辞，达而已矣。"夫言止于达意，即疑若不文，是大不然。求物之妙，如系风捕影[13]，能使是物了然于心者，盖千万人而不一遇也，而况能使了然于口与手者乎[14]！是之谓辞达。辞至于能达，则文不可胜用矣[15]。

扬雄好为艰深之辞，以文浅易之说[16]，若正言之[17]，则人人知之矣。此正所谓"雕虫篆刻[18]"者，其《太玄》《法言》皆是类也，而独悔于赋，何哉？终身雕篆而独变其音节[19]，便谓之"经"，可乎？屈原作《离骚经》[20]，盖《风》《雅》之再变者[21]，虽与日月争光可也，可以其似赋而谓之"雕虫"乎[22]？使贾谊见孔子，升堂有余矣，而乃以赋鄙之，至与司马相如同科[23]。雄之陋如此比者甚众[24]。可与知者道[25]，难与俗人言也，因论文偶及之耳。欧阳文忠公言[26]："文章如精金美玉，市有定价，非人所能以口舌定贵贱也。"纷纷多言，岂能有益于左右？愧悚不已。

所须惠力"法雨堂"两字[27]，轼本不善作大字[28]，强作终不佳；又舟中局迫难写[29]，未能如教[30]。然轼方过临江[31]，当往游焉。或僧有所欲记录，当为作数句留院中，慰左右念亲之意[32]。今日至峡山寺[33]，少留即去[34]。愈远，惟万万以时自爱[35]。不宣。

【注释】

[1] 奉违：指别离。苏轼十一月初五、初六离开广州，过了七八天即到清远峡，故称"近奉违"。

[2] 亟（qì）：屡次。问讯：来信问候。

[3] 具：完全。审：了解，知道。佳胜：美好。

[4] 受性：生性，禀赋。刚简：刚直简慢，言为人戆直，不谙世故，懒于应酬。

[5] 迂：迂阔，迂腐，不合时宜。

[6] 坐：因此。废：指受到贬谪。

[7] 齿：同列。缙绅：士大夫，也指有地位的人。

[8] 还海北：渡海北还。苏轼于元符三年六月由海南岛渡海北归至海康（今广东雷州）。

[9] 左右：对人的尊称。无一日之雅：往日没有交往。

[10] 倾盖如故：初次见面交谈，就像老友一样。

[11] 初无：从来没有，并没有。定质：固定的格式、形态。

[12] 文理：文章的条理。

[13] 系风捕影：比喻事情难以做到。

[14] 了然于口与手：指用口、用手把事理明白透彻地说出来、写出来。

[15] 不可胜（shēng）用：用不尽，指能写出各种用途的文章。

〔16〕文：文饰，掩饰。

〔17〕正言：正面说出，直接说出。

〔18〕雕虫篆刻：雕绘虫书，篆写刻符。虫书、刻符为秦时八种字体中的两种，纤巧难工，是西汉时学童必须学习的。

〔19〕变其音节：指扬雄写《太玄》《法言》仍未脱模拟雕琢之习，不过把赋的句式改成了散文句式。

〔20〕《离骚经》：西汉人刘向编《楚辞》，尊称屈原的《离骚》为《离骚经》。

〔21〕《风》《雅》之再变者：《诗经》中的《国风》《小雅》《大雅》部分有些表达幽怨感情的诗篇，汉朝学者称之为"变风""变雅"。《离骚》写"离忧"，故前人说兼有《风》《雅》的精神。

〔22〕似赋：《离骚》为诗体，言其"似赋"是就其句式的严整、声韵的和谐而言的。《汉书·艺文志》就把《离骚》称为赋，苏轼亦沿用其说。

〔23〕贾谊：西汉文帝时的政论家，因上书论政，触犯上层统治集团的利益，出为长沙王太傅。渡湘水，贾谊作《吊屈原赋》，借凭吊屈原而抒己愤。谪居长沙时，又作《鵩鸟赋》，赋中虽言"纵躯委命"，但也表现出他对现实的某些不满。他的赋在形式上趋向散体化。升堂：登堂。孔子用升堂、入室来形容做学问的几个阶段。堂是正厅，室为内室。先入门，再升堂，最后入室。科：品类。扬雄《法言·吾子》："如孔氏之门用赋也，则贾谊升堂、相如入室矣。如其不用何？"苏轼批评扬雄的话指此而言。

〔24〕陋：见识浅薄。

〔25〕知：同"智"。

〔26〕欧阳文忠公言：《欧阳文忠公集》中无此言，唯《苏氏文集序》赞苏舜钦文说过"斯文，金玉也，弃掷埋没粪土，不能销蚀；其见遗于一时，必有收而宝之于后世者"一类的

话。苏轼本人常用金玉说明文章价值，其《答毛滂书》："文章如金玉，各有定价，先后进相汲引，因其言以信于世，则有之矣。至其品目高下，盖付之众口，决非一夫所能抑扬。"又《答刘沔都曹书》："以此知文章如金玉珠贝，未易鄙弃也。"

〔27〕须：同"需"，求。惠力：寺名，一作"慧力寺"，位于今江西，建于南唐。苏轼曾为惠力寺书《金刚经》碑，此碑清代尚存一半。法雨堂：惠力寺中殿堂名。两字：指"法雨"二字。谢民师家乡新淦和清江县毗邻，可能他曾在寺中为其父母祈福，故替寺向苏轼求字。

〔28〕不善作大字：此为苏轼谦语。他是北宋书法大家。

〔29〕局迫：窄小紧迫。

〔30〕教：命。

〔31〕临江：临江军（军为宋代行政区划名。有两种情况：一与州、府同级，隶属于路；二与县同级，隶属于州、府。临江军隶属江南路），治所在今江西宜春。

〔32〕念亲：挂念亲善。

〔33〕峡山寺：广庆寺，古代名刹之一，位于今广东清远。

〔34〕少：同"稍"。

〔35〕自爱：自己保重。

【译文】

分别不久，就承蒙你多次来信问候，得知你近来生活得很好，我深感欣慰。我生性刚直简慢，学问迂阔，才质低下，因此被贬谪多年，不敢再和士大夫同列。自从渡海北归以来，见到往日的亲戚朋友，恍惚像是隔世的人，何况我和你从前没有一天的来往，哪敢要求和你交往呢？承蒙你几次来看我，交谈时间虽短，却像老朋友一样，真是幸运之至，出乎意料，不是用言语表达得了的。

你给我看的书信以及诗、赋和各类文章，我已经反复熟读

自还海北，见平生亲旧，惘然如隔世人

了。大体说来，作文像舒卷自如的云霞、自然流淌的溪水，原本没有什么固定的格式，只是常常在它应当落笔的时候就落笔，常常在它不能不停下来的时候就停下来，文章的条理自然，姿态富于变化。孔子说："言辞没有文采，就传播得不远。"又说："言辞，能够把意思表达清楚就行了。"

言辞止于把意思表达清楚，就会被怀疑不重视文采，这种怀疑是很不对的。要把事物的精妙之处探求出来，就像要拴住风、捉住影子那样困难，能做到在心里透彻了解事物特点的人，大概在千万个人中也遇不到一个，更何况能在语言和文字上都表达清楚呢！能够做到这样，才能称为言辞表达出了意思。能使言辞清楚地表达出意思来，那他写各种文章也就得心应手了。

扬雄喜欢用一些深奥难懂的言辞来文饰浅薄简单的道理，如果直接说出来，那人人都能明白。这正是他所说的雕绘虫书、篆写刻符一类的文字游戏，他的《太玄》《法言》都是这类作品，可他只悔恨写了赋，这是为什么呢？终生都在搞雕虫篆刻的玩意，只是把句子的音节改变一下，便称为"经"，这可以吗？屈原作《离骚经》，那是承继《风》《雅》的精神，加以变化而形成的，即使说它能和日月争夺光辉也是可以的，能因为它形式上像赋而把它称为"雕虫"一类的作品吗？假使贾谊和孔子同时，他的道德和才能达到"进入厅堂"的水平也是绰绰有余的，而扬雄竟然因为贾谊作过赋而鄙视他，甚至把他和司马相如列为一类。扬雄像这类见识浅陋的例子很多。这些可以和聪明人谈，但很难和平庸的人说清楚，这里因为谈论文章，不过偶然提到罢了。欧阳文忠公说过："文章如同精美的金玉，市场上自有定价，不能凭着人们的一张嘴来决定它的贵贱。"胡乱讲了这么多，哪能对你有益处呢？我感到非常惭愧、惶恐。

你要我给惠力寺"法雨堂"写两个字，我本来不善于写大字，勉强写来到底不好；又因为船中地方窄小很难动笔，所以没有完成你的嘱托。但我将要经过临江，到那里后，我会去寺中游览。可能寺中僧人要我写点什么留下来，我就在寺院写几句话，来答谢你挂念亲善之意。今日到了峡山寺，稍稍停留一下就离开。我们相距越来越远，只希望你千万随时保重自己。别不多言。

文与可画筼筜谷偃竹记[1]

【题解】

这是一篇出色的画论和悼文。作者总结了亡友文与可的绘画理论和技法，认为画竹必须"先得成竹于胸中"，对竹子的形态特点和生长规律要有深入的观察体味，并且经过长期的创作实践，掌握了熟练的绘画技巧，才能顺利地进入艺术构思，迅速捕捉并表现出竹子的天然神韵，达到心手相应、一挥而就的高妙境界。文中把创作灵感忽然而至的情形，比作"如兔起鹘落，少纵则逝"，是深有艺术体验的见解。作者同时用几件日常琐事，赞扬了文与可不慕名利、不喜应酬的高洁情操和爽直风趣的性格，与一些附庸风雅的士大夫形成对照；又通过书

诗应答、睹物伤情等生活情节，表现了他们"亲厚无间"的友谊和对亡友的沉痛悼念。文章前半部分议论画理，流露出对文与可的敬佩之情；后半部分叙述他们的情谊，仍紧扣画理推究，谈笑风生，幽默轻松；末段突然点出文与可之死，情调骤变，往昔嬉笑之言竟成如今之失声痛哭，言简情深，倍加伤感。全文叙事、抒情、议论熔于一炉，信笔挥洒、舒卷自如，其势如行云流水，曲折生动。

【原文】

竹之始生，一寸之萌耳[2]，而节叶具焉。自蜩腹蛇蚹[3]，以至于剑拔十寻者[4]，生而有之也。今画者乃节节而为之，叶叶而累之，岂复有竹乎？故画竹必先得成竹于胸中[5]，执笔熟视，乃见其所欲画者，急起从之，振笔直遂[6]，以追其所见，如兔起鹘落[7]，少纵则逝矣。与可之教予如此。予不能然也，而心识其所以然。夫既心识其所以然，而不能然者，内外不一，心手不相应，不学之过也。故凡有见于中，而操之不熟者，平居自视了然，而临事忽焉丧之，岂独竹乎？

子由为《墨竹赋》以遗与可[8]，曰："庖丁[9]，解牛者也，而养生者取之[10]；轮扁[11]，斫轮者也，而读书者与之[12]。今夫夫子之托于斯竹也[13]，而予以为有道者，则非耶？"子由未尝画也，故得其意而已。若予者，岂独得其意，并得其法。

与可画竹，初不自贵重。四方之人，持缣素而请者[14]，足相蹑于其门[15]。与可厌之，投诸地而骂曰："吾将以为袜材！"士大夫传之，以为口实。及与可自洋州还，而余为徐州。与可以书遗余曰："近语士大夫：'吾墨竹一派，近在彭城，可往求之。'袜材当萃于子矣。"书尾复写一诗，其略曰："拟将一段鹅溪绢[16]，扫取寒梢万尺长[17]。"予谓与可："竹长万尺，当用绢二百五十匹[18]，知公倦于笔砚，愿得此绢而已！"与可无以答，则曰："吾言妄矣！世岂有万尺竹哉？"余因而实之[19]，答其诗曰："世间亦有千寻竹，月落庭空影许长。"与可笑曰："苏子辩则辩矣[20]，然二百五十匹，吾将买田而归老焉！"因以所画《筼筜谷偃竹》遗予，曰："此竹数尺耳，而有万尺之势[21]。"筼筜谷在洋州，与可尝令予作《洋州三十咏》，《筼筜谷》其一也。予诗云："汉川修竹贱如蓬[22]，斤斧何曾赦箨龙[23]？料得清贫馋太守，渭滨千亩在胸中。"与可是日与其妻游谷中，烧笋晚食，发函得诗，失笑喷饭满案。

元丰二年正月二十日，与可没于陈州[24]。是岁七月七日，予在湖州[25]，曝书画，见此竹，废卷而哭失声。

昔曹孟德祭桥公文[26]，有"车过""腹痛"之语，而予亦载与可畴昔戏笑之言者[27]，以见与可于予亲厚无间如此也[28]。

【注释】

　　[1] 文与可：名同，字与可，自号笑笑先生、锦江道人，梓潼（今四川梓潼）人。文同长苏轼十八岁，既是他的从表兄，又是他的好友。文同善画山水石竹，尤工竹，是"文湖州竹派"的开创者。著作有《丹渊集》。筼（yún）筜（dāng）谷：位于洋州西北五里，其地多筼筜竹。偃竹：斜立风中、状若倒伏的竹子。"筼筜谷偃竹"是文同画的一幅墨竹。
　　[2] 一寸之萌：指小竹笋。萌，植物的芽。

〔3〕蜩（tiáo）腹蛇蚹（fù）：形容竹笋出土后的形状。笋小时竹节纹路甚密，形如蝉腹上的横纹、蛇腹上的横鳞。

〔4〕剑拔：形容竹子长得快。

〔5〕成竹于胸中：指胸中先要有完整的竹子形象（包括竹的神韵）。这里强调的是画竹前，画家对竹要多观察、多了解。

〔6〕振笔：挥笔。遂：完成。

〔7〕兔起鹘落：兔子刚一出现，鹘鸟就从空中冲下来抓住它。这里形容运笔神达。

〔8〕子由：苏辙。

〔9〕庖丁：《庄子·养生主》篇所说的善于解牛的人物。

〔10〕养生者：讲求养生之道的人，此指文惠君。

〔11〕轮扁：《庄子·天道》篇所说的擅长治轮的人物。

〔12〕读书者：指齐桓公。与：赞许。

〔13〕今夫：《墨竹赋》中作"况夫"，且"况夫"前有"万物一理也，其所从为之者异尔"数字。

〔14〕缣（jiān）素：白色细绢，供书画用。

〔15〕足相蹑：形容人一个接一个地来。蹑，踩。

〔16〕鹅溪：位于今四川盐亭西北。鹅溪产的绢很著名，唐时作为贡品，宋人视为名贵书画材料。

〔17〕扫取：用笔画成，挥洒成。扫，抹。寒梢：因竹耐寒，故称寒梢。

〔18〕二百五十匹：古以四十尺为一匹，故言"竹长万尺，当用绢二百五十匹"。

〔19〕实：坐实，落实。

〔20〕辩：巧言善辩，会说话。

〔21〕万尺之势：这句是说画上竹只数尺长，却具有高达万尺的气势。文同的话说明画竹要有高度的概括性，通过有限的形象反映出无限的神韵来。

〔22〕汉川：汉水。洋州州治位于汉水北侧。蓬：草名。

〔23〕箨（tuò）龙：竹笋的别称。

〔24〕陈州：治所在今河南省周口市淮阳区。元丰二年正月，文同病逝于陈州宛丘驿。

〔25〕湖州：今浙江省湖州市吴兴区。文同卸湖州知州任在元丰元年十月，继任者即为苏轼。

〔26〕桥公：桥玄，字公祖，睢阳（今河南商丘）人。曾为太尉，拜中散大夫。

〔27〕畴（chóu）昔：从前。

〔28〕无间（jiàn）：没有隔阂。

【译文】

　　竹子开始生长的时候，只有一寸来长的幼芽而已，但是节和叶都已经在芽内具备了。从它像蝉腹蛇鳞般的小笋，直到它长成像宝剑出鞘那样挺拔，高达七八十尺的竹子，生来就有竹节和竹叶。现在作画的人竟一节一节描摹它，一叶一叶堆叠它，难道还会有生机勃勃的竹子吗？所以画竹子，一定要先在胸中有完整的竹子形象，拿着画笔仔细地观察、想象，才能在构思中发现所要画的形象特点，这时就要急忙振作精神，按照构思，挥动画笔一气呵成，以便捉住自己看到的那个竹子，就像兔子跃起，老鹰快速落下，稍一放松时机就消失了。文与可就像这样教我画竹子。我不能做到这样，但心里却懂得这样做的原因。心里既然明白为什么这样做，却又不能这样做，是由于心里想的与手上做的不一样，心和手不能密切配合，这是不学习的过错呀。所以凡是心里有所领悟，而实际做起来却不熟练的人，平时自己看来很明白清楚的事，临到做的时候却又恍恍惚惚地把握不住它，这种手不从心的情况，难道只是画竹时才有的吗？

　　子由作了一篇《墨竹赋》送给文与可，说：“庖丁，是个宰牛的人，而讲求养生之道的人（文惠君）却从庖丁解牛的技巧中领悟到了养生的道理。轮扁，是个砍削制作车轮的人，而读书人（齐桓公）却赞许轮扁所说的道理。现在从先生您在画竹上所寄寓的道理看，我认为您也是个深知事物规律的人，难道不是吗？"子由从未作过画，所以只领会了他的意思罢了。至于我，就不仅能领会他的意思，并且学到了他的画法。

文与可画竹子，起初自己看得并不那么贵重。四面八方的人，拿着素绢求他作画的，一个接着一个地找上门来。文与可对此很厌烦，把绢扔到地上，骂道："我要拿它做袜子！"士大夫口耳相传这句话，把它当成笑柄。等到文与可从洋州回来，我在徐州做知州，文与可给我写了一封信，信中说："近来我告诉士大夫，我们画墨竹这个流派的人，就近在彭城，你们可以去求他作画。做袜子的材料将汇集到你那里了。"信的后边还写了首诗，诗中大致说："打算拿一块鹅溪名绢，挥笔画出万尺长的竹子。"我对文与可说："画万尺长的竹子，应当用绢二百五十匹，我知道你懒得动笔作画，只不过希望得到这些绢罢了！"文与可无话可答，就说："我的话说得过头了，世间哪有万尺长的竹子呢？"我借着他的话来证明所讲是事实，于是在回答他的诗中说："世间也有千寻长的竹子，当月光落在空寂的庭院里时，竹子的影子就有这么长。"与可笑着说："苏轼真会巧辩啊，但是如果真有二百五十匹绢的话，我将用它买田地养老了。"于是把他所画的一幅《筼筜谷偃竹》送给我，说："这幅竹子只不过几尺罢了，然而却有万尺长的气势。"筼筜谷在洋州，文与可曾经让我作《洋州三十咏》，《筼筜谷》是其中的一首。我的诗中说："汉江长长的竹子贱得像蓬草，你的刀斧何曾饶过那里的竹笋？想必是清贫而嘴馋的太守，要把渭水之滨千余亩的竹子吞在肚里以求一饱。"文与可这天正和妻子在谷中游玩，恰巧正烧竹笋吃晚饭，打开信看到这首诗，禁不住笑得喷了满桌子的饭。

元丰二年正月二十日，文与可在陈州去世。这年七月七日，我在湖州晾晒书画，看见这幅竹子，忍不住放下画卷失声痛哭。

从前曹操祭桥玄的文中有"车过""腹痛"这样的话，而我也记下文与可昔日的嬉笑之言的原因，就是想表现我和文与可之间也有这样亲密无间的友情啊！

记承天寺夜游

【题解】

这篇游记，仅有八十五字，寥寥几笔，就点染出一个明净幽静的夜景，传达出一种恬淡自适的心境。月色如水，上下空明，幽人漫步，竹柏弄影，宛如一幅用淡墨挥洒的月夜游人图。天上有明月，庭中有竹柏，身边有知己，作者把自己政治失意后的孤高情怀寄托于其中，情与景如水乳交融，实难分辨。他的情怀也像天光月影一般，表里澄澈，纤尘不染，无忧无虑，潇洒自如。此情此景，岂是嚣嚣官场可与相比？

【原文】

元丰六年十月十二日夜^{〔1〕}，解衣欲睡，月色入户，欣然起行。念无与为乐者，遂至承天寺寻张怀民^{〔2〕}。怀民亦未寝，相与步于中庭^{〔3〕}。

庭下如积水空明，水中藻、荇交横^{〔4〕}，盖竹柏影也。

何夜无月？何处无竹柏？但少闲人如吾两人者耳^{〔5〕}。

【注释】

〔1〕元丰六年：1083年。元丰，宋神宗赵顼年号。

〔2〕承天寺：故址在今湖北黄冈南。张怀民：又名张梦得，清河（今河北邢台清河）人。元丰六年，张怀民被贬黄州，初到时寓居承天寺。

〔3〕中庭：庭中，院子里，与下文"庭下"义同。

〔4〕藻（zǎo）：水藻。荇（xìng）：荇菜。藻、荇，均为水生植物，根生水底，枝叶浮于水面。

〔5〕闲人：苏轼与张怀民均为贬官，只有虚衔而无实权，故称"闲人"。

【译文】

元丰六年十月十二日夜里，我脱了衣服正要睡觉，忽然看见月光透进门窗，睡意全消，便高兴地起身走出来。想到没有一个同我共享这月夜乐趣的人，我就到承天寺去找张怀民。正好怀民也没睡，我们就一同在寺院里散起步来。

院子里像贮满了水一样，澄澈透明，水里面的藻、荇枝叶纵横交错，其实是竹子和柏树的影子。

哪儿的夜里没有月亮？哪个地方没有竹子和柏树？只是少有像我和怀民这样清闲的人罢了。

书蒲永升画后[1]

【题解】

　　我国绘图理论的精髓，是"形似"与"神似"的完美结合。在这篇短小精悍的题画文中，作者通过"死水"与"活水"的对比，形象地说明了"形似"与"神似"的结合，对绘画创作实践有重要的指导意义。怎样才能达到形神兼备、气韵飞动的艺术境界呢？一要有"随物赋形"——对自然形态的山水景物具有深刻的观察和忠实的再现能力。二要能"性与画会"——把主观感情与客观景物融为一体。这样就会有灵感的爆发、创作的冲动，用一种不可遏制的激情表现出山水景物的形状和神理，取得

情景合一、物我难分的最高艺术真实。作者还把绘画创作与画家的个性特征和品德修养联系起来，说明绘画艺术是画家思想品格的自然外现，蒲永升笔下的"活水"具有一种逼人的凛凛生气，正是因为他具有放浪不羁的性格和不畏权贵的节操。如果仅能摹写出水的"平远细皱"的表面形状，而没有画家的思想品格在内，就只能是毫无生气的一潭"死水"。印画工匠的复制品，算不上什么艺术。苏轼深知艺术的奥妙，这篇随意挥洒的"戏书"，实在是一篇生动深刻的画论。

【原文】

古今画水，多作平远细皱[2]，其善者不过能为波头起伏，使人至以手扪之[3]，谓有洼隆，以为至妙矣。然其品格[4]，特与印板水纸争工拙于毫厘间耳[5]。

唐广明中[6]，处逸士孙位始出新意[7]，画奔湍巨浪[8]，与山石曲折，随物赋形[9]，尽水之变，号称神逸[10]。其后蜀人黄筌、孙知微皆得其笔法[11]。始，知微欲于大慈寺寿宁院壁作湖滩水石四堵[12]，营度经岁[13]，终不肯下笔。一日，仓皇入寺，索笔墨甚急，奋袂如风[14]，须臾而成，作输泻跳蹙之势，汹汹欲崩屋也。知微既死，笔法中绝五十余年[15]。

近岁成都人蒲永升，嗜酒放浪，性与画会[16]，始作活水，得二孙本意。自黄居寀兄弟、李怀衮之流[17]，皆不及也。王公富人或以势力使之，永升辄嘻笑舍去；遇其欲画，不择贵贱，顷刻而成。尝与余临寿宁院水[18]，作二十四幅，每夏日挂之高堂素壁，即阴风袭人，毛发为立。永升今老矣，画亦难得，而世之识真者亦少。如往时董羽、近日常州戚氏画水[19]，世或传宝之。如董、戚之流，可谓死水，未可与永升同年而语也[20]。元丰三年十二月十八日夜，黄州临皋亭西斋戏书。

【注释】

〔1〕蒲永升：成都人，宋画家，善画水。据郭若虚《图画见闻志》卷二记载，苏轼此文是写给"成都僧惟简"的。

〔2〕皱（zhòu）：皱纹，形容水的波纹。

〔3〕扪（mén）：摸。古人观画，有手摸一法。

〔4〕品格：高下等级。

〔5〕特：仅，只。争工拙于毫厘间：指在毫厘间的距离内比高低，即相差无几，不相上下。工拙，工巧笨拙，即优劣，文中指绘画技法。

〔6〕广明：唐僖宗李儇的年号。

〔7〕孙位：唐末画家，初名位，改名遇，居会稽山，号会稽山人。黄巢攻克长安，孙位由长安入蜀，居成都。他擅长画人物、鬼神、龙水、松石、墨竹。画龙水尤其著名，笔势超逸、气象雄放。

〔8〕奔湍：奔腾的急流。

〔9〕随物赋形：随着山石的自然形态而画出不同的形状。赋，赋予。

〔10〕神逸：神采奔放，不同凡响。

〔11〕黄筌：字要叔，成都人。五代后蜀画家，为翰林待诏，累官至如京副使。黄筌工禽鸟山水，花、竹师滕昌祐。龙水学孙位。他与江南徐熙并称"黄徐"，成为五代时画花鸟画的两大流派。他画的宫中珍禽异卉，格调富丽。北宋初，翰林图画院曾将他和他儿子黄居寀（cǎi）的画作为评画的标准。孙知微：字太古，眉州彭山（今四川省眉山市彭山区）人，宋代画家。范镇《东斋记事》卷四："蜀有孙太古知微，善画山水、仙官、星辰、人物。其性高介，不娶，隐于大面山，时时往来导江、青城，故二邑人家至今多藏孙画，亦藏画于成都。"

〔12〕堵：墙的量度单位，长高各一丈为一堵。

〔13〕营度：谋求、计算，这里指构思、布置。

〔14〕奋袂（mèi）如风：言挥臂作画，衣袖摆动，犹如风吹。

〔15〕中绝：中途断绝。

〔16〕性与画会：言性情与画融合。

〔17〕自：即使。黄居寀：黄筌第三子，字伯鸾，他承继家法，工画花竹翎毛。曾在后蜀、北宋担任过宫廷画师。其兄黄居实、黄居宝亦善画。李怀衮：宋画家。成都人，善画山水。

〔18〕临寿宁院水：指以寿宁院中孙知微画的水为范本，把它临摹下来。

〔19〕董羽：字仲翔。俗呼董哑子，善画龙水海鱼。曾在南唐和北宋担任过宫廷画师。戚氏：戚文秀，宋画家，善画水。曾作《清济贯河图》，长五丈，自边际起，通贯于波浪中间。又常州有戚化元，亦善画水。

〔20〕同年而语：相提并论。

【译文】

古今画家画水多半都是用细小的纹路把水画成平静广远的样子，那些画得好的也不过是能画出波浪起伏的样子，以至使人用手摸画时，认为有高低不平的感觉，便认为是画得最好的了。但这种画的品格，只不过在技法的工拙上和印版纸争个优劣罢了。

唐代广明年间，隐士孙位才在山水方面画出了新的意境。他画奔腾的流水、巨大的波浪和山石的曲折，随着山石形态的变化赋予水不同的形状，把水的种种变化都画尽了，被人称为"神采奔放，不同凡响"。后来的四川人黄筌、孙知微都学会了他的笔法。起初，孙知微打算在大慈寺寿宁院四堵墙上画湖滩水石的壁画，规划、构思了一年，始终不肯下笔。有一天，他慌慌张张地跑进寺内，急急忙忙地索取笔墨，挥笔时衣袖摆动，如同风吹，一会儿就画成了。画面上的水有一股奔腾倾泻、急促跳跃的势头，波涛汹涌，就像要将房屋冲塌似的。知微死后，这种笔法中断了五十多年。

近年成都人蒲永升，喜欢饮酒，为人放纵不拘，性情与画融合一道。他开始学前人画活水，掌握了二孙作画的原意。即使是黄居寀兄弟、李怀衮一类人都赶不上他。王公富人有时凭仗势力要他作画，蒲永升就嘻嘻哈哈取笑他们一番，扔下笔扬长而去。碰上他想作画时，不管请他作画的人地位贵贱，顷刻间就画好了。他曾给我临摹寿宁院壁画中的水，画了二十四幅，每当夏天把它们挂在高堂里洁白的墙壁上，就感到冷风袭人，使人毛发竖立。永升如今老了，他的画很难得到，而世上能鉴别出真画的人也少。像从前董羽、近时常州人戚氏画的水，世上的人你传给我，我传给你，当作宝贝。董、戚一类人画的水，可以说是死水，不能和永升画的水相提并论。元丰三年十二月十八日夜，戏写于黄州临皋亭西斋。

记游松风亭[1]

【题解】

本篇选自《东坡志林》，与后文《游白水书付过》是前后之作。苏轼以戴罪之身被安置在惠州，政治处境极为险恶。将来的结局如何，也是吉凶未卜、生死难料。他就像挂在钓钩上的活鱼一样，不论怎样挣扎，也无法掌握自己的命运，在进退维谷的情况下，他只好采取随遇而安的生活态度：既然无力攀登山上

的亭子，山腰间又何尝不可以休息；既然远在千里之外的朝廷不能归去，荒僻的惠州又何尝不可以安居？在他看来，一个人只要放弃了某种执着的追求，把个人的生死利禄置之度外，那么一切烦恼都会解除。作者在仕宦生涯中悟出的这番生活哲理，显然是他借以自我排遣的精神支柱。文中写他思绪变化的过程，跌宕起伏、顿挫有致。深刻的道理能用家常话说出，十分真率亲切。其间几处宋时口语的运用，更能收到如见其人、如闻其声的艺术效果。

【原文】

余尝寓居惠州嘉祐寺[2]，纵步松风亭下，足力疲乏，思欲就亭止息。望亭宇尚在木末，意谓是如何得到？良久忽曰："此间有甚么歇不得处？"由是如挂钩之鱼，忽得解脱。若人悟此，虽兵阵相接，鼓声如雷霆，进则死敌，退则死法，[3]当恁么时也不妨熟歇[4]。

【注释】

〔1〕《记游松风亭》：此文选自《东坡志林》卷一。松风亭在今广东惠阳。绍圣元年（1094），苏轼贬居惠州时作。

〔2〕惠州：今广东省惠州市惠阳区。

〔3〕"进则死敌"二句：前进则死于敌人之手，后退则死于自己的军法。

〔4〕恁（nèn）么时：这时。熟歇：好好休息。

【译文】

　　我曾经暂居惠州嘉祐寺，有一次放开脚步向松风亭走去，途中觉得两脚疲乏无力，想赶到亭子上休息一会儿。可是远远望着亭子檐，还在山上树林的梢头，心中暗自思忖这该怎样到达呢？过了很长时间，忽然说："这儿有什么不能休息的呢？"于是，我如同上了钩的鱼儿突然得到了解脱那样轻松。如果人们领悟了这点，即使置身两军对阵交锋之中，击鼓进军的声音即使像隆隆雷声那样震耳，前进就会被敌人杀死，后退就会被军法处决，在这个时候，也不妨美美地睡上一觉。

游白水书付过〔1〕

【题解】

　　苏轼晚年被贬到惠州后不久，为了排遣心中的苦闷，求得精神解脱，即开始游览当地风光。"人间何者非梦幻，南来万里真良图"及"日啖荔枝三百颗，不辞长作岭南人"均是其心境的表达。他一生屡遭贬斥，却始终保持着旷达乐观的情绪，这与他能主动积极地开拓欢愉自适的生活领域有很大的关系。他承认自己的失败，但决不被失败情绪压倒。本篇写他初到惠州任时，与幼子苏过游览白水山的经过：浴温泉、观瀑布、赏佛迹、看山火、江边望月、舟中戏水、深夜饮酒。自昼至夜，一路游来，逸

兴愈游愈浓，以至于长夜不寐，表现了一种旺盛的生活欲望和充沛的精神力量。本文篇幅虽小而内容丰富，用词简短而形神毕现，按时间顺序结构全文，层次分明，堪称游记中的小幅佳作。

【原文】

绍圣元年十月十二日[2]，与幼子过游白水佛迹院[3]，浴于汤池[4]，热甚，其源殆可熟物。循山而东，少北，有悬水百仞[5]。山八九折，折处辄为潭，深者缒石五丈[6]，不得其所止。雪溅雷怒，可喜可畏。水崖有巨人迹数十，所谓佛迹也。暮归倒行，观山烧，火甚。俯仰度数谷[7]，至江，山月出，击汰中流[8]，掬弄珠璧[9]。到家二鼓，复与过饮酒，食余甘等煮菜，顾形颓然，不复甚寐，书以付过。东坡翁。

【注释】

〔1〕《游白水书付过》：此文选自《东坡志林》卷一。白水，指惠州白水山。此文是苏轼与幼子苏过游览白水山后写的一篇游记。苏轼有三子，长子苏迈，二子苏迨，三子苏过。贬居时仅苏过陪侍。

〔2〕绍圣元年：1094年。绍圣，宋哲宗年号。

〔3〕幼子过：最小的儿子苏过。

〔4〕汤池：温泉。

〔5〕悬水：瀑布。百仞：古代八尺为一仞。百仞形容很长。

〔6〕缒（zhuì）：把东西系在绳子上放下去。此处写潭水之深，意思是五丈长的绳子系着东西放下去还不到底。

〔7〕俯仰：上下。

〔8〕击汰：击打水波。此处指划船到了中流。汰，水波。

〔9〕掬弄珠璧：将水捧起来，水珠滴落，日光之下，晶莹有如珍珠玉石。

【译文】

宋哲宗绍圣元年十月十二日，我同小儿子苏过去白水山佛迹院游览，顺便在温泉洗浴，水特别热，温泉源头的水几乎能使食物烫熟。顺着山往东，稍北一点，有一条近百丈高的瀑布。山势曲折，拐八九个弯，拐弯处就是一个水潭，深的地方把石头用五丈长的绳子系着放下去，还到不了底。瀑布像雪花飞溅，如雷神震怒，让人既高兴，又觉得可怕。水崖上有几十个巨人的脚印，传说是佛的脚印。傍晚回家，沿原路边走边看烧山，火势很大。高高低低，越过了几个山谷，来到江边，山月升起，到中流击水，水花迸溅，手捧水珠，如玩弄珍珠玉璧一般。到家已经二更天了，又与苏过饮酒，吃着用余甘煮的菜，灯光下看着自己的身影，晃晃悠悠地快要醉倒了，却又睡不安稳，于是写了这篇游记交给过儿。东坡老翁。

黠鼠赋

【题解】

人是最有智慧的，而智慧的发挥有待于意志的专一。当人的精神高度集中、心无旁骛的时候，就能够降龙伏虎、主宰万物、无所畏惧；当人的精神松懈涣散、疏忽大意的时候，就会变得神经脆弱、怯懦无能，闻锅破而失声惊呼，见蜂蝎而容颜变色，堂堂万物之灵甚至对付不了一只小小的老鼠。可见目标明确、用心专一、态度严谨、工作认真是人类征服自然、取得成功的关键所在。事无大小，莫不如此。这就是作者从一个捉老鼠的小故事中引申出来的生活真理。文章前半部分描写老鼠装死，趁机逃脱，形象狡猾诡诈；写人的漫不经心，乍喜乍惊，受骗上当，情节曲折生动；笔墨简练幽默，表现出作者状物写事的高超技巧。后半部分抒发感慨，因事论理，先提出问题，再加以

辨析，步步深入，以小见大，寓庄于谐，发人深思。从"坐而假寐，私念其故"到"余俯而笑，仰而觉"，作者在睡意蒙眬中自我

对话，在心灵搏动中自我反省，最后疑团顿开，恍然大悟，这一段心理活动的描写尤其别致。

【原文】

苏子夜坐，有鼠方啮[1]。拊床而止之[2]，既止复作。使童子烛之[3]，有橐中空[4]。嘐嘐聱聱[5]，声在橐中。曰："噫，此鼠之见闭而不得去者也。"发而视之，寂无所有。举烛而索[6]，中有死鼠。童子惊曰："是方啮也，而遽死耶？向为何声？岂其鬼耶？"覆而出之，堕地乃走。虽有敏者，莫措其手。苏子叹曰："异哉，是鼠之黠也。闭于橐中，橐坚而不可穴也。故不啮而啮，以声致人；不死而死，以形求脱也。吾闻有生，莫智于人。扰龙、伐蛟、登龟、狩麟[7]，役万物而君之，卒见使于一鼠。堕此虫之计中，惊脱兔于处女，乌在其为智也[8]？"坐而假寐，私念其故。若有告余者曰："汝惟多学而识之，望道而未见也。不一于汝，而二于物，故一鼠之啮而为之变也。人能碎千金之璧，而不能无失声于破釜；能搏猛虎，不能无变色于蜂虿[9]。此不一之患也。言出于汝，而忘之耶？"余俯而笑[10]，仰而觉。使童子执笔，记余之作。

【注释】

　　[1]啮：咬。

　　[2]拊床：拍床。

　　[3]烛：用蜡烛照。

　　[4]橐（tuó）：箱子一类的器具。

　　[5]嘐嘐（jiāo）聱聱（áo）：象声词，形容老鼠咬的声音。

　　[6]索：寻找。

　　[7]扰龙：驯龙。伐蛟：擒杀蛟。蛟，龙的一种。登龟：捉取神龟。狩麟：猎取麒麟。

〔8〕乌在其为智也：怎么能说有智慧呢？乌，怎么。

〔9〕虿（chài）：蝎子一类的毒虫。

〔10〕俯：低首。

【译文】

苏子夜里坐起身，听到一只老鼠正在啃咬东西。拍拍床沿吓唬它，它停了下来，停了一会儿又咬起来。我让童子用烛光照照，原来有一只空箱子，老鼠咬东西的声音是从那里传出来的。我说："嘻，这老鼠被封闭在里面跑不出来了。"打开箱子一看，里面静静的什么也没有。举烛寻找，发现里面有只死老鼠。童子惊奇地说："刚才还在咬东西，怎么突然死了？刚才的是什么声音？难道有鬼吗？"翻过箱子把死鼠倒了出来，老鼠落地就逃跑了。即使行动再敏捷的人，对老鼠的突然逃跑也措手不及。我叹息说："奇怪呀！这是老鼠狡猾的地方。被封闭在箱子里时，箱子结实咬不开窟窿，所以老鼠不是为的真咬箱子，而是要用咬声招来人；不是真的死了，而是借假死脱身。我听说有生命以来，没有比人更聪明的了。人能驯服龙，擒住蛟，捉取神龟，猎取麒麟，役使万物而主宰它们的人，却被一只老鼠骗了。中了老鼠的计，狡猾的老鼠看来像处女一样安稳，却像脱手的兔子一样逃掉了，这怎么还能算是聪明的呢？"我一边坐着闭目打盹，一边想其中的原因。仿佛有人告诉我说："你只不过多读了点书，记住些知识，离道还远着呢。你自己的精神不集中，因而受到外物的干扰，所以才会被一只老鼠的啃咬声弄得坐立不安。人有时砸碎了价值千金的璧玉倒不动声色，却不能做到不在摔破锅时大声惊叫；人有时能与猛虎搏斗，却不能做到不在蜂虿面前吓得变了脸色。这就是不专一带来的危害。这些话是从你嘴里讲出来的，如今你忘了吗？"我低下头暗自发笑，又抬起头来有所醒悟。于是让童子拿笔来，记下自己的这篇文章。

苏辙（1039—1112），宋代著名的文学家。眉州眉山（今四川眉山）人。字子由，一字同叔，晚年号颍滨遗老。苏洵次子。与兄苏轼同为仁宗嘉祐二年（1057）进士。授商州军事推官。神宗熙宁二年（1069）实行变法，为三司条例司检详文字，力陈青苗法不可行，出为河南府留守推官。历陈州教授、齐州掌书记、著作佐郎、签书南京判官。元丰二年因苏轼以诗得罪，坐谪监筠州盐酒税。哲宗元祐初，司马光等先后执政，召为秘书省校书郎，改右司谏，历中书舍人、翰林学士、御史中丞等。官至尚书右丞、门下侍郎。绍圣元年（1094）哲宗新政，章惇为相，恢复新法。辙落职知汝州。后责授化州别驾、雷州安置。徽宗时，提举宫观，致仕。政和二年卒。擅为文，汪洋淡泊，有秀杰之气。与父苏洵、兄苏轼并称"三苏"。

六国论

【题解】

六国，指战国时韩、赵、魏、齐、楚、燕六国。作者分析了六国先后被秦灭亡的历史，指出六国诸侯目光短浅、胸无韬略，不能联合一致，共同对敌，以致先后灭亡。此文可与苏洵的《六国论》并读，二者都是总结六国灭亡的历史教训的。洵文着眼于政治形势，批评苟安的国策；辙文着眼于战略形式，批评六国没有战略眼光，不能联合抗敌，却互相残杀。

【原文】

　　尝读六国世家，窃怪天下之诸侯以五倍之地、十倍之众，发愤西向，以攻山西千里之秦[1]，而不免于灭亡。常为之深思远虑，以为必有可以自安之计。盖未尝不咎其当时之士，虑患之疏，而见利之浅，且不知天下之势也。

夫秦之所与诸侯争天下者，不在齐、楚、燕、赵也，而在韩、魏之郊；诸侯之所与秦争天下者，不在齐、楚、燕、赵也，而在韩、魏之野。秦之有韩、魏，譬如人之有腹心之疾也。韩、魏塞秦之冲，而蔽山东之诸侯[2]，故夫天下之所重者，莫如韩、魏也。

昔者范雎用于秦而收韩[3]，商鞅用于秦而收魏[4]。昭王未得韩、魏之心，而出兵以攻齐之刚、寿，而范雎以为忧，然则秦之所忌者可见矣。秦之用兵于燕、赵，秦之危事也。越韩过魏，而攻人之国都，燕、赵拒之于前，而韩、魏乘之于后，此危道也。而秦之攻燕、赵，未尝有韩、魏之忧，则韩、魏之附秦故也。夫韩、魏，诸侯之障，而使秦人得出入于其间，此岂知天下之势耶？委区区之韩、魏，以当强虎狼之秦，彼安得不折而入于秦哉？韩、魏折而入于秦，然后秦人得通其兵于东诸侯，而使天下遍受其祸。

夫韩、魏不能独当秦，而天下之诸侯，藉之以蔽其西，故莫如厚韩亲魏以摈秦。秦人不敢逾韩、魏以窥齐、楚、燕、赵之国，而齐、楚、燕、赵之国，因得以自完于其间矣。以四无事之国，佐当寇之韩、魏，使韩、魏无东顾之忧，而为天下出身以当秦兵。以二国委秦，而四国休息于内，以阴助其急。若此，可以应夫无穷，彼秦者将何为哉？不知出此，而乃贪疆场尺寸之利，背盟败约，以自相屠灭。秦兵未出，而天下诸侯已自困矣。至使秦人得间其隙，以取其国，可不悲哉？

【注释】

〔1〕山西：这里指崤山（今河南洛宁西北）以西，秦国处于这一地区。

〔2〕山东：这里指崤山以东。

〔3〕范雎用于秦：据《史记·范雎蔡泽列传》记载，范雎对秦昭王说："今夫韩魏，中国之处，而天下之枢也。王其欲霸，必亲中国以为天下枢。"要昭王亲魏收韩。

〔4〕商鞅用于秦：据《史记·商君列传》记载，商鞅劝秦孝公出兵伐魏，"魏不支，秦必东徙。东徙，秦据河山之固，东乡以制诸侯，此帝王之业也"。后来终于使魏割河西之地与秦讲和。

【译文】

我曾经读《史记》齐、楚、燕、韩、赵、魏六国世家的故事，私下奇怪这些各霸天下一方的诸侯以比秦国大五倍的地域，比秦国多十倍的军队，奋发向西而进，去攻打崤山之西不过千里之大的秦国，却没能免于灭亡的命运。我常常为这件事做深远的考虑，认为他们一定会找到一条能保全自己的计策。因此不得不责备当时的谋士们防备祸患之策的疏漏，看不到长远利益，并且不了解天下的大势。

秦国要和诸侯们争夺天下的要害之地，不是在齐国、楚国、燕国和赵国之内，而是在韩国、魏国的郊外；诸侯各国要与秦国争夺的关键之地不是在齐国、楚国、燕国、赵国之内，而同样是在韩国、魏国的边境。对秦国来说，韩国、魏国的存在，就像人患有腹心的疾病一样。韩国、魏国堵塞着秦国东进的要道，而遮蔽着崤山之东的各诸侯国，所以天下最重要的战略位置，没有比得过韩、魏两国的。

从前范雎被秦国任用就提出收服韩国的主张，商鞅被秦国任用就提出收服魏国的主张。秦昭王在没有得到韩国、魏国的真心降服之前，就出兵攻打齐国的刚、寿之地，范雎因此很是担心。因此，秦国所忌惮的事情很明白就看出来了。秦国对燕国、赵国用兵，对秦国来说就是很危险的事了。跨越韩国、魏国而攻击他国的都城，那么燕国、赵国在前边抵抗它，韩国、魏国乘机在后面偷袭它，这就很危险了。但秦国攻击燕国、赵国，却不曾对韩国、魏国的存在感到担忧，这是因为韩国、魏国依附于秦国。韩国、魏国作为诸侯各国的屏障，而秦国能在其中进进出出，这难道能说那些谋士了解了天下的大势吗？把小小的韩国、魏国推出去，以抵御强暴如虎狼一般的秦国，那韩国、魏国怎么能不屈服而投入秦国的怀抱呢？韩国、魏国依附了秦国，从此以后秦国便能派兵通过其地而向东进攻各诸侯国，从而使整个天下的其他诸侯国面临着被秦国灭亡的祸害。

韩国、魏国不能独自抵挡秦国，可是天下的各诸侯国可以凭借韩国、魏国而挡住秦国自西进攻的道路，因此，还不如亲近厚待韩国和魏国以抵挡秦国。秦国既然不敢轻易越过韩国、魏国以谋取齐国、楚国、燕国和赵国，那么，齐国、楚国、燕国和赵国，便可以因此保全自身了。凭着四个没有战事的国家，帮助面对强敌的韩国和魏国，使韩国、魏国没有来自东面的后顾之忧，而为天下各诸侯国的安全挺身而出，去抵挡秦兵。用韩国、魏国对付秦国，而其他四个国家在内部休养生息，并在暗中帮助韩国、魏国应对危难。这样的话，便可以对付一切变故，那强大的秦国还能有什么作为呢？诸侯们不知道出此计策，却只贪图边土上的尺寸小利，违背誓言破坏协约，来自相残杀。秦兵还没有出击，而天下的诸侯国已把自己搞得困顿不堪了，致使秦国能乘虚而入，攻取他们的国家，这能不令人悲叹吗？

上枢密韩太尉书

【题解】

这是苏辙为求见枢密使韩琦而呈上的一封书信。本意为求见，立意却巧妙，先从作文养气说到游历名山大川，再从名山大川的壮观说到晋见欧阳修，又由欧阳修再说到愿见韩太尉，既表达对韩的敬仰，又显得自然妥帖，不低声下气。

文中提出"文者气之所形"的观点，认为作者应从游览山川、扩大交游、开拓见闻中培养、提高自己的精神气质，是有可借鉴之处的。

【原文】

太尉执事：辙生好为文，思之至深。以为文者气之所形，然文不可以学而能，气可以养而致。孟子曰："我善养吾浩然之气。"今观其文章，宽厚宏博，充乎天地之间，称其气之小大。

太史公行天下[1]，周览四海名山大川，与燕、赵间豪俊交游，故其文疏荡，颇有奇气。此二子者，岂尝执笔学为如此之文哉？其气充乎其中而溢乎其貌，动乎其言而见乎其文，而不自知也。

辙生十有九年矣。其居家所与游者，不过其邻里乡党之人，所见不过数百里之间，无高山大野，可登览以自广。百氏之书，虽无所不读，然皆古人之陈迹，不足以激发其志气。恐遂汩没，故决然舍去，求天下奇闻壮观，以知天地之广大。过秦、汉之故都，恣观终南、嵩、华之高；北顾黄河之奔流，慨然想见古之豪杰。至京师，仰观天子宫阙之壮，与仓廪府库城池苑囿之富且大也，而后知天下之巨丽。见翰林欧阳公，听其议论之宏辩，观其容貌之秀伟，与其门人贤士大夫游，而后知天下之文章聚乎此也。太尉以才略冠天下，天下之所恃以无忧，四夷之所惮以不敢发，入则周公、召公，出则方叔、召虎[2]。而辙也未之见焉。

且夫人之学也，不志其大，虽多而何为？辙之来也，于山见终南、嵩、华之高，于水见黄河之大且深，于人见欧阳公，而犹以为未见太尉也。故愿得观贤人之光耀，闻一言以自壮，然后可以尽天下之大观，而无憾者矣。

辙年少，未能通习吏事。向之来，非有取于斗升之禄。偶然得之，非其所乐。然幸得赐归待选[3]，使得优游数年之间，将以益治其文，且学为政。太尉苟以为可教而辱教之，又幸矣！

【注释】

[1] 太史公：指司马迁。

[2] 方叔、召虎：都是周宣王（姬静）时的大臣。方叔曾平定荆蛮、獫狁的叛乱。召虎曾平定淮夷的叛乱。

[3] 赐归待选：苏辙在嘉祐二年十九岁时中进士。当年母亲病故，奔丧回蜀。服除回京，于嘉祐六年八月，应贤良方正直

言极谏策问，授商州军事推官，上奏乞留京师养亲。获准赐归待选。直到治平二年（1065）三月，方出任大名府推官。

【译文】

　　太尉执事：我生性喜好写文章，对怎样写好文章考虑得很深刻。我认为文章是人内在气质的体现，文章虽然不是学习了就能写好，而人的内在气质却可以通过加强自身的修养而得到。孟子说："我善于培养我的盛大刚正之气。"如今看他的文章，宽阔厚重，宏伟博大，充塞于天地之间，同他的内在气质大小相称。太史公司马迁游历天下，看遍了整个中国的名山大川，和燕国、赵国一带的豪侠俊杰交游，所以他的文章疏放不羁，很有奇伟的气魄。这两个人，难道曾经专门提笔学习过写这样的文章吗？那种浩然之气充塞于他们的心胸之中而自然流露于他们的容貌之上，从他们的口中表达出来而在他们的文章中再现出来，只是他们并没有察觉而已。

　　我出生已经十九年了。平常在家中与我交游的，不外乎乡里邻居这类人，所看到的也不过几百里之内的景物，没有高大的山脉、空旷的平野来登览，以增加自己的见识。诸子百家的书，虽然没有不去读的，但那都是古人的陈迹，不能激发自己的志气。我害怕这样会埋没了自己，因此断然离开家乡，去寻求天下的奇特见闻和壮观景色，以便感知天地间的广阔博大。我路过了秦、汉时的故都，尽情地观览了终南山、嵩山、华山的高大雄伟；向北眺望了黄河奔腾而去的壮观气势，深有感触地想起了古代的英雄豪杰。到京城，瞻仰了皇帝宫殿的壮丽宏伟以及粮仓、府库、城池、苑囿的富庶和巨大，这才知道天下的广阔和美丽。我见到了翰林学士欧阳修先生，聆听了他宏伟雄辩的议论，看见了他秀美奇伟的容貌，和他的门生贤士大夫交游，这才知道天下的优秀文章都汇聚在这里。太尉您以雄才大略而名冠天下，国家依靠您才没有忧患，周边的各族害怕您才不敢轻举妄动，在朝廷上就如周公、召公那样辅佐君王，在外用兵就像方叔、召虎一样御侮安边。可我至今还没能见到您呢。

再说，一个人的学习，不有志于最高境界，即使学得再多又有什么作为呢？我来到京城，对于山，看到了终南山、嵩山、华山的高大雄伟；对于水，看到了黄河的广阔深远；对于人，看到了欧阳修先生；然而还以没有见到太尉您而深为遗憾。因此，希望能亲睹您的风采，聆听您的一点教诲以激发自己的雄心壮志，这样才会认为看到了天下所有的壮观景致而没有什么遗憾了。

我还年少，没能通晓做官的事务。先前来京应试的时候，并不一定要谋取一点点俸禄。偶然考中得了官，也不是自己喜欢的。然而有幸得到恩赐让我还乡等候选拔，使我能悠闲几年，我将进一步钻研作文之道，并且学习为政之道。太尉您如果认为我可以教诲而屈尊教诲我，那我就更感到幸运了。

黄州快哉亭记

【题解】

本文是作者在宋神宗元丰六年（1083）谪居筠州（今江西高安）时所作。文章借快哉亭来述说张梦得能够随遇而安的旷达胸怀，实际上也是抒发作者自己的思想感情。作者描述了

苏 辙

快哉亭上所见的景物，说明只有像亭主人一样胸怀坦荡，不因个人的遭遇而影响心境，才能"无所不快"。这实际上是作者在不利处境下的自勉。这种思想在封建社会的知识分子中很具有普遍性。

【原文】

　　江出西陵[1]，始得平地，其流奔放肆大。南合湘、沅[2]，北合汉、沔[3]，其势益张。至于赤壁之下[4]，波流浸灌，与海相若。清河张君梦得[5]，谪居齐安，即其庐之西南为亭，以览观江流之胜。而余兄子瞻名之曰"快哉"[6]。

　　盖亭之所见，南北百里，东西一舍，涛澜汹涌，风云开阖。昼则舟楫出没于其前，夜则鱼龙悲啸于其下。变化倏忽，动心骇目，不可久视。今乃得玩之几席之上，举目而足。西望武昌诸山[7]，冈陵起伏，草木行列，烟消日出，渔夫樵父之舍，皆可指数，此其所以为快哉者也。至于长洲之滨，故城之墟，曹孟德、孙仲谋之所睥睨，周瑜、陆逊之所驰骛，[8]其流风遗迹，亦足以称快世俗。

　　昔楚襄王从宋玉、景差于兰台之宫[9]，有风飒然至者，王披襟当之，曰："快哉此风！寡人所与庶人共者耶？"宋玉曰："此独大王之雄风耳，庶人安得共之！"玉之言盖有讽焉。夫风无雄雌之异，而人有遇不遇之变。楚王之所以为乐，与庶人之所以为忧，此则人之变也，而风何与焉？士生于世，使其中不自得，将何往而非病？使其中坦然，不以物伤性，将何适而非快？

今张君不以谪为患，收会计之余功，而自放山水之间，此其中宜有以过人者。将蓬户瓮牖，无所不快，而况乎濯长江之清流，挹西山之白云〔10〕，穷耳目之胜以自适也哉！不然，连山绝壑，长林古木，振之以清风，照之以明月，此皆骚人思士之所以悲伤憔悴而不能胜者，乌睹其为快也哉？

【注释】

〔1〕西陵：西陵峡，为长江三峡之一，在今湖北宜昌和巴东之间。

〔2〕湘、沅：二水名，即湘江和沅江，都在长江南岸，为湖南主要河流，北流入江。

〔3〕汉：汉水，出陕西宁强北嶓冢山，初出山时名漾水，东南经过勉县，汇合沔水。沔：沔水，出陕西留坝西，进入勉县。另有一源出自陕西略阳，东南流至勉县。诸水汇合，东经襄城镇再合襄水，始称汉水。

〔4〕赤壁：一名赤鼻矶，在今湖北黄冈。并非三国赤壁之战的地方。苏氏据民间传说，姑且记之，未做定论。

〔5〕张君梦得：张梦得，字怀民，清河（今属河北）人，贬官齐安，即黄州。元丰六年七月，营新居于江上。

〔6〕子瞻：苏轼，为作者之兄，当时亦贬居黄州，与张梦得交往。元丰六年十月十二日夜访张怀民，有《记承天寺夜游》记其事。

〔7〕武昌：今湖北鄂州。

〔8〕曹孟德……驰骛：此指三国时的赤壁之战，曹操（字孟德）与孙权（字仲谋）在此交锋。周瑜，字公瑾。陆逊，字伯言。二人皆东吴的名将。

〔9〕楚襄王：战国时楚国的君主。相传他曾梦见巫山神女。宋玉：楚国的大夫，善作辞赋。下文故事即见他所著的《风赋》。景差：楚国的大夫，亦善辞赋。兰台之宫：在今湖北钟祥。

〔10〕西山：又名樊山。《东坡志林》有樊山的记载。在今湖北省鄂州市鄂城区西。

【译文】

长江流出西陵峡，开始进入平坦的旷野，江流变得奔放浩荡起来。在南边汇合了湘江、沅水，在北边汇聚了汉江、沔水，水势更加盛大。到了赤壁之下，江流侵蚀两岸，犹如大海一样宽阔。清河张梦得君被贬官后居住在齐安，他在住处的西南边建了一座亭子，用来观览长江横流浩瀚的胜景。我的哥哥苏轼给这座亭子起名为"快哉"。

从亭上所能看到的，南北之间有百余里，东西之间约三十里。长江波涛汹涌，时而风起云涌，时而风静云消。白天则有船只往来于眼前，晚上可听鱼龙在亭下江水中悲声长啸。景物变化迅疾，动人心魄、惊人眼目，使人不能长时间地观看。如今我能坐在亭子中的案几上观览，只要一抬头就可以看个够。向西望去，武昌一带的山脉，山冈丘陵高低起伏，草木成行成列，烟雾消散，红日东出，渔夫、樵客的屋舍，都历历在目，举手可数。这就是把亭子起名为"快哉"的原因吧。至于那长江长长的沙洲沿岸，故城的废墟，曹操、孙权曾经窥视谋取的地方，周瑜、陆逊曾经驰骋作战的场所，他们的风流遗迹，也足以使一般世俗之人称快啊。

从前，宋玉、景差陪伴楚襄王在兰台宫游玩，有阵清风忽然吹来，楚襄王迎风敞开衣襟，说："这风真令人痛快啊！大概寡人和百姓们可共同享受吧？"宋玉回答说："这仅是大王独享的雄风罢了，百姓怎能与您共同享有呢？"宋玉说的话含有讽谏的意思。风并没有雄雌的分别，而人却有得志与不得志的不同。楚襄王所感到的快乐，对百姓而言所感到的是忧愁，只是由于人的境遇不同造成的，与风又有什么关系呢？读书人生活在世上，假使他心中有不得意的地方，那么到哪里没有忧愁呢？假使他心中坦然自安，不因为外物的影响而伤害到性情，到哪里又不会快乐呢？如今张君不以贬谪异乡为愁苦，利用征收钱谷的公务之后的闲余时间，而在山水之间尽情享乐，这说明他心中应有超过常人的地方。即使让他生活在用蓬草编成门户、瓮片做成窗子那样艰苦的环境中，他也不会不快乐的，更何况是可于长江中的清流中洗濯，能在西山上尽情观赏悠悠的白云，而让耳目充分地感受美好的景色，从中来自求安适呢！如果不是这样，那么连绵的山脉、幽深的峡谷、一眼望不到边的森林、古老的树木，清风在其间回荡，又有明月照临，这些景物都是令失意之士悲伤甚至憔悴而不能忍受的，怎么能从中看到什么快乐呢？

为兄轼下狱上书[1]

【题解】

元丰二年（1079），当时苏轼任湖州知州，谏官何正臣、舒亶、李定等人摘取苏轼诗文表章词句，弹劾苏轼攻击新法，诽谤朝政。七月，御史台派人将苏轼逮捕，八月下御史台狱，十二月结案出狱，这就是历史上的"乌台诗案"。苏轼获释后被贬为黄州团练副使，苏辙也由应天府判官被贬为筠州监盐酒税。苏轼下狱后，苏辙上书宋神宗赵顼，请求用自己的官爵为苏轼赎罪。文章首先肯定苏轼确有狂妄急躁、轻议时政的过错，但苏轼对此早有悔悟，谏官摘报的诗句是苏轼悔悟以前所作，隐含旧事重

提、罚不当罪
之意。然后转
述苏轼的话，
表明他确有改
过自新、报效
王朝的耿耿忠
心。最后以缇
萦救父为例，

提出用自己的官职为苏轼赎罪的请求，希望神宗念及苏轼秉性愚
直，而免其一死。文章情与理兼备，言辞哀婉，恳切简明，既不
触犯皇帝，又能辩明事理，这是文章的难得之处。

【原文】

　　臣闻困急而呼天，疾痛而呼父母者，人之至情也。臣虽草
芥之微，而有危迫之恳，惟天地父母哀而怜之。

　　臣早失怙恃[2]，惟兄轼一人相须为命。今者，窃闻其得罪
逮捕赴狱，举家惊号，忧在不测。臣窃思念，轼居家在官无大过
恶，惟是赋性愚直，好谈古今得失，前后上章论事，其言不一。
陛下圣德广大，不加谴责。轼狂狷寡虑，窃恃天地包含之恩，不
自抑畏；顷年通判杭州，及知密州，日每遇物，托兴作为歌诗，
语或轻发。向者，曾经臣寮缴进陛下，置而不问。轼感荷恩贷，
自此深自悔咎，不敢复有所为。但其旧诗已自传播，臣诚哀轼
愚于自信，不知文字轻易，迹涉不逊，虽改过自新，而已陷于刑
辟，不可救止。轼之将就逮也，使谓臣曰："轼早衰多病，必死
于牢狱，死固分也。然所恨者，少抱有为之志，而遇不世出之
主，虽龃龉于当年，终欲效尺寸于晚节。今遇此祸，虽欲改过自
新，洗心以事明主，其道无由。况立朝最孤，左右亲近必无为言
者。惟兄弟之亲，试求哀于陛下而已。"

臣窃哀其志，不胜手足之情，故为冒死一言。昔汉淳于公得罪[3]，其女子缇萦[4]，请没为官婢，以赎其父。汉文因之遂罢肉刑。今臣蝼蚁之诚，虽万万不及缇萦，而陛下聪明仁圣过于汉文远甚。臣欲乞纳在身之官，以赎兄轼，非敢望末减其罪，但得免下狱死为幸。兄轼所犯，若显有文字，必不敢拒抗不承，以重得罪。若蒙陛下哀怜，赦其万死，使得出于牢狱，则死而复生，宜何以报；臣愿与兄轼洗心改过，粉骨报效，惟陛下所使，死而后已。

臣不胜孤危，迫切无所告诉，归诚陛下，惟宽其狂妄，特许所乞。臣无任祈天请命激切陨越之至。

【注释】

〔1〕《为兄轼下狱上书》：元丰二年（1079），苏轼因"乌台诗案"被李定、舒亶等人罗织罪名，以"诋毁新法"而下狱。此书为苏辙为营救哥哥而作。

〔2〕怙恃（hù shì）：依靠。一般指父母的依靠。

〔3〕淳于公：指汉临淄人淳于意，精通医术，世称仓公。文帝时因故获罪当刑。其女缇萦上书救之，得免。

〔4〕缇萦：淳于意小女儿的名字。

【译文】

我听说在困难危险的时候人常常呼喊上天，在有疾病疼痛时，就呼喊父母，这是人最深的情感。我虽然如同草籽一样渺小，现在的愿望危急紧迫，只有请求天地和父母同情可怜我。

我在很早的时候就失去父母的照顾，只与兄长苏轼一人相依为命。现在，我听说他因犯罪被逮捕送到监狱了，我全家人惊哭，担心他遭到意想不到的惩罚。我私下里想，苏轼无论是在家还是做官并没有很大的过错和恶性，只是秉性愚笨耿直，喜欢讨论古代和当朝事情的得失。呈上奏章议论国事，他的主张前后也不尽一致。对于他的不正确意见，陛下英明神圣，恩德广大，没有批评责备过。我哥哥苏轼狂放清高而虑事不周，私自仰仗皇帝犹如天地那样的包容恩宠而无所顾忌。前几年，他任杭州通判和密州知州时，每日所见都寄情于物，乘兴写诗，说话有时很轻率。以前，已经有同事把诗交给您，您将其置放在一边而没有过问。苏轼感激您恩惠宽恕，从此深深悔恨自咎，不敢再写。但他原来写的诗已经流传开来，我实在可怜苏轼糊涂得过于自信，不懂得文字写得随便，则近似出言不逊，虽然改过自新，但有触犯刑律的部分已经无可挽回了。苏轼在将被捕时，托人对我说："我过早衰老，又有多种疾病，一定会死在牢狱里。本来死是应当的，但是所遗憾的是，我从小就立下有所作为的志向，而又逢百年不遇的明君，虽然早年意见曾经有过不合的地方，但始终想在晚年贡献出自己一点微薄的力量。现在遭遇这样的祸事，虽然想改过自新，改变想法来报效英明的君主，已经没有办法了。何况我在朝廷上十分孤立，皇帝身边的近臣一定没有为我说话的人，只有你我还有兄弟的情谊，可以试着向皇帝乞求怜悯罢了。"

　　我私下对他的这种愿望十分哀伤，又禁不住兄弟感情的驱使，所以冒着性命危险向您说一说。以前汉朝的时候，淳于意犯了罪，他的女儿缇萦请求收自己为官婢来赎父亲的罪。汉文帝因她而废除了肉刑。现在我微薄的情感，与缇萦相比远远不及，而陛下英明仁德却远远超过汉文帝。我愿意把本人所在的官职交出，用来赎回兄长苏轼，不敢希望减轻他的罪，只要能使他免于死在监狱里就是万幸了。我兄长苏轼犯法，如果有明显的文字证据，他一定不敢拒不承认，以加重自己的罪行。如果承蒙陛下您可怜，赦他重罪，使他能出离牢狱，恩同死而复生，用什么来报答您呢？我和兄长苏轼一定改变思想，改正错误，粉身碎骨报答效力，只要事情是陛下所吩咐的，将不惜牺牲生命去做。

我孤立无援，心急情切，又无人可以诉说，只能把心里的话讲给您，请您宽恕他的狂妄，允许我的请求。我祈求苍天皇命的急迫之情，实在无以表达。

三国论 [1]

【题解】

此篇文章为宋仁宗嘉祐五年（1060），苏辙为应制科举而进论二十五篇之一。文章以"以不智不勇，而后真智大勇，乃可得而见"立论，由此对刘邦、项羽和三国史事加以分析，并着重将刘备与刘邦进行对比，指出刘备的失误。文章立意新颖，论述婉转而条理清晰，又极具开合抑扬之势。

【原文】

　　天下皆怯而独勇，则勇者胜；皆暗而独智，则智者胜。勇而遇勇，则勇者不足恃也；智而遇智，则智者不足用也。夫唯智勇之不足以定天下，是以天下之难，蜂起而难平。

　　盖尝闻之，古者英雄之君，其遇智勇也，以不智不勇，而后真智大勇，乃可得而见也。悲夫，世之英雄，其处于世，亦有幸不幸耶？汉高祖、唐太宗，是以智勇独过天下，而得之者也。曹公、孙、刘，是以智勇相遇，而失之者也。以智攻智，以勇击勇，此譬如两虎相捽，齿牙气力，无以相胜，其势足以相扰，而不足以相毙。当此之时，惜乎无有以汉高帝之事制之者也。昔者项籍，乘百战百胜之威，而执诸侯之柄，咄嗟叱咤[2]，奋其暴怒，西向以逆高祖。其势飘忽震荡，如风雨之至。天下之人，以为遂无汉矣。然高帝以其不智不勇之身，横塞其冲，徘徊而不得进。其顽钝椎鲁[3]，足以为笑于天下，而卒能摧折项氏而待其死，此其故何也？夫人之勇力，用而不已，则必有所耗竭，而其智虑久而无成，则亦必有所倦怠而不举。彼欲用其所长，以制我于一时，而我闭门而拒之，使之失其所求，逡巡求去而不能去[4]，而项籍固已惫矣。

　　今夫曹公、孙权、刘备，此三人者，皆知以其才自取，而未知以不才取人也。世之言者曰："孙不如曹，而刘不如孙。刘备惟智短而勇不足，故有所不若于二人者，而不知因其所不足以求胜，则亦已惑矣。盖刘备之才，近似于高祖，而不知所以用之之术。昔高祖之所以自用其才者，其道有三焉耳。先据势胜之地，以示天下之形；广收信、越出奇之将[5]，以自辅其所不逮；有果锐刚猛之气而不用，以深折项籍猖狂之势。此三事者，三国之君，其才皆无有能行之者。独有一刘备，近之而未至，其中犹有翘然自喜之心[6]，欲为椎鲁而不能钝，欲为果锐而不能达。二者交战于中，而未有所定，是故所为而不成，所欲而不遂。弃天下而入巴、蜀，则非地也。用诸葛孔明治国之才，而当纷纭征伐之中，则非将也。不忍忿忿之心，犯其所短，而自将以攻人，则是其气不足尚也。嗟夫，方其奔走于二袁之间[7]，困于吕布，而狼狈于荆州，百败而其志不折，不可谓无高祖之风矣，而终不知所以自用之方。夫古之英雄，惟汉高帝为不可及也夫。"

【注释】

〔1〕《三国论》：此论作于苏辙二十二岁进京应制科举之前。

〔2〕呼嗟叱咤：猛呼怒号之状。

〔3〕顽钝椎鲁：愚蠢之意。

〔4〕逡巡：退却。也写作"逡循""逡遁"。

〔5〕"广收"句：广泛地网罗韩信、彭越这样能别出奇计的将领。

〔6〕翘然自喜：高傲气盛，沾沾自喜。

〔7〕二袁：指袁绍、袁术兄弟二人。袁绍是袁逢之庶子，袁术是嫡子。

【译文】

天下都是胆怯之人，只有一个勇敢的人，那么勇敢的人取胜；天下都是糊涂的人，只有一个聪明的人，那么聪明的人取胜。勇敢的人遇到勇敢的人，那么就不能只依靠勇敢了；聪明的人遇到聪明的人，那么就不能够只依靠聪明了。正因为只靠智勇来安定天下是不够的，所以天下的灾难蜂拥而起而又难以平定。

我曾听说，古时候可称英雄的帝王，当他们遇到智勇的对手时，用不智不勇对待，然后真正的大智大勇才能表现出来。可悲呀！难道英雄处于世界上也有幸运与不幸吗？汉高祖、唐太宗是以个人智勇超过天下所有的人而得到帝位的。曹操、孙权、刘备是因他们智勇相当而遇到一起，因而丧失完全取胜的机会。用智谋来打击智谋，用勇者打击勇者，这就好像两虎相互撕咬搏斗，光凭牙齿气力，无法取胜，那情势可以互相干扰，而不能消灭对方。在这个时候，可惜没有人用汉高祖的办法来对付对方。从前，项羽用百战百胜的威势，掌管统率着各路诸侯大军，狂呼大吼，充分显示出他愤怒的气势，向西来迎战汉高祖。他的声势极大，如同暴雨雷霆般迅猛而惊天动地。天下人都认为从此就没有大汉帝国了。然而汉高祖用他那不聪明又不勇敢的身躯，在项羽进军的冲要之地横杀竖挡，使项羽的军队来回调动而不能前进。汉高祖那种愚笨蠢钝，足以使天下人笑话，而最后却能打败项羽而等着看他死亡，这种结果的原因是什么？人的勇气力量，拼命使用而不知停歇，就一定会有损耗衰竭；而人的谋划总是不能成功，就会有所疲倦懈怠而无法振作起来。他想用他的长处，在短时间内来压倒我，而我关上门拒绝他，使他得不到他想要的，徘徊不定想退走又不能退走，这时项羽肯定已经十分疲惫了。

　　现在曹操、孙权、刘备这三个人，都知道凭自己的才能去夺取，而不知道用自己的短处去从别人那里取得。世上议论的人说：孙权不如曹操，而刘备不如孙权。刘备智谋浅显而又没有勇力，所

以相对曹、孙二人有所不足，却又不懂得用自己的不足来求取胜利，这样也是太糊涂了。刘备的才能与汉高祖相近，却不懂得如何把才能使用出来。从前汉高祖使用自己的才能有三种方法。先占据有利的地势，用以显示出得天下后将有所作为；广泛收用像韩信、彭越那样才能出众的将领，用来弥补自己能力的不足；有果敢敏锐刚烈勇猛的精神却不表现出来，用来大大挫败项羽猖狂的气势。这三件事，三国的君主，他们都没能做到。只有一个刘备，接近这种本领却未能完全达到这种境界，他的内心还有点自命不凡、沾沾自喜的情绪，想做一个愚笨的人而又不能愚傻，想做果敢、敏锐的人而又不能明达。在心中两种思想激烈交战，却没有定下来，所以事情做不成，愿望无法实现。丢掉天下形胜之地而进入巴、蜀，那不是合适的地方。用诸葛亮这样治理国家的人才来带兵打仗，是不会用将。不能忍耐愤怒的情感，没有避开自己的短处，却自己领兵来攻打别人，这样，他的勇气就不值得推崇了。唉！当他在袁绍、袁术之间奔波的时候，当他被吕布所困的时候，当他在荆州被打得狼狈不堪的时候，失败无数次而志向不改，不能说他没有汉高祖的精神和作风，但他始终不能懂得如何把自己的能力发挥出来。古代的英雄，只有汉高祖是无人能够赶得上的啊。